SCIENCE FICTION

Herausgegeben
von Wolfgang Jeschke

Ein Verzeichnis weiterer Bände dieser Serie
finden Sie am Schluß des Bandes.

JOHN VORNHOLT

KONTA-MINATION

STAR TREK
Raumschiff Enterprise

Roman

Deutsche Erstausgabe

WILHELM HEYNE VERLAG
MÜNCHEN

HEYNE SCIENCE FICTION & FANTASY
Band 06/4986

Titel der amerikanischen Originalausgabe
CONTAMINATION
Deutsche Übersetzung von Andreas Brandhorst

Redaktion: Rainer Michael Rahn

Printed in Germany 1993
Umschlagbild: Pocketbooks/Simon & Schuster, New York
Technische Betreuung: Manfred Spinola
Satz: Schaber Satz- und Datentechnik, Wels
Druck und Bindung: Ebner Ulm

ISBN 3-453-06212-4

Für Nancy,
den Captain meines Herzens

KAPITEL 1

Furcht. Unsicherheit. Zorn. Verwirrung. Schmerz. Die Flut aus Emotionen brandete Deanna Troi mit solcher Wucht entgegen, daß die Counselor fast vor der Frau zurückwich, die nervös durchs Zimmer wanderte. Lynn Costa strich mit beiden Händen durch ihr zerzaustes rotes Haar, in dem sich hier und dort graue Strähnen zeigten, zerrte dann den Saum der königsblauen Jacke nach unten. Ihre schmalen Schultern, krumm von stundenlanger Laborarbeit, bebten vor Wut.

»Wie konnte er es wagen, mich fortzuschicken!« stieß sie hervor. »Wie konnte er es *wagen!*«

»Dr. Milu hat sich nur an die Vorschriften gehalten«, erwiderte Deanna ruhig. »Nachdem Sie zugaben, die Aufzeichnungen zerstört zu haben. Was hat Sie dazu veranlaßt?«

»Es waren *meine* Aufzeichnungen«, zischte die Frau. »Und sie betrafen *mein* Projekt! Wie lange muß ich hierbleiben?«

Troi rang sich ein Lächeln ab. »Dies ist keine Zelle, sondern ein Beratungszimmer.«

Lynn Costa blieb stehen, und Hoffnung leuchtete in ihren aquamarinfarbenen Augen. »Ich kann also jederzeit gehen?«

»Natürlich«, bestätigte Deanna gelassen. »Aber vielleicht möchten Sie mit mir sprechen. Was beunruhigt Sie so sehr?«

»Wissen Sie das nicht?« fauchte die Wissenschaftlerin. »Sie sind doch eine verdammte Betazoidin! Ich dachte, Sie sind imstande, Gedanken zu lesen, wie Dr. Milu.«

»Ich nehme Gefühle wahr«, erläuterte Troi mit einem Hauch Befangenheit. »Im Gegensatz zu Dr. Milu fließt in meinen Adern nicht nur betazoidisches Blut. Und selbst *er* kann keine Gedanken lesen. Seine Fähigkeiten beschränken sich auf telepathische Kommunikation.«

»Und wenn schon!« Die Frau beugte sich über Deannas Schreibtisch. »Selbst ein kleines Kind wäre in der Lage, meine Gedanken zu erraten! *Ich möchte dieses Schiff verlassen!* Hier halte ich es einfach nicht mehr aus!«

Deanna seufzte und fragte sich, wann ihr Vorrat an Geduld zur Neige ging, wann sie schließlich entschied, Dr. Beverly Crusher zu verständigen und sie zu bitten, Lynn Costa mit einem Sedativ zu beruhigen. Es spielte keine Rolle für sie, daß diese Frau zu den besten und meistgeehrten Wissenschaftlern der Föderation gehörte. Dr. Costa brauchte Hilfe. Und um diese Hilfe zu empfangen, mußte sie bereit sein, sich hinzusetzen und auf die Stimme der Vernunft zu hören.

Troi kleidete ihre Überlegungen in Worte. »Bitte setzen Sie sich, Dr. Costa. Und hören Sie mir zu.«

Erstaunlicherweise nahm die Wissenschaftlerin tatsächlich Platz, auf der anderen Seite des Schreibtischs, und starrte die jüngere Frau stumm an. Ihr Blick verharrte nur für wenige Sekunden auf den Zügen der Counselor — dann hob sie zitternde Hände vors Gesicht und schluchzte. Ein Teil des wirren, ungekämmten Haars rutschte nach vorn. »Er will sich von mir trennen!« kam es von ihren Lippen.

Deanna erhob sich halb und berührte die schmalen Schultern. »Wer will sich von Ihnen trennen?«

»Emil.«

Lynn Costa wirkte jetzt mehr wie ein Kind, obgleich sie achtzig Jahre alt war. Deanna musterte sie und konnte sich kaum vorstellen, daß diese Frau — zusammen mit ihrem Mann Emil — das Projekt Mikrokontamination zu verblüffenden Erfolgen geführt hatte. Die Ehe stellte mehr dar als nur eine private Angelegenheit; sie bildete das Fundament für die Zusammenarbeit von zwei berühmten Wissenschaftlern.

»Seit wann sind Sie verheiratet?« fragte die Counselor leise. Ein kurzer Blick auf den Datenschirm hätte ausgereicht, um die Antwort zu bekommen, aber Deanna wollte Lynn Costas emotionale Reaktion feststellen.

Die Frau lehnte sich zurück, strich mit einer Hand widerspenstige Strähnen aus der Stirn und wischte mit der anderen Tränen aus den Augen. »Seit achtundvierzig Jahren. Offenbar *zu* lange, soweit es Emil betrifft. Aber nicht für mich.«

Liebe, dachte Troi. *Ein besonders unberechenbares Gefühl.* »Warum will er sich von Ihnen trennen?«

»Er möchte sich in den Ruhestand zurückziehen.« Es klang verächtlich. »Irgendwo in der Schweiz. Zu Anfang haben wir hart gearbeitet, um die Erde zu verlassen und ins All zu gelangen. Und jetzt denkt er an die Rückkehr.«

»In der Schweiz soll es sehr schön sein«, sagte Deanna. »Ich halte den Ruhestand nicht für eine schlechte Idee. Sie und Ihr Mann haben viel geleistet und es verdient, Ihren Lebensabend zu genießen. Nach der Perfektionierung des Biofilters ...«

»Nicht schon wieder der verdammte Biofilter!« entfuhr es Lynn Costa. Sie sprang auf und hob die Fäuste, schlug damit auf einen unsichtbaren Gegner ein. »Warum wird dauernd der Biofilter erwähnt? Er ist inzwischen eine Generation alt. Glauben die Leute, wir hätten seitdem nichts anderes zustande gebracht?«

Die Wissenschaftlerin taumelte, und Deanna trat rasch hinter dem Schreibtisch hervor, um sie zu stützen. Troi war nicht sehr groß, aber in ihren Armen schien Lynn Costa so klein und hilflos zu sein wie ein verletzter Spatz.

»Na, na«, murmelte sie, als die alte Frau erneut schluchzte. »Es ist sicher nicht so schlimm.«

Lautes Schniefen. »Ich habe noch nie zuvor auf diese Weise empfunden. Es gab nur immer Arbeit, Arbeit, Arbeit. Eine ganze Galaxis voller Mikrokontamination. Substanzen, die klassifiziert, kategorisiert und isoliert werden mußten. Um herauszufinden, wie man sie filtern kann. Ich dachte, der Aufenthalt an Bord dieses Schiffes wäre die Krönung unserer beruflichen Laufbahn. Statt dessen ist er ihr Ruin.«

Deanna hob verblüfft die Brauen: Es geschah sehr selten, daß jemand schlecht über die *Enterprise* sprach. Doch in den aufgewühlten Emotionen der Wissenschaftlerin deutete nichts darauf hin, daß sie einen Groll gegen das Raumschiff oder seine Besatzung hegte. Die *Enterprise* war der Schauplatz für den letzten Akt einer hervorragenden Karriere — und vielleicht auch einer Ehe.

Troi bezweifelte, ob sie die Möglichkeit hatte, Lynn Costas beruflichen Werdegang zu verlängern. Es erschien ihr nicht einmal angebracht. Aber sie wollte alles versuchen, um eine achtundvierzig Jahre alte Ehe zu retten.

»Sie und Emil sollten Urlaub machen«, sagte die Counselor schließlich. »Nur Sie beide. Wenn Sie nicht mehr an Bord des Schiffes sind, wenn Sie Gelegenheit finden, sich zu entspannen ... Dann können Sie in aller Ruhe entscheiden, auf welche Weise Sie den Rest Ihres Lebens verbringen möchten.«

»Ja!« In den Augen der Wissenschaftlerin flackerte es. »Wir müssen dieses Raumschiff verlassen. So schnell wie möglich. Aber wo?«

»Sie haben Glück.« Die Betazoidin schmunzelte. »In einigen Tagen erreichen wir eine neue Starbase auf einem großen Asteroiden namens Kayran Rock. Ich vermute, die *Enterprise* setzt ihre Reise unmittelbar nach der Einweihungsfeier fort, aber Sie und Emil können bestimmt länger bleiben. Es handelt sich um die erste Starbase auf einem Asteroiden — sicher ist es ein einzigartiger Ort, der einen Besuch lohnt.«

Dr. Costa griff nach Deannas Uniformpulli und hielt sich fast verzweifelt daran fest. »Bitte ... Sorgen Sie dafür, daß wir dieses Schiff verlassen können. Wie auch immer. Bevor ...«

»Bevor was?« fragte Deanna. Sie spürte, wie sich neuerliche Furcht in der Wissenschaftlerin regte. »Wovor haben Sie Angst?«

Die Unruhe in der alten Frau wich jähem Argwohn. Ruckartig wandte sie sich von der Counselor ab, als hätte sie bereits zuviel gesagt. »Ich muß jetzt ins Laboratorium zurück.«

»Gehen Sie noch nicht«, erwiderte Troi sanft.

»Mir bleibt keine Wahl.« Die Wissenschaftlerin eilte zum Schott, das sich vor ihr beiseite schob.

»Dr. Costa!« rief ihr Deanna nach. »Ich schlage einen zweiten Beratungstermin vor. Für Sie und Ihren Mann.«

Die Frau zögerte kurz im Korridor und sah Troi aus traurigen, wie gequält blickenden Augen an. »Bringen Sie uns zu der Starbase.«

Deanna folgte der Wissenschaftlerin, aber Lynn Costa verschwand in der Transportkapsel eines Turbolifts.

Tief im Bauch der *Enterprise* glitt die Doppeltür eines Turbolifts auseinander, und Lieutenant Worf stürmte in den Gang, gefolgt von vier Sicherheitswächtern. Rote Warnlichter blinkten, und eine Sirene heulte. Fünf Gestalten liefen zur Tür des Maschinenraums, doch das Schott öffnete sich nicht vor ihnen.

»Elektronische Blockierung aufheben«, knurrte Worf.

Eine kräftig gebaute Blondine namens Kraner löste die Kontrollplatte, und darunter kamen Schaltkomponenten zum Vorschein. Die Finger der Frau bewegten sich so schnell, daß sie nur mehr undeutliche Schemen bildeten, als sie neue Anschlüsse herstellte. Der Klingone Worf runzelte die dunkle Stirn und brummte leise. Er wußte, daß Kraner ihr Handwerk verstand — er selbst wäre nicht in der Lage gewesen, die notwendigen Verbindungen schneller zu schaffen —, aber trotzdem fühlte er seine Geduld auf eine harte Probe gestellt.

Nach einigen fast unerträglich langen Sekunden schoben sich die beiden Türhälften schließlich auseinander. Worf sprang vor und zog den Phaser. Er sah sich einigen Technikern gegenüber, schenkte ihnen jedoch keine Beachtung ...

»Zeit!« rief Geordi LaForge, der auf einem Laufsteg über dem Antimaterie-Reaktor stand. Der Chefingenieur strahlte, und sein Grinsen war fast so breit wie jenes Gerät, das er vor den Augen trug.

»Zwei Minuten und sechzehn Komma zwei Sekunden«, antwortete der Computer. Das Heulen der Sirenen verstummte, und es pulsierte kein rotes Licht mehr.

»Ausgezeichnet!« lobte Geordi, trat über die Stufen einer Wendeltreppe und erreichte das Bodenniveau.

»Schrecklich!« grollte der Klingone und maß die vier Sicherheitswächter mit finsteren Blicken. »Wir hätten es in weniger als zwei Minuten geschafft, wenn die Tür nicht blockiert gewesen wäre.«

»Hat Ihnen die Überraschung gefallen?« fragte Geordi. »Ich dachte, dadurch wirkt alles echter. Es geschähe nicht zum erstenmal, daß sich irgendwelche Eindringlinge hier häuslich einrichten und nicht gestört werden möchten. Zum Beispiel Ihre klingonischen Kumpel.«

Solche Bemerkungen konnte sich nur LaForge leisten.

»Die Bedingungen der Übung stellten kein Problem dar«, erwiderte Worf. Erneut sah er zu seinen Begleitern, die noch immer ihre — gesicherten — Phaser in den Händen hielten. »Rühren.«

»Besser geht's kaum, Worf«, fügte der Chefingenieur hinzu. »Es gibt praktisch keine Möglichkeit, den Maschinenraum von der Brücke aus noch schneller zu erreichen. Es sind insgesamt fünfunddreißig Decks!«

»Computer«, sagte der Sicherheitsoffizier. »Wieviel Zeit haben wir während der gerade beendeten Übung im Turbolift verbracht?«

»Eine Minute und achtundvierzig Komma drei Sekunden.«

»Das ist viel zu lange!« stieß Worf hervor. »Die Turbolifte sollten schneller sein!«

»Sie können auf eine wesentlich höhere Geschwindigkeit programmiert werden«, sagte Lieutenant Commander LaForge. »Aber nach zehn oder zwanzig Decks wären die Personen in den Transportkapseln bewußtlos oder vom Andruck an die Decke gequetscht. Wir müssen dabei künstliche Schwerkraft und Trägheitsmoment berücksichtigen. Und noch etwas, Worf: Nicht jeder hat die Konstitution eines Klingonen.«

Der Sicherheitsoffizier schürzte abfällig die Lippen, doch gleichzeitig entstanden nachdenkliche Falten in seiner Stirn. »Es liegt mir nichts daran, daß jemand auf dem Weg zum Gesellschaftsraum im zehnten Vorderdeck ohnmächtig wird, aber bei einem Notfall sollten die Turbolifte um zehn oder zwanzig Prozent schneller sein. Das läßt sich doch bewerkstelligen, oder?«

Geordi rollte mit den hinter dem VISOR verborgenen Augen. »Ja. Aber wir brauchen dazu die Erlaubnis des Captains oder des Ersten Offiziers Riker. Außerdem sollten Sie eine Einsatzgruppe aus Sicherheitswächtern zusammenstellen, denen sich nicht gleich der Magen umdreht.«

Worf nickte zufrieden. »Teilen Sie mir mit, wann ein erster Test stattfinden kann.« Er nickte Fähnrich Kraner und ihren Kollegen zu. »Wegtreten.«

Der Klingone folgte seinen Leuten, als sie den Maschinenraum verließen, und Geordi schüttelte den Kopf. »Der Bursche sollte sich ein Hobby zulegen«, murmelte er. »Dann wäre er nicht mehr so verkniffen.«

»Logbuch der Counselor, Sternzeit 44261.3«, sagte Deanna Troi langsam. Sie lehnte sich zurück und ordnete ihre Gedanken. Im Vergleich zu dem Gespräch vor einigen Minuten herrschte nun eine gespenstisch anmutende Stille im Beratungszimmer. Lynn Costa war vor einer Viertelstunde gegangen, und Deanna hatte die Zeit genutzt, um ihre Personalakte zu lesen. Ohne konkretes Ergebnis.

»Ich habe mich mit Dr. Lynn Costa unterhalten und damit der Bitte ihres Vorgesetzten Dr. Karn Milu entsprochen«, begann Troi. Der Computer zeichnete ihre Worte auf. »Nach Dr. Milus Angaben liegt dem Verhalten von Lynn Costa schon seit einer ganzen Weile eine gewisse Wechselhaftigkeit zugrunde, die ihren Höhepunkt in der bewußten Zerstörung von Aufzeichnungen und Laborunterlagen erreichte. Dr. Costa nannte mir keine Erklärung dafür, aber ich konnte feststellen, daß sie sehr besorgt ist und große Angst vor etwas hat. Unser Gespräch war zu kurz, um eindeutige Schlußfolgerungen zu ermöglichen, doch die Intensität von Furcht und Zorn legt einen paranoischen Zustand nahe.

Wahrscheinlich basiert Lynn Costas Paranoia auf dem Wunsch ihres Mannes Emil, sich in den Ruhestand zurückzuziehen. Er setzt sie unter Druck, und deshalb ist sie gereizt. Darüber hinaus fürchtet sie, dem Projekt Mikrokontamination zu schaden, wenn sie keine Beiträge mehr dazu leistet. Nach Dr. Milus Ansicht verfügt das Projekt über alle notwendigen personellen sowie technischen Ressourcen und hat in den Laboratorien der *Enterprise* beträchtliche Fortschritte erzielt. Lynn und Emil Costa haben es begonnen, aber alles deutet darauf hin, daß es auch ohne sie erfolgreich sein wird.«

Deanna seufzte und trank einen Schluck vom vergessenen Kräutertee. Er war lauwarm. »Des weiteren möchte ich auf folgendes hinweisen: Dr. Costa scheint kaum mehr jene Person zu sein, der ich mehrmals begegnet bin. Heute präsentierte sich mir eine nervöse, deprimierte und desorientierte Frau, deren Gebaren in einem krassen Gegensatz zum Psychoprofil in ihrer Personalakte steht. Bisher ist sie immer sehr selbstsicher, zuversichtlich und kompetent gewesen. Ich hoffe, das neue Verhaltensmuster bleibt vorübergehender Natur und entpuppt sich nicht als Symptom eines ernsten seelischen Leidens.«

Troi runzelte die Stirn und preßte kurz die vollen Lippen zusammen. »Ich möchte Dr. Costas geistige Stabilität nicht noch mehr in Frage stellen, aber eins steht fest: In ihrer derzeitigen Verfassung kann sie die Arbeit nicht fortsetzen. Ich empfehle einen sofortigen Urlaub für sie und ihren Mann auf Kayran Rock. Von dort aus können sie zu jedem beliebigen Planeten in der Föderation reisen. Vielleicht setzen sie ihre Forschungen anschließend fort. Oder Lynn Costa begleitet ihren Mann in den Ruhestand auf der Erde.

Wenn der Urlaub keine positive Wirkung hat oder Dr. Costa ihn aus irgendeinem Grund ablehnt ... In dem Fall muß sie von ihren Pflichten entbunden werden und sich einer vollständigen psychologisch-medizinischen Analyse unterziehen. Das ist alles. Jeweils eine Kopie dieses Eintrags geht an Dr. Crusher und Commander Riker.«

»Bestätigung«, erwiderte der Computer.

Deanna Troi nahm die Tasse Tee, erhob sich und schritt eine Zeitlang umher. Zufälligerweise fiel ihr Blick auf die Kom-Tafel neben der Tür, und die Counselor dachte daran, daß Lynn Costa derzeit viel zu sehr mit sich selbst beschäftigt war. Sie brauchte jede Hilfe, die sie bekommen konnte. »Computer? Befindet sich Commander Riker auf der Brücke?«

»Negativ«, erwiderte die Glucke der *Enterprise.* »Commander Riker hat die Brücke vor fünfzehn Komma fünf Minuten verlassen und hält sich nun im Gesellschaftsraum auf.«

Die Betazoidin nickte aus einem Reflex heraus, hob

die Hand zur Kom-Tafel und berührte ein Sensorelement. »Counselor Troi an Commander Riker.«

»Hier Riker«, ertönte ein heiterer Bariton. »Hallo, Deanna.« Er schien gerade gelacht zu haben — oder klang seine Stimme immer so?

»Offenbar vergnügen Sie sich«, sagte Troi und siezte den Ersten Offizier, da sie ihn in der Gesellschaft anderer Personen wußte. Vager Ärger vibrierte in ihr, weil er von keinen Sorgen um Lynn Costa belastet wurde. *Das wird sich bald ändern,* dachte sie.

»In der Tat«, erwiderte Riker. »Geordi ist hier, und Guinan hat Dienst. Warum kommen Sie nicht zu uns?«

»Danke für die Einladung«, sagte Deanna und versuchte, fröhlich zu klingen. »Ich bin gleich da.«

Aber zuerst begab sie sich in ihre Kabine. Es war kein Umweg nötig, rechtfertigte sie ihre Entscheidung, obgleich es ihr nur darum ging, einen Blick in den Spiegel zu werfen. Eigentlich zeigte er Troi immer das gleiche Bild: eine rotschwarze Uniform, die den größten Teil ihres Körpers bedeckte und an einigen Stellen knapper saß, als ihr lieb war; seidene, dunkelbraune Locken, die einem Wasserfall gleich auf feste Schultern herabströmten und ein Gesicht mit sanften Zügen umrahmten.

Mit einem feuchten Lappen betupfte sie sich Stirn und Hals, fügte dann ihrem Haar eine Nadel hinzu. Das genügte, um auf die Begegnung mit Will Riker vorbereitet zu sein. *Warum bin ich so unruhig?* dachte die Counselor. Sie wollte Riker nur darum bitten, Lynn und Emil Costa die Möglichkeit zu geben, das Schiff zu verlassen, sobald die *Enterprise* Kayran Rock erreichte. Der Erste Offizier brachte sicher Verständnis dafür auf, wenn zwei Personen — insbesondere ein Liebespaar — allein sein wollten. Obwohl für ihn immer die Pflicht an erster Stelle kam.

Deanna zögerte, und in Gedanken tadelte sie sich selbst. Dies war nicht der geeignete Zeitpunkt, um persönliche Empfindungen in den Vordergrund zu schieben. Zurückhaltung, Takt und Objektivität stellten unabdingbare Voraussetzungen für ihren Dienst an Bord der *Enterprise* dar, und das bedeutete: Will Riker durfte für sie nur ein Besatzungsmitglied sein, nicht mehr und nicht weniger. Aber wenn sie beide Gelegenheit bekommen hätten, der Routine des Schiffes zu entkommen und an einem Ort wie Kayran Rock allein zu sein ...

Deanna seufzte, stellte die Tasse ins Recyclingfach des Synthetisierers und verließ ihre Kabine.

Guinan lächelte auf eine besonders rätselhafte Weise und musterte die beiden Personen vor ihr. Eine besuchte den Gesellschaftsraum im zehnten Vorderdeck recht häufig, im Gegensatz zu der anderen. Die Wirtin stellte ein Glas mit frisch ausgepreßten Valencia-Orangen vor Dr. Emil Costa und reichte seiner Begleiterin einen großen Fruchtsalat. Die Frau wandte schüchtern den Blick ab.

Der alte Wissenschaftler brummte wie üblich und kratzte sich am kurzen weißen Bart, als er den Fruchtfleischgehalt des Saftes mit einem Löffel prüfte. Das Haar war kaum länger als der Bart, und die Wangen erschienen recht blaß, ohne daß er dadurch krank wirkte. Guinan fand ihn interessant, erst recht dann, wenn er seinen Getränken eigene Zutaten hinzufügte.

Damit verstieß Dr. Costa natürlich gegen die Vorschriften, aber Guinan drückte beide Augen zu. Der Geruch wies auf Äthylalkohol hin. Nun, in seinem Laboratorium stand ihm sicher genug Alkohol zur Verfügung, und er brauchte nicht die Bar aufzusuchen, wenn er trinken wollte. Die Wirtin wußte, daß sich Emil Costa nur hier im Gesellschaftsraum entspannte, und deshalb erhob sie keine Einwände. Er und seine Frau verdienten eine spezielle Behandlung.

Doch die Dame neben ihm war nicht etwa Lynn. Guinan hatte keine Ahnung, um wen es sich handelte, und aus diesem Grund blieb ihr Schmunzeln geheimnisvoll, als sie erst den geistesabwesenden Wissenschaftler musterte und dann die junge Frau ins Zentrum ihrer Aufmerksamkeit rückte. »Ich bin Guinan«, stellte sie sich vor und wurde der terranischen Tradition gerecht, indem sie die Hand ausstreckte. »Ich glaube, wir haben uns noch nicht kennengelernt.«

Die Frau lächelte scheu, und ihre Finger schlossen sich um die dargebotene Hand. Die Haut der Unbekannten war wesentlich heller als Guinans. »Shana Russel. Ich wollte immer einmal hierherkommen, aber ...«

»Sie ist erst seit sechs Monaten an Bord«, grummelte Emil Costa, und in seiner Stimme ließ sich ein leichter deutscher Akzent vernehmen. »Außerdem hat sie gerade erst die Ausbildung hinter sich. Während der Einarbeitungsphase hatte sie hierfür keine Zeit.« Er winkte, und seine vage Geste galt dem matt erhellten sowie geschmackvoll eingerichteten Raum. Hinter breiten Panoramafenstern funkelten die Wunder des Universums: Myriaden Sterne und ferne Galaxien.

Shana nickte stolz, und das offene Lächeln verwandelte ihr bis dahin schlicht anmutendes Gesicht, verlieh der jungen Frau hinreißende Attraktivität. »Aber inzwischen habe ich mich eingearbeitet, und jetzt sind wir hier!«

»Um zu feiern«, sagte Emil Costa. Er griff in die Innentasche seiner Jacke und holte eine kleine blaue Phiole hervor, die Guinan schon ein- oder zweimal gesehen hatte. Er versuchte jetzt nicht mehr, sie zu verbergen.

»Ich hoffe, Sie haben noch häufiger Anlaß, hier zu feiern«, erwiderte die Wirtin und deutete eine Verbeugung an. »Falls Sie etwas benötigen ... Ich bin zu Diensten.« Guinan trat widerstrebend fort und bedauerte, nicht länger mit Shana Russel sprechen zu können — eine neue Seele an Bord der *Enterprise* war in jedem Fall interessant.

Sie mußte sich um andere Gäste kümmern, unter ihnen Deanna Troi, die sich zu Will Riker und Geordi LaForge gesetzt hatte. Die drei vertrauten Gesichter bildeten einen auffallenden Kontrast. Der Erste Offizier — freundlich und zuvorkommend; Guinan mochte ihn sehr — erklärte der gerade eingetroffenen Counselor etwas. Geordi tippte Daten in einen Tricorder, hielt dann und wann inne, um auf das kleine Anzeigefeld zu blikken. Die normalerweise immer ruhige und gelassene Deanna rutschte nun unruhig hin und her; in den Augen der Betazoidin blitzte es, während sie Riker zuhörte.

Als sich Guinan dem Tisch näherte, hörte sie, wie der Commander lauter sprach. »An den Landebeschränkungen kann ich nichts ändern, Deanna.«

»Ich bezweifle, ob unsere diplomatischen Beziehungen mit den Kreel belastet werden, wenn wir Lynn und Emil Costa zur Starbase beamen«, entgegnete die Counselor.

»Die Kreel sind sehr stolz«, erklärte der Erste Offizier. »Sie haben praktisch immer Krieg geführt, meistens gegen die Klingonen — kein Wunder, daß sie zu Mißtrauen neigen. Sie mußten gewissermaßen über ihren eigenen Schatten springen, um der Föderation zu erlauben, in ihrem Heimatsystem eine Starbase zu bauen. Wir wollten uns den großen Asteroiden immer aus der Nähe ansehen, und nun haben wir dort eine Basis.«

Riker holte tief Luft. »Andererseits: Den Kreel fehlt die Transporter-Technologie, und wir sind nicht bereit, ihnen in dieser Hinsicht unter die Arme zu greifen — bis es ihnen gelingt, die Grundlagen selbst zu entwikkeln. Deshalb die Landebeschränkungen. Bei der Einweihungsfeier sind viele Würdenträger der Kreel zugegen, und um sie nicht in Verlegenheit zu bringen, setzen wir Shuttles ein. Zumindest während der ersten zwölf Stunden dürfen die Raumfähren nur von geladenen Gästen benutzt werden.«

»Dann sorgen Sie dafür, daß die beiden Wissenschaftler eine Einladung erhalten«, schlug Troi vor.

»Unmöglich, Deanna.« Geordi zeigte nun zum erstenmal Interesse an dem Gespräch. »Nur drei Besatzungsmitglieder der *Enterprise* sind eingeladen worden: Captain Picard, Commander Riker und Data. Selbst *ich* muß an Bord bleiben.«

»Der Captain hat alles versucht, um weitere Einladungen zu bekommen«, meinte Riker. »Picard und ich nehmen aufgrund des Standardprotokolls an der Zeremonie teil. Und Data ... Sie wissen ja, wie versessen alle darauf sind, den Androiden kennenzulernen.«

»Ja«, antwortete der Chefingenieur. »Ich weiß auch, daß Kayran Rock kein Planet ist, dessen Orbit fast unbegrenzten Platz bietet. Nur eine bestimmte Anzahl von Raumschiffen kann den Asteroiden ansteuern, und daher gibt es strikte Zeitlimits für den Aufenthalt in der Umlaufbahn. Tut mir leid, Counselor: Wir müssen den Landurlaub auf Kayran Rock verschieben, bis wir erneut in diesem Sektor sind.«

»Es geht dabei nicht um *mich*, sondern um Lynn und Emil Costa«, betonte Deanna. »Sie brauchen unbedingt die Chance, in einer anderen Umgebung auszuspannen.«

Guinan hatte taktvoll abseits des Tisches gewartet, und nun trat sie vor. »Hallo, Counselor.«

»Hallo, Guinan«, sagte Troi zerstreut.

»Haben Sie gerade Emil Costa erwähnt?«

Daraufhin hob Deanna den Kopf. »Ja. Kennen Sie ihn?«

»Er ist ein Stammgast.« Die Wirtin griff nach einigen leeren Gläsern. »Sitzt etwa zehn Meter hinter mir.«

Die drei Offiziere reckten den Hals und sahen zur Theke. Guinan gab vor, am Tisch beschäftigt zu sein, um über die allgemeine Neugier hinwegzutäuschen. Will lächelte anerkennend und zupfte an seinem Bart. »Und wer leistet ihm dort Gesellschaft?«

Deanna warf Riker einen finsteren Blick zu, bevor sie den Kopf drehte.

»Vermutlich eine Assistentin«, sagte Guinan. »Sie heißt Shana Russel und ist erst seit sechs Monaten an Bord.«

Geordi fokussierte die Fernbereichssensoren des VISORs und betrachtete die junge Frau in Form eines Musters aus Infrarotemissionen, Röntgenstrahlen, Hirnwellenaktivität und anderen graphischen Darstellungen. »Halten Sie die Dame für hübsch, Guinan?« fragte er.

»Sie hat ein gewisses Potential. Manche Männer mögen süße Unschuld.«

»Ja, das ist tatsächlich der Fall«, pflichtete Riker der Wirtin bei. »Welche Probleme hat Dr. Costa? Warum benötigt er unbedingt Landurlaub?«

»Das Problem liegt nicht bei ihm, sondern bei seiner Frau«, sagte Deanna und sah erneut zu der jungen Dame neben Emil Costa. Shana Russel blickte dem alten Mann tief in die Augen und schien jedes Wort des Wissenschaftlers für eine Offenbarung zu halten. Ab und zu aß sie etwas von ihrem Fruchtsalat oder starrte aufgeregt in Richtung der Panoramafenster. Sie wirkte wie ein Teenager bei der ersten Verabredung und lächelte sogar, als sie Trois Aufmerksamkeit bemerkte. Der Schatten des Verdachts in Deanna verflüchtigte sich und wich Verlegenheit.

»Einige Männer sind ziemlich stur«, verkündete die Counselor. »Sie geben ihre Bedürfnisse nicht zu erkennen.«

Will bedachte Troi mit einem erstaunten Blick, den sie stumm erwiderte.

»Könnten sich die Costas nach der Einweihungsfeier in die Starbase beamen?« fragte sie schließlich. »Oder vorher? Sie brauchen dringend einen Tapetenwechsel, um wieder zu sich selbst zu finden. Gerade Sie sollten das verstehen, Will.«

Geordi räusperte sich und stand auf. »Ich muß jetzt gehen, Commander. Ich schätze, wir können die Geschwindigkeit der Turbolifte während Alarmstufe Rot und Gelb um fünfzehn Komma zwei Prozent erhöhen, ohne daß sich negative Folgen einstellen.«

»Na schön.« Das neue Thema erleichterte Will ganz offensichtlich. »Ich möchte bei dem ersten Test zugegen sein. Wer probiert den frisierten Lift aus?«

»Ich habe dabei an Worf gedacht.« Geordi schmunzelte, winkte zum Abschied und ging.

Auch Guinan wandte sich vom Tisch ab. »Bin gleich wieder da«, sagte sie und schritt fort.

Das Lächeln des Ersten Offiziers verblaßte langsam, und er musterte Deanna verwirrt. »Du bist heute nicht sehr diskret, was deine Gefühle betrifft.« Sie waren jetzt allein, und deshalb duzte er die Counselor.

»Entschuldige.« Troi senkte den Kopf. Nach einigen Sekunden hob sie ihn wieder und sah Riker aus großen, dunklen Augen an. »Die Costas haben viel geleistet, und wir stehen in ihrer Schuld. Sie verdienen eine Möglichkeit, zu ihrem alten Glück zurückzufinden. In der neuen Starbase könnten sie endlich allein sein und in aller Ruhe miteinander reden. An Gesprächsstoff mangelt es ihnen sicher nicht.«

Riker mied den Blick der Betazoidin und wußte, daß sie seine Emotionen selbst dann empfing, wenn sie sich nicht darauf konzentrierte. Wills Gefühle hielten wohl kaum Überraschungen für Deanna bereit, aber er beschloß trotzdem, auf neutralem rhetorischen Boden zu bleiben. »Die *Enterprise* wird sich nur für kurze Zeit im Orbit von Kayran Rock aufhalten«, sagte er steif. »Bestimmt nicht zwölf Stunden lang. Wenn wir früh eintreffen, versuche ich, etwas zu arrangieren. Ich kann jedoch nichts versprechen.«

»Sollten wir mit Emil Costa sprechen?«

»Nein«, erwiderte Will sofort und blickte zu dem berühmten Mikrobiologen. »Ich möchte keine falschen Hoffnungen in ihm wecken.«

Deannas exotische Miene erhellte sich. »Du brichst

zusammen mit Captain Picard und Geordi auf. Ein normales Shuttle befördert bis zu zehn Personen — ihr habt also genug Platz.«

Riker schnitt eine Grimasse. »Hast du Geordi nicht zugehört? Es ist völlig ausgeschlossen, daß alle Schiffe in den Orbit des Asteroiden schwenken. Wahrscheinlich müssen wir mit den Shuttles hin und her fliegen, um alle Eingeladenen rechtzeitig zur Starbase zu bringen.« Er erhob sich, schüttelte den Kopf und lächelte schief. »Du bist romantisch veranlagt, weißt du das?«

»Ja. Und ich zähle auf dich.«

Wills Hand berührte die Counselor an der Schulter. »Mal sehen, was sich bewerkstelligen läßt. Fordere die Costas auf, offiziell um Landurlaub zu bitten und als gewünschten Ort die nächste Starbase zu nennen. Dann ist wenigstens der Papierkram in Ordnung.«

»Danke.« Deanna lächelte und griff nach Rikers Hand. Ihre Blicke trafen sich, und sie nahm die vertrauten Gefühle des hochgewachsenen Ersten Offiziers wahr: Anteilnahme, emotionale Wärme und ein Pflichtbewußtsein, das langfristige Liebesaffären ausschloß. Er wollte der Captain eines Raumschiffs werden, und seine größte Hoffnung bestand darin, eines Tages das Kommando über die *Enterprise* zu bekommen. Zwar gab es verheiratete Kommandanten mit Familien, doch die Geschichte aller Schiffe namens *Enterprise* kannte keinen Captain mit familiären Verpflichtungen.

Widerstrebend zog Will die Hand zurück. »Ich bin müde«, sagte er. »Und jetzt bietet sich mir eine gute Gelegenheit, an der Matratze zu horchen. Wir erreichen Kayran Rock erst in drei Tagen, und bis dahin gibt es nichts zu tun. Wir sehen uns auf der Brücke.«

»Schlaf gut, Will.«

Er schritt zum Ausgang, und unterwegs nickte er mehreren Bekannten zu. Deanna sah ihm nach, bis er im Korridor verschwand, blickte dann wieder zu den beiden Wissenschaftlern, die jetzt an einem Tisch saßen. Die Blondine namens Shana Russel schwatzte fröhlich, während Emil Costa nachdenklich auf den Rest des Orangensafts hinabstarrte. Sein Verhalten hatte sich nicht ebenso drastisch verändert wie das von Lynn Costa, aber er schien alles andere als glücklich zu sein. Deanna stand auf und trat näher.

»Hallo«, grüßte sie und wandte sich zuerst an den berühmten Forscher. »Dr. Costa ...«

»Hallo, Counselor Troi«, brummte er und sah nur kurz auf. »Das ist eine unserer Assistentinnen, Dr. Shana Russel.«

»Freut mich, Sie kennenzulernen, Counselor!« entfuhr es der jungen Frau begeistert. Sie streckte die Hand aus. »Ich finde diesen Gesellschaftsraum wundervoll — hier begegnet man vielen interessanten Leuten. Möchten Sie sich zu uns setzen?« Sie zögerte kurz und fügte nervös hinzu: »Wenn Sie damit einverstanden sind, Dr. Costa.«

Er zuckte mit den Schultern. »Es ist Ihre Feier.«

Deanna lächelte und sank in einen Sessel. »Wie läuft's auf Deck 31?«

»Das müßten Sie eigentlich besser wissen als ich«, erwiderte Emil Costa. »Sie sprechen doch regelmäßig mit Dr. Milu, oder?«

»Eigentlich nicht«, sagte Deanna. »Vor unserem letzten Gespräch habe ich ihn einige Wochen lang nicht gesehen.«

»Sie sind Betazoidin!« platzte es aus Shana heraus. »Das ist so herrlich daran, an Bord der *Enterprise* zu sein. Zur Besatzung gehören Vulkanier, Betazoiden und sogar ein Klingone. Bitte erzählen Sie mir von ihm!«

»Shana ...«, mahnte Dr. Costa. »Ich glaube, die Counselor und ich haben eine private Angelegenheit zu erörtern. Warum unterhalten Sie sich nicht mit Guinan? Sie dürfte eine der interessantesten Personen an Bord sein.«

»Und sehen Sie sich die Kunstwerke an«, sagte Deanna. Sie deutete zu den Skulpturen und Gemälden im Gesellschaftsraum. »Die Objekte stammen aus allen Teilen der Galaxis. Ich verspreche Ihnen, Dr. Costa nicht lange aufzuhalten.«

»Schon gut.« Shana Russel war bereits auf den Beinen und ließ einen enthusiastischen Blick durch das große Zimmer schweifen. »Um ganz ehrlich zu sein ... Ich wünsche mir nichts sehnlicher, als an einem der Fenster zu stehen und die Sterne zu beobachten. In unserer Sektion des Schiffes gibt es leider nur Bildschirme. Richtige Fenster sind etwas ganz anderes.« Einmal mehr streckte sie die Hand aus. »Hat mich sehr gefreut, Counselor.«

»Deanna«, entgegnete Troi. »Und die Freude ist ganz meinerseits.«

Shana nickte und eilte zu einem der breiten Panoramafenster. Emil Costa seufzte, als sie außer Hörweite war. »Entschuldigen Sie bitte, aber ich wollte nicht, daß die Assistentin Ihren Bericht hört. Dr. Russel vergöttert meine Frau.«

»Ich habe keinen Bericht in dem Sinne.« Deanna faltete die Hände und brachte Ordnung in ihre Gedanken. »Ihre Frau war so erregt, daß sie nur einige Minuten lang mit mir sprach. Offenbar existiert eine Kontroverse zwischen Ihnen, weil Sie sich in den Ruhestand zurückziehen möchten.«

»Ja«, bestätigte der Wissenschaftler und blickte geistesabwesend zu einem Kellner, der diverse Getränke zu einem anderen Tisch trug. »Es schien mir die perfekte Lösung zu sein, aus dem Berufsleben auszuscheiden, aber jetzt bin ich da nicht mehr so sicher ...«

»Möchten Sie Ihre Ehe beenden?« erkundigte sich Deanna.

Emil Costa lachte humorlos. »Welche Ehe? Lynn und ich ... Wir sind Kollegen, manchmal auch Mann und Frau. Doch Freunde sind wir schon seit Jahren nicht mehr.«

»Haben Sie eine Erklärung dafür?«

Der Wissenschaftler kratzte sich am weißen Bart. »Wie passiert so etwas? Nun, ein Grund ist sicher unsere Rivalität bei dem gemeinsamen Projekt. Ich suche neue biologische Eindringlinge, um die von meiner Frau entwickelten Verfahren zu testen. Wenn ich eine Submikrobe einsetze, bei der Lynns Methoden versagen, hält sie mich plötzlich für den Bösewicht. Manchmal redet sie erst dann wieder mit mir, wenn sie eine Möglichkeit entdeckt hat, den Mikroorganismus zu filtern.«

Das ist kein Grund, nach achtundvierzig Jahren Ehe eine Trennung zu erwägen, dachte Deanna. Außerdem blieb eine noch wichtigere Frage in Hinsicht auf Lynn Costa unbeantwortet.

»Dr. Costa ...«, sagte Deanna langsam. »Ihre Frau hat solche Angst, daß sie überhaupt nicht mehr zur Ruhe kommt. Was fürchtet sie so sehr?«

Der Wissenschaftler drehte abrupt den Kopf und winkte einem Kellner zu. »Hierher!« rief er. »Noch ein Glas Orangensaft!«

»Doktor?« drängte die Counselor. »Wovor fürchtet sich Ihre Frau?«

»Keine Ahnung«, knurrte Emil Costa.

Guinan kam mit einem gefüllten Glas und stellte es vor dem Mikrobiologen ab. »Ihre Bestellung war unüberhörbar.« Die Wirtin lächelte. »Was möchten Sie, Counselor?«

»Nichts, danke«, sagte Troi — sie wollte nicht länger am Tisch sitzen als unbedingt nötig. Emil Costa und die Betazoidin schwiegen, bis Guinan wieder ging.

»Tut mir leid«, brummte der Wissenschaftler und strich sich übers kurze Haar. »Meine Frau ist ... einfach nicht mehr sie selbst. Sie braucht die Pensionierung noch dringender als ich.«

»Nun, es hat sicher keinen Sinn, wenn ich sie bitte, ihren Beruf an den Nagel zu hängen«, meinte Deanna. »Aber ich habe sie zu einem Urlaub mit Ihnen überredet. Wenn alles klappt, können Sie in drei Tagen die neue Starbase auf dem Asteroiden Kayran Rock besuchen.«

Der alte Wissenschaftler starrte sie verblüfft an. »Herzlichen ... Dank«, stammelte er.

»Sie sind also einverstanden?«

»Natürlich!« rief Emil Costa. Zum erstenmal zeigte sein faltiges Gesicht ein Lächeln. »Ja, das wäre die ideale Lösung.«

Die gleiche Reaktion wie bei seiner Frau, fuhr es Deanna durch den Sinn. *Beide Costas wollen unbedingt das Schiff verlassen.* Sie stand auf. »Ich habe bereits mit Commander Riker darüber gesprochen. Er schlägt vor, daß Sie einen offiziellen Antrag auf Landurlaub stellen und als Ort die nächste Starbase nennen. Sind Sie und Ihre Frau dazu bereit?«

»Ja, sicher«, erwiderte der Mikrobiologe und sprang auf. Er strahlte übers ganze Gesicht, als er Deanna die Hand schüttelte. »Sie haben zwei Menschen sehr glücklich gemacht, Counselor Troi!«

»Das hoffe ich«, sagte die Betazoidin aufrichtig. »Sie hören von mir.«

»Danke, vielen Dank!«

Der alte Wissenschaftler mochte sich freuen, aber Deanna Troi war sehr ernst, als sie den Gesellschaftsraum im zehnten Vorderdeck verließ. *Die ideale Lösung,* wiederholte sie in Gedanken. Die ideale Lösung für was?

Emil Costa verbarg etwas.

Die Counselor schlief sehr schlecht. Zweimal wies sie den Computer an, die Leuchtintensität der Lampen zu reduzieren, bis es in ihrem kleinen, aber recht bequemen Quartier stockfinster war. Doch selbst in einer Dunkelheit, die der des Alls in nichts nachstand, lag sie wach im Bett und fand keine Ruhe.

Einige Stunden waren vergangen, seit sie erst mit Lynn und später auch mit Emil Costa gesprochen hatten, und sie wünschte sich, beide gleichzeitig zu empfangen. Die Interaktionen zwischen ihnen mochten ihr einen Hinweis auf den Grund für Lynn Costas Ängste geben — und auch auf das Geheimnis ihres Mannes Emil. Troi verabscheute es, Zwang auszuüben, aber in diesem Fall blieb ihr vielleicht keine Wahl. Sie hatte etwas, das die beiden Wissenschaftler wollten — Landurlaub auf Kayran Rock —, und dieses Druckmittel konnte sie einsetzen, um einen Gesprächstermin mit den Costas zu vereinbaren. Sie erreichten den Asteroiden erst in drei Tagen; die Zeit genügte also, um Emil und Lynn dabei zu helfen, sich ihren Problemen zu stellen.

Die getroffene Entscheidung ermöglichte es Deanna endlich, sich zu entspannen. Vor ihrem inneren Auge sah sie eine erregte Lynn Costa mit zerzaustem Haar und blitzenden Pupillen, als sie schließlich einschlief. Fast sofort begann ein seltsamer Traum, der neue Unruhe schuf. Troi glaubte, einen weißen Schutzanzug mit Helm zu tragen. Sie hörte das Zischen ihres eigenen Atems und roch trockene, wiederaufbereitete Luft. Schweiß perlte auf der Stirn und am Hals, während sie gleichzeitig gegen ein Gefühl der Klaustrophobie ankämpfte.

Zuerst glaubte sie, sich einen Raumanzug übergestreift zu haben, um sich auf die Oberfläche eines Planeten mit giftiger Atmosphäre zu beamen. Doch die Kleidung an ihrem Leib wog nicht annähernd genug, obwohl sie Luftschläuche aufwies, die von der Rückseite des Helms zu einem kleinen Gerät an der Taille führten. Darüber hinaus sah sie durch die transparente Sichtscheibe weder den Transporterraum noch die Landschaft einer fremden Welt. Ihren Blicken bot sich vielmehr ein steriles weißes Zimmer mit rechteckigen Behältern dar, jeder von ihnen gerade groß genug, um einen Menschen aufzunehmen. Durch das grau getönte Glas beobachtete sie komplexe miniaturisierte Technik: Bechergläser, Röhren, Sensoren und so weiter. Die

Objekte wirkten vertraut — und gleichzeitig bedrohlich.

Deanna bekam keine Gelegenheit, sich einen genaueren Eindruck von der Umgebung zu verschaffen. Sie näherte sich einem der Behälter, und instinktiv begriff sie: Etwas stimmte nicht. Als sie sich über den durchsichtigen Deckel beugte, zischte gelber Dunst aus einem Ventil an der Außenseite. Sie wußte sofort, daß sie sich in Sicherheit bringen mußte, doch die Ventildichtungen gaben ganz nach, bevor sie reagieren konnte. Aus dem leisen Zischen wurde ein lautes Fauchen, und ätzendes Gas drang ihr in Augen, Nase und Mund. Feuer schien in der Counselor zu entflammen, und sie keuchte. Der weiße Anzug war nicht dazu bestimmt, sie vor der externen Luft zu schützen, und das gelbe Gas strömte herein. Troi versuchte, auf den Beinen zu bleiben, doch sie hatte den Kampf bereits verloren.

Sie starb.

Ruckartig richtete sich Deanna in ihrem Bett auf, und ihr stockte der Atem. Das Haar klebte an schweißnassen Schultern. Sie berührt die Sensorflächen neben dem Bett, und sofort wurde es hell im Zimmer. Nach einigen Sekunden erhob sich die Counselor, taumelte zum Synthetisierer und gab den Code für ein großes Glas Wasser ein, das sie in einem Zug leerte. Trotzdem brannte es in ihrer Kehle. Der Traum war erschreckend realistisch gewesen. Sie trank noch ein Glas Wasser, nahm dann auf der Bettkante Platz und strich sich einige feuchte Strähnen aus dem Gesicht.

Deanna wußte nicht, wie lange sie dort saß und sich an den Alptraum erinnerte. Schließlich klang Dr. Beverly Crushers Stimme aus dem Interkom.

»Crusher an Troi. Sind Sie wach, Deanna?«

Die Betazoidin atmete tief durch. »Hier Troi«, antwortete sie. »Und ob ich wach bin.«

»Tut mir leid, daß ich Sie während Ihrer Ruheperiode störe, aber es geht um Dr. Lynn Costa.«

Jähe Besorgnis erfaßte die Counselor. »Um Dr. Costa?« vergewisserte sie sich. »Haben Sie meinen Logbucheintrag gelesen?«

»Ja«, erwiderte die Bordärztin. »Bitte kommen Sie zur Krankenstation.«

»Warum?« hauchte Deanna.

»Lynn Costa ist tot.«

KAPITEL 2

Deanna Troi verließ den Turbolift und lief zur Krankenstation, wo sie einigen ernst dreinblickenden Personen begegnete, die an einem Diagnosemodul standen. Dr. Beverly Crusher untersuchte den zarten Leib auf der Liege, aber sie schien es nicht sehr eilig zu haben. Ein Blick auf das Wanddisplay genügte, um den Grund dafür zu verstehen — die Lebensindikatoren zeigten Nullwerte.

Zu den Zuschauern gehörte ein riesenhafter Humanoide, der etwa zweieinhalb Meter groß war, doch Trois Aufmerksamkeit galt einem kleineren Mann: Captain Jean-Luc Picard. Sein fast haarloser Kopf neigte sich ein wenig nach hinten, als er in hilflosem Trotz das Kinn vorschob und auf die Tote hinabsah. Die Hände des Kommandanten ballten sich zu Fäusten.

»Wie ist es geschehen?« fragte er.

Beverly Crusher nickte dem Riesen zu. »Das sollten Sie Dr. Grastow fragen. Er hat die Leiche gefunden.«

Grastow überragte alle anderen, aber er hatte ein kindliches Gesicht mit rosaroten Wangen und einem flauschigen rotblonden Bart am Doppelkinn. Das rötliche Haar war genauso kurz wie bei Emil Costa, und außerdem trug er ebenfalls einen blauen Laborkittel. Schockiert starrte er auf die Diagnoseliege, und Deanna beobachtete, wie ihm Tränen in die verschwollenen Augen quollen.

Als Grastow keine Antwort gab, fuhr Beverly fort: »Wir haben Dr. Costa sofort hierhergebeamt, aber es war bereits zu spät. Sie trug einen Schutzanzug, doch er hielt nicht das tödliche Gas von ihr fern.«

Erst jetzt bemerkte Troi die zerknitterte weiße Kleidung auf dem Boden, daneben ein Helm mit Luftschläuchen. Erneut dachte sie an ihren Traum.

Der erschütterte und bestürzte Dr. Grastow blinzelte mehrmals, kehrte allmählich ins Hier und Jetzt zurück. »Der Schutzanzug filtert die nach draußen gelangende Luft, nicht umgekehrt«, erklärte er leise und mit hoher, fast schriller Stimme. »Er ist für den Aufenthalt in speziellen Laboratorien bestimmt.«

»Droht sonst noch jemandem Gefahr?« erkundigte sich Picard.

»Nein«, murmelte der Wissenschaftler. »Das Zimmer wurde sofort versiegelt, und außerdem herrscht dort negativer Druck.« Er hob eine fleischige Hand zur Stirn. »Wie schrecklich! *Ich fasse es einfach nicht!*«

Während die anderen darauf warteten, daß sich der kummervolle Riese wieder faßte, glitt die Tür der Krankenstation auf, und Commander Riker hastete herein, gefolgt von Lieutenant Worf und Lieutenant Commander Data. Sie schritten langsamer, als sie sich der Diagnoseliege näherten. Worf und Data blickten zu dem Leichnam, und Deanna sah, wie der Klingone die Lippen zusammenpreßte. Der Androide hingegen wirkte nur neugierig.

»Auf der Brücke ist alles in Ordnung«, meldete Riker und deutete zu der Toten. »Wie kam es dazu?«

»Zunächst einmal ...«, begann Jean-Luc. »Ist das Labor wirklich versiegelt?«

»Alle Räume auf dem Deck 31 verfügen über automatische Mechanismen für eine hermetische Abriegelung, Captain«, erwiderte Worf. »Der Computer hat die volle Funktion der entsprechenden Vorrichtungen bestätigt.«

Dr. Grastows Stimme klang etwas fester, als er hinzufügte: »Die Filter brauchen etwa zwei Stunden, um alle toxischen Substanzen aus dem Raum zu entfernen. Anschließend können Sie ihn betreten.«

»Wir müssen unbedingt herausfinden, was passiert ist«, knurrte der Klingone dumpf.

»Natürlich, Mr. Worf«, entgegnete Grastow. Es klang hilfsbereit. »Ich bin noch nicht in dem Laboratorium gewesen und kann nur spekulieren. Lynn arbeitete an reaktiver Reinigung — ihr Lieblingsprojekt. Häufig setzte sie ihre Forschungen nach der normalen Arbeitszeit fort. Nun, das Konzept ist ganz einfach. Ganz anders verhält es sich mit der Umsetzung in die Praxis.«

»Reaktive Reinigung«, wiederholte Data. »Die Verwandlung fester Kontaminationssubstanzen in Gas, um sie leichter zu entfernen. Ein theoretisches Verfahren.«

»Ja.« Der Riese nickte. »Durch eine Perfektionierung könnte es Millionen von Mikroprozessoren und Gewebetransplantaten davor bewahren, aufgrund geringfügiger Verunreinigungen ausgemustert zu werden. Lynn rechnete mit giftigem Gas, und deshalb führte sie ihre Experimente in einem Behälter der Klasse Null durch. Ich nehme an, für das tragische Unglück ist ein defektes Ventil oder dergleichen verantwortlich.«

Grastow schüttelte den Kopf, und seine Lippen zitterten, als er versuchte, die Tränen zurückzuhalten. »Ich habe im Labor nebenan gearbeitet, als ich plötzlich den Alarm hörte — der Raum wird ständig von Gasanalysatoren und Partikelzählern überwacht. Ich lief zum Fenster und sah Lynn am Boden ... Und dann fiel mir das Gas auf. Ich wußte natürlich vom negativen Druck im Zimmer — er sorgt dafür, daß die Präsenz der toxischen Substanzen auf den betreffenden Raum beschränkt bleibt. Aus diesem Grund entschied ich, zuerst die Krankenstation zu verständigen. War das ein Fehler?«

»Ganz und gar nicht«, sagte Picard, und seine Stimme brachte Mitgefühl zum Ausdruck. »Niemand anders geriet in Gefahr, oder?«

»Nein«, erwiderte der Wissenschaftler. »Ich bin gern

bereit, später weitere Fragen zu beantworten, aber derzeit ... Wenn Sie gestatten, suche ich jetzt mein Quartier auf.«

»Selbstverständlich.«

Dr. Grastow nickte den übrigen Anwesenden zu, schlurfte fort und duckte sich durch die für ihn zu niedrige Tür.

Will Riker sah ihm nach. »Die Bewohner von Antares IV werden ziemlich groß.«

»Nach antarischen Maßstäben ist er eher klein«, kommentierte Data.

Captain Picard trat näher an die Diagnoseliege heran und musterte ein Gesicht, das einst sehr attraktiv gewesen sein mochte. Jetzt war es blaß und kalt — und es zeigte eine sonderbare Ruhe. *Der Tod hat die Sorgenfalten darin geglättet,* dachte Jean-Luc. »Ist der Ehemann unterrichtet worden?« fragte er.

»Nein«, sagte Beverly Crusher und senkte den Kopf.

Picard seufzte leise — diesen Teil seiner Pflichten verabscheute er. »Ich weise die Besatzung erst auf den Tod der Wissenschaftlerin hin, nachdem ich mit Emil Costa gesprochen habe. Geben Sie Commander Riker Bescheid, sobald Sie mit der Autopsie fertig sind, Beverly — damit er den Termin für die Bestattung festsetzen kann.«

»In Ordnung.«

»Mr. Worf ...« Picard wandte sich an den Klingonen. »Untersuchen Sie das Labor und den Behälter, wenn der Raum kein Giftgas mehr enthält.«

»Ja, Sir«, grollte der Sicherheitsoffizier.

»Nummer Eins, Data — kehren Sie zu Ihren Posten zurück«, fuhr der Captain fort. »Hier können wir ohnehin nichts mehr tun.«

»Darf ich Sie zu Emil Costa begleiten?« fragte Deanna.

Jean-Luc lächelte schief. »Dafür wäre ich Ihnen sehr dankbar, Counselor.«

»Deck 32«, wies Picard den Computer an, als sich die Doppeltür des Turbolifts hinter ihm und Troi schloß. Fassungslos schüttelte er den Kopf. »Angesichts der vielen Sicherheitsvorkehrungen begreife ich nicht, wie es zu einem solchen Zwischenfall kommen konnte. Was soll ich Lynn Costas Mann sagen?«

Deanna musterte den Captain verständnisvoll und erinnerte sich daran, mit welchem Stolz er die beiden Costas an Bord begrüßt hatte. Er bewunderte ihre Arbeit, und die Versetzung der berühmten Wissenschaftler zur *Enterprise* ging auf seine Fürsprache bei der Admiralität zurück. Er wußte natürlich, daß der Aufenthalt in einem Starfleet-Schiff Risiken mit sich brachte, die in einer Forschungsbasis nicht existierten. Doch Emil und Lynn Costas Kinder waren längst erwachsen; sie stellten genau jene Art von Schiffskameraden dar, die sich Jean-Luc wünschte.

Troi hatte oft beobachtet, wie der Captain litt, wenn er an das Schicksal der Zivilisten an Bord dachte, doch Kindern und jungen Familien — Personen, die ihr ganzes Leben vor sich hatten — galt seine ganz spezielle Sorge. Sie folgten ihm einfach, ganz gleich, wohin er sie führte, ungeachtet aller Gefahren. Picard zog Erwachsene wie die Costas vor — Leute, die aus freiem Willen die Herausforderungen des Alls annahmen.

Außerdem blickten die beiden Wissenschaftler auf eine lange Ehe zurück, und Deanna wußte, daß Jean-Luc jener Institution großen Respekt entgegenbrachte — obgleich er sie für sich selbst ablehnte. Er fühlte sich zu Beverly Crusher hingezogen, wahrte jedoch Distanz. *Aus Achtung ihrem verstorbenen Mann gegenüber,* dachte Troi. *Für ihn bleibt Beverly immer Jack Crushers Frau.*

Die Counselor zögerte und rang mit sich selbst, bevor sie sagte:

»Captain, mit der Ehe von Lynn und Emil Costa stand es nicht zum besten. Deshalb wollten sie die *Enterprise* verlassen.«

»Ach?« erwiderte Picard neugierig. »Und weshalb erfahre ich das erst jetzt?«

»Ich weiß erst seit einigen Stunden davon«, antwortete Deanna. »Darüber hinaus mußte noch geklärt werden, ob sie die neue Starbase auf Kayran Rock besuchen konnten.«

»Ich hätte ihre Entscheidung, das Schiff zu verlassen, sehr bedauert«, murmelte Picard. »Aber es wäre mir lieber gewesen als *dies.*«

Das Schott des Turbolifts glitt auseinander, und vor ihnen erstreckte sich ein breiter Korridor, der bis zum Spielzimmer auf Deck 32 reichte. Diese Sektion im unteren Bereich des sekundären Rumpfs enthielt Quartiere für eine hauptsächlich aus Erwachsenen bestehende Wissenschaftlergemeinschaft, deren Angehörigen auf Deck 31 arbeiteten. Im Freizeitraum gab es mehr Spieltische als holographische Unterhaltungsmodule, und in der einen Ecke stand ein altmodischer Billardtisch, der oft benutzt zu werden schien. Derzeit saßen zwei Frauen am dreidimensionalen Schach, und außer ihnen hielt sich niemand in dem Zimmer auf. Die beiden Forscherinnen waren so sehr auf ihre Partie konzentriert, daß sie den Captain und seine Begleiterin überhaupt nicht bemerkten.

Die meisten Wissenschaftler schliefen jetzt, erinnerte sich Deanna. *Unter normalen Umständen läge ich ebenfalls im Bett,* dachte sie. Dann entsann sich Troi an den entsetzlichen Traum und war plötzlich froh darüber, wach zu sein. *Sollte ich dem Captain davon erzählen?* überlegte sie und entschied sich dagegen. Es handelte sich nur um einen Traum, und sie brauchten Fakten. Hinzu kam, daß Lynn Costas Geisteszustand nach ihrem Tod keine Rolle mehr spielte. Dennoch verblieb ein emotionaler Schatten in Troi, und sie versuchte vergeblich, ihn zu vertreiben.

»Dort entlang«, sagte Picard. Er führte die Counselor fort vom Freizeitraum und durch einen anderen Korridor. Rechts und links sah Deanna Türen, gekennzeichnet mit Kombinationen aus Zahlen und Buchstaben oder Holo-Porträts der jeweiligen Bewohner. Die Wände des Gangs präsentierten seltsam eklektischen Schmuck: holographische Anschlagtafeln, Reproduktionen von Kunstwerken und bunte Bilder, die allem Anschein nach von Kindern stammten.

Der Captain blieb verwundert stehen. »Hoffentlich haben wir uns nicht verirrt.« Er berührte einen Kom-Sensor. »Computer, befinde ich mich in der Nähe von Emil Costas Kabine?«

»Ja, Sir«, erklang einige Sekunden später die Stimme des Androiden Data. »Sein Quartier trägt die Bezeichnung B-81 — nach dem nächsten Schott die erste Tür auf der linken Seite. Der Wissenschaftler ist zugegen.«

»Danke. Picard Ende.«

Jean-Luc schritt durch den Korridor, und Deanna mußte sich beeilen, um nicht den Anschluß zu verlieren. Kurz darauf fanden sie tatsächlich eine Tür mit der Aufschrift: »Die Costas.« Picard straffte die Schultern, verdrängte seinen Kummer und bereitete sich innerlich darauf vor, eine sehr unangenehme Pflicht zu erfüllen.

Er betätigte den Türmelder, doch es erfolgte keine Reaktion. Erneut drückte er die Taste, aber auch diesmal rührte sich nichts. Jean-Luc zögerte kurz, berührte dann seinen Insignienkommunikator. »Captain Picard an Emil Costa. Ich stehe vor Ihrer Tür und möchte mit Ihnen reden.«

»Ja, Captain«, brummte der Mikrobiologe undeutlich. Den beiden Worten folgte leises Stöhnen, dann ein lautes Rülpsen. »Ich bin im Augenblick nicht in der richtigen Verfassung, um Sie zu empfangen.«

»Es geht um eine wichtige Angelegenheit, die Ihre Frau betrifft«, sagte Picard scharf.

Sofort schob sich die Tür beiseite, und ein kleiner Mann mit trüben Augen starrte den Captain an. Er wirkte krank, und sein Atem hatte einen seltsamen Geruch, den Deanna nicht sofort identifizieren konnte.

Jean-Luc erwartete die Aufforderung, das Quartier zu betreten. Als Emil Costa schwieg, holte er tief Luft und sagte unverblümt: »Ihre Frau ist einem tragischen Unfall zum Opfer gefallen.«

Der alte Wissenschaftler blinzelte, und die Müdigkeit wich aus seinen Pupillen. Offenbar verstand er nicht. »Lynn arbeitet oben in ihrem Laboratorium. An der blödsinnigen reaktiven Reinigung.«

»Dort kam es zu dem Zwischenfall«, erklärte Troi. »Dr. Costa war bereits tot, als man sie zur Krankenstation beamte.«

»Was?« brachte Emil Costa hervor. *»Nein!«* kreischte er plötzlich und drückte eine Taste — die Tür schloß sich.

Picard warf der Counselor einen verwirrten Blick zu, den sie ignorierte — Deanna analysierte die empfangenen emotionalen Emanationen: keine Überraschung; Furcht; Schuld; und profunder Kummer.

»Haben Sie Alkohol gerochen?« fragte Picard und wandte sich von der Tür ab.

»Ja«, seufzte Deanna. Jetzt erkannte sie den sonderbaren Geruch.

Der Captain streckte die Hand aus, als sich die Counselor in Bewegung setzen wollte. »Konnten Sie etwas in Erfahrung bringen?«

Troi schüttelte den Kopf. »Nur wenig«, erwiderte sie. »Emil Costa verbirgt etwas, und seine Frau hatte schreckliche Angst, als ich sie zum letztenmal sah, vor einigen Stunden. Ich schätze, wir müssen einen Selbstmord in Erwägung ziehen.«

»Selbstmord?« Picard riß die Augen auf. »Basiert diese Vermutung auf bestimmten Gefühlen, die Sie sondiert haben? Zum Beispiel auf einer Art Todessehnsucht?«

»Nein, eigentlich nicht«, widersprach die Betazoidin. »Ich hoffe sehr, mich zu irren. Aber es ist eine Möglichkeit, die wir nicht ausschließen können. Außerordentlich deprimierte Menschen neigen zu Selbstmord. Sie sind sogar imstande, unterbewußt Vorbereitungen für einen tödlichen Unfall zu treffen.«

»Lynn Costa hatte also Angst«, sinnierte Picard. »Wovor?«

»Ich weiß es nicht.« Erneut schüttelte Deanna den Kopf. »Ich habe versucht, es herauszufinden, aber sie gab mir keine Gelegenheit dazu.«

»Na schön.« Jean-Luc traf eine Entscheidung. »Sie begleiten Worf zum Ort des Zwischenfalls und helfen ihm bei den Ermittlungen.«

»Ja, Captain«, bestätigte Troi ohne große Begeisterung. Sie fühlte sich schuldig, weil sie nichts unternommen hatte, um Lynn Costas Tod zu verhindern, und außerdem fand sie keinen Gefallen an der Vorstellung, mit Worf zusammenzuarbeiten. Doch sie würde es nie zulassen, daß persönliche Empfindungen sie bei der Wahrnehmung ihrer Pflicht behinderten, und außerdem hütete sie sich davor, Picard ihr Unbehagen zu zeigen. Sie lächelte nur und ging durch den Korridor.

»Counselor!« rief ihr Jean-Luc nach. Seine Stimme war sanft und voller Anteilnahme, als er hinzufügte: »Ich weiß, daß Sie und Worf nicht immer gut miteinander ausgekommen sind, aber er leitet die Sicherheitsabteilung dieses Schiffes, und deshalb fallen die Nachforschungen in seinen Zuständigkeitsbereich. Sie haben erst vor kurzer Zeit mit Lynn Costa gesprochen und Einblick in ihren emotionalen Kosmos gewonnen. Ich möchte einen Bericht von Ihnen beiden.«

»Ja, Sir.« Manchmal hatte Deanna den Eindruck, daß der Captain einen ebenso hohen PSI-Faktor hatte wie sie selbst — wenn es um seine Crew ging.

Einmal mehr klopfte er auf seinen Insignienkommunikator. »Picard an Worf.«

»Hier Worf«, ertönte die respektvolle Stimme des Klingonen aus dem winzigen Lautsprecher.

»Ich erwarte Sie im Bereitschaftsraum«, sagte Jean-Luc. »Counselor Troi hat von mir den Auftrag gehalten, Sie bei Ihren Ermittlungen in bezug auf Dr. Costas Tod zu unterstützen.«

»Ja, Sir«, erwiderte Worf, und es gelang ihm nicht, die Überraschung aus seinem Tonfall fernzuhalten.

Als der zentrale Turbolift Deanna und Picard zur Brücke trug, dachte Troi noch einmal an die besonderen Umstände, denen sie ihre Antipathie Worf gegenüber verdankte. Sie war damals schwanger gewesen, ohne zu wissen, von wem das ungeborene Kind stammte, und der Klingone hatte in seiner Eigenschaft als Sicherheitsoffizier eine Abtreibung vorgeschlagen. Kühlere Köpfe setzten sich durch, und Deanna brachte das Kind nach einer stark beschleunigten Schwangerschaftsphase zur Welt. Zugegeben, es stellte tatsächlich eine Gefahr für das Schiff dar, aber schließlich ergab sich folgendes: Es fungierte nur als Instrument für eine sonderbare Entität, die in menschlicher Gestalt neue Erfahrungen sammeln wollte. Was den geistigen Horizont aller Beteiligten erweiterte.

Aber Worf wollte eine Abtreibung.

Auf rationaler Ebene fiel es Troi nicht schwer, dem Klingonen zu verzeihen. An seiner Stelle hätte sie vielleicht ebenfalls eine solche Maßnahme vorgeschlagen. Doch das änderte nichts an ihrer emotionalen Reaktion. Sie brauchte mehr als nur ein oder zwei Jahre, um darüber hinwegzukommen. *Es ist mein Körper,* überlegte sie. *Allein ich habe das Recht zu entscheiden, ob ich neues Leben zur Welt bringen möchte oder nicht.*

Deanna zweifelte kaum daran, daß sich jene Kontroverse auf sie selbst weitaus stärker auswirkte als auf Worf. Er war immer höflich und auch dazu bereit gewesen, ihren Rat zu beherzigen. Allerdings: Seit damals hatten sie nie bei irgendeinem Projekt zusammengearbeitet — bis jetzt.

Picard und Troi erreichten den Kontrollraum, der den

üblichen Anblick bot. Data saß an der Operatorstation und Fähnrich Wesley Crusher am Navigationspult. Commander Riker schaute dem Jungen über die Schulter.

»Worf ist im Bereitschaftsraum«, sagte der Erste Offizier knapp.

»Danke, Nummer Eins«, antwortete Picard. Er verharrte kurz. »Status, Fähnrich Crusher?«

»Wir sind unterwegs zum Asteroiden Kayran Rock im Heimatsystem der Kreel«, erwiderte Beverly Crushers Sohn ruhig. »Warp drei.«

»Kurs und Geschwindigkeit halten.« Der Captain wandte sich an Riker und senkte die Stimme. »Liegen schon die Ergebnisse der Autopsie vor?«

»Nein, Sir.« Rikers Stimme klang ernst.

Picard nickte und schritt zum Bereitschaftsraum. Worf sprang auf, als der Captain und Troi eintraten. Der Computerschirm auf dem Schreibtisch zeigte hochauflösende Vektordiagramme und erklärenden Text.

Worf wich vom Tisch fort. »Ich habe mir die Wartungsberichte von Deck 31 angesehen.« Er deutete zum Monitor. »Und ich verstehe nicht, wie ein Ventil oder etwas in der Art eine so fatale Fehlfunktion aufweisen konnte.«

Der Captain seufzte. »Vielleicht wurde es manipuliert.«

»Wie bitte?« Worf hob die Brauen, und tiefe Furchen bildeten sich in seiner Stirn.

Deanna blieb zwischen den beiden Männern stehen und schilderte ihr Gespräch mit Lynn Costa. »Ich glaube, wir müssen auch die Möglichkeit eines Selbstmords berücksichtigen«, fügte sie hinzu.

»Emil Costa scheint betrunken gewesen zu sein«, sagte Picard und verzog das Gesicht. »Ich weiß nicht, was das alles zu bedeuten hat, aber ich möchte, daß Sie gründlich ermitteln und mir Bericht erstatten. Wann können Sie sich in dem Laboratorium umsehen?«

Worf nahm Haltung an. »Das erfahren wir von Dr. Karn Milu. Er wartet in seinem Büro auf mich ... auf *uns.*«

»Nun gut«, entgegnete Picard. »Für die Dauer der Nachforschungen sind Sie von Ihren übrigen Pflichten entbunden. Das ist alles.«

Der Klingone und die Betazoidin wechselten einen kurzen Blick, bevor sie den Bereitschaftsraum verließen. Jetzt begann ihre Zusammenarbeit.

KAPITEL 3

Die Verwaltungsbüros der wissenschaftlichen Abteilung befanden sich im Diskussegment der *Enterprise,* auf Deck 5. Sie waren also ein ganzes Stück von den speziellen Laboratorien auf Deck 31 entfernt. Andererseits: Von dort aus konnte man schnell die Brücke, mehrere Transporterräume und viele wissenschaftliche Forschungskammern erreichen. Die Reise mit dem Turbolift dauerte nicht lange, und Worf bedauerte, kaum Zeit zu haben, um die Costa-Angelegenheit mit Deanna zu besprechen, bevor sie Karn Milu gegenübertraten, dem ranghöchsten Wissenschaftler an Bord.

Er sah die Betazoidin an, doch sie blickte starr geradeaus und schien in Gedanken versunken zu sein. Der Klingone hätte es vorgezogen, allein zu ermitteln, aber er wußte auch, daß ihm die einzigartigen Talente Deanna Trois nützlich sein konnten. Ihr Gespräch mit Lynn Costa legte beunruhigende Schlußfolgerungen nahe. Worf hatte nie in Erwägung gezogen, daß die alte Forscherin — oder sonst jemand — in der Lage sein mochte, Selbstmord zu begehen. Für Klingonen kamen als Grund für *HoH'egh* nur beispiellose Feigheit oder eine demütigende Niederlage in Frage. Eine gescheiterte Ehe bot Worfs Ansicht nach nicht annähernd genug Anlaß, sich das Leben zu nehmen.

»Counselor ...«, sagte er schließlich und gab den Versuch auf, seinen Abscheu zu verbergen. »Können Menschen wirklich so deprimiert sein, daß sie im Tod den einzigen Ausweg sehen?«

Deanna blinzelte überrascht und erweckte den Eindruck, sich erst jetzt wieder ihrer Umgebung bewußt zu werden. »Ich fürchte, das ist tatsächlich der Fall«, erwiderte sie. »Über viele Jahrhunderte hinweg sind die Terraner vom Jenseits geradezu besessen gewesen. Vielleicht liegt es an den frühen Religionen, die nach dem Tod ein besseres Leben in Aussicht stellten.«

»Hm«, brummte der Klingone. Ein solches Konzept war ihm nicht fremd, aber er brachte kein Verständnis dafür auf. Er hielt es für absurd, den Tod herbeizusehnen.

Die Tür des Turbolifts öffnete sich auf Deck 5, und ein schlanker Vulkanier trat den beiden Offizieren entgegen.

»Ich bin Saduk«, sagte er und deutete eine Verbeugung an — Vulkaniern schüttelte man nicht die Hand. »Ich arbeite ebenfalls am Projekt Mikrokontamination und zeige Ihnen, wo man Dr. Costas Leiche fand. Doch zuerst möchte Dr. Milu mit Ihnen sprechen.«

»In Ordnung.« Worf hatte gern mit Vulkaniern zu tun: Ihnen gegenüber konnte man ganz offen reden, ohne Zeit mit Höflichkeiten verschwenden zu müssen, so wie bei Menschen.

Sie folgten dem spitzohrigen Humanoiden in ein Büro, dessen Einrichtung die Bezeichnung luxuriös verdiente, wenn man die Maßstäbe der *Enterprise* anlegte. Im Vergleich dazu war der Bereitschaftsraum des Captains schlicht und spartanisch. Verzierte gläserne Schaukästen hingen an den Wänden und enthielten Insekten aus allen Teilen der Galaxis. Jeder einzelne Schaukasten stellte ein individuelles Kunstwerk dar, und die Artenvielfalt der Insekten reichte von terranischen Skorpionen mit hoch erhobenen Schwänzen bis hin zu mehrköpfigen centaurischen Wasserkäfern mit ausgebreiteten Schwimm-Membranen. Worf sah mit schillernden Flügeln ausgestattete Geschöpfe und Würmer; nirgends fehlten kleine Schilder, die auf Besonderheiten der einzelnen Spezies hinwiesen. Er schauderte unwillkürlich, als sein Blick auf eine klingonische Kakerlake mit langen Greifzangen fiel.

In der Mitte des Zimmers stand ein großer bernsteinfarbener Schreibtisch aus trockenem, steinhartem Harz, in dem Tausende von betazoidischen Larven für immer erstarrt waren. Vier Computerschirme leuchteten darauf, und an der Wand dahinter glühte ein Projektionsfeld.

Der bekannte Entomologe und Projektleiter wirkte eher unscheinbar. Er war klein und gedrungen, hatte buschige Brauen, die sich nach oben wölbten, bis hin zum welligen grauen Haar. »Willkommen«, sagte er mit einem traurigen Lächeln. »Ich wünschte, Ihr Besuch fände unter angenehmeren Umständen statt.«

»Hübsches Büro«, erwiderte Worf unverbindlich.

Karn Milu nickte und richtete den Blick dann auf Deanna. Die dünnen Adern in seinen Schläfen pulsierten kaum merklich, und der Klingone beobachtete, wie Troi kurz zusammenzuckte.

Ärger vibrierte in ihrer Stimme, als sie dem Betazoiden mitteilte: »Ich empfange Ihre Gedanken, aber ich bin nicht imstande, eine telepathische Antwort zu geben, Dr. Milu. Außerdem sollten wir auf Lieutenant Worf Rücksicht nehmen und uns mit einer verbalen Kommunikation begnügen.«

»Natürlich«, entgegnete Karn Milu. »Ich wollte nur feststellen, ob Sie seit unserer letzten Begegnung geübt haben. Offenbar ist das nicht der Fall.«

»Ich muß mich um andere Dinge kümmern«, sagte Deanna.

»O ja.« Der Entomologe nickte. »Ein tragischer Unfall. Ich weiß es sehr zu schätzen, daß Sie die Hintergründe klären wollen.«

»Da wir gerade dabei sind ...«, begann Worf. »Was wissen Sie von dem Vorfall?«

»Nichts.« Dr. Milu zuckte mit den Schultern. »Er hat

mich ebenso überrascht wie alle anderen. Ich habe den Costas immer volle Autonomie bei ihren Projekten gewährt, und meine Hilfe brauchten sie bestimmt nicht. Ich weiß ebensowenig wie Sie, was geschehen ist.«

Deanna musterte ihn verwirrt. »Aber Sie haben mich auf die besorgniserregende geistige Verfassung von Lynn Costa hingewiesen.«

»Weil es die Starfleet-Vorschriften von mir verlangten.« Erneut hob und senkte der Betazoide die Schultern. »Durch die vorsätzliche Zerstörung von offiziellen Aufzeichnungen ergibt sich ein erhebliches Sicherheitsproblem. Lynn Costa hat nicht etwa private Daten gelöscht, sondern Informationen, die allen wissenschaftlichen Instituten der Föderation zur Verfügung gestellt werden sollten. Bisher bekam niemand eine vernünftige Erklärung von ihr.«

»Und es wird auch niemand eine bekommen«, stellte Worf fest. »Sie sind Betazoide, Dr. Milu. Haben Sie in Dr. Costa etwas gespürt, das ihr Verhalten begründen könnte?«

»Im Gegensatz zu Deanna schirme ich mich von den Gefühlen der übrigen Besatzungsmitglieder ab«, erläuterte der Wissenschaftler. »Ich leite nicht nur die entomologische Abteilung der *Enterprise*, sondern bekleide auch den Rang eines Starfleet-Commanders. Ich bin für vierhundertdreiundneunzig Forscher verantwortlich. Zu meinen täglichen Pflichten gehören viele Verwaltungsaufgaben, und ich möchte nicht jedesmal dann belästigt werden, wenn sich ein Ehepaar zankt. Oh, ich befasse mich damit, wenn die Sache ernst wird — wie bei Lynn Costa —, aber ich mische mich nur dann in emotionale Angelegenheiten ein, wenn mir keine andere Wahl bleibt. Immerhin ist die Bordcounselor für so etwas zuständig.«

Milu lächelte, und Deanna Troi errötete fast. Warum entwickelte sie in der Gegenwart dieses Mannes eine Art Minderwertigkeitskomplex? Lag es daran, daß ausschließlich betazoidisches Blut in seinen Adern floß, daß er über geistige Fähigkeiten verfügte, die weit über ihre hinausgingen? Nein, sie brachte ihm keinen Neid entgegen, nur Respekt. Deanna gelangte zu dem Schluß, daß sie an einem leichten Syndrom von Heldenverehrung litt. Sie bewunderte Karn Milu sehr, ohne ihn näher zu kennen.

»Es tut mir leid, daß ich Ihnen nicht mehr helfen kann«, sagte der Entomologe und wandte sich direkt an Worf. »Wie dem auch sei: Meine Abteilung und ich werden Sie voll unterstützen.«

»Kennen Sie jemanden, der in der Lage wäre, uns genauere Auskunft zu geben?« fragte der Klingone offen.

Karn Milu deutete zu dem schweigenden Vulkanier. »Saduk ist länger als sonst jemand am Projekt Mikrokontamination beteiligt, abgesehen von den Costas. Er zeigt Ihnen das Laboratorium und beantwortet Ihre Fragen. Sie sollten auch mit den beiden jungen Assistenten sprechen. Damit meine ich den Antarer Grastow und die Terranerin ...« Er schnippte mit den Fingern, als ihm der Name nicht sofort einfiel.

»Shana Russel«, sagten Saduk und Deanna wie aus einem Mund. Deanna sah den Vulkanier an, dessen Blick an Karn Milu festklebte.

»Shana Russel«, wiederholte der Entomologe und tippte sich an die Stirn, als wollte er sich den Namen auf diese Weise einprägen. Dann berührte er einige Sensorflächen und schaltete damit die Computerschirme aus — im Büro wurde es dunkler, und dadurch wirkte es nicht mehr ganz so imposant. »Nur jene Personen hatten ständig Kontakt mit den Costas. Sicher beabsichtigen Sie auch, mit Emil zu reden.«

»Ja«, grollte Worf und drehte sich zu dem Vulkanier um. »Wann können wir in das Laboratorium?«

»Jetzt sofort.« Saduk führte den Klingonen und die Counselor zur Tür.

Deck 31 und die beiden Wohndecks 32 und 33 befanden sich zwischen den Deuterium-Reaktoren oben und einem Teil des Lebenserhaltungssystems weiter unten. Dadurch bot das einunddreißigste Deck ein hohes Maß an Sicherheit und war somit ein idealer Ort für sowohl gefährliche als auch geheime Experimente. Die unteren Abschnitte der betreffenden Decks reichten bis in die Gefechtssektion, grenzten dort an Waffenstation und Kampfbrücke. In einer kritischen Situation wurde das Diskussegment des Schiffes abgekoppelt, doch dieser Bereich blieb erheblichen Gefahren ausgesetzt.

Die Counselor wußte: Jene Wissenschaftler, die auf Deck 31 arbeiteten, waren in eine Aura des Mystischen und Geheimnisvollen gehüllt. Als sie durch einen schmucklosen Korridor schritten, erinnerte sich Deanna an Shana Russels Hinweis auf fehlende Fenster. Troi und die Brückenoffiziere konnten sich glücklich schätzen, am Rand des primären Rumpfs tätig zu sein, umgeben von den Sternen. Hier unten, auf Deck 31, gab es nur weite beigefarbene Flächen.

Lieutenant Worf sprach mit Saduk, und erstaunlicherweise beschränkte sich der Vulkanier nicht auf knappe, wortkarge Antworten. »Ich habe Ihre Arbeit immer bewundert«, sagte der Klingone. »Eins steht fest: An Bord von klingonischen Schiffen existieren keine so sauberen Bereiche.«

»Für die *Enterprise* im großen und ganzen gilt die Sauberkeitsstufe zehntausend«, erwiderte Saduk. »Mit anderen Worten: Die Luft enthält nicht mehr als zehntausend Staubpartikel pro Kubikmeter. Es ist recht einfach, Kontaminationssubstanzen aus einer atembaren Atmosphäre fernzuhalten — bis sich Personen in ihr aufhalten.«

»Wäre es nicht möglich, die Transportertechnik zu benutzen, um Ihre Mitarbeiter keimfrei zu machen?« erkundigte sich Worf.

Dünne Falten formten sich in der Stirn des Vulkaniers. »Der größte Vorteil des Transporters besteht darin, genau das zu reproduzieren, was er vorfindet — mit Warzen und allem Drum und Dran, um eine menschliche Redensart zu zitieren. Der Biofilter ist nicht darauf programmiert, den Schmutz unter Ihren Fingernägeln zu entfernen. Oder den Schleim in Ihrer Nase. Oder ...«

»Ich verstehe«, warf Deanna hastig ein. »In der Praxis hat es keinen Sinn, den Transporter für Reinigungszwecke einzusetzen.«

»Das stimmt«, bestätigte Saduk. »Außerdem muß dabei der Kostenfaktor berücksichtigt werden. Ganz gleich, welche Methode man in Betracht zieht: In biologischen Wesen wimmelt es von Mikroorganismen. Ganz zu schweigen von Staub, Feuchtigkeit und so weiter. Spezielle Schutzanzüge bleiben auch nach Hunderten von Jahren die beste Lösung. In unserem Fall sind sie nicht dazu bestimmt, den Träger vor der Umwelt zu schützen. Es verhält sich genau umgekehrt.«

»Und deshalb ist Lynn Costa tot«, sagte Deanna. Sie dachte an ihren Traum, an den Helm, der klaustrophobische Gefühle in ihr geweckt hatte.

Der Vulkanier nickte. »Ja. Es wird nur die Luft gefiltert, die den Schutzanzug verläßt, nicht jedoch das hereinströmende Gas.«

Er blieb vor einer Tür stehen, die ein besonderes elektronisches Verriegelungssystem aufwies. Kontrolliert wurde es von einem Modul, das auf verbale Anweisungen reagierte und Stimmen analysierte. »Wir sind da. Welche Sektion möchten Sie aufsuchen?«

Worf kniff die Augen zusammen. »Welche Sektion? Wir wollen uns das Zimmer ansehen, in dem Lynn Costa starb.«

»Die Behälter befinden sich in einem Laboratorium der Klasse Eins«, sagte Saduk. Er musterte den großen Klingonen skeptisch. »Sie müßten Schutzanzüge tragen.«

»Läßt sich das nicht vermeiden?« fragte Worf. »Es

geht uns nur darum, einen allgemeinen Eindruck zu gewinnen.«

»Das ist leider nicht möglich«, entgegnete der Vulkanier. »Um die Kapseln im Raum der Kategorie Eins zu erreichen, müssen wir durch Zimmer der Klasse Tausend, Hundert und Eins. Vielleicht sind Sie mit dem Kinderspielzeug vertraut, das aus einem Ei besteht, in dem sich andere Eier verbergen. Bei der hiesigen Struktur verhält es sich ähnlich.«

»Es ist mir völlig gleich, welche Kleidung ich tragen muß«, brummte Worf. »Kann ich meinen Tricorder mitnehmen?«

»Wir geben Ihnen ein staubfreies Exemplar.« Der Vulkanier wandte sich an das Kontrollmodul neben der Tür. »Saduk bittet um Zugang.«

»Verbalmuster bestätigt«, erklang eine Sprachprozessorstimme, und das Schott glitt mit einem leisen Zischen beiseite.

Sie betraten einen weiteren Korridor mit breiten Fenstern in den Wänden. Dunkelheit herrschte in dem Laboratorium auf der linken Seite; in der Finsternis zeigten sich die vagen Konturen von sonderbaren Geräten und Instrumenten. Rechts bemerkte Deanna in Weiß gekleidete Techniker: Wie Geister schritten sie durch ein Zimmer mit großen Metallkästen, in denen ultraviolette Quarzlampen glühten. Der Raum enthielt kleinere Kammern mit Wänden aus transparentem Aluminium. Dort bewegten sich Roboter mit eleganter Gelassenheit, zogen Wafer mit Mikrochips aus Maschinen. Weiter hinten beobachtete die Counselor Tanks, Pumpen und Rohrleitungen, die vom Boden hoch bis zur Decke reichten.

»Hier finden Forschungen und Entwicklungen in bezug auf Halbleiter statt«, erläuterte Saduk. »Die Techniker befassen sich mit neuen Herstellungsmethoden, die eine höhere Produktionseffizienz versprechen.«

»Und der dunkle Raum?« Worf deutete nach links.

Der Vulkanier setzte auch weiterhin einen Fuß vor den anderen, als er antwortete: »Eine Forschungskammer, die den Projekten der anderen Decks zur Verfügung steht. Wir bezeichnen sie als unser ›Gästezimmer‹«, fügte er ohne ein Lächeln hinzu.

Bevor Deanna Gelegenheit bekam, weitere Einzelheiten zu erkennen, passierten sie ein zweites Schott und gelangten in einen schmaleren Korridor. Der Boden verwandelte sich in ein silbergraues Gitter, und die Counselor spürte so etwas wie eine leichte Brise.

»Ihre erste Luftdusche«, sagte Saduk. »Die nächste erwartet Sie im Transitzimmer.«

Doch zuerst wanderten sie durch andere Kammern, in denen anonyme Wissenschaftler an Elektronenmikroskopen und Lasergeräten saßen. Einige von ihnen beugten sich über Petrischalen, und von der Decke herabhängende Hauben umhüllten ihre Köpfe — um zu vermeiden, daß Schmutzpartikel auf die Werkbänke und Instrumententische gerieten.

»Biomedizinische Laboratorien«, erklärte der Vulkanier. »Emil Costa arbeitet gelegentlich in dieser Abteilung.«

»Ist der Luftdruck hier überall geringer als in den anderen Abteilungen der *Enterprise?*« fragte Worf.

»Das kommt darauf an«, antwortete Saduk. »In den biomedizinischen Laboratorien haben wir uns tatsächlich für einen negativen Druck entschieden, damit keine Luft entweichen kann. Doch in den Transitzimmern gibt es positiven Druck — um sie vor verschmutzter Luft zu schützen. Der Luftdruck gehört zu unseren wichtigsten Verbündeten, wenn es um Sauberkeit geht.«

»In einem Notfall kann ich für Unterdruck in der Krankenstation, den Transporterräumen und anderen Bereichen des Schiffes sorgen«, sagte Worf.

»Ja, ich weiß«, erwiderte der Vulkanier. »Ich habe das System konzipiert.« Seine Stimme klang sachlich, nicht stolz.

Worf sah Deanna an und hob eine Braue, als Saduk vor einer Tür mit der Aufschrift TRANSITZIMMER 3 verharrte. Darunter stand in kleineren Buchstaben: KLASSE 100.

»Saduk bittet um Zugang.«

»Verbalmuster bestätigt«, sagte der Computer und öffnete das Schott.

Das Transitzimmer erschien der Counselor wie eine sterile Mischung aus Schrank und Umkleideraum. An der einen Wand zeigten sich Dutzende von Schließfächern, an der anderen Gestelle mit weißer Kleidung und Helmen. Weiter hinten sah Deanna mehrere Luftduschen und Vorhänge aus ultravioletten Strahlen. Hier und dort fielen ihr knollenartige Luftdüsen auf; Quarzlampen schimmerten sowohl an der Decke als auch unter dem Boden. Drei Türen waren mit den Aufschriften MIKROKONTAMINATION, MEDIZIN und PRODUKTION gekennzeichnet.

»Handelt es sich um Transportkapseln?« fragte Troi erstaunt. »Ich wußte gar nicht, daß es hier auch Turbolifte gibt.«

»Andernfalls würde es zu lange dauern, um von einer Abteilung zur anderen zu wechseln«, sagte der Vulkanier. »Nun, wenn Sie Schutzkleidung tragen, können Sie von hier aus die Laboratorien der Klasse Hundert betreten.«

Worf begann damit, seine klingonische Schärpe abzustreifen.

»Das ist nicht nötig, Lieutenant«, fuhr Saduk fort. »Bestimmt haben wir einen Anzug, der groß genug für Sie ist.« Er drückte eine Taste, und ein Fließband brachte ihm weißes, dünnes Material. Es erinnerte Deanna an einen Fallschirm, den sie in einem alten terranischen Film gesehen hatte.

Worf griff danach, und Saduk suchte nach einem geeigneten Helm. Troi wartete keine Aufforderung ab, nahm einen Schutzanzug aus dem Gestell und wunderte sich über das geringe Gewicht. Der Stoff wirkte wie hauchdünne Gaze.

»Sie merken nicht einmal, daß Sie diese zusätzliche Kleidung tragen«, kommentierte Saduk.

Der Stoff legte sich wie eine substanzlose Patina auf ihre Uniformen, doch bei den Helmen sah die Sache ganz anders aus. Saduks flinke Finger verbanden Deannas Helm innerhalb weniger Sekunden mit ihrem Anzug, doch sie richteten nichts gegen das Gefühl der Klaustrophobie aus, das sich nun erneut in der Counselor regte. Sie glaubte sich plötzlich hinter dem leicht getönten Visier gefangen, und die zu Filtern führenden Schläuche erschienen ihr wie Tentakel.

Unwillkürlich atmete sie schneller und spürte, wie Luft durch kleine Schlitze im Helm zischte. Sowohl der Helm als auch die Handschuhe mahnten: *Die Kleidung soll nicht* mich *schützen, sondern die Umgebung davor bewahren, von mir verunreinigt zu werden.*

Saduk setzte seinen eigenen Helm auf und klappte die Schnallen zu. »Hier entlang«, sagte er und führte seine beiden Begleiter durch die mit MIKROKONTAMINATION markierte Tür.

Dahinter flüsterte eine Luftdusche, und Deanna beobachtete, wie sich die Schutzanzüge im beständigen Luftstrom flatternd bewegten. Erneut standen sie auf einem Gitter. Quarzlampen glühten an der Decke und unter ihren Stiefeln, die nun ebenfalls in isolierendem Weiß steckten. Eine leichte Vibration wies Troi darauf hin, daß die Transportkapsel des speziellen Turbolifts zur Seite glitt.

Wenige Sekunden später öffnete sich die Tür auf der anderen Seite, und sie betraten einen großen Raum mit kleineren Kammern, die wie Iglus anmuteten. Saduk schritt durch die sterile Landschaft zu einem kleineren Schott, wo jemand in Weiß stand.

»Fähnrich Singh«, sagte der Mann und nahm vor Lieutenant Worf Haltung an.

Deanna hörte die Stimme des Sicherheitswächters so deutlich, als erklinge sie direkt an ihren Ohren. Offenbar waren die Helme mit Kommunikatoren ausgestattet.

»Danke, Fähnrich«, erwiderte der Klingone. »Status?«

»Niemand hat sich im Zimmer aufgehalten, seit Dr. Costa zur Krankenstation gebeamt wurde«, meldete der Fähnrich und deutete zur Tür mit der Aufschrift KLASSE 1.

»In Ordnung.« Worf nickte. »Sie können gehen.«

Singh eilte fort, und Deanna näherte sich dem großen Fenster, das einen Blick in die Kammer mit den Behältern gewährte. Alles sah genauso aus wie in ihrem Traum: keimfreies Weiß, graue Kapseln, gerade groß genug, um einen Menschen aufzunehmen, darin miniaturisierte Technik. Das Déjà-vu-Erlebnis war so intensiv, daß sie taumelte und sich am Fenstersims abstützte.

»Ist alles in Ordnung mit Ihnen?« fragte Worf besorgt.

»Ja«, hauchte Troi und rang sich ein Lächeln ab, das für den Klingonen zum größten Teil verborgen blieb. Dann wandte sie sich an Saduk und fragte: »Hat Dr. Grastow die Leiche durch dieses Fenster gesehen?«

»Ja.« Der Vulkanier nickte. »Soll ich ihn bitten, zu uns zu kommen?«

»Nein«, erwiderte Deanna. »Wir sprechen mit ihm, wenn er sich ausgeruht hat. Können wir hinein?«

Saduk prüfte die Anzeigen der Kontrollfläche neben dem Fenster. »Normale Werte. Partikelzählung null Komma sechs zwei. Kein Giftgas. Relativer Druck: minus zwölf Prozent. Und Kapsel eins ist desaktiviert worden.« Er gab einen Code ein, und die Tür öffnete sich.

Worf trat zuerst vor, und Saduk wartete geduldig, als Deanna langsam an ihm vorbeischritt — sie hatte es nicht eilig. Absolute Stille, wie Särge wirkende Behälter und die Erkenntnis, daß hier jemand gestorben war

— alles zusammen vermittelte den Eindruck einer Gruft.

Das weiße Zimmer war ohne besondere Merkmale, wenn man vom Fenster und den Kapseln absah. Troi zählte insgesamt acht, und die in massive Luken eingelassenen ID-Schirme bildeten den einzigen Unterschied. Einige von ihnen zeigten keine Daten, doch auf anderen leuchteten Schriftzüge wie: BETEIGEUZE III — IONISIERTE ATMOSPHÄRE, UDRYXAL-KOMPONENTEN, REINIGUNGSPHASE; RAUM-VAKUUM. ZUSTÄNDIG: DR. GRASTOW.

Auch der Schirm des ersten Behälters war dunkel. Worf blickte stumm darauf hinab und schaltete dann den Tricorder ein, den er von Saduk erhalten hatte. »Wir müssen alle Siegel überprüfen«, sagte er.

»Einverstanden«, antwortete der Vulkanier. Er betrachtete einen kleinen Mechanismus auf der Kapsel. »Das Regulationsventil scheint nicht beschädigt zu sein.«

»Wozu dient es?« fragte Deanna und näherte sich widerstrebend.

»Für einen raschen Druckausgleich«, erklärte Saduk. »Um ein Beispiel zu nennen: Wenn Sie mit dem Vakuum-Experiment fertig sind und die Luke öffnen möchten, so ist das nur nach einer Anpassung von Innen- und Außendruck möglich.«

»Kann der Ausgleich in beiden Richtungen stattfinden?« erkundigte sich Worf. »Hat sich dieses Ventil geöffnet, um das Gas entweichen zu lassen?«

»Das halte ich für sehr unwahrscheinlich«, entgegnete der Vulkanier. »Experimente mit Risikofaktoren werden immer unter negativem Druck durchgeführt. Außerdem unterliegt das Ventil der Kontrolle des Computers und bleibt in der Präsenz von gefährlichen Gasen blockiert.«

»Computerkontrolle«, murmelte Deanna und starrte auf den leeren ID-Schirm. Erst vor einigen Tagen hatte

Lynn Costa ihre Kollegen durch die Zerstörung von elektronischen Aufzeichnungen in erhebliche Unruhe versetzt. *Und wenn sich die Manipulationen nicht nur auf in Computerspeichern abgelegte Daten beschränken?* überlegte Troi.

»Könnte jemand das entsprechende Programm modifizieren?« fragte sie. »Um den Computer zu veranlassen, Giftgas zu ignorieren und positiven Druck mit negativem zu verwechseln?«

Der Vulkanier neigte den Kopf zur Seite. »Das ist nicht ausgeschlossen. Die Kapseln verfügen über eigene Subsysteme.«

Unterdessen setzte Worf die Sondierung der Siegel fort. »Ich entdecke keine Fehlfunktionen«, knurrte er. »An der Wartung dieser Anlagen gibt es nichts auszusetzen. Ich stimme Counselor Troi zu: Wir haben es mit einem sehr sonderbaren *Unfall* zu tun.«

Die steinerne Miene des Vulkaniers brachte Entschlossenheit zum Ausdruck. »Es läßt sich leicht feststellen, ob das Regulationsventil defekt ist. Computer?«

»Ich erwarte Ihre Anweisungen, Dr. Saduk«, erklang eine künstlich modulierte Stimme.

»Reaktiviere Behälter eins. Isolierungsanalyse mit voller Simulation.«

»Beginne mit Isolierungsanalyse«, verkündete der Computer. Das graue Innere der Kapsel wurde dunkler und trüber; Buchstaben- und Zahlenkolonnen wanderten über den Schirm.

»Falsche Luftdruckmessungen«, ertönte es.

Kurz darauf wallte roter Rauch aus dem Ventil. Deanna wich erschrocken zurück, aber Saduk hielt sie fest — seine Finger schlossen sich wie Zangen um den Arm der Counselor.

»Keine Sorge«, sagte er. »Das Gas ist nicht giftig. Wie dem auch sei: Normalerweise hätte es im Innern des Behälters bleiben müssen.«

Worf justierte den Tricorder. »Es entweicht genug, um

jemanden innerhalb weniger Sekunden zu betäuben oder zu töten. Und Lynn Costa hat nicht mit toxischem Gas gerechnet.«

Wirklich nicht? dachte Deanna. Nervös wandte sie den Blick von den roten Dunstschleiern ab, sah zu Boden — und bemerkte eine kleine blaue Phiole. Angesichts der sterilen Umgebung verursachte dieses wie achtlos weggeworfene Objekt fast einen Schock. Troi bückte sich und hob es auf.

»Ende der Simulation und Analyse«, wies Saduk den Computer an. Er winkte einige rote Rauchwolken fort. »Das Regulationsventil mag intakt wirken, aber es ist ganz offensichtlich defekt. Eine so ausgeprägte Fehlfunktion erfordert zwei Voraussetzungen. Erstens: Sie haben richtig vermutet, Counselor Troi; eine Modifikation der Programmierung bewirkt selbst dann eine negative Anzeige, wenn das Innere des Behälters unter positivem Druck steht. Zweitens: Das Ventil öffnete sich, als der Druckunterschied zu groß wurde. Mit katastrophalen Folgen. So etwas ist ohne direkten Einfluß von außen undenkbar.«

»Sie meinen, Programmierung *und* Ventil sind manipuliert worden?« fragte Worf ungläubig.

»Ja«, bestätigte der Vulkanier schlicht. »Lynn Costas Tod war kein Zufall. Jemand hat sie umgebracht.«

Auf Deanna hatten diese Worte die gleiche Wirkung wie ein Fausthieb in den Magen. Sie hielt vergeblich nach einem Stuhl Ausschau und lehnte sich an die Kapsel.

»Sind Sie bereit, das offiziell zu Protokoll zu geben?« vergewisserte sich Worf.

Der Vulkanier nickte. »Natürlich.«

»Wäre ein Selbstmord möglich?« fragte Deanna heiser.

»Ja«, erwiderte Saduk. »Dr. Costa hatte ausreichend Gelegenheit, die notwendigen Veränderungen an der Kapsel vorzunehmen. Aber was könnte sie veranlassen, eine so schwierige und qualvolle Methode zu wählen, um aus dem Leben zu scheiden?«

Deanna fühlte die kleine Phiole in ihrer Hand. *Soll ich sie Worf und Saduk zeigen?* dachte sie. Nach kurzem Zögern entschied sie sich dagegen.

»Do'Ha'!« stieß der Klingone hervor und schlug sich mit der Faust auf die flache Hand. »Ein Mörder an Bord der *Enterprise!* Ich schwöre hiermit, daß ich ihn finden und vor Gericht bringen werde!«

»Lynn Costa hatte Angst«, murmelte Deanna mehr zu sich selbst. Sie bereute sehr, daß sie sich keine größere Mühe gegeben hatte, der alten Wissenschaftlerin zu helfen. »Es war keine Paranoia.«

Bevor Worf antworten konnte, piepte es in den Interkom-Lautsprechern — Hinweis auf eine Mitteilung für die ganze Besatzung. Dann erklang eine vertraute Stimme. »Hier spricht Captain Picard. Ich habe eine traurige Nachricht für Sie. Heute gegen vier Uhr Bordzeit starb Dr. Lynn Costa. Als Todesursache wurde das Einatmen von giftigem Gas festgestellt.

Ein vollständiger Bericht erfolgt sobald wie möglich«, fuhr Jean-Luc fort. »Ich entspreche hiermit Dr. Costas Wünschen und gewähre ihr die Bestattung eines Starfleet-Besatzungsmitglieds. Sie findet um achtzehn Uhr statt. Bevor Sie sich nun wieder Ihren Pflichten widmen — bitte gedenken Sie in respektvoller Stille unserer verstorbenen Kollegin.«

Deanna, Worf und Saduk mußten nicht extra aufgefordert werden, eine Zeitlang zu schweigen. Sie bedauerten den Verlust einer ausgezeichneten Wissenschaftlerin, und in ihrem Fall kam eine ganz besondere Belastung hinzu: Außer ihnen wußte niemand, daß Lynn Costa ermordet worden war.

KAPITEL 4

Im Transitzimmer nahmen Worf und Deanna die Helme ab und zogen ihre Schutzanzüge aus. Worf versuchte, seinen Zorn unter Kontrolle zu halten, indem er mehrmals tief durchatmete. Schließlich holte er das Regulationsventil aus der Tasche und hielt es zwischen Daumen und Zeigefinger. Der Sicherheitsoffizier sah sich in dem Raum um, auf der Suche nach einem geeigneten Behälter. Als er keinen fand, schob er das Ventil in einen der beiden Handschuhe und verstaute diese unter seiner Schärpe. Dann legte er den Rest der weißen Kleidung beiseite.

Deanna blickte auf ihr eigenes Beweisstück hinab: die kleine blaue Phiole. Sie hielt das Fläschchen unter die Nase, schnupperte und nahm einen Geruch wahr, der ihr erst seit kurzer Zeit vertraut war.

Saduk hatte ebenfalls den Helm abgenommen, aber er trug noch immer den Schutzanzug. »Wo haben Sie das gefunden?« fragte er die Counselor.

»In dem Zimmer.« Sie deutete zur Luftdusche. »Vor der Kapsel.«

Worf streckte die Hand aus. »Darf ich mir das Objekt ansehen?«

Deanna nickte, froh darüber, die gräßlich riechende Phiole loszuwerden.

Saduk beugte sich näher. »Ein Gefäß, das zwanzig Milliliter aufnehmen kann«, stellte er fest. »Solche Fläschchen sind in Laboratorien durchaus üblich, aber niemand käme auf den Gedanken, derartige Gegenstände in einen Raum der Sauberkeitsklasse Eins mitzunehmen.«

»Der Phiole sind bestimmt keine Beine gewachsen«, erwiderte Worf ironisch und roch daran. »Alkohol.«

Der Vulkanier nahm diese Entdeckung gelassen hin. »Wenn Sie mich nicht mehr brauchen, Lieutenant ...« Er deutete eine höfliche Verbeugung an. »Ich kehre jetzt zu meiner Arbeit zurück.«

Worf verstaute auch die Phiole in dem Handschuh und stopfte ihn anschließend erneut unter die Schärpe. »Ich habe noch einige Fragen. Zunächst einmal: Kennen Sie eine Person, die von Lynn Costas Tod profitiert?«

»Fällt auch beruflicher Aufstieg in diese Kategorie?« entgegnete Saduk.

»Ja.«

»Dann ist mir jemand mit einem Motiv bekannt«, erwiderte der Vulkanier ruhig. »Ein Mann namens Saduk.«

Deanna musterte ihn neugierig. »Wie meinen Sie das?«

Er wich dem Blick der Betazoidin nicht aus. »Wenn sich Emil Costa nach dem Tod seiner Frau in den Ruhestand zurückzieht, beauftragt man mich mit der Leitung des Projekts Mikrokontamination.«

»Streben Sie diesen Posten an?« fragte Deanna.

Der Vulkanier nickte. »Ich habe ihn mir immer gewünscht.«

»Sonst noch jemand?« grollte Worf.

Saduks Brauen neigten sich einander zu, als er überlegte. »Niemand, soweit ich weiß.«

»Mit den Wartungsberichten habe ich mich bereits beschäftigt«, brummte Worf. »Jetzt möchte ich mir die Programmierungslogbücher der betreffenden Kapsel ansehen.«

»Ich bezweifle, daß Sie dort etwas finden«, erwiderte Saduk. »Wir haben den ersten Behälter immer für Lynn Costa reserviert, und sie weigerte sich hartnäckig, ein entsprechendes Logbuch zu führen.«

Worfs Schultern zitterten kurz, als er sich bemühte, seinen Ärger zu unterdrücken. »Wer hat das zugelassen?«

»Karn Milu«, antwortete der Vulkanier. »Vermutlich gab er damit einer Bitte der Costas nach. Sie legten immer großen Wert auf Sicherheit und Geheimhaltung.«

»Auf Sicherheit?« Worf runzelte die Stirn. »Lynn Costa fiel wohl kaum übertriebenen Sicherheitsvorkehrungen zum Opfer. Das genaue Gegenteil scheint der Fall zu sein.«

Deanna trat zwischen die beiden Männer. »Saduk ...«, sagte sie ernst. »Als man Emil Costas Frau bei der Löschung von Computerdaten ertappte — welche Aufzeichnungen entfernte sie aus den Speicherbänken?«

»Sie verhielt sich sehr seltsam«, entgegnete der Vulkanier. »Es ging ihr in erster Linie um ältere Informationen über gewisse Mikroben, die entdeckt wurden, während sich die *Enterprise* in der Umlaufbahn verschiedener Welten befand. Es handelte sich hauptsächlich um Material, das ihr Mann gesammelt hatte. Die Daten waren bereits ins elektronische Archiv ausgelagert worden und warteten auf eine allgemeine Veröffentlichung. Den größten Teil davon konnten wir wiederherstellen, bis auf die persönlichen Dateien und Anmerkungen. Jene Unterlagen sind für immer verloren.«

»Wenn bei Ihnen die Benutzung der Computer kaum überwacht wird ...«, warf der Klingone ein. »Wie haben Sie dann herausgefunden, daß Lynn Costa die Aufzeichnungen löschte?«

»Emil überraschte sie dabei«, sagte Saduk. »Sie *wollte* die Daten aus dem Speicher entfernen und zeigte nie so etwas wie Reue. Selbst wenn Emil sie nicht erwischt hätte: Das veränderte Verhalten wies deutlich genug auf ihre Schuld hin.«

»Wie würden Sie Lynn Costas Gebaren beschreiben?« fragte Troi.

Der Vulkanier überlegte kurz. »Besorgt. Sonderbar. Unlogisch.«

»Erweckte sie den Eindruck, sich vor etwas zu fürchten?«

Saduks Gesicht blieb ausdruckslos. »Ja.«

»Wovor?« erkundigte sich Deanna.

»Das weiß ich nicht. Meine Aufmerksamkeit galt vor allem einigen Projekten, die mit dem Zeitplan in Verzug sind.«

Worf knurrte erneut und stapfte zur Tür. »Bitte verzichten Sie darauf, mit Ihren Kollegen über unsere Ermittlungen zu sprechen. Ich schicke einige Sicherheitswächter und Techniker, die den fraglichen Behälter gründlich untersuchen werden. Was das Protokoll Ihrer Aussage betrifft — darauf komme ich später zurück.«

»Verstanden.« Saduk nickte einmal mehr. »Finden Sie den Weg allein?«

»Ja.« Deanna schenkte dem Vulkanier ein freundliches Lächeln. »Vielen Dank.«

Zusammen mit Worf trat sie in den Korridor und spürte, wie Luft durch das Gitter zu ihren Füßen strich. Der Klingone sah Troi an und schüttelte den Kopf. »Ich kann den Leuten eigentlich keinen Vorwurf machen, weil sie so schlecht vorbereitet sind. Wer rechnet hier mit einem so barbarischen Verbrechen wie Mord? Selbst in klingonischen Raumschiffen wird niemand ermordet — der Captain bildet die einzige Ausnahme.«

Deanna seufzte leise. »Da wir gerade beim Captain sind ... Wir sollten mit ihm reden.«

»Ja«, sagte Worf. »Sie haben recht. Und ich gebe Geordi Bescheid.« Er berührte seinen Insignienkommunikator, und Deanna nahm überrascht die tatkräftige Entschlossenheit des Klingonen zur Kenntnis. Offenbar wollte er bei diesen Ermittlungen keine Zeit verschwenden.

Jean-Luc Picard wanderte in seinem Bereitschaftsraum auf und ab. Immer wieder schüttelte er fassungslos den Kopf. »Mord!« brachte er hervor und blieb schließlich stehen. »Sind Sie ganz sicher?«

»Nein«, antwortete Worf. »Es muß sich erst noch herausstellen, ob das Regulationsventil und die Programmierung manipuliert worden sind. Commander LaForge hat eine Gruppe aus Programmierern und Technikern zusammengestellt, um alle Aspekte der Kapsel zu untersuchen. Vielleicht irrt sich Saduk. Oder er tischt uns Lügen auf.«

»Nein«, widersprach Picard. »Ein Vulkanier, der so unverschämt lügt, wäre vollkommen verrückt.«

»Captain ...« Deanna zögerte kurz. »Ich sehe mich außerstande herauszufinden, ob Saduk die Wahrheit sagt oder nicht. Sein Bewußtsein ist nicht nur sehr diszipliniert, sondern auch gut abgeschirmt. Er hat ein Motiv zugegeben. Außerdem besteht die Möglichkeit, daß wir es mit jemandem zu tun haben, der sich normal verhält und doch an einer Form von Wahnsinn leidet.«

Wieder schüttelte Picard ungläubig den Kopf. »Ja, wir dürfen niemanden ausklammern. Aber zunächst müssen wir sicher sein, daß es sich tatsächlich um einen Mord handelt. Vielleicht steckt doch nicht mehr dahinter als ein Unfall. Wir dürfen keine voreiligen Schlüsse ziehen.«

»Sir ...«, brummte Worf. »Ich könnte einige Fachleute aus den Sektionen der Lebenserhaltungssysteme bitten, die von Geordi gesammelten Daten zu analysieren.«

Der Captain nickte zustimmend. »Setzen Sie alle Personen ein, die Sie brauchen. Gehen Sie bei dieser Angelegenheit besonders gründlich vor.«

»Das verspreche ich Ihnen«, erwiderte der Klingone. Es klang wie ein Eid. »Wenn sich ein Mörder an Bord aufhält, so finde ich ihn.«

Picard nickte erneut und wandte sich dann an die Counselor. »Ich verwende Sie nicht gern als eine Art

Lügendetektor, aber uns bleibt keine Wahl. Sind Sie bereit, dem Lieutenant Gesellschaft zu leisten, wenn er die ...« Er schnitt eine Grimasse. »Wenn er die Verdächtigen verhört?«

»Ja, Sir.« Die Betazoidin senkte den Blick. »Wenn ich Lynn Costas Furcht ernster genommen hätte, wäre sie vielleicht noch am Leben. Ich möchte unbedingt in Erfahrung bringen, was geschehen ist.«

»In Ordnung«, sagte Picard.

Sie traten in den Turbolift, und Deanna musterte den großen Klingonen an ihrer Seite. Worf wirkte ruhig und gefaßt, doch in seinen Wangen zuckte es, als er den Computer anwies: »Deck 32.«

Anschließend klopfte er auf seinen Insignienkommunikator. »Worf an LaForge.«

»Hier Geordi«, klang die Stimme des Chefingenieurs aus dem kleinen Lautsprecher. »Tut mir leid, Worf, aber bisher haben wir noch nichts Ungewöhnliches entdeckt. Jemand könnte das Programm der Kapsel durch die Veränderung weniger Bytes im Kontrollsystem modifiziert haben. Der Zentralcomputer ist nicht benutzt worden, was auf den Einsatz eines Debuggers schließen läßt. Ohne ein Programmierungslogbuch läßt sich dieser Punkt nie klären.

Was den Behälter angeht ... Abgesehen von dem Ventil, das Sie mir gaben, scheint er in Ordnung zu sein. Die Kalibrierung der O-Ringe wich gerade weit genug von den normalen Werten ab, um es unter Druck stehendem Gas zu ermöglichen, nach draußen zu strömen. Wer auch immer für die Manipulation verantwortlich ist: Der Unbekannte trug Handschuhe und hinterließ nicht die geringsten Spuren.«

»Ich verstehe«, knurrte Worf. »Halten Sie es für erforderlich, daß wir uns noch einmal in dem Zimmer umsehen?«

»Nein«, erwiderte Geordi voller Mitgefühl. »Wir bleiben hier und nehmen weitere Untersuchungen vor — bis wir sicher sind, nichts außer acht gelassen zu haben. Ich fürchte, Sie sind auf sich allein gestellt, mein Freund.«

»Da irren Sie sich.« Worf blickte kurz auf die Betazoidin hinab. »Deanna Troi hilft mir.« Die Counselor bestätigte seine Worte mit dem Hauch eines Lächelns.

Das Schott des Turbolifts glitt auf. Lieutenant Worf und Counselor Troi betraten nun das gleiche Deck, das Deanna einige Stunden vorher zusammen mit dem Captain besucht hatte. In allen Einzelheiten erinnerte sie sich an die Begegnung mit Emil Costa. *Ob er noch immer — oder schon wieder — betrunken ist?* dachte sie.

Die Kom-Verbindung mit LaForge bestand nach wie vor. »Karn Milu beschwert sich bereits und meint, wir ließen uns zuviel Zeit. Angeblich warten mehrere Wissenschaftler darauf, die Experimente in den Kapseln fortzusetzen. Er ist davon überzeugt, daß Dr. Costas Tod ein Unfall war; die ›Mord-Theorie‹, wie er sich ausdrückt, erscheint ihm absurd. Nun, so unrecht hat er nicht. Hier finden gefährliche Versuche statt. Fehlfunktionen bei Computern und komplexen Geräten sind nie ganz auszuschließen.«

»Lynn Costa wurde ermordet«, sagte Worf fest und sah Deanna an. »Sind Sie ebenfalls dieser Ansicht, Counselor?«

»Ja«, erwiderte Troi sofort. »Dr. Costa hatte schreckliche Angst vor etwas, und mir unterlief der Fehler, Paranoia zu diagnostizieren. Sie hatte allen Grund, sich zu fürchten — jemand trachtete ihr nach dem Leben.«

»Sie trifft keine Schuld, Deanna«, meinte der Chefingenieur. »Wer auch immer das Verbrechen vorbereitet und verübt hat: Er war clever und zu allem entschlossen. Und er kannte die Funktionsweise der Kapseln. Ein Insider-Job, wenn Sie mich fragen.«

»Insider-Job?« wiederholte Worf verwirrt.

»Eine terranische Redewendung«, erklärte Troi. »Sie

bedeutet: Der Täter besaß einschlägige Informationen und hatte außerdem die Möglichkeit, das Zimmer mit den Experimentierbehältern zu betreten.«

»Genau«, ließ sich Geordi vernehmen. »An Ihre Stelle würde ich die Burschen vom Projekt Mikrokontamination unter die Lupe nehmen.«

»Wir sind unterwegs, um die erste Person zu verhören«, sagte der Klingone ohne übermäßige Begeisterung. »Emil Costa.«

»Viel Glück«, entgegnete LaForge. »Ich bereite inzwischen einen offiziellen Bericht für Sie vor.«

»Noch einmal besten Dank, Geordi«, fügte Deanna hinzu.

»Worf Ende.« Der Klingone unterbrach die Kom-Verbindung, starrte erst durch die Korridore und dann zum Freizeitraum. Einige Wissenschaftler und Assistenten saßen an einem Kartentisch. Sie unterhielten sich mit gedämpften Stimmen, und ihre Blicke wanderten immer wieder zu dem Sicherheitsoffizier und seiner Begleiterin. Worf versuchte, sie zu ignorieren. »Welchen Weg müssen wir nehmen, um Emil Costas Kabine zu erreichen?«

»Hier entlang.« Deanna setzte sich in Bewegung.

»Warten Sie«, brummte der Klingone. »Vielleicht wissen diese Leute etwas.«

Er betrat den Freizeitraum und ging so schnell, daß Troi Mühe hatte, mit ihm Schritt zu halten. Am Tisch saßen insgesamt sechs Personen, und weitere Forscher standen in offenen Türen, beobachteten das Geschehen neugierig.

»Dr. Baylak ...«, wandte sich Worf an einen dunkelhäutigen Menschen, den er kannte. Den anderen nickte er stumm zu, ohne Zeit mit Höflichkeitsfloskeln zu vergeuden. Der Klingone kam sofort zur Sache. »Wissen Sie etwas über Lynn Costas Tod?«

»Wie starb sie?« fragte Baylak besorgt. »Man munkelt von Mord.«

»Mord scheint nicht ausgeschlossen zu sein«, antwortete Worf knapp. »Aber es wäre auch ein Unfall denkbar. Haben Sie Informationen für uns?«

Eine kleine, dunkelhaarige Frau stand auf. Ihre Augen waren gerötet und glänzten feucht — offenbar hatte sie gerade geweint. In Deanna regte sich sofort Mitleid.

»Lynn Costa hätte niemals Selbstmord begangen, wie jemand vermutete«, sagte sie mit Nachdruck. Ihre Stimme vibrierte ein wenig. »Da bin ich ganz sicher.«

»Die Suizid-These stammt von mir«, erwiderte Deanna. »Ich bin dabei von ihrem Verhalten vor dem Zwischenfall ausgegangen. Und jetzt deutet alles darauf hin, daß ich mich geirrt habe.«

»Wissen Sie etwas?« fragte Worf die übrigen Anwesenden.

»Emil Costa ...«, begann ein untersetzter Mann. Er unterbrach sich und schwieg.

»Was ist mit ihm?« drängte Worf.

Der Mann senkte den Kopf. »Ich kann Ihnen leider nicht mit Fakten dienen, aber ab und zu habe ich etwas gehört.«

»Zum Beispiel?«

»Emil und Lynn Costa stritten sich.« Der Mann seufzte und schüttelte den Kopf. »Typischer Ehezank.«

Dr. Baylak gestikulierte hilflos. »Wir würden Ihnen gern helfen, Lieutenant, aber uns ist nichts bekannt. Ich meine, wir wissen natürlich, daß es in der Costa-Ehe kriselte. Es gab eine Kontroverse zwischen ihnen, aber ich habe keine Ahnung, worum es ging. Sie pflegten kaum Umgang mit anderen Wissenschaftlern, sieht man einmal von den Mitarbeitern ihrer Projektgruppe ab.«

»Und sonst?« fragte Worf.

Stille. »Sprechen Sie mit Ihren Kollegen«, sagte der Klingone. »Ich bin jederzeit für Sie da, wenn Sie mir etwas mitteilen möchten.« Er winkte Deanna zu und drehte sich um.

Troi spürte besorgte und auch furchtsame Blicke im Rücken, als sie den Freizeitraum verließen. Diese Leute bildeten eine fest zusammengewachsene Gemeinschaft; Gewalt gegen ein Mitglied der Gruppe bedeutete Gewalt gegen alle. In emotionaler Hinsicht wünschten sie sich, daß es dem Sicherheitsoffizier gelang, Lynn Costas Mörder zu finden. Doch auf einer anderen geistigen Ebene sträubten sie sich gegen die Vorstellung, daß jemand von ihnen ein Mörder sein konnte.

Im Korridor verharrte Worf, froh darüber, den durchdringenden Blicken entkommen zu sein. »Wohin jetzt?«

Deanna deutete nach links. »Es ist nicht weit. Ich zeige Ihnen den Weg.«

Kurz darauf standen sie vor der Tür mit dem Schild DIE COSTAS, und Troi fragte sich, wie lange es noch beim Plural bleiben mochte. Worf betätigte den Türmelder und straffte die Gestalt.

Ein ernster — und nüchterner — Emil Costa begrüßte sie. Er wies kaum mehr Ähnlichkeit mit jenem Mann auf, den Deanna im Gesellschaftsraum gesehen hatte, vor nur wenigen Stunden, die nun wie eine Ewigkeit erschienen. In den Augen des blassen, hohlwangigen Wissenschaftlers glänzte jetzt keine Arroganz. Niedergeschlagenheit und tiefer Kummer schuf dort einen dunklen Schatten. Außerdem ... In den getrübten Pupillen bemerkte Troi etwas, das ihr auch bei Lynn Costa aufgefallen war.

»Hallo«, murmelte er. »Ich habe Sie erwartet.«

»Dürfen wir eintreten?« fragte Worf.

Der greisenhafte Mann nickte und wich zurück. Nervös strich er sich übers kurze weiße Haar und sah zu Boden. Deanna stellte fest, daß er noch immer Pantoffeln trug. Die Kabine war einfach und gemütlich eingerichtet: Antiquitäten aus Kirschbaumholz, an der Wand mehrere Kuckucksuhren, als Kontrast dazu orionische Tapisserien und Standardmöbel. Ganz offensichtlich reisten die Costas mit leichtem Gepäck, denn diese Einrichtungsgegenstände konnten leicht mit Hilfe des Replikators beschafft werden.

Emil Costa sank in einen Lehnstuhl, der sich nicht von dem in Deannas Quartier unterschied. Er deutete zum Synthetisierer. »Möchten Sie etwas?«

»Nein«, brummte Worf. »Wir sind gekommen, um Sie darüber zu informieren, daß Ihre Frau vielleicht ermordet wurde.«

Emil Costa ließ die Schultern hängen und schien in dem großen Sessel zu schrumpfen. Aber Deanna spürte nicht die schockierte Reaktion wie bei den Forschern und Assistenten im Freizeitraum.

»Haben *Sie* Ihre Frau umgebracht?« fragte der Klingone.

»Sie nehmen kein Blatt vor den Mund, wie?« Emil lächelte schief. »Nein, ich bin nicht der Täter.«

»Wer dann?«

»Keine Ahnung«, murmelte der Alte. Er neigte den Kopf so weit nach unten, daß sein Kinn die Brust berührte.

Er lügt, dachte Deanna. Das Problem war nur: Auf *welche* Frage hatte er die falsche Antwort gegeben? Die Counselor gewann bei ihm immer den Eindruck, daß er nie die ganze Wahrheit sagte.

Lieutenant Worf trat näher an Costa heran. »Wenn Sie nicht sicher sind ... Vielleicht können Sie mir den Namen des *mutmaßlichen* Schuldigen nennen.«

Der Klingone starrte finster auf den kleinen Mann hinab, der unruhig hin und her rutschte.

»N-nein«, stotterte er. »Alle mochten und respektierten Lynn.«

»Darum geht es nicht«, fauchte Worf plötzlich. »Die Frage lautet: Wer hat Ihre Frau umgebracht?«

»Ich weiß es nicht!« heulte Emil. Er sprang auf und floh zur Rückwand der Kabine.

Deanna versuchte es auf eine sanftere Weise. »Dr. Costa, wenn Ihre Frau tatsächlich umgebracht worden ist ... Möchten Sie, daß der Täter vor Gericht gestellt wird?«

»Selbstverständlich«, erwiderte der Wissenschaftler. »Andererseits ... Was nützt Rache?« Geistesabwesend betrachtete er eine der alten Kuckucksuhren und rückte die Zeiger zurecht.

»Es ist sonderbar, nach so vielen Jahren plötzlich allein zu sein«, sagte er wie zu sich selbst. »Auf einmal kann ich tun und lassen, was ich möchte, ohne auf jemanden Rücksicht nehmen zu müssen. Mein Leben gehört wieder ganz mir. Aber um ehrlich zu sein: Ich wünschte, *ich* wäre in jenem Zimmer gestorben.« Seine Schultern bebten.

Der tiefe Kummer des alten Mannes beeindruckte sogar Worf. »Entschuldigen Sie bitte, daß wir Sie ausgerechnet jetzt stören. Aber die Gerechtigkeit kann nicht warten. Haben Sie die Programmierung oder das Regulationsventil der ersten Kapsel irgendwie verändert?«

»Eine solche Methode hat der Mörder benutzt?« Emil Costa schniefte und rieb sich die wäßrigen Augen. Langsam drehte er sich um, und in seinen Pupillen leuchtete nun die stumme Bitte um Verständnis. »In meinem Leben habe ich einige Dinge angestellt, auf die ich nicht sonderlich stolz bin. Der Beschluß, Lynn zu heiraten, fehlt auf dieser Liste.«

Zumindest das entspricht der Wahrheit, dachte Deanna. *Aber vielleicht ist alles andere gelogen.* »Warum hat Lynn Daten gelöscht, die von *Ihnen* entdeckte Mikroorganismen betreffen?«

Der Wissenschaftler wandte sich erneut von den beiden Besuchern ab. »Weitere Informationen habe ich nicht für Sie«, krächzte er. »Bitte gehen Sie jetzt. Ich muß Starfleet eine Nachricht schicken.«

»Vielleicht wird es nötig, Ihnen weitere Fragen zu stellen«, sagte Worf.

»Sie kennen den Weg zu meinem Quartier.« Emil bewegte die Zeiger einer anderen Kuckucksuhr. »Ich arbeite nicht mehr an dem Projekt Mikrokontamination und bleibe hier, in dieser Kabine.«

»Gut.« Worf nickte kurz, drehte sich ruckartig um und kehrte in den Korridor zurück.

Deanna folgte dem Klingonen und schloß zu ihm auf. »Er hat nicht immer ehrlich Auskunft gegeben.«

»Ja«, brummte Worf. »Man braucht keine empathischen Fähigkeiten, um das zu erkennen. Er weiß mehr, als er zugibt. Und er wich der Frage in Hinsicht auf die gelöschten Daten aus.«

»Was ihn jedoch nicht als Mörder entlarvt«, meinte die Counselor. »Sein Kummer angesichts von Lynn Costas Tod scheint echt zu sein.«

Der Sicherheitsoffizier knurrte. »Viele Mörder bereuen ihr Verbrechen nach der Tat. Wen vernehmen wir jetzt?«

»Grastow«, antwortete Deanna. »Er hat die Leiche entdeckt.«

Sie betraten die Kabine des riesenhaften Antariers. Deanna sah sich um und vermutete, daß man den Boden des Raums abgesenkt hatte, um der außergewöhnlichen Größe dieses Mannes gerecht zu werden. Neben ihm wirkte selbst der hochgewachsene Worf winzig.

Dr. Grastow begrüßte sie herzlich, fast überschwenglich. »Hallo.« Er lächelte. »Wie kann ich Ihnen helfen?«

»Wir halten Dr. Costas Tod nicht für einen Unfall«, begann Worf. »Die Programmierung und das Regulationsventil der ersten Kapsel wurden manipuliert.«

»Das dachte ich mir«, erwiderte der Antarier, und sein rosarotes, kindliches Gesicht gewann einen nachdenklichen Ausdruck. »Verdächtigen Sie jemanden?«

Grastows Enthusiasmus verblüffte Worf, und er wechselte einen verwirrten Blick mit Deanna.

»Um ganz offen zu sein: Derzeit ist jeder verdächtig, auch Sie.«

»Ich?« entfuhr es dem Wissenschaftler. »Was sollte

mir daran gelegen sein, Lynn Costa umzubringen? Ich habe die Frau *geliebt!*«

»Geliebt?« wiederholte Worf.

Grastow zuckte mit den Schultern. »Respektiert, geliebt, verehrt. Es fing an, als ich noch ein Junge war. Auf meinem Heimatplaneten kam es zu einer wahren Plage parasitischer Mikroorganismen im Boden, und uns allen drohte der Hungertod.« Er unterstrich seine Worte, indem er sich den Bauch rieb. »Die dietätischen Bedürfnisse von Antariern können ziemlich anspruchsvoll sein und dadurch zu erheblichen Belastungen führen.

Wie dem auch sei ...«, fuhr er fort. »Die Costas widmeten ein Jahr ihres Lebens der Lösung des Problems. Wir konnten die Parasiten nie ganz ausrotten, aber wir lernten den hydroponischen Anbau unter ultrareinen Bedingungen. Zwanzig Jahre sind seitdem vergangen, und damals schwor ich, unsere Schuld Emil und Lynn Costa gegenüber zu begleichen. Das Akademiestudium beendete ich mit Auszeichnung, und ich habe viele sehr interessante Angebote abgelehnt, um Assistent der Costas zu werden. Meine Klassenkameraden hielten mich für verrückt, doch ich bekam nie Anlaß, jene Entscheidung zu bedauern. Das war vor drei Jahren.«

»Sie sind also zusammen mit Emil und Lynn zur *Enterprise* gekommen«, sagte Worf.

»Ja«, antwortete der Antarer. »Nur Saduk ist noch länger bei ihnen.«

»Bitte entschuldigen Sie ...« Deanna formulierte ihre Frage mit besonderer Sorgfalt. »Als wir Sie in der Krankenstation sahen, waren Sie zutiefst bestürzt. Jetzt scheint Ihnen Lynn Costas Tod fast gleichgültig zu sein. Wieso hat sich Ihre Einstellung so drastisch verändert?«

»Ich hatte Gelegenheit, mich auszuruhen«, erläuterte Grastow. »Wir Antarier haben eine bemerkenswerte Konstitution, wenn Sie mir diesen Hinweis gestatten. Das Ausruhen versetzt uns in die Lage, negative Emotionen zu eliminieren und neue geistige Kraft zu sammeln. Ich war wirklich sehr betroffen, als ich Lynns Leiche entdeckte, doch jetzt bin ich darüber hinweg.« Er grinste breit. »Ich möchte Ihnen auf jede erdenkliche Weise helfen!«

»Ja«, brummte Worf skeptisch. »Wir haben bereits von Ihnen gehört, wie Sie die Tote fanden und anschließend die Krankenstation verständigten. Warum überrascht es Sie nicht, daß wir einen Mord in Erwägung ziehen?«

»Weil ich für die Wartung der Kapseln verantwortlich bin«, entgegnete Grastow. »Ich habe gründlich über die Umstände des Zwischenfalls nachgedacht, und meiner Ansicht nach gibt es keine andere Erklärung. Sind Sie ganz sicher, daß es sich um Mord handelt?«

»Bis sich etwas anderes herausstellt«, sagte Worf. »Wer käme als Täter in Frage?«

Der Antarier überlegte und stapfte dabei durchs Zimmer. In seinem Fall genügten vier Schritte, um von der Rückwand bis zur Tür zu gelangen. »Die Behälter befinden sich in einem Laboratorium des Projekts Mikrokontamination. Zwar werden die Kapseln auch von anderen Wissenschaftlern benutzt, aber sie dürfen das Zimmer nur betreten, wenn jemand von uns sie begleitet. Normalerweise überwachen wir ihre Experimente für sie. Woraus folgt: Die logischen Verdächtigen sind ich selbst, Saduk, Shana und natürlich Emil.«

»Wer von den genannten Personen hat ein ausreichendes Motiv, um Lynn Costa zu ermorden?« erkundigte sich Worf.

Grastow schnitt eine Grimasse. »Ich sage das nicht gern, aber Emil scheint mir der Hauptverdächtige zu sein. Während der vergangenen Monate hat er sich immer wieder mit Lynn gestritten. Manchmal so sehr, daß ich Handgreiflichkeiten befürchtete.«

»Kennen Sie den Grund jener Auseinandersetzungen?« warf Deanna ein.

»Die Costas brauchten keinen Grund«, erwiderte der große Humanoide. »Es genügte, wenn sie sich beide im gleichen Raum aufhielten. Sie versuchten, sich aus dem Weg zu gehen, und wir gaben uns alle Mühe, nur mit jeweils einem von ihnen zu arbeiten. Doch das war nicht immer möglich. Lynn ... Sie schien ständig gereizter zu werden. Normalerweise habe ich es immer geschafft, ihr ein Lachen zu entlocken, aber in der letzten Zeit blieb sie dauernd ernst.« Grastow schüttelte traurig den Kopf.

Deanna Troi runzelte andeutungsweise die Stirn. »Von Emil wissen wir, daß er jene Organismen entwikkelte, die nötig waren, um Lynns Filterungsmethoden zu testen. Gingen ihre Differenzen auf berufliche Rivalität zurück?«

»Vielleicht«, erwiderte der Antarer. »Aber nach mehr als vierzig Jahren hätten sie eigentlich daran gewöhnt sein müssen. Als ich mich dem Projekt auf der Erde anschloß, waren sie wie Turteltauben. Unzufriedenheit mit der Arbeit halte ich für ausgeschlossen: Seit wir unsere Forschungen an Bord der *Enterprise* betreiben, haben wir enorme Fortschritte erzielt. Vielleicht liegt es am Alter. Menschen sind dafür bekannt, im hohen Alter seltsam zu werden.«

Worf schürzte die Lippen und holte dann die blaue Phiole unter der Schärpe hervor. »Haben Sie diesen Gegenstand schon einmal gesehen?« fragte er und reichte das Fläschchen dem Antarer. »Counselor Troi hat ihn vor der Kapsel auf dem Boden gefunden.«

»Das wundert mich.« Grastow betrachtete das Objekt verwundert. »Natürlich kenne ich solche Phiolen — sie werden in praktisch jedem Laboratorium verwendet. Aber in einem Zimmer der Sauberkeitsklasse Eins? Vielleicht hat sie jemand für ein Experiment in einem der Behälter benutzt.«

Der Wissenschaftler hob und senkte die breiten Schultern, bevor er das Fläschchen zurückgab. Worf verstaute es wieder unter der Schärpe. »Danke«, sagte der Klingone und verbarg seine Enttäuschung nicht.

»Ich habe noch eine Frage«, ließ sich Deanna vernehmen. »Was halten Sie von Saduk als neuem Leiter des Projekts Mikrokontamination?«

Daraufhin verschwand die Fröhlichkeit aus dem cherubinischen Gesicht. »Ist das offiziell?«

»Es dürfte nach der Pensionierung von Emil Costa offiziell werden«, antwortete Worf. »Er hat bereits die Arbeit an dem Projekt eingestellt.«

»Oh«, stöhnte der Antarier und nahm in einem Sessel Platz. »Ich glaube, ich brauche noch mehr Ruhe.«

Deanna musterte ihn. »Haben Sie Einwände gegen Saduk als Projektleiter?«

Grastow gestikulierte kummervoll. »Sind Sie jemals für einen Vulkanier tätig gewesen? Solchen Leuten ist die Bedeutung des Wortes ›ausruhen‹ völlig unbekannt! Ich habe nichts gegen Saduk persönlich, aber ich wäre alles andere als begeistert davon, unter ihm zu arbeiten.«

»Ich verstehe«, sagte Deanna nachdenklich. Sie sah zu Worf, der bereits in Richtung Tür ging. »Danke für Ihre Auskünfte.«

»Gern geschehen«, murmelte der niedergeschlagene Antarier.

Einige Sekunden später standen Counselor Troi und Lieutenant Worf wieder im Korridor. Sie unterhielten sich leise, denn die Bewohner des Decks 32 verließen nun ihre Unterkünfte, um mit der ersten Arbeitsschicht zu beginnen.

»Ihre Meinung?« fragte der Klingone.

Die Betazoidin schüttelte den Kopf. »Ich habe keine Lügen gespürt. Er schien immer die Wahrheit zu sagen. Allerdings: Wenn er imstande ist, negative Empfindungen einfach abzustreifen ... Dann kann ich vielleicht gar nicht feststellen, ob er lügt.«

»Ja«, knurrte Worf. Der bisherige Verlauf seiner Ermittlungen gefiel ihm nicht sonderlich. Geordis Untersuchung der Kapsel, die Vernehmungen der sogenannten Verdächtigen — es gab keine konkreten Ergebnisse. Und ein wahres Motiv existierte ebenfalls nicht. Selbst Saduks ›Geständnis‹, die Projektleitung anzustreben, war kaum der Rede wert. Der Vulkanier hätte jenen Posten ohnehin bekommen, früher oder später. Bestimmt überlebte er alle anderen Mitarbeiter um mindestens hundert Jahre.

Worf rechnete natürlich nicht damit, daß jemand einfach aufstand und sich als Mörder offenbarte. An Bord eines klingonischen Schiffes hätte sich der Täter vielleicht zu erkennen gegeben und gute Gründe für das Verbrechen angeführt. Klingonen waren nicht stolz darauf, Leben auszulöschen — jetzt nicht mehr —, aber sie räumten die Notwendigkeit des Tötens ein, wenn keine andere Wahl blieb und die Selbsterhaltung auf dem Spiel stand. Doch wer konnte sich durch eine alte Wissenschaftlerin bedroht gefühlt haben? Wenn Lynn Costas Ruhm eine Gefahr für ihre Kollegen darstellte, wäre sie schon vor Jahren umgebracht worden.

»Halten Sie es für sinnvoll, noch einmal mit Saduk zu sprechen, Counselor?«

»Nein, eigentlich nicht«, erwiderte Deanna.

»Na schön. Ich schlage vor, wir reden jetzt mit Shana Russel.«

Troi nickte und erinnerte sich an jene aufgeregte junge Frau, die sie im Gesellschaftsraum in Begleitung von Emil Costa gesehen hatte. *Sie haben das Ende von Shana Russels Einarbeitungsphase gefeiert. Jetzt steht uns keine so angenehme Begegnung bevor,* dachte Deanna.

»Die junge Frau ist erst seit sechs Monaten an Bord«, sagte sie.

»Sie hatte Zugang zu dem Zimmer mit den Kapseln.« Worf berührte seinen Insignienkommunikator. »Computer?«

»Ja, Lieutenant Worf«, ertönte eine körperlose Stimme. »Wie kann ich zu Diensten sein?«

»Befindet sich Shana Russel in ihrer Kabine?«

»Nein«, lautete die Antwort. »Sie hält sich im Gesellschaftsraum auf.«

»Bestätigung.« Der Klingone nickte Deanna zu und ging los.

Captain Picard saß mit maskenhaft starrem Gesicht am Schreibtisch des Bereitschaftsraums, und Zorn brodelte in ihm. Dr. Karn Milus Worte waren durchaus respektvoll, aber Jean-Luc mochte es nicht, wenn ihm jemand Vorschriften zu machen versuchte.

»Ich bedauere Dr. Costas Tod sehr«, sagte der Wissenschaftler und hob die buschigen Brauen. »Aber das ist kein Grund, ein wichtiges Laboratorium für unbestimmte Zeit zu schließen. An jeder Tür sind Sicherheitswächter postiert, und Techniker pfuschen an den Kapseln der Klasse Eins herum. Ich weiß nicht, ob sie dabei die nötige Vorsicht walten lassen — man verweigerte mir den Zutritt.«

»Commander LaForge hat versprochen, die Untersuchung so schnell wie möglich durchzuführen«, sagte Picard ruhig. »Und ich bin sicher, daß er es nicht an der notwendigen Vorsicht mangeln läßt.«

Der untersetzte Betazoide beugte sich über den Schreibtisch. »Wir können nicht einmal mehr die Experimente überwachen, weil Programmierer die Subsysteme blockiert haben und jede Codezeile prüfen. Captain, ich habe meine uneingeschränkte Zusammenarbeit angeboten. Saduk bekam von mir den Auftrag, Lieutenant Worf und Counselor Troi durch die Labors zu führen, als keine Gefahr mehr bestand. Aber jetzt wird es Zeit, Dr. Lynn Costas Tod zu den Akten zu legen und mit der Arbeit fortzufahren.«

Jean-Luc stand auf. Er war nicht sehr groß, wirkte jedoch eindrucksvoll, wenn er Haltung annahm. Der Entomologe wich einen Schritt zurück. »Dr. Milu«, sagte Picard scharf, »wir ermitteln bei einem *Mordfall.* Seit langer Zeit ist an Bord der *Enterprise* kein schlimmeres Verbrechen verübt worden.«

»Es handelt sich um einen *hypothetischen* Mord«, entgegnete Karn Milu. »Ich halte die ursprüngliche Einschätzung für weitaus plausibler und bin nach wie vor der Ansicht, daß wir es mit einem tragischen Unfall zu tun haben. Lynn Costa verdiente zweifellos unsere Bewunderung, aber wir dürfen nicht vergessen, daß sie vor ihrem Tod zu ausgeprägter Unberechenbarkeit neigte. Darüber hinaus waren ihre Experimente in bezug auf reaktive Reinigung nicht genehmigt und sehr gefährlich.«

Es blieb Jean-Luc kaum etwas anderes übrig, als diesen Feststellungen beizupflichten. *Sehen wir Gespenster?* überlegte er. Zuerst ein Unfall, dann Selbstmord und schließlich Mord. *Klammern wir uns an einen Strohhalm, um das Unvorstellbare zu erklären?*

Nachdenklich hob er den Zeigefinger und erwiderte: »Ich stimme Ihnen zu, Doktor. Bis auf einen Punkt. Wir berücksichtigen die Möglichkeit des Mords nur, weil uns Ihr Mitarbeiter Saduk darauf aufmerksam machte.«

»Er hätte sich diesen Hinweis sparen sollen«, grummelte Milu. »Es heißt, Vulkanier seien vollkommen emotionslos, aber ich weiß es besser. *Sie* sind nicht in der Lage, Gefühle bei Vulkaniern zu erkennen — im Gegensatz zu *mir.* Und *ich* habe noch keinen einzigen Beweis dafür gesehen, daß Lynn Costa ermordet wurde. Was ist mit Ihnen?«

»Es wird nach wie vor ermittelt.«

»Ja, und genau darin besteht das Problem.« Der Entomologe drehte sich um und verließ den Bereitschaftsraum des Captains.

Jean-Luc preßte die Lippen zusammen, als er dem Betazoiden nachsah. *Wenn jemand die übliche Routine auf der Brücke durcheinanderbrächte,* dachte er. *Dann wäre ich ebenso verärgert wie Dr. Karn Milu.*

Er streckte die Hand nach dem Kom-Sensor aus. »Picard an LaForge.«

»Ja, Captain«, meldete sich der Chefingenieur sofort.

»Wieviel Zeit brauchen Sie noch für Ihre Untersuchungen auf Deck 31?« fragte Picard.

»Wir packen gerade unsere Sachen zusammen.«

»Gut.« Der Captain seufzte. »Sicher bereiten Sie einen Bericht für Lieutenant Worf vor. Ich möchte ihn so schnell wie möglich sehen.«

»Ja, Sir«, erwiderte LaForge.

»Geordi ... Deutet irgend etwas auf Mord hin?«

»Ob etwas darauf *hindeutet?*«

»Anders ausgedrückt: Gibt es einen *Beweis?*«

Diesmal seufzte der Chefingenieur. »Nein, Captain. Wir haben nichts Konkretes gefunden. Keine Einschußlöcher oder rauchende Revolver.«

»Ich verstehe.« Erneut bildeten Jean-Lucs Lippen einen dünnen Strich. »Liefern Sie mir den Bericht möglichst bald. Picard Ende.«

Der Captain lehnte sich zurück und schaltete den Computerschirm ein. Ob Mord oder nicht — in einigen Stunden, bei der Bestattung, mußte er eine Rede halten.

KAPITEL 5

Die erste Dienstschicht dieses Bordtages hatte gerade begonnen, und deshalb herrschte im Gesellschaftsraum des zehnten Vorderdecks kein reger Betrieb. Als Deanna Troi und Lieutenant Worf eintraten, saßen nur wenige Gäste an den Tischen. Alle Gespräche verstummten, und die Blicke der Anwesenden wanderten zu den beiden Neuankömmlingen. Drei Besatzungsmitglieder standen wortlos auf, eilten an dem Klingonen und der Betazoidin vorbei, ohne sie direkt anzusehen.

Sie wissen Bescheid, dachte Troi. *Sie wissen, daß wir nach einem Mörder suchen.* Zum erstenmal spürte die Counselor nun, was es bedeutete, das Gesetz zu vertreten. Für gewöhnlich hielt sie in anderen Personen nach dem Guten Ausschau, doch jetzt galt ihre Aufmerksamkeit dem Bösen. Der Schuld. Dadurch empfanden selbst völlig unschuldige Männer und Frauen Unbehagen. Deanna konnte es ihnen daher nicht verdenken, daß sie forthasteten.

Hinzu kam die imposante Präsenz des Sicherheitsoffiziers. Worf hatte sich zu seiner vollen Größe aufgerichtet, und die imperiale klingonische Schärpe betonte eine breite, muskulöse Brust. Die dunklen Augen unter den Brauenhöckern funkelten. Er wirkte wie ein finsterer Racheengel, wie ein Gott der Vergeltung. Deanna war plötzlich dankbar dafür, bei den Ermittlungen einen so erfahrenen Partner zu haben.

Die schlanke, zart gebaute Guinan trat ihnen entgegen. »Hallo«, sagte sie, und ihre Stimme klang so fröhlich wie immer. »Ich nehme an, Sie sind nicht hier, um sich zu entspannen.«

»Nein«, brummte Worf. »Wir suchen Shana Russel.«

»Dort drüben.« Guinan deutete in eine Ecke des Raums, wo die Schatten mit der Dunkelheit des Alls verschmolzen. »Schon seit Stunden sitzt sie da.«

Deanna bemerkte die Gestalt mit dem blonden Haar erst, als sie bis auf wenige Meter herankamen. Shana Russel drehte nicht den Kopf, blickte auch weiterhin in den Weltraum.

»Bitte entschuldigen Sie«, sagte Worf. »Wir müssen mit Ihnen reden.«

»Ja«, murmelte die Assistentin. Schließlich sah sie auf, und Worf war überrascht von ihrer Jugend, von der Verwirrung in ihren Augen. Korngelbes Haar umrahmte ein blasses Gesicht und klebte an tränenfeuchten Wangen. Der Klingone empfand nur selten Mitgefühl, aber das Leid dieser jungen Frau blieb selbst bei ihm nicht ohne Wirkung. Seine Stimme klang sanfter als jemals zuvor.

»Dürfen wir uns zu Ihnen setzen?« fragte er und verbeugte sich.

»Ja.« Shana Russel nickte und sah zu der Counselor. »Ich ... ich erinnere mich leider nicht an Ihren Namen.«

»Deanna Troi«, sagte die Betazoidin mit einem tröstenden Lächeln. »Sie wissen sicher, warum wir hier sind.«

»Ja«, murmelte die Assistentin und starrte wieder ins Universum. »Ich wollte nicht in meiner Kabine allein sein, und deshalb kam ich hierher. Wohin sollte ich sonst gehen?«

»Was wissen Sie über die Umstände von Lynn Costas Tod?« fragte Worf.

Shana strich eine blonde Haarsträhne beiseite und beugte sich ein wenig vor. »Grastow erzählte mir davon. Er konnte es einfach nicht fassen, und ich ebensowenig. Wir haben gemeinsam geweint.«

Sie schluchzte leise und sah Worf aus ungläubigen Augen an. »Während ich hier saß... Ich habe gehört, wie einige Leute meinten, *es sei kein Unfall gewesen!* Stimmt das?«

»Wir wissen es nicht genau«, erwiderte der Klingone behutsam. »Aus diesem Grund befragen wir jene Personen, die Zugang zum Zimmer mit den Kapseln hatten. Haben Sie die Programmierung oder das Regulationsventil des ersten Behälters manipuliert?«

»Des ersten Behälters?« wiederholte Shana verwundert. »Ich hätte es niemals gewagt, mich ohne ausdrückliche Aufforderung einer Kapsel zu nähern, in der ein von Dr. Costa vorbereitetes Experiment stattfindet. Ich nehme an, das gilt auch für alle anderen.«

»Irgend jemand hatte weniger Skrupel«, meinte Deanna.

Shana Russel begriff plötzlich, worauf der Klingone und die Counselor hinauswollten. Sie versteifte sich abrupt. »Glauben Sie, *ich*...«, begann sie. »Sie müssen übergeschnappt sein!«

In Worfs Miene zeigte sich fast so etwas wie Schmerz. »Wir sind verpflichtet, diese Fragen zu stellen. Ist Ihnen während der letzten Tage etwas Verdächtiges aufgefallen? Haben andere Wissenschaftler die Kapsel eins verwendet?«

Die junge Frau lehnte sich wieder zurück und schüttelte traurig den Kopf. Dann schlug sie die Hände vors Gesicht und schluchzte lauter. Deanna berührte Worfs Schulter und nickte in Richtung Ausgang.

Der Sicherheitsoffizier erhob sich. »Verzeihen Sie bitte«, wandte er sich an die mitleiderweckende Terranerin. »Geben Sie mir Bescheid, wenn Ihnen etwas einfällt.«

Shana Russel schien ihn gar nicht zu hören.

Als Deanna und Worf an den leeren Tischen im Gesellschaftsraum vorbeigingen, zuckte der Klingone kurz mit den Schultern und seufzte schwer. »Offenbar weiß sie nichts.«

»Nein«, sagte Deanna bedrückt. »Niemand weiß etwas.«

»Abgesehen von Emil Costa«, brummte Worf. Er griff unter seine Schärpe und holte die kleine blaue Phiole hervor. »Ob Shana Russel dies schon einmal gesehen hat?«

»Ich kenne den Gegenstand«, erklang eine Stimme hinter ihnen.

Worf und Deanna drehten sich um. Sie begegneten Guinans Blick, die hinter der saloonartigen Theke stand. »Darf ich?« fragte sie und streckte die Hand aus.

Worf trat sofort zum Tresen und reichte der Wirtin das Objekt. »Sie haben das Fläschchen schon einmal gesehen?« vergewisserte er sich.

»Oder ein anders, das diesem sehr ähnelt«, antwortete Guinan und schnupperte daran.

»Wo?« erkundigte sich der Sicherheitsoffizier.

»Hier.« Guinans Geste bezog sich auf den leeren Raum. Zu Deanna: »Emil Costa hatte eine solche Phiole dabei, als Sie hier mit ihm sprachen. Er brachte sie oft mit — um einen Schuß Alkohol in seinen Orangensaft zu geben.«

Worf drehte wie in Zeitlupe den Kopf und wechselte einen langen Blick mit Deanna. Als er in ihren Pupillen den gleichen Verdacht bemerkte, schlug er mit der Faust auf die Theke und stürmte zur Tür. Troi mußte sprinten, um den Klingonen einzuholen.

»Worf!« rief sie und erreichte ihn, bevor er die Transportkapsel des nächsten Turbolifts betrat. »Das genügt nicht als Beweis. Wir brauchen mehr!«

Er hatte noch immer wütend die Fäuste geballt. »Es genügt, um Emil Costa zur Rede zu stellen!«

Die Counselor schüttelte den Kopf. »Er würde einfach alles abstreiten. Und er wüßte dann, daß Sie diese Phiole haben. Wir sollten abwarten, bis wir mehr gegen ihn in der Hand haben. Wir benötigen zusätzliches Beweismaterial.«

Die breite Brust des Klingonen schwoll an, als er mehrmals tief durchatmete. »Ja«, stöhnte er. »Wir können uns nicht mit einem einzigen Indiz an Starfleet wenden. Außerdem fehlt ein Motiv, das über Ehestreit und Berufsstreß hinausgeht. Ich glaube, der nächste Schritt besteht darin, alle Aufzeichnungen des Projekts Mikrokontamination und die Personalakten der daran beteiligten Wissenschaftler zu prüfen.« Worf knirschte mit den Zähnen. »Und wir beginnen mit Emil Costa.«

Deanna versuchte vergeblich, ein Gähnen zu unterdrücken. »Entschuldigung«, murmelte sie verlegen.

Der Klingone lächelte. »Wieviel Schlaf hatten Sie in den letzten zwanzig Stunden?«

»Jede Menge«, log die Counselor. »Es ist alles in Ordnung mit mir.«

»Sie haben höchstens eine Stunde im Bett gelegen«, erwiderte Worf. »Für das Sammeln von Daten ist Ihre Hilfe nicht unbedingt erforderlich. Was Ihnen Gelegenheit gibt, sich eine Zeitlang auszuruhen. Nach der Bestattung können Sie mit mir zusammen die elektronischen Akten von Saduk und der übrigen Assistenten durchgehen. Mit Emil Costas Unterlagen befasse ich mich selbst.«

»Ich bin durchaus bereit, die Ermittlungen fortzusetzen«, behauptete Deanna.

»Ja, ich weiß. Aber ich leite die Untersuchung dieses Falles und bestimme über den Einsatz der Ressourcen. Deshalb bitte ich Sie: Suchen Sie Ihr Quartier auf und ruhen Sie sich aus.«

Deanna begriff, daß es keinen Sinn hatte, dem Sicherheitsoffizier zu widersprechen. Außerdem: Die Anstrengungen dieser unangenehmen Pflicht blieben nicht ohne Folgen für sie. Sie hatte tatsächlich nur eine Stunde geschlafen, und nicht einmal besonders gut — erneut erinnerte sie sich an den schrecklichen und überaus realistischen Alptraum, der ihr Lynn Costas Tod zeigte.

Jetzt weiß ich, warum sie unbedingt das Schiff verlassen wollte, dachte sie. *Jemand trachtete ihr nach dem Leben.*

»Also gut«, gab Troi nach. »Wir sehen uns bei der Bestattung.«

Mißmutig schritt sie fort. Worf lobte nur selten jemanden; doch jetzt rief er der Counselor nach: »Ich weiß Ihre Hilfe sehr zu schätzen.«

Deanna blieb stehen, drehte sich um und lächelte. Zum erstenmal seit dem Zwischenfall mit ihrem ungeborenen Kind regte sich in ihr so etwas wie Sympathie für den Klingonen.

Fähnrich Wesley Crusher betrachtete die statistischen Werte, die vor ihm auf dem Schirm der Konsole leuchteten. Gelegentlich sah er zum großen Wandschirm und beobachtete die vorbeistreichenden Sterne. Normalerweise, wenn Kurskorrekturen vom Computer vorgenommen wurden, gab es genug interessante Dinge, um den jungen Navigator beschäftigt zu halten. Er fragte Data, Riker oder — was seltener geschah — den Captain nach Einzelheiten bezüglich der aktuellen Mission. Er las Berichte über den Bestimmungsort und vertrieb sich die Zeit, indem er alternative Kurse berechnete, um nicht aus der Übung zu kommen. Darüber hinaus überwachte er die Funktion verschiedener Bordsysteme, obwohl das eigentlich gar nicht zu seinen Pflichten gehörte: zum Beispiel die Quantenumkehrer oder Antimaterie-Reaktoren.

Doch diesmal war es erstaunlich still auf der Brücke, selbst für eine Routinemission. Data saß an seinem Pult und nahm jetzt zusätzliche Aufgaben wahr: Er erstellte Flugpläne für Shuttles, die eingeladene Gäste zur Einweihungsfeier auf Kayran Rock bringen sollten. In der Starbase fehlte es noch an Personal, und per Subraum-Kommunikation hatte man dem Androiden einen wahren Datenberg übermittelt. Die Informationen betrafen: Andock- und Geschwindigkeitskapazität der verschiedenen Raumfähren, erwartete Ankunftszeit und Position der entsprechenden Mutterschiffe, die Koordinaten anderer Asteroiden, Transportpotential und so weiter.

Wesley hatte gehört, daß die Delegationen der Klingonen und Kreel nicht zusammen eintreffen durften, jedoch auf die gleiche Weise begrüßt werden mußten. Allem Anschein nach gab es noch immer Spannungen zwischen den beiden Völkern, und die Föderation wollte kein Risiko eingehen. Außerdem: Nur wenige große Schiffe bekamen die Möglichkeit, für lange Zeit im Orbit des Planetoiden zu verweilen. Kayran Rock gehörte zu einem ausgedehnten Asteroidengürtel, und einige große Brocken darin waren weniger als eine Million Kilometer entfernt. Dies alles erforderte einen komplexen Shuttle-Pendelverkehr. Datas Finger huschten über die Sensorflächen der Operatorstation, während er die Daten mit Hilfe von Algorithmen strukturierte. Wesley wagte es nicht, den Androiden bei seiner schwierigen Aufgabe zu stören.

Beverly Crusher hatte Commander Riker zur Krankenstation gebeten, um die Ergebnisse der Autopsie mit ihm zu besprechen, und Captain Picard befand sich schon seit einer ganzen Weile in seinem Bereitschaftsraum. Worf, Deanna und Geordi mußten sich um die Ermittlungen kümmern — somit blieb Wesley allein. Lynn Costas Tod drückte die Stimmung an Bord, und der Kontrollraum bildete dabei keine Ausnahme.

Wes war dankbar für die Ablenkung, als sich Lieutenant Worf mit Hilfe der internen Kommunikation an ihn wandte. »Worf an Fähnrich Crusher«, erklang der tiefe Bariton.

»Hier Crusher«, meldete er sich.

»Ich möchte Sie in meinem Kommandostand sprechen, wenn es Ihre derzeitigen Pflichten erlauben, Fähnrich«, sagte der Klingone.

Der Junge versuchte, sich seine Aufregung nicht anmerken zu lassen. Vielleicht wollte Worf mit ihm nur über die Ermittlungen reden. »Ja, Sir. Ich bin auf der Brücke.«

»Es hat keine Eile«, fügte Worf hinzu. »Ich bleibe bis zur Bestattung um achtzehn Uhr Bordzeit hier.«

»Bestätigung«, erwiderte Wesley. Er sah zu Commander Riker, der vor einigen Minuten zurückgekehrt war und im Kommandosessel saß.

»Geh nur.« Der Erste Offizier nickte. »Ich behalte das Navigationspult im Auge, bis deine Vertretung eintrifft.«

Wesley tastete eine offizielle Bitte um Ablösung ein, bevor er die Brücke verließ. Er pfiff leise vor sich hin, als er durch den Korridor schlenderte — jene Melodie hatte er bei den Farmern gehört, die vor etwa einem Jahr mit der *Enterprise* zu einem Kolonialplaneten unterwegs gewesen waren. Nach wenigen Sekunden unterdrückte er seinen natürlichen Frohsinn und versuchte, angemessenen Ernst zu zeigen. Er rief sich ins Gedächtnis zurück, daß die Besatzung des Schiffes — sogar die ganze Föderation — trauerte. Wesley wußte natürlich, daß Lynn Costa eine geniale Wissenschaftlerin gewesen war, aber er kannte sie in erster Linie als kühle, unnahbare Frau. Ihren Mann Emil fand er viel sympathischer. *Zum Glück ist ihm nichts zugestoßen,* dachte der Junge.

Bei Worfs Kommandostand handelte es sich um eine kleine Kammer unweit der Brücke. Wenn der Sicherheitsoffizier im Kontrollraum weilte, hielt sich dort einer seiner Untergebenen auf. In jenem Zimmer verfügte Worf über mehrere Bildschirme, und sie gestatteten es ihm, die Shuttle-Hangars, Frachtkammern, Transporterräume, den Maschinenraum sowie die Brücke zu beobachten. Außerdem gab es dort Zweitausführungen der Kommunikations- und Operatorkonsolen, die alle Subsysteme der *Enterprise* ersetzen konnten. Die Schirme leuchteten, als Wesley Crusher hereinkam.

»Setz dich«, sagte Worf. Er verzichtete nun auf das

förmliche Sie und starrte auf einen Computermonitor — projiziertes Licht tanzte über seine dunkle Haut. Der Klingone las so schnell, wie es ihm möglich war.

»Ach, es ist sinnlos!« knurrte er, lehnte sich auf dem Drehstuhl zurück und schüttelte den Kopf. »Es würde *Jahre* dauern, all diese Unterlagen zu lesen.«

»Äh, ja«, entgegnete Wesley enttäuscht. »Haben Sie mich deshalb hierhergerufen? Um Ihnen dabei zu helfen, die elektronischen Akten durchzugehen?«

»Nein.« Worf beugte sich vor, und seine knochige, gewölbte Stirn zeigte tiefe Furchen. »Ich möchte dich als eine Art Agent einsetzen.«

Wesley nahm in dem Sessel auf der anderen Seite von Worfs Konsole Platz. »Wie meinen Sie das?« fragte er in einem verschwörerischen Tonfall.

Der Klingone deutete zu einem Schirm auf der linken Seite — in dem Projektionsfeld glühte ein simulierter Terminkalender. »Emil Costa hat dir Lektionen in Mikrobiologie erteilt. Kannst du die freundschaftliche Beziehung zu ihm wiederherstellen und dem Wissenschaftler Gesellschaft leisten?«

»Jetzt sofort?« erkundigte sich Wesley entsetzt. »Seine Frau ist gerade gestorben!«

Der Klingone brummte, bevor er erwiderte: »Ich weiß, daß du ihn sehr schätzt. Aber er ist der Hauptverdächtige bei einem Mordfall. Deine Beobachtungen ermöglichen es vielleicht, seine Unschuld zu beweisen. *Das* meinte ich mit dem Hinweis auf Agententätigkeit. Bleib immer in seiner Nähe. Beobachte ihn und finde heraus, ob er Lynn Costa umgebracht hat. Natürlich darf er nicht merken, daß du ihn beschattest.«

»Natürlich nicht.« Wesley rutschte nervös im Sessel hin und her. »Wie gehe ich dabei vor? Soll ich ihn einfach fragen, ob er der Mörder seiner Frau ist?«

»Halte Augen und Ohren offen«, antwortete Worf. »Um ein klingonisches Sprichwort zu zitieren: ›Ein schreckliches Geheimnis kann nicht geheim bleiben.‹

Wenn Emil Costa dich für seinen Freund hält ... Vielleicht gibt er dir gegenüber das Verbrechen zu.«

»Aber ich *bin* sein Freund!« protestierte der Junge.

»Nicht bei diesem Auftrag«, widersprach Worf. »Du wirst als Ermittler tätig und darfst *niemandem* etwas davon verraten. Ist das klar?«

Wesley Crusher nickte benommen.

»Ich informiere Captain Picard, Commander Riker und Counselor Troi. Weitere Personen brauchen nicht Bescheid zu wissen.« Worf stand auf und streckte sich. »Denk daran ...«, warnte er den Jungen. »Emil Costa könnte ein Mörder sein. Bring dich auf keinen Fall in Gefahr. Komm sofort zu mir, wenn du herausgefunden hast, welche Rolle er bei Lynn Costas Tod spielte. Verstanden?«

»Ja«, murmelte Wesley.

»Die Bestattung bietet dir gute Gelegenheit, um den Kontakt mit Emil Costa zu erneuern.« Worf sank wieder auf den Drehstuhl, rieb sich die Augen und blickte zu den Bildschirmen. »Wegtreten.«

Wesley erhob sich steif und verließ den Kommandostand des Sicherheitsoffiziers. Im Korridor holte er tief Luft, sammelte seine Gedanken und überlegte konzentriert. Zunächst einmal: Es verblüffte ihn, daß jemand Dr. Costa für den Mörder seiner Frau halten konnte. Eine solche Vorstellung erschien dem Jungen lächerlich und absurd — Emil hatte seine Lebensgefährtin immer geliebt. Er sprach selbst dann in einem respektvollen Tonfall von ihr, wenn er darüber klagte, daß sie ihn mitten in der Nacht weckte, um ihm irgendeine banale Frage zu stellen.

Wesley war von Anfang an der Meinung gewesen, daß die beiden Wissenschaftler ein ideales Paar bildeten. Beide neigten dazu, schroff zu sein, was jedoch nicht mit Arroganz verwechselt werden durfte. Sie wollten keine Zeit vergeuden und setzten geistige Kraft möglichst effizient ein. Und sie ertrugen keine Narren.

Wesley hatte Lynn Costa als eine sehr ernste, verschlossene Frau kennengelernt; Emils Charakter zeichnete sich durch preußische Strenge aus, aber darin mangelte es nicht an extrovertierten Aspekten. Er erwartete gute Leistungen von seinen Mitarbeitern und lehnte es ab, Nachlässigkeit hinzunehmen, doch er hatte es Beverly Crushers Sohn gestattet, den submikroskopischen Kosmos in aller Ruhe zu studieren — damals, als Wes noch nicht auf der Brücke tätig war. Für einen Erwachsenen brachte Emil Costa ein erstaunliches Maß an Geduld auf, fand Wesley.

Nun, inzwischen waren einige Jahre vergangen, und vielleicht hatte sich der alte Mann verändert. *Aber er kann unmöglich zu einem Mörder geworden sein,* dachte der Junge. Er bedauerte es nun, keine regelmäßigen Kontakte mit den Costas unterhalten zu haben. *Ihre Forschungen beanspruchten viel Zeit, und meine Pflichten auf der Brücke ...*

Er rief sich innerlich zur Ordnung. *Es gibt keine Entschuldigung dafür, daß ich einfach damit aufgehört habe, die Costas zu besuchen.* Einmal mehr fragte er sich, was Worf dazu veranlaßt haben mochte, einen Hauptverdächtigen in Emil zu sehen. Wesley hielt es nicht eine Sekunde lang für denkbar, daß Emil Costa seine Frau ermordet hatte — es sei denn, der alte Mann litt an irgendeiner Geisteskrankheit.

Zorn vibrierte in dem jungen Fähnrich, und er spürte den jähen Wunsch, die Unschuld seines früheren Lehrers zu beweisen. Aber er entsann sich auch an Worfs Ermahnung. Nein, er durfte Emil Costa nicht den wahren Grund für sein erneuertes Interesse an ihm erklären — und eigentlich war das auch gar nicht nötig. Wes nahm aufrichtig Anteil an dem Kummer des Wissenschaftlers, und das genügte als Grund, um ihn zu besuchen. Er dankte Worf für diesen Auftrag, denn dadurch bekam er Gelegenheit, Versäumtes nachzuholen.

Wesley beschloß, sofort zu handeln, ohne sich mit

weiteren Grübeleien aufzuhalten. Er berührte seinen Insignienkommunikator. »Fähnrich Crusher an Dr. Emil Costa«, sagte er und befeuchtete sich nervös die Lippen.

»Hallo, Wesley«, antwortete eine alt und niedergeschlagen klingende Stimme. »Es ist nett von dir, daß du dich mit mir in Verbindung setzt.«

»Doktor ... Der Tod Ihrer Frau tut mir sehr leid.«

»Schon gut«, krächzte der Mikrobiologe. »Lynn starb völlig unerwartet, aber ... Solche Dinge geschehen eben.«

»Sie hatte ein langes und erfülltes Leben«, erwiderte Wesley und wählte damit eine Bemerkung aus der Liste von Platitüden, die seine Gefühle nicht einmal annähernd zum Ausdruck brachten.

»Danke.« Emil Costa war so müde, daß sein deutscher Akzent deutlicher wurde. »Offenbar kommst du gut voran. Ich höre immer wieder von der einen oder anderen Heldentat, die du vollbracht hast.«

»Ich lerne nach wie vor«, schränkte Wes ein. »So wie damals, als Sie mich unterrichteten.«

»Du könntest dich dem Projekt Mikrokontamination anschließen — dazu ist es noch nicht zu spät.« Die Stimme des Wissenschaftlers klang jetzt etwas lebhafter. »Vielleicht wird jetzt die eine oder andere Stelle frei.«

Dadurch ergab sich ein guter Vorwand für den Fähnrich. »Ja«, entgegnete er. »Ich habe daran gedacht. Darf ich zu Ihnen kommen, um die Sache mit Ihnen zu besprechen, Doktor?«

»Nun ...« Emil Costa zögerte unsicher.

»Ich bleibe nicht lange«, versprach Wesley. »Wenn Sie möchten, begleite ich Sie zur Bestattung.«

»Eins nach dem anderen.« Der alte Forscher seufzte. »Na schön. Ich erwarte dich in meiner Kabine.«

»Bin schon unterwegs. Wesley Ende.«

Er eilte durch den Korridor und lief zum nächsten Turbolift.

KAPITEL 6

Deanna Troi richtete sich ruckartig im Bett auf, als sie das Summen des Türmelders hörte. Sie hatte tief und fest geschlafen — *wie eine Tote,* dachte sie und erinnerte sich an vage Traumbilder: ihre Heimatwelt im Winter, ihre Mutter, ein lächelnder Will Riker, die leblose Lynn Costa auf der Diagnoseliege ... Einerseits ergaben die Szenen keinen Sinn. Und andererseits bedeuteten sie vielleicht zuviel.

Das beharrliche Summen brachte Deanna ganz in die Wirklichkeit zurück. Sie stand auf, streifte einen Morgenmantel über die Schultern und strich das lange, dunkle Haar zurück, bevor sie die Tür öffnete.

Karn Milu wartete im Korridor, die buschigen Brauen verärgert zusammengezogen. »Darf ich eintreten?«

Instinktiv hob Deanna die Hand zum Kragen ihres Umhangs und erlebte nun wieder den üblichen Minderwertigkeitskomplexe in der Präsenz des berühmten Wissenschaftlers. »Ich bin nicht richtig angezogen.«

»Ihre Kleidung genügt.« Milu lächelte und betrachtete den Morgenmantel, der zwar vom Hals bis zu den Füßen reichte, jedoch nicht über die gute Figur der Counselor hinwegtäuschte. »Tut mir leid, aber es ist wichtig. Und ich möchte mich nicht noch einmal an den Captain wenden.«

Troi nickte, wich zurück und winkte den Betazoiden herein. Hinter Milu glitt das Schott zu. Der Entomologe wirkte erregt, und die ersten Sekunden verbrachte er damit, wortlos auf und ab zu gehen.

»Was beunruhigt Sie so sehr?« fragte Deanna besorgt.

»Ihr Lieutenant Worf!« entfuhr es dem Besucher. »*Er* beunruhigt mich. Sie haben keine Ahnung, wie viele Daten er angefordert hat! Ein großer Teil davon betrifft das Personal und noch immer aktuelle Projekte. Seine Arroganz hat praktisch alle unsere Sektionen in Aufruhr versetzt, insbesondere die Abteilung Mikrokontamination.«

»Bitte entschuldigen Sie Worfs Eifer.« Deanna seufzte. »Er hat einen sehr schwierigen Auftrag erhalten und muß einen Mörder finden.«

»Rapsalak«, kommentierte Milu und benutzte damit einen betazoidischen Kraftausdruck. »Zeigen Sie mir einen Beweis dafür, daß es sich um Mord handelt — dann stelle ich alle Laboratorien Worf zur Verfügung. Aber bisher liegen nur einige wenige Indizien vor!«

»Saduk ...«, begann Deanna. Der Entomologe unterbrach sie sofort.

»Er *irrt* sich!« zischte Milu. »Und sagen Sie jetzt bloß nicht, daß Vulkanier immer recht haben. Saduks lächerliche Vermutung war ein Reflex auf die schockierende Entdeckung, daß es in seinem Laboratorium zu einer fatalen Fehlfunktion kam. Inzwischen hat er es sich anders überlegt und hält auch einen Unfall für möglich. Fragen Sie ihn.«

»Das klingt nicht danach, als hätte er seine Meinung vollkommen revidiert«, erwiderte Deanna. »Niemand von uns schließt einen Unfall aus.« Ihr fiel etwas ein, und sie fragte sich, ob ein Zusammenhang existierte. »Kann Saduk noch immer hoffen, zum Leiter des Projekts Mikrokontamination ernannt zu werden?«

Milu blinzelte und hob die Brauen. »Nein«, brummte er. »Diese Angelegenheit hat mich dazu veranlaßt, Saduks Führungsqualitäten in Frage zu stellen. Verstehen Sie mich nicht falsch: Er ist ein ausgezeichneter Wissenschafter, aber ich muß auch seine Neigung berücksichtigen, sofort auszusprechen, was ihm in den Sinn kommt.«

»Mit anderen Worten ...«, kommentierte Deanna. »Er ist zu ehrlich und zu wenig Politiker. Was Sie betrifft: Ein fataler Unfall wäre zwar bedauerlich, aber im Gegensatz zu Mord hinterläßt er keinen Schmutzfleck in den Aufzeichnungen.«

Zuerst blitzte Ärger in Karn Milus Augen, doch dann lächelte er und deutete mit dem Zeigefinger auf die Counselor. »Sie haben *doch* versucht, Ihre telepathischen Fähigkeiten weiterzuentwickeln.«

Vielleicht stimmt das, dachte Troi. *Oder Ihre mentale Abschirmung ist nicht mehr perfekt.* »Haben Sie sich für Grastow entschieden?«

»Das geht Sie nichts an«, antwortete der Betazoide unwirsch. Unmittelbar darauf zeigten seine dunklen Pupillen eine Mischung aus emotionaler Wärme und Weisheit. »Sie finden nie genug Beweise, um diese Sache in einen Mordfall zu verwandeln«, beharrte er. »*Daran* sollten Sie denken. Bisher gibt es nur Vermutungen und Hypothesen. Wie würde es *Ihnen* gefallen, einen Ehemann oder Lebensgefährten zu verlieren — und dann in Mordverdacht zu geraten, obwohl Sie überhaupt keine Schuld trifft?«

Als Deanna schwieg, trat Milu etwas näher. »Wir beide sollten Freunde sein, keine Widersacher. Ich habe gehofft, es um Worfs willen vermeiden zu können, noch einmal mit Captain Picard zu sprechen. Bitten Sie den Klingonen, die Ermittlungen einzustellen, damit Emil Costa und die anderen wieder Ordnung in ihr Leben bringen können. Außerdem: Wichtige Forschungsarbeiten warten darauf, fortgesetzt zu werden.«

Er zeichnet ein ziemlich deutliches Bild, überlegte Troi. Eine von Tod und Mutmaßungen heimgesuchte Abteilung, die sich danach sehnte, einen Schlußstrich unter Lynn Costas Tod zu ziehen. Aber Deanna bewahrte sich gesunde Skepsis, obgleich sich der Entomologe große

Mühe gab, den Argwohn aus ihr zu vertreiben. Er versuchte, mit seinen Emanationen Einfluß auf Troi zu nehmen, auf Gefühle, Sinne und Intellekt. Sie taumelte unwillkürlich und hielt sich am Synthetisierer fest.

»Hören Sie auf!« zischte sie und schickte ihm eine für sie völlig ungewohnte Welle aus negativen Gefühlen. Überrascht riß Milu die Augen auf und wich zurück.

»Sie haben kein Recht, mich zu beeinflussen!« sagte Deanna scharf, woraufhin der Betazoide den Abstand zu ihr weiter vergrößerte. »Lieutenant Worf leitet die Ermittlung, und zwar auf eine Weise, die er für angemessen hält.«

»Ja«, entgegnete Karn Milu und streifte das freundschaftliche Gebaren wie einen Mantel ab. »Aber dient er damit dem Wohle des Schiffes? Ich glaube nicht. Und früher oder später wird mir der Captain beipflichten.« Er drehte sich um und stürmte so schnell aus dem Zimmer, wie es die automatische Tür zuließ.

Ein Rest von Zorn brodelte in Deanna, als sie auf der Bettkante Platz nahm. Was ging hier vor? Was bedeutete Karn Milus wütende Reaktion? Entweder verlor Troi ihren Respekt vor dem einzigen anderen Betazoiden an Bord, oder sie mußte ihr Urteilsvermögen in Zweifel ziehen. Dr. Milu hatte recht, wenn er darauf hinwies, daß den Bemerkungen eines Vulkaniers immer ein großes Gewicht beigemessen wurde. Deanna wußte, daß Vulkanier nicht unfehlbar waren, aber Saduks Aussage spielte keine ausschlaggebende Rolle in Hinsicht auf ihre Erkenntnis, daß bei den Umständen von Lynn Costas Tod irgend etwas nicht stimmte.

Wieder dachte sie an den Traum. Sie wußte, auf welche Weise die alte Wissenschaftlerin gestorben war, doch das Warum blieb ein Rätsel. Karn Milu schob alles auf Unvorsichtigkeit, aber das allein genügte nicht, um Lynns und Emils Furcht zu erklären, die Gewißheit in Saduks Stimme und die schockierte Bestürzung bei den Leuten, die Lynn Costa gut gekannt hatten. Hinzu kamen die gelöschten Computerdaten, eine achtlos weggeworfene blaue Phiole — und die Tatsache, daß Emil Costa etwas verbarg.

Wenn ich nur so sicher sein könnte wie Karn Milu, fuhr es Deanna durch den Sinn. Unglücklicherweise spürte sie, daß der Betazoide aus irgendeinem Grund nicht nach der Wahrheit suchte. Sein Bestreben galt nur der Wiederherstellung normaler Verhältnisse, einer Art kollektiven Amnesie. Er wollte, daß man die beunruhigenden Einzelheiten von Lynn Costas Tod einfach vergaß, und dazu sah sich Deanna Troi außerstande. Sie verzog das Gesicht, als sie den Entomologen von der geistigen Liste ihrer vertrauenswürdigen Verbündeten strich. Die Counselor erneuerte ihre Entschlossenheit, Worf nach besten Kräften bei seinen Nachforschungen zu unterstützen — der Klingone trachtete wenigstens danach, die Wahrheit herauszufinden.

Sie legte den Umhang beiseite, öffnete den Schrank und hielt nach geeigneter Kleidung Ausschau. *Das schwarze Gewand,* dachte sie. *Falls mir nicht genug Zeit bleibt, mich vor der Bestattung umzuziehen.* Immerhin hatte sie versprochen, jede zur Verfügung stehende Minute zu nutzen, um dem Sicherheitsoffizier zu helfen.

Auf dem Deck 32 verharrte Wes Crusher vor einem Schott und betätigte den Türmelder. Er wartete mehrere Sekunden lang, und schließlich erklang eine gedämpfte Stimme. »Bist du das, Wesley?«

Der Junge berührte seinen Insignienkommunikator. »Fähnrich Crusher an Dr. Costa. Ja, ich bin's.«

Die Tür öffnete sich, und Emil Costa griff nach Wesleys Ellenbogen, zog ihn mit einem Ruck ins Zimmer. Das Haar des alten Mannes war zerzaust, und er schien sich erst zu entspannen, als das Schott wieder zuglitt.

»Ist alles in Ordnung mit Ihnen, Doktor?« fragte Wes besorgt.

»Oh, natürlich«, behauptete der Mikrobiologe und

rang sich ein schiefes Lächeln ab. »Mir ... mir liegt nur nichts daran, irgendwelche anderen Leute zu sehen.«

»Wie geht es Ihnen?« fragte der Fähnrich.

Der greisenhafte Mann seufzte schwer. »Den Umständen entsprechend. Ich habe noch nicht ganz begriffen, daß Lynn für immer fort ist. Vielleicht kann ich mich nie damit abfinden.« Sein müdes, hohlwangiges Gesicht erhellte sich ein wenig, als er hinzufügte: »Für mich beginnt nun ein neuer Abschnitt meines Lebens, und ich möchte das Schiff so schnell wie möglich verlassen.«

»Wann?« fragte Wesley erstaunt.

»Wenn wir Kayran Rock erreichen.« Emil lächelte und kehrte zum Bett zurück, wo Toilettenartikel und persönliche Gegenstände neben einer Reisetasche lagen. »Aber ich habe noch genug Zeit, um mit dem Captain und Karn Milu zu reden. Ich bin sicher, daß man dich beim Projekt Mikrokontamination mit offenen Armen empfangen würde. Bestimmt steht dir in jener Abteilung ein rascher beruflicher Aufstieg bevor. Und du könntest an Bord der *Enterprise* bleiben, bei deinen Freunden.«

»Nun, ja«, erwiderte Wesley unsicher. »Allerdings ... Ich weiß nicht, ob ich den Brückendienst aufgeben möchte. Wenn eine Teilzeit-Mitarbeit möglich wäre ...«

Der Wissenschaftler schüttelte streng den Kopf. »Glaubst du etwa, wir *spielen* hier unten? Das Projekt Mikrokontamination ist eine sehr ernste Sache. Du lebst in einer künstlichen Umwelt, Wesley. Das Projekt trägt direkte Verantwortung für die Gase, Flüssigkeiten und Bakterien in deinem Körper! Hier draußen im All kommt es dauernd zu Kontakten mit dem Unbekannten, und daher hat die Mikrokontaminationstechnik enorme Bedeutung. Und noch etwas ... Wir brauchen talentierte Leute wie dich.«

Emil senkte den Kopf. »*Sie* brauchen solche Mitarbeiter. Ich gehöre jetzt nicht mehr dazu.«

»Ich könnte mich versetzen lassen«, sagte der Junge

niedergeschlagen. »Aber ich wäre bestimmt nicht in der Lage, bei dem Projekt ebensoviel zu leisten wie Sie und Ihre Frau.«

Der alte Wissenschaftler schüttelte wie benommen den Kopf und betrachtete dann ein Album mit holographischen Fotos, das darauf wartete, ebenfalls in der Reisetasche verstaut zu werden. Mit einem zitternden Fingerknöchel wischte er eine Träne fort, strich sich dann übers kurze weiße Haar. »Hast du jemals Bilder von Lynn gesehen, als sie jung war?« murmelte er.

»Nein.« Wesley trat neugierig vor.

Emil öffnete das Buch, und eine unglaublich junge, geschmeidige und fast mädchenhafte Lynn tanzte vor den Augen des Fähnrichs. Er beobachtete eine etwa dreißig Jahre alte Frau, die schwamm und Tennis spielte. Lebhaftigkeit und Anmut jener zauberhaften Gestalt schienen Substanz zu gewinnen. Lynn lachte, als ein Tennisball über Emils Kopf hinwegflog. Ein Foto zeigte die Konzentration in ihren Zügen, bevor sie vom Turm sprang. Das nächste präsentierte ihr Gelächter, als sie auftauchte. Elegant tanzte sie in einem Ballsaal. Wesley bestaunte viele Jahrzehnte alte Bilder, und im Hintergrund sah er Szenen einer Erde, die er kaum kannte.

»Donnerwetter!« sagte er nach einer Weile.

»Eine ganz andere Frau als die verdrießliche alte Forscherin beim Projekt, nicht wahr?« brummte Emil.

»Was ist mit ihr geschehen?« fragte Wesley mit der Offenheit der Jugend.

»Wie meinst du das?« Der Mikrobiologe seufzte, und sein melancholischer Blick reichte in die Vergangenheit. »Möchtest du wissen, was mit der sorglosen und unbeschwerten jungen Frau passiert ist? Was geschieht mit der Jugend? Sie weicht fort, um Platz zu schaffen für Verantwortung, Pflicht und Besessenheit. Während wir alt werden, versuchen wir verzweifelt, immer mehr zu erreichen, uns selbst zu übertreffen, auch wenn das gar nicht mehr möglich ist.

Was geschieht mit zwei Personen, die über viele Jahre hinweg einen gemeinsamen Lebensweg beschreiten?« fuhr der Witwer leise fort. »Wer kann all jene Probleme voraussagen, die sich dabei ergeben? Wir versprachen uns damals, unsere Ehe würde bis zum Tod dauern, und das war auch der Fall. Ich glaube, wir haben jenes Versprechen eingelöst. Obwohl ich mir mehr Glück für die letzten Monate gewünscht hätte ...« Er unterbrach sich und schluchzte.

Wesley war erschüttert. Er wollte keine alten Wunden aufreißen und seinem ehemaligen Lehrer seelischen Schmerz zufügen. Aber vielleicht erfüllten die Tränen einen guten Zweck. Vielleicht wuschen sie den Kummer aus Emil heraus. Er schien sich ihrer nicht zu schämen, und Wes wartete stumm.

»Danke, Wesley«, schniefte der Mikrobiologe schließlich. Er nahm ein Taschentuch, hustete hinein und putzte sich die Nase. »Sicher hast du dich gefragt, ob ich den Mörder meiner Frau kenne.«

»Äh, ja«, gestand der Fähnrich ein und versteifte sich unwillkürlich. »Ich muß zugeben, daß mir solche Gedanken durch den Kopf gingen.«

»Hältst du mich für den Täter?«

»Nein!« entfuhr es Wesley entsetzt.

»Ich bin es auch nicht.« Emil wandte sich wieder der Reisetasche zu. »Du kannst mir bei der Bestattung ruhig Gesellschaft leisten. Aber morgen verlasse ich das Schiff, und ich möchte früh zu Bett gehen.«

»Ja, ich verstehe, Sir.« Wesley spürte Unbehagen und nahm Haltung an. »Kann ich Ihnen beim Einpacken helfen?«

»Die Kuckucksuhren dort«, sagte Emil schwermütig und deutete zu den antiquierten Chronometern an der Wand. »Ich habe sie oft auseinandergenommen und wieder zusammengesetzt, aber sie zeigen nie die richtige Zeit an. Vielleicht liegt es an der künstlichen Gravitation — die alten Gewichte und Federn merken den Unterschied. Leider kann ich sie nicht mitnehmen. Ich wäre dir sehr dankbar, wenn du ihre ID-Nummern registrierst — dann lasse ich sie irgendwo reproduzieren.«

»Wohin reisen Sie?« fragte Wes, nahm eine Kuckucksuhr von der Wand und betrachtete sie.

»Keine Ahnung«, erwiderte Emil. »Es ist mir völlig gleich — solange mein nächster Aufenthaltsort nicht *Enterprise* heißt.«

Es folgte ein trauriges, bedrückendes Schweigen. Irgendwann klatschte der Mikrobiologe mit den Händen und schien ganz bewußt zu versuchen, sich von der Trübsal zu befreien. »Ich möchte dir erklären, warum du dich für das Projekt Mikrokontamination entscheiden solltest!« sagte er mit erzwungener Fröhlichkeit.

Er legte dem Jungen die Hand auf die Schulter. »Zunächst einmal ... Du verschwendest deine Fähigkeiten, wenn du dich nur darauf beschränkst, dieses Raumschiff zu steuern. Bestimmt gibt es Dutzende von Offizieren an Bord der *Enterprise,* die diese Aufgabe ebensogut wahrnehmen können wie du. Darüber hinaus hättest du die Möglichkeit, deine Bildung zu vervollständigen und etwas über den inneren Kosmos zu erfahren. Drittens: Denk dabei auch an Anerkennung und Prestige. Nicht zu vergessen die Befriedigung, allen Bürgern der Föderation zu helfen, nicht nur der Besatzung eines zwischen den Sternen fliegenden Schiffes.«

Wesley setzte sich auf Emils Bett und bemühte sich um ein Lächeln, als er Dr. Costas letztem Vortrag an Bord der *Enterprise* zuhörte.

Lieutenant Worf stöhnte, als er sich auf dem Stuhl zurücklehnte und die brennenden Augen rieb. Sie fühlten sich an, als hingen sie an einem Spieß über glühenden Kohlen. Während der letzten beiden Stunden hatte ihm Deanna geholfen, aber es gab noch immer Unterlagen mit Informationen über Lynn und Emil Costa, die gelesen werden mußten. Was die elektronischen Akten der anderen Personen betraf, die in den Laboratorien arbeiteten ... Damit konnten sie sich erst später befassen. Worf dachte daran, weitere Helfer zu rekrutieren, aber dazu wären lange Erklärungen notwendig gewesen.

Noch bevor er von Deannas Gespräch mit Karn Milu erfuhr, wurde dem Klingonen klar, daß sie Gefahr liefen, wie Narren dazustehen. Doch das war ihm gleich. Wenn es um die Gerechtigkeit ging, konnte man gar nicht genug Eifer entfalten. Nachlässigkeit mußte unter allen Umständen vermieden werden. Dieser Fall verdiente die gründlichsten aller gründlichen Ermittlungen.

Worf warf einen Blick aufs Chronometer in der einen Ecke des Bildschirms. Der Saal, in dem die Bestattung stattfand, war nicht weit von seinem Kommandostand entfernt, aber er wollte nicht zu spät eintreffen. Der Sicherheitsoffizier sah zu Deanna, die Informationen aus zwei Biographien korrelierte. Sie befaßte sich mit den der Öffentlichkeit bekannten Daten hinsichtlich der Costas, während Worf persönliche Tagebücher, Arbeitspläne und Forschungsberichte prüfte.

»Es ist fast achtzehn Uhr Bordzeit«, brummte der Klingone. »Ich schlage vor, wir fassen jetzt die wichtigsten Dinge zusammen und verschieben alles andere auf später. Was haben Sie herausgefunden?«

Auch Deanna lehnte sich zurück und massierte ihre müden Augen. »Zu Beginn ihrer beruflichen Laufbahn hatten die Costas viele Gegner und Kritiker in der wissenschaftlichen Gemeinde. Nach der Perfektion des Biofilters erhielten sie Unterstützung von höchster Föderationsebene, und den kritischen Stimmen schenkte man keine Beachtung mehr. Emil und Lynn Costa gründeten das Projekt Mikrokontamination und bekamen eine Blankovollmacht: Sie durften ganz nach Belieben forschen. Der Rest ist bekannt.«

Troi betätigte einige Tasten, und ein biographischer Abschnitt erschien auf dem Schirm. »Eine Frau namens

Megan Terry zeigte die Costas an und warf ihnen wissenschaftliches Plagiat vor. Angeblich hat *sie* den Biofilter entwickelt, während der Zusammenarbeit mit Lynn und Emil. Nun, Megan Terry verlor den Prozeß vor fünfundzwanzig Jahren, und inzwischen ist sie seit drei Jahren tot.« Deanna las die folgenden Daten auf dem Monitor. »Die Costas waren gezwungen, ein Forschungsprojekt auf Epsilon IV aufzugeben — vor *dreißig* Jahren.«

»Und der Grund dafür?« fragte Worf.

»Sie nahmen keine Rücksicht auf die lokalen Behörden«, antwortete Deanna. »Zu Anfang geschah so etwas recht häufig, aber während der letzten fünfundzwanzig Jahre hat es niemand mehr gewagt, den Costas Hindernisse in den Weg zu legen. Man muß ihnen zugute halten, daß sie bemerkenswert oft altruistische Maßnahmen ergriffen: Sie brachten saubere Landwirtschaft und Industrie zu armen Welten. Für ihre zahlreichen Entdeckungen verlangten sie nie Geld. Die Lizenzgebühren ihrer Patente überwiesen sie einem Fonds für Seuchenopfer.

Mit anderen Worten: Sie sind fast perfekt«, sagte Deanna zum Abschluß.

»Aber eben nur *fast*«, betonte der Klingone und starrte auf den Schirm. »Sie haben zwei erwachsene Kinder und praktisch keinen Kontakt zu ihnen. Fast seit dem Tag ihrer Geburt lebten die beiden Kinder bei Verwandten auf der Erde. Die Costas wohnten an Dutzenden von verschiedenen Orten, ohne jemals irgendwo Wurzeln zu schlagen. Ihnen fehlen Freunde und Hobbys, sieht man einmal von Emils Vorliebe für Kuckucksuhren und Alkohol ab. Offenbar war ihnen die Karriere immer wichtiger als alles andere — eine sehr egoistische Einstellung.«

Deanna zuckte mit den Schultern. »An Bord dieses Schiffes gibt es viele Personen, die einer solchen Beschreibung entsprechen.«

»Andererseits ...« Der Sicherheitsoffizier zögerte kurz. »Emil hat oft Zeit für andere Leute erübrigt. Er unterrichtete Wesley Crusher und versäumte es nie, anderen Forschern zu helfen. Lynn Costa hingegen ... Sie war immer verschlossen und mißtrauisch. Sie achtete darauf, nichts von ihrer Arbeit zu verraten — die Eintragungen in ihren persönlichen Logbüchern sind meistens sehr vage.«

»Und die übrigen Aufzeichnungen hat sie gelöscht«, stellte Deanna fest.

»Ja«, knurrte Worf. »Beide Costas beherrschen die Kunst der Geheimhaltung. Nun, das Computerarchiv enthält nur noch die *offiziellen* Daten in bezug auf Emils Mikroben-Entdeckungen. Persönliche Anmerkungen und Hinweise sind ebenso verschwunden wie Schilderungen der einzelnen Testphasen.«

»Welche konkreten Ergebnisse haben wir bisher erzielt?« Troi gähnte.

»Das einzige konkrete Resultat besteht aus einem steifen Hals«, erwiderte der Klingone. Er stand auf und streckte sich. »Ich habe Fähnrich Crusher als Agenten eingesetzt. Und ich möchte Sie mit einer ähnlichen Aufgabe betrauen.«

»Worum handelt es sich dabei?« fragte Deanna vorsichtig.

»Versuchen Sie bei der Bestattung, eine engere Beziehung mit Saduk herzustellen und in Erfahrung zu bringen, ob er noch mehr weiß.«

Troi nickte. »Das hatte ich ohnehin vor.«

Hunderte von Personen hatten sich im Saal eingefunden: Alle Plätze waren besetzt, und sogar in den Gängen standen Besatzungsmitglieder. Weitere Angehörige der Crew warteten in den Korridoren des großen Schiffes, um die Bestattungszeremonie per Interkom zu verfolgen. Hinter dem breiten Panoramafenster glitten die Sterne mit Warp drei dahin, doch die Aufmerksamkeit der Versammelten galt dem silbernen Sarg auf der Bühne. Der Behälter war torpedoförmig, und sein Kopf wies in Richtung All.

Ernste Gesichter betrachteten den in Weiß gekleideten Leichnam Lynn Costas. Rotgraues Haar floß über die schmalen Schultern hinweg, geschmückt mit grünen Orchideen. Die einst so dynamischen Züge wirkten nun entspannt, und sonderbarerweise zeigte sich in den Wangen jetzt mehr Farbe als vorher. Im Hintergrund zupfte eine Musikerin an den Saiten einer Harfe.

Commander William Riker trat ans Rednerpult und ließ seinen Blick durch den Saal schweifen, sah vertraute Gesichter und andere, die er kaum kannte. Deanna sprach mit einem Vulkanier, der in die zweite Kategorie fiel. Wesley Crusher stand neben Emil Costa, der auf seine im Schoß gefalteten Hände hinabstarrte. Auch der große Antarier und die attraktive junge Frau vom Projekt Mikrokontamination waren zugegen. Der Captain unterhielt sich leise mit den Wissenschaftlern Milu und Baylak. Worf wanderte durch die Menge, und seine vorgewölbte Stirn ragte wie die Rückenflosse eines Hais über die Köpfe der Trauergäste hinweg.

Solche Versammlungen erinnerten Riker daran, daß die Brücke und gelegentliche Ausflüge mit Landegruppen nur zwei Aspekte des Lebens an Bord der *Enterprise* darstellten. Das Schiff war die Heimat für eine bunte Vielfalt von Leuten, die aus allen Ecken der Föderation kamen. Schüler und Studenten arbeiteten mit den größten Experten ihrer jeweiligen Fachgebiete zusammen. Für Theorie gab es kaum Zeit — auf die Praxis kam es an. In gewisser Weise ähnelte die *Enterprise* einer fliegenden Akademie, und ihre Besatzungsmitglieder teilten einen großen Schlafsaal.

Das galt zwar auch für Riker, trotzdem wußte er, daß ihn mit vielen Anwesenden kaum Gemeinsamkeiten verbanden. Er erforschte fremde Welten und ihre Kulturen, doch die meisten Wissenschaftler an Bord untersuchten Kosmen, die sich innerhalb eines Wassertropfens oder im Innern von wenigen Kubikzentimeter Luft erstreckten. *Wie dem auch sei,* dachte der Erste Offizier. *Wir alle möchten erfahren, was sich dort draußen befindet. Und das war auch Lynn Costas Wunsch.*

Es wurde leiser im Saal, als Riker am Pult stehenblieb. Er schluckte mehrmals, bevor er begann: »Ich danke Ihnen, daß Sie gekommen sind, um Dr. Lynn Costa die letzte Ehre zu erweisen. Die Bestattungszeremonie findet hier und nicht auf dem Holodeck statt, weil Dr. Costa um das schlichte Begräbnis eines Starfleet-Besatzungsmitglieds bat. Aus diesem Grund werden nur Captain Picard und ich zu Ihnen sprechen.«

Will nickte in Richtung des aufgebahrten Leichnams. »Es erscheint mir nicht ungewöhnlich, daß Lynn Costa im All bleiben wollte. Immerhin hat sie ihr ganzes Leben seiner Erforschung gewidmet. Das Geheimnis des Universums verbirgt sich auch auf mikroskopischer Ebene. Dr. Costa hat viel geleistet und geniale Methoden entwickelt, um dafür zu sorgen, daß unsere Umgebung sicher und sauber ist. Doch wie ich hörte, gab es einen noch wichtigeren Grund, der sie veranlaßte, zur *Enterprise* zu kommen: Sie wollte sicherstellen, daß wir ihre Biofilter auch wirklich benutzen.«

Leises Lachen erklang im Saal, und Riker räusperte sich, fuhr dann fort: »Sicher spreche ich für viele von uns, wenn ich sage: Ich bedauere sehr, keine Gelegenheit mehr zu haben, Dr. Lynn Costa besser kennenzulernen. Wir sind ihr nicht etwa aus dem Weg gegangen, doch uns war klar: Wenn sie uns Zeit widmen mußte, konnte sie ihr Genie nicht in die Dienste der Föderation stellen.« Der Erste Offizier wandte sich halb zum Sarg um und lächelte. »Wir vermissen Sie sehr, Lynn. Aber wir werden Sie nie vergessen.«

Commander Riker verließ das Podium, und ein kurzer, zurückhaltender Applaus ertönte. Als Captain Picard zum Pult schritt, herrschte sofort wieder Stille —

nicht nur im Saal, sondern auch in allen anderen Räumen an Bord der *Enterprise.*

»Normalerweise erwartet man vom Kommandanten, daß er bei einer Bestattungszeremonie respektvolle und tröstende Worte wählt«, sagte Jean-Luc in einem strengen Tonfall. »Ich bin Commander Riker sehr dankbar dafür, daß seine Ansprache diesen Erfordernissen genügte, denn es bedeutet, daß ich auf derartige Bemerkungen verzichten kann. Um ganz offen zu sein: Die Umstände von Lynn Costas Tod beunruhigen mich sehr.«

Die Anwesenden schienen den Atem anzuhalten, und Wesley Crusher musterte Emil Costa aus den Augenwinkeln. Die Unterlippe des Wissenschaftlers zitterte, und seine trüben Augen lagen tief in den Höhlen seines blassen Gesichts. Wes wollte sich schon nach seinem Befinden erkundigen, doch dann erklang erneut die Stimme des Captains.

»Diese Angelegenheit ist schon so ernst genug, selbst ohne ihr einen Aspekt hinzufügen, der uns alle zutiefst bestürzt«, sagte Picard. »Nun, Dr. Costas Tod bleibt ein Rätsel — eine Tragödie, die eigentlich unmöglich sein sollte.« Er vollführte eine beschwörende Geste. »Wenn jemand Informationen hat, die uns helfen könnten, dieses Rätsel zu lösen ... Bitte wenden Sie sich an Lieutenant Worf, Counselor Troi oder mich.«

Unruhe entstand im Saal. Picard blickte zum Leichnam und schüttelte den Kopf. »Wir glauben, Personen wie Lynn Costa leben ewig, weil sie auf unsere Gesellschaft eine ebenso nachhaltige Wirkung entfalten wie das Sonnenlicht auf einen Planeten. Aber da irren wir uns — früher oder später sterben wir alle. Deshalb sollten wir das Leben als eine Kostbarkeit schätzen, solange es dauert — weil es so *vergänglich* ist.«

Jean-Luc klopfte auf seinen Insignienkommunikator. »Picard an O'Brien.«

»Ja, Sir«, meldete sich der Transporterchef.

»Energie«, sagte der Captain.

»Bestätigung.«

Phosphoreszierendes Licht in allen Farben des Spektrums erfaßte den Sarg und entmaterialisierte ihn. Aus einem Reflex heraus blickten die meisten Anwesenden zum Panoramafenster und ins All — der Transporter verstreute dort Lynn Costas Moleküle.

Während der letzten Worte des Captains hatte auch Wesley den Atem angehalten, und nun ließ er ihn langsam entweichen. Er drehte den Kopf, um Emils Reaktion festzustellen, doch der Mikrobiologe saß nicht mehr neben ihm.

Der Fähnrich wandte sich sofort dem Ausgang zu, doch Dutzende von Trauergästen strebten ebenfalls zur Tür. Wesley konnte nur dann hoffen, zu dem alten Wissenschaftler aufzuschließen, wenn er sich mit energischen Ellenbogen einen Weg bahnte, und das erschien ihm alles andere als angemessen. Er reihte sich in die Schlange ein und bereute nun, Emil nicht im Auge behalten zu haben. Der Fähnrich namens Wesley Crusher hatte vom Sicherheitsoffizier den Auftrag erhalten, Emil Costa zu überwachen, und er wollte Worf auf keinen Fall enttäuschen. *Ich habe einmal meine Pflicht vernachlässigt, aber das wird sich nicht wiederholen,* dachte er.

In der Nähe des Podiums wechselte Captain Picard freundliche Worte mit Besatzungsmitgliedern, die ihm mitteilten, daß sie nichts über Lynn Costas Tod wußten, obwohl sie sich das Gegenteil wünschten. Jean-Luc reckte den Hals und hielt nach der Person Ausschau, mit der er sprechen wollte. Schließlich bemerkte er Lieutenant Worf und winkte ihn näher.

»Ja, Captain?« fragte der Klingone.

»Lieutenant …« Picard senkte die Stimme. »Ich möchte allein mit Ihnen reden. In fünfzehn Minuten erwarte ich Sie in meinem Bereitschaftsraum.«

»Ja, Sir«, erwiderte Worf und schluckte.

Der Sicherheitsoffizier straffte die Gestalt und sah dem Captain nach, als er fortschritt. Worf neigte nicht dazu, seine eigenen Entscheidungen später in Frage zu stellen, aber jetzt begann er daran zu zweifeln, von den richtigen Annahmen ausgegangen zu sein und alle Möglichkeiten für die Ermittlungen genutzt zu haben. Der Kommandant hätte es nicht für notwendig halten dürfen, die ganze Besatzung des Schiffes um Hilfe zu bitten.

Er beobachtete, wie Deanna Troi den Saal zusammen mit Dr. Saduk verließ. Zumindest eine erfolgreiche Mission: Es schien der Counselor gelungen zu sein, das Vertrauen des Vulkaniers zu gewinnen. Worf war enttäuscht, weil sie bisher noch keine konkreten Beweise gefunden hatten, aber wie die meisten Klingonen glaubte er an die Wirksamkeit von List. Und er hoffte, daß jemand etwas ausplauderte ...

Eine leise Stimme unterbrach seine Überlegungen. »Lieutenant?«

Er drehte sich um und sah die attraktive Shana Russel. Die Terranerin war klein und zierlich, doch das dichte blonde Haar verlieh ihr zusätzliche Größe. Sie blickte zu dem Klingonen auf, und Worf fand ihre blauen Augen recht hübsch. Allerdings: Die Hilflosigkeit in ihnen gefiel ihm nicht sonderlich.

»Ja?« erwiderte er mit nur angedeuteter Höflichkeit.

»Bitte entschuldigen Sie.« Die Assistentin wandte den Blick ab. »Als Counselor Troi und Sie zu mir kamen ... Ich bin nicht sehr freundlich gewesen. Sie haben natürlich nur Ihre Pflicht erfüllt, und es ist nicht Ihre Schuld, wenn alle verdächtig sind. Nun ...« Sie drehte den Kopf nach rechts und links, um sich zu vergewissern, daß niemand zuhörte. »Ich habe gehört, wie jemand drohte, Dr. Costa umzubringen.«

»Wer?« fragte Worf und rechnete damit, daß erneut Emil Costa belastet wurde.

»Karn Milu«, flüsterte die junge Frau.

Der Klingone blinzelte verblüfft, und Falten fraßen sich in seine dunkle Stirn. »Das haben Sie gehört?«

Shana Russel nickte kummervoll. »Ich wünschte, es wäre nicht der Fall.«

»Unter welchen Umständen?«

Erneut sah sich die Assistentin nervös um. »Hier möchte ich nicht darüber sprechen. Können wir uns später irgendwo treffen? An einem Ort, wo wir ungestört sind?«

»Mein Kommandostand ...«, begann Worf.

»Nein, ich möchte ganz sicher sein, daß wir allein sind«, flüsterte Shana. »Wie wär's mit meinem Quartier auf Deck 32? Kabine Nummer B-49.«

Sie wandte sich um, doch Worf hielt sie an der Schulter fest. Die junge Frau lächelte unsicher, als der Sicherheitsoffizier seine Hand zurückzog.

»Vielleicht dauert es eine Weile, bis ich Zeit finde, um Sie zu besuchen«, sagte er. »Soll ich jemanden schicken, der Ihre Aussage zu Protokoll nimmt?«

»Nein«, hauchte Shana besorgt. »Ich bin nur bereit, mit Ihnen zu reden. Die Sache gefällt mir nicht — ich könnte jemandem auf die Zehen treten. Was auch immer geschieht: Ich möchte so schnell wie möglich von der *Enterprise* versetzt werden.«

»Verstehe«, brummte Worf.

Die Assistentin griff nach seinem Arm. »Mir ist ganz gleich, *wann* Sie kommen — aber kommen Sie *allein*.«

Im Anschluß an diese letzte Mahnung eilte Shana Russel durch die Tür, vor der nun keine Trauergäste mehr standen. Worf seufzte, verließ den Saal ebenfalls und fragte sich, was der Captain mit ihm erörtern wollte.

Jean-Luc Picard blickte auf den Computerschirm in seinem Bereitschaftsraum. Data sah ihm über die Schulter und deutete auf eine außerordentlich komplexe Simulation des Shuttle-Verkehrs im Bereich des großen Asteroiden.

»Wie Sie sehen, Captain, nimmt die Andock- und

Ausschiffungsprozedur etwa sechzehneinhalb Minuten in Anspruch«, erklärte der Androide. »Wir sollten mit einer halben Stunde rechnen, um ganz sicher zu sein. Ich schlage vor, daß jeweils zwei Gruppen mit einer Raumfähre befördert werden. Dadurch wächst die durchschnittliche Anzahl der Passagiere pro Shuttle von vier auf acht Personen.«

»Wie wollen Sie das bewerkstelligen?« fragte Picard.

»Die *Enterprise* kann einen Präzedenzfall schaffen«, erwiderte Data. »Wir erhöhen die Geschwindigkeit, um ein Rendezvousmanöver mit der *Tolumu* durchzuführen, dem Flaggschiff der Kreel. Dann bitten wir die Admiralität an Bord. Die Repräsentanten der Kreel nutzen bestimmt die Gelegenheit, sich unser Schiff anzusehen und an Bord eines Starfleet-Shuttles unterwegs zu sein. Unsere Technologie interessiert sie sehr. Daraus ergibt sich folgender Vorteil für uns: Wir kontrollieren ihren Transport und können verhindern, daß sie gleichzeitig mit den Klingonen eintreffen. Die klingonischen Delegierten bitten wir, sich an die *Manchester* zu wenden.«

Picard nickte nachdenklich und dachte an das manchmal sehr unhöfliche Gebaren der Kreel. Sie waren noch nicht lange zivilisiert — was in gewisser Weise auch für ihren Erzfeind galt. Manche Leute bezweifelten sogar, ob man in ihrem Fall überhaupt von ›Zivilisation‹ sprechen konnte. »Wie groß ist die Delegation der Kreel?« fragte er.

»Sie besteht aus sechs Individuen«, antwortete Data. »Hinzu kommen Sie, Commander Riker und ich selbst. Damit bleibt an Bord des Shuttles ein Platz frei.«

»Nein«, widersprach Picard. »Aller Wahrscheinlichkeit nach begleitet uns Dr. Costa, und das bedeutet: Es bleibt *kein* Platz frei.«

Data neigte verwirrt den Kopf zur Seite — und richtete sich auf, als das nahe Schott aufglitt. Lieutenant Worf stand vor der nun geöffneten Tür. »Bitte um Erlaubnis, eintreten zu dürfen, Captain.«

»Kommen Sie.« Picard winkte den Klingonen herein. »Die nächsten Neuigkeiten betreffen sowohl Sie als auch Data.«

Worf näherte sich dem Schreibtisch und wechselte einen kurzen Blick mit dem Androiden. Data zuckte mit den Achseln — allem Anschein nach wußte er nicht, um was für eine Nachricht es sich handelte.

»Eine direkte Starfleet-Anweisung gibt Dr. Costa die Möglichkeit, unsere Basis auf Kayran Rock zu besuchen«, sagte Picard. »Er verläßt das Schiff für immer.«

»Captain ...«, begann Worf.

Picard hob die Hand. »Bitte warten Sie, bis ich mit Commander Data fertig bin.« Er wandte sich wieder an den Androiden. »Sie meinten eben, für das Rendezvousmanöver mit dem Kreel-Flaggschiff sei es notwendig, die Geschwindigkeit zu erhöhen.«

»Warp vier müßte genügen, Sir.«

»In Ordnung. Änderungen an den Zeitplänen und Kursvorschlägen halte ich nicht für erforderlich. Schikken Sie Ihren Bericht Starfleet, zusammen mit meinen Empfehlungen.«

»Ja, Sir.« Der Androide ging zur Tür.

»Data!« rief Worf, bevor der Lieutenant Commander das Zimmer verließ. »Wann bricht das Shuttle auf?«

»In etwa vier Stunden«, lautete die Antwort. »Einen genaueren Zeitpunkt kann ich erst nennen, nachdem wir eine Verbindung mit dem Flaggschiff der Kreel hergestellt haben.«

»Danke«, brummte Worf. Wenige Sekunden später war er mit Picard allein.

Der Captain schaltete den Computerschirm aus, faltete die Hände auf dem Schreibtisch und musterte den Sicherheitsoffizier. »Ich weiß, daß Sie von den jüngsten Entwicklungen nicht begeistert sind. Ich bin es ebensowenig. Aber Tatsache ist: Emil Costa verfügt über großen Einfluß, und wir haben kein Recht, ihn an Bord zu behalten.«

»Ich bin sicher, daß wir kurz vor einer wichtigen Entdeckung stehen, Sir«, knurrte der Klingone. »Counselor Troi und Fähnrich Crusher ermitteln unabhängig voneinander, und bestimmt bringen Sie bald etwas in Erfahrung. Darüber hinaus haben wir ein Beweisstück: eine Phiole, die wir vor dem fraglichen Experimentierbehälter fanden. Guinan hat sie als ein Fläschchen identifiziert, das ihr bei Emil Costa auffiel.«

Jean-Luc klopfte mit der flachen Hand auf den Tisch und erhob sich. »Sie haben ein Beweisstück — aber kein Verbrechen. Inzwischen kenne ich Geordis Bericht, und daraus geht hervor, daß Lynn Costa durchaus einem Unfall zum Opfer gefallen sein könnte.«

»Es handelt sich um Mord«, beharrte Worf. »Das sagt mir mein Instinkt.«

Picard schüttelte niedergeschlagen den Kopf und trat hinter dem Schreibtisch hervor. »Ich verstehe Sie. Und Sie haben eben gehört, daß ich die ganze Besatzung um Hilfe bat. Ich bin bereit gewesen, Ihr Verhalten einem prominenten Wissenschaftler gegenüber zu rechtfertigen, der behauptet, daß Sie die Arbeit der ganzen wissenschaftlichen Abteilung dieses Schiffes beeinträchtigen. Ich habe mir alle Theorien angehört und die entsprechenden Daten geprüft. Nach wie vor gibt es keine vernünftige Erklärung.«

Worf neigte den Kopf. »Ich gestehe mein Versagen ein.«

»Unsinn.« Picard berührte den muskulösen Arm des Klingonen. »Sie und Counselor Troi bekamen von mir den Auftrag, in diesem Fall zu ermitteln, und ich bin sicher, daß Sie sich alle Mühe gegeben haben. Niemand von uns konnte ahnen, daß die Aufgabe so schwer sein würde. Vielleicht bleiben die Umstände von Lynn Costas Tod für immer ein Geheimnis. Möglicherweise handelte es sich tatsächlich um einen Unfall.«

»Captain ...« Worf schnitt eine Grimasse und konnte seine Enttäuschung kaum verbergen. »Troi und ich —

wir sind beide davon überzeugt, daß Dr. Costa ermordet wurde.«

Picard schüttelte erneut den Kopf. »Vermutungen und Instinkt nützen nichts vor Gericht. Außerdem: Wir brauchen Sie und die Counselor für den regulären Dienst. Und die Forschungsarbeiten auf Deck 31 müssen fortgesetzt werden.«

Worf sah noch eine letzte Chance. »Bitte geben Sie mir vier Stunden Zeit, Captain. Solange dauert es bis zum Start des Shuttles. Wenn ich dann noch immer nicht genügend Beweismaterial habe, um offiziell Anklage gegen Emil Costa zu erheben, stellen wir die Ermittlungen ein.«

Picard zuckte mit den Achseln. »Na schön, meinetwegen. Tut mir leid, Worf. Ich wünschte, ich könnte Ihnen mehr Zeit lassen. Aber wir sollten realistisch bleiben.«

»Verstanden.« Der Klingone nickte und drehte sich um.

»Schlafen Sie, wenn diese Sache vorbei ist, Lieutenant«, rief ihm der Captain nach. »Commander LaForge braucht Sie auf der Brücke, während Data, Riker und ich nicht an Bord der *Enterprise* sind.«

»Aye, Sir«, bestätigte Worf und stapfte durch die Tür.

Jean-Luc Picard preßte die Lippen zusammen und pochte verärgert mit den Fingerknöcheln auf seinen Schreibtisch. *Wer die Arbeit eines Raumschiff-Kommandanten für wundervoll hält, sollte einmal versuchen, sich in meine Lage zu versetzen,* dachte er. Ein Captain verfügte über großen Ermessensspielraum, aber trotzdem waren ihm Grenzen gesetzt.

KAPITEL 7

Wesley Crusher versuchte noch immer, Emil Costa einzuholen, und er eilte nun durch den Korridor auf Deck 32. Als er an zwei Forschern vorbeikam, ging er etwas langsamer, um nicht aufzufallen, und gleichzeitig glitt sein Blick über die vielen Türen. Emils plötzliches Verschwinden während der Bestattungszeremonie schuf eine seltsame Unruhe in dem Jungen, doch ihr Grund blieb ihm unbekannt. Captain Picards offene Worte hatten nicht direkt dem Witwer gegolten, soweit Wes das feststellen konnte. Es handelte sich vielmehr um einen Appell an die ganze Besatzung.

Wesley glaubte, Emils Privatsphäre nicht verletzt zu haben. Er hatte keine Informationen von ihm verlangt und aufrichtig Anteil an seinem Kummer genommen. Doch dann ging der alte Mann einfach, ohne ein Wort. Wes war sicher, daß ihn keine Schuld traf, aber warum verhielt er sich auf eine so verdächtige Weise?

Er bemerkte das Schild mit der Aufschrift DIE COSTAS, verharrte vor der Tür, strich seinen Uniformpulli glatt und betätigte den Melder.

Das Schott öffnete sich, doch dahinter stand nicht etwa der Mikrobiologe. Die Gestalt vor Wesley hatte ebenfalls kurzes Haar, doch es zierte den Kopf eines Antariers, der ihn um mindestens einen Meter überragte.

Wes wich zurück und nahm dann Haltung an. »Ich bin Wesley Crusher«, sagte er. »Bitte teilen Sie Dr. Costa mit, daß ich ihn besuchen möchte.«

Der riesige Antarier duckte sich durch die Tür und blockierte den Zugang. »Ich heiße Grastow.« Die sanfte Stimme bildete einen krassen Gegensatz zum Erscheinungsbild. »Dr. Costa empfängt jetzt niemanden. Er ruht sich aus, bis das Shuttle startet.«

»Geben Sie den Weg frei«, verlangte Wesley mit gespielter Tapferkeit. »Ich habe Emil Costa während der Bestattungszeremonie Gesellschaft geleistet, und wir müssen eine wichtige Angelegenheit besprechen.«

Er trat einen Schritt vor — und zwei große Hände packten den Jungen jäh, drückten ihn so fest an die Wand, daß ihm die Luft aus den Lungen gepreßt wurde. Sein Kopf stieß an festes Metall, und vor Wesleys Augen drehte sich alles. Einige Sekunden später ließen ihn die beiden Pranken los, und der Fähnrich rutschte zu Boden.

Grastow beugte sich über ihn. »Dr. Costa hat mich *ausdrücklich* aufgefordert, niemanden zu ihm zu lassen«, warnte er.

Wesley stöhnte und setzte sich auf. »Jetzt erinnere ich mich an Sie«, brachte er hervor und richtete einen zitternden Zeigefinger auf den Antarier. »Ohne Ihren Schutzanzug sehen Sie *noch* größer aus!«

Das kindliche Gesicht starrte finster auf ihn herab. Dann drehte sich Grastow um, kehrte in Costas Quartier zurück und schloß die Tür.

Fähnrich Crusher erhob sich und schnappte mehrmals nach Luft, bevor seine Lungen wieder normal funktionierten. *Emil Costa hat sich also einen Leibwächter zugelegt,* dachte er.

Wes konnte seine Überwachungspflichten auch hier wahrnehmen. Zumindest wußte er jetzt, wo sich der Mikrobiologe aufhielt: in seiner Kabine. Steifbeinig schritt Wesley durch den Korridor und blieb an einer Ecke stehen, von der aus er die Tür von Emil Costas Kabine im Auge behalten konnte.

Dort wartete er.

Nach der Bestattungszeremonie trafen immer mehr Personen im Gesellschaftsraum ein. Deanna Troi saß in der Mitte des Zimmers und erkannte viele Leute wieder, die sie zuvor im Saal bemerkt hatte. Im Laufe des Abends kamen sicher noch weitere Besatzungsmitglieder, um einen letzten Toast auf Lynn Costa auszubringen. Für viele war sie eine Heldin gewesen, für andere ein Idol. Selbst ihre Gegner mußten zugeben, daß sie große Forschungserfolge erzielt hatte. Vielleicht dauerte es hundert Jahre, bis erneut ein Genie wie sie geboren wurde.

Deanna rückte den hochgewachsenen und schlanken Vulkanier Saduk ins Zentrum ihrer Aufmerksamkeit — auch er beobachtete die übrigen Gäste. Troi war überrascht gewesen, als er ihre Einladung annahm und sie hierher begleitete — sie entsann sich nicht daran, ihn schon einmal im Gesellschaftsraum gesehen zu haben. Der Anlaß war traurig genug, und offenbar wollte nicht einmal der schweigsame Vulkanier allein sein.

Eine ganze Zeitlang saßen sie stumm am Tisch und tranken zwei verschiedene Sorten Kräutertee. Niemand gab einen Ton von sich. *Seltsam,* dachte Deanna. *Das Schweigen belastet mich überhaupt nicht, und ihm scheint es ebenso zu ergehen.* Vulkanier erwarteten natürlich nicht, daß jemand versuchte, sie an höflicher Konversation zu beteiligen, und für gewöhnlich verzichteten sie darauf, selbst die Gesprächsinitiative zu ergreifen. Außerdem: Deanna und Saduk kannten sich kaum; derzeit verband sie nur Lynn Costas Tod. Die Stille dauerte an, und manchmal wechselten der vulkanische Wissenschaftler und die Counselor nachdenkliche Blicke.

Deanna stellte sich vor, wie es sein mochte, intime Beziehungen mit einem Vulkanier zu unterhalten, insbesondere mit *diesem.* Vermutlich wären friedliche Abende am heimischen Kamin die Regel. Langfristige mentale Interaktionen mochten telepathische Kommunikation ermöglichen, die sie einander noch näher brachte. Bei Saduk brauchte Troi keine Auseinandersetzungen, Eifersucht und grundlose Vorwürfe zu befürchten. Und die körperliche Liebe ... Ruhig, sanft, spirituell. Vulkanier, so wußte Deanna, besaßen große Ausdauer, aber kaum Leidenschaft. *Ich müßte seine Kühle mit meiner Wärme kompensieren,* fuhr es ihr durch den Sinn.

Ohne umfassende medizinische Interventionen konnten sie wahrscheinlich keine Kinder bekommen. Nach ihrer ersten Erfahrung wünschte sich die Betazoidin, noch einmal schwanger zu werden, diesmal auf natürliche Weise. Aber es gab einen wichtigeren Punkt: Sie fragte sich, ob ein Vulkanier jemals in der Lage sein konnte, sie an seinen innersten Träumen und Wünschen teilhaben zu lassen. Bei Saduk erfuhr sie vielleicht nie, welche Gefühle er zurückhielt und vor ihr versteckte. Sie mußte sich damit zufriedengeben, ihn nie richtig zu kennen.

Deanna hatte die Idee aufgegeben, sich irgendwann einmal für Saduk zu interessieren, als er sie plötzlich ansah und sagte: »Sie sind sehr schön.«

Die Counselor blinzelte überrascht und errötete. »Oh, danke.«

»Ich möchte keineswegs dreist sein«, fügte er höflich hinzu. »Ich habe alle Frauen in diesem Raum beobachtet und glaube, Sie sind die attraktivste.«

»Noch einmal besten Dank.« Deanna lehnte sich zurück und musterte den Vulkanier erstaunt. »Wenn Sie möchten, daß wir noch einmal zusammen Tee trinken ... Es wäre mir ein Vergnügen.«

»Ich habe keine weiteren Motive.« Saduk nippte an seinem inzwischen lauwarmen Tee, für den man die Borke eines vulkanischen Baums verwendete. »Ich lebe im Zölibat.«

»Aufgrund eines Eids?« erkundigte sich Deanna und fühlte sich fast enttäuscht. Sie wußte, daß Vulkanier solche Gelöbnisse sehr ernst nahmen.

»Nein«, antwortete er. »Vulkanier leben im Zölibat, bis sie einen Bindungspartner wählen, und ich habe beschlossen, mich einzig und allein auf die Arbeit zu konzentrieren. Ich möchte nicht von Eheproblemen oder dergleichen abgelenkt werden.«

»Von Eheproblemen«, wiederholte die Betazoidin. »Beruht Ihre Entscheidung vielleicht auf Beobachtungen der beiden Costas?«

»Zum Teil«, entgegnete Saduk mit vulkanischer Offenheit. »Aber meine eigenen bisherigen Erfahrungen spielen dabei die größere Rolle.«

Deanna hätte dieses Thema gern vertieft, aber sie mußte an ihren Auftrag denken. »Sie erwähnten eben Ihre Arbeit«, sagte die Counselor kühl. »Was halten Sie davon, daß jemand anders zum neuen Projektleiter ernannt wurde?«

Saduk wölbte eine Braue. »Logischerweise sollte ich diesen Posten bekleiden. Ich habe mehr Erfahrung und bin kompetenter, aber von Grastow kann man erwarten, daß er sich ganz genau an die von den Costas festgesetzten Richtlinien und Maximen hält. Grastow könnte ein tüchtiger Verwalter sein, und daran hat es uns bisher gemangelt.«

»Ja«, sagte Deanna. »Bei unseren Ermittlungen fiel mir auf, daß Karn Milu den Costas freie Hand ließ. Emil und Lynn nahmen es mit den Vorschriften nie sehr genau.«

»In der Tat«, bestätigte Saduk. »Wenn sich alle strikt an die Regeln gehalten hätten, wäre der Mord unmöglich gewesen. In dieser Hinsicht stimme ich Worf voll und ganz zu.«

»Sie sprechen erneut von Mord«, stellte Troi fest. »Karn Milu wies mich darauf hin, daß Sie auch einen Unfall in Erwägung ziehen.«

Saduks onyxfarbene Augen bedachten die Counselor mit einem durchdringenden Blick. »Ich habe immer die Möglichkeit eines Unfalls berücksichtigt — solange sie nicht durch Beweise ausgeschlossen wird. An meiner persönlichen Hypothese unmittelbar nach der Untersuchung des Experimentierbehälters hat sich jedoch nichts geändert. Ich glaube nach wie vor, daß Dr. Lynn Costa ermordet wurde.«

Deanna nickte ernst. »Aber von wem?«

Saduk erhob sich abrupt und deutete eine Verbeugung an. »Das Gespräch mit Ihnen war sehr angenehm, doch jetzt muß ich zu meiner Arbeit zurückkehren. Es ist uns nun wieder gestattet, die Forschungen in den Laboratorien fortzusetzen.«

Troi musterte ihn aufmerksam. »Wenn Sie über die Identität des Täters Bescheid wissen ... Nennen Sie mir den Namen.«

»Ich bin nicht sicher«, antwortete der Vulkanier. »Bitte denken Sie daran, Deanna: Mir geht es vor allem um das Projekt und die verschiedenen Experimente. Die Toten fallen nicht in meinen Zuständigkeitsbereich.«

Mit diesen Worten drehte sich der schlanke Saduk um und verließ den Gesellschaftsraum.

Deanna schüttelte noch immer den Kopf, als Guinan an den Tisch herantrat. Sie trug einen Hut mit breiter grauer Krempe. »Er ist für jede Frau schwer zu fangen«, sagte die Wirtin und griff nach der Teetasse des Vulkaniers.

»Ein sehr zielbewußter Mann«, murmelte Troi. »Und stur. Er weiß mehr, als er zugibt.« Plötzlich gab sie ihrem Ärger nach. »*Alle* wissen mehr, als sie zugeben!«

Deanna sah sich in dem großen Zimmer um, und jene Gäste, die ihre zornigen Worte gehörte hatten, wandten den Blick ab. »Tut mir leid, Guinan. Wir haben noch immer keine Ahnung, unter welchen Umständen Lynn Costa gestorben ist. Unsere Ermittlungen kommen einfach nicht voran.«

»Kann ich irgendwie helfen?« fragte Guinan.

»Vielleicht.« Hoffnung leuchtete in Trois Augen. »Sie hören, worüber man hier redet. Hat jemand Informationen über Dr. Costas Tod?«

»Man hält Emil für den Hauptverdächtigen«, erwiderte die Wirtin. »Einige Leute meinen, Lynn Costa sei seit mehr als einem Jahr nicht mehr sie selbst gewesen. Daher erscheint Selbstmord plausibel.«

»Mit anderen Worten...« Die Betazoidin seufzte. »Niemand weiß mehr als wir.«

Guinan runzelte die Stirn. »Das war keine große Hilfe, oder? Und die blaue Phiole?«

»Ein Indiz.« Deanna zuckte mit den Schultern. »Vielleicht könnten wir etwas damit anfangen, wenn wir noch mehr hätten, aber das ist leider nicht der Fall.« Sie stand langsam auf. »Ich muß mir weitere Aufzeichnungen ansehen. Später wende ich mich noch einmal an Sie. Bitte hören Sie Ihren Gästen gut zu.«

Guinan lächelte. »Ich bin immer ganz Ohr.«

Lieutenant Worf ließ sich Zeit, als er das Deck 32 aufsuchte, um mit Shana Russel zu sprechen. Seine Überlegungen galten nach wie vor der kurzen Unterredung mit dem Captain. Für Picard war sie noch unangenehmer gewesen als für den Klingonen. Das mangelnde Vertrauen des Kommandanten in die Ermittlungen belastete Worf, doch nun kam hinzu, daß ihm nur noch vier Stunden Zeit blieben, um sie erfolgreich zu beenden. Picard mußte sich um viele Dinge kümmern, aber für Worf gab es nur noch ein Ziel: Er wollte unbedingt Lynn Costas Mörder entlarven.

Und wenn der Schuldige nicht Emil Costa hieß? Vielleicht waren sie bisher von völlig falschen Vermutungen ausgegangen. Worf wußte, daß die Polizeiarbeit nur einen Aspekt seiner Pflichten als Sicherheitsoffizier an Bord der *Enterprise* darstellte, doch er verabscheute es, die Ermittlungen ohne konkrete Resultate einzustellen, nur weil der Hauptverdächtige das Schiff verließ. Schlimmer noch: Wenn Emil Costa nicht der Mörder war... Es bedeutete, daß der Täter auch weiterhin an Bord weilte, wenn das Shuttle den Mikrobiologen zur Starbase auf Kayran Rock brachte.

Der Klingone merkte plötzlich, daß er an Shana Russels Kabine vorbeigegangen war. Er knirschte leise mit den Zähnen und warf sich Gedankenlosigkeit vor. Und wenn er während der Nachforschungen mehr als nur die Nummer an einer Tür übersehen hatte? Worf konnte sich kaum an seine letzte Ruheperiode erinnern, aber er lehnte diesen Umstand als Rechtfertigung ab und beschloß, aufmerksamer zu sein.

Einige Sekunden später fragte er sich, ob er überhaupt die notwendigen Voraussetzungen aufwies, um ein guter Detektiv zu sein. Ihn drängte es in erster Linie danach, aktiv zu werden! Er wollte den Mörder am Hals packen und nicht stundenlang auf einen Computerschirm starren oder dauernd Fragen stellen. Andererseits: Er mußte allen Möglichkeiten nachgehen, und das galt insbesondere für den Hinweis, daß Karn Milu gedroht hatte, Lynn Costa umzubringen.

Worf fand die Tür und betätigte den Melder. Das Schott glitt beiseite, und Shana Russel griff nach seiner Hand, zog ihn in die Kabine.

»Sie sind allein gekommen — gut!« hauchte die junge Frau aufgeregt.

Sie trug einen bis zu den Füßen reichenden Chiffon-Umhang, der einen guten Kontrast zum blonden Haar bildete und ihre jugendliche Figur kaum verhüllte. Keine sehr angemessene Kleidung, um einen Besucher zu empfangen, fand der Klingone, doch dann dachte er daran, daß die Terranerin wahrscheinlich geschlafen hatte. Allerdings: Sie wanderte unruhig durchs Zimmer und wirkte hellwach.

»Ich weiß nicht, wie ich mich verhalten soll«, stöhnte sie und ballte die Fäuste. »Ich bin völlig mit den Nerven runter.« Sie drehte sich um und sah Worf aus ernsten blauen Augen an. »Meine ganze Welt ist aus den Fugen geraten. Ich kann keinen klaren Gedanken mehr fassen!«

»Beruhigen Sie sich«, sagte Worf und versuchte, tröstend zu klingen. »Bestimmt finden Sie Ihren inneren Frieden wieder, wenn Sie uns helfen, das Rätsel von Lynn Costas Tod zu lösen. Nun, Sie haben erwähnt, daß Karn Milu drohte, Emils Frau umzubringen.«

»O ja.« Shana Russel seufzte und strich sich mit der einen Hand durchs Haar. Lange Strähnen rutschten über die weiße Haut von Hals und Schultern. »Ich habe es im Transitzimmer gehört, nachdem Lynn irgend etwas mit den Computeraufzeichnungen angestellt hatte. Sie schenkten mir überhaupt keine Beachtung — sie achteten fast nie auf mich —, und Dr. Milu schrie sie an.«

»Was hat er gesagt?« fragte Worf geduldig.

Shana Russel blieb stehen und dachte konzentriert nach. »Seine Worte lauteten: ›Wenn Sie diese Gelegenheit vermasseln, bringe ich Sie um.‹«

Worf kniff die Augen zusammen. »Welche Gelegenheit?«

Die junge Frau schüttelte den Kopf. »Keine Ahnung. Eins steht fest: Er war sehr zornig auf sie.«

»Ja«, brummte der Klingone. »Aber Sie wissen nicht, worauf sich Dr. Milus Worte bezogen?«

»Nein«, erwiderte Shana und sah den Sicherheitsoffizier aus großen, furchtsam blickenden Augen an. »Was bedeutet das alles? Was geschieht hier?«

Plötzlich lief sie auf Worf zu und schlang ihm die Arme um die Brust.

»Ich habe solche Angst«, murmelte sie und schmiegte sich an ihn. »Bitte bleiben Sie bei mir.«

Worf schob sie sanft zurück. »Sie sind durcheinander«, brachte er hervor. »Vielleicht sollten Sie sich an Deanna Troi wenden ...«

»Ich will nicht mit der Counselor reden.« Erneut drückte sich Shana an den großen Klingonen. »Ich brauche *Sie.*« Die Terranerin sah zu ihm auf, und ihre Augen flehten um Trost, versprachen mehr als nur Worte. »Sie kennen mich kaum«, flüsterte die Assistentin. »Aber ich bin so allein ... Ich habe niemanden.«

»Ich darf jetzt keine persönlichen Beziehungen eingehen«, betonte Worf, schob die junge Frau erneut von sich und trat zurück.

Shana wandte sich verlegen ab. »Was müssen Sie jetzt von mir denken ...«

»Seien Sie unbesorgt«, entgegnete der Klingone verständnisvoll. »Dies sind schwere Zeiten für uns alle. Aber wir sollten uns dabei nicht vergessen. Ich glaube, es befindet sich ein Mörder an Bord dieses Schiffes, und niemand von uns kann ruhen, bis er gefaßt ist.«

»Natürlich«, murmelte Shana. »Verzeihen Sie meinen Egoismus.« Sie sah Worf an und lächelte zaghaft.

Der Sicherheitsoffizier räusperte sich und kam wieder auf den Grund seines Besuchs zu sprechen. »Wissen Sie sonst noch etwas über die Drohung?«

»Nein.« Die Assistentin zuckte kurz mit den Achseln. »Ich war ziemlich erschrocken. Aber Sie sind der erste, dem ich davon erzähle.«

»Hat sonst noch jemand gehört, wie Dr. Milu jene Worte an Dr. Costa richtete?«

Shana Russel schüttelte den Kopf. »Ich bin Ihnen keine große Hilfe gewesen, oder?«

»Kommt darauf an«, erwiderte der Klingone unverbindlich. »Vielen Dank.«

Die junge Blondine lächelte hoffnungsvoll. »Vielleicht könnten wir zusammen essen oder übers Holodeck wandern, wenn dies alles vorbei ist ...«

»Wenn dies alles vorbei ist, werde ich mindestens zwanzig Stunden schlafen«, knurrte der Klingone. »Auf Wiedersehen.«

»Auf Wiedersehen«, sagte Shana Russel leise, als sich die Tür ihrer Kabine hinter Worf schloß.

Seit fast drei Stunden wartete Wesley Crusher an der Ecke des Korridors auf Deck 32 und beobachtete, wie Wissenschaftler und Forscher kamen, um Emil Costa ihr Beileid auszusprechen. Sie alle erwartete eine Enttäuschung, denn der Mikrobiologe empfing niemanden von ihnen. Wes hielt das für sehr seltsam. Immerhin wollte Emil das Schiff bald verlassen, und vielleicht sah er seine Kollegen nie wieder.

Er konnte durchaus verstehen, daß es der Witwer ablehnte, mit *ihm* zu reden — schließlich hatten sie einige Stunden zusammen verbracht. Aber wieso weigerte er sich, mit alten Freunden wie Dr. Baylak zu sprechen? Wenn sich die Tür öffnete, stand immer nur der riesige Antarier im Zugang, und er schickte jeden fort. Der junge Fähnrich wurde immer argwöhnischer.

Nach einer Weile fragte er sich, ob Dr. Costa überhaupt in der Kabine war. Der Mikrobiologe trug keinen Insignienkommunikator, und aus diesem Grund konnte Wesley nicht einfach den Computer bitten, ihm Emils Aufenthaltsort zu nennen.

Es gab eine andere Möglichkeit, Aufschluß zu gewinnen, und dazu brauchte Wes einen Tricorder. Der Junge verließ seinen Posten und suchte nach einem der Fächer mit Erste-Hilfe-Taschen. Die kleinen Luken waren nie verriegelt, denn die Notfall-Ausrüstung mußte jederzeit zur Verfügung stehen; zu ihr gehörten nicht nur Injektoren, Aderpressen und Verbände, sondern auch mindestens ein medizinischer Scanner. Am Ende des Korridors fand Wesley eins der mit roten Symbolen gekennzeichneten Fächer.

Er öffnete die Klappe und zog den Medo-Tricorder aus der Halterung. Der Bordcomputer registrierte diesen Vorgang natürlich und verständigte die Krankenstation — schon bald würde jemand nach dem Rechten sehen und feststellen, ob das fehlende Gerät durch ein anderes ersetzt werden mußte. Wesley glaubte sich imstande, einen guten Grund für die Verwendung des Instruments zu nennen. Er konnte alles erklären — immerhin war er mit einem Sondereinsatz beauftragt.

Er kehrte zu Emil Costas Quartier zurück und nahm erleichtert zur Kenntnis, daß die Tür geschlossen war und sich niemand in der Nähe aufhielt. Wes sah sich noch einmal um, bevor er den Tricorder aufs Schott richtete und mit einer Sondierung begann, die ihm alle Lebensformen in einem Radius von sechs Metern zeigen sollte. Die Werte auf dem kleinen Display vermittelten eine deutliche Botschaft: In der Kabine befand sich nur eine Person — der Antarier.

Wesley blickte so konzentriert auf den winzigen Bildschirm des Scanners, daß er gar nicht merkte, wie sich die Tür öffnete und Grastow in den Korridor trat. Ein Schatten fiel plötzlich auf den Tricorder, und eine große, fleischige Pranke riß ihm das Gerät aus der Hand.

»Was machst du da?« zischte der Antarier.

Wesley hielt es nicht für angebracht, mit Grastow über die hohe Kunst von Scanner-Sondierungen zu diskutieren — wortlos schritt er fort. Sollte *er* erklären, warum in dem Notausrüstungsfach ein Medo-Tricorder fehlte!

Karn Milu starrte zornig zu Worf und Deanna Troi, die im Kommandostand des Sicherheitsoffiziers saßen und von diversen Bildschirmen aufsahen. »Was kann so wichtig sein, daß Sie mich um diese Zeit hierherbestellen?« fragte der Wissenschaftler aufgebracht.

Deanna wechselte einen kurzen Blick mit dem Klingonen, der die Lippen zusammenpreßte. Mit einem zuversichtlichen Lächeln überließ sie ihm die Initiative. Sofort wich die Anspannung von Worf, und er lehnte sich zurück. Während der letzten Stunden hatten sie die bisher gesammelten Indizien mehrmals geprüft, darunter auch Shana Russels Hinweis auf Dr. Milus Drohung, Lynn Costa umzubringen. Ebenso wie Worf ärgerte sich Deanna immer mehr über Milus offensichtlichen Mangel an Kooperationsbereitschaft — eine Haltung, die fast an bewußte Behinderung der Ermittlungen grenzte. So schockierend Shana Russels Hinweis auch sein mochte: Dadurch sahen Worf und Troi das seltsame Verhalten des Entomologen aus einer ganz anderen Perspektive.

»Es tut mir leid, daß wir Sie gestört haben, Dr. Milu«, sagte die Counselor. »Bitte kommen Sie herein.«

Der Betazoide schnitt auch weiterhin eine finstere Miene, als er eintrat. Hinter ihm glitt das Schott zu.

»Ich lehne es keineswegs ab, Ihnen zu helfen«, behauptete er. »Aber ich habe bereits Ihre Fragen beantwortet, und mehr weiß ich nicht. Ihnen liegen alle Aufzeichnungen, Berichte und Wartungsunterlagen vor. Darüber hinaus bin ich bereit gewesen, die Arbeit in den Laboratorien lange genug zu unterbrechen, um Ihnen gründliche Nachforschungen zu ermöglichen. Was erwarten Sie sonst noch von mir?«

Deanna Troi musterte den Wissenschaftler, und ihre Augen wirkten dabei so kalt wie die der betazoidischen Larven in Milus Schreibtisch aus erstarrtem Harz. »Wir möchten folgendes von Ihnen wissen«, begann sie ruhig. »Stimmt es, daß Sie gedroht haben, Lynn Costa umzubringen?«

Karn Milu blinzelte verblüfft, und rote Flecken entstanden auf seinen Wangen. »Wer hat Ihnen das gesagt?«

»Es spielt keine Rolle, woher wir davon wissen«, knurrte Worf. »Angeblich haben Sie folgende Worte an Emil Costas Frau gerichtet: ›Wenn Sie diese Gelegenheit vermasseln, bringe ich Sie um.‹«

Der Betazoide lachte schallend — ein bißchen zu laut. »Es gibt nur eine Person, die verrückt genug wäre, um mir ein solches Zitat in den Mund zu legen — und sie lebt nicht mehr.«

»Leugnen Sie die Bemerkung?« fragte Deanna. Sie lächelte jetzt nicht mehr, und ihre Lippen bildeten einen dünnen Strich.

»Ja«, erwiderte Milu mit verletzter Würde. »Jemand gebärdet sich melodramatisch, und zwar auf meine Kosten. Ich hatte die eine oder andere Meinungsverschiedenheit mit Lynn Costa, und ich war außer mir, als sie die Computerdaten löschte. Aber sie *umbringen?* Die beste Wissenschaftlerin meiner Abteilung? Ich habe nicht täglich mit ihr zusammengearbeitet — es fiel mir leicht, ihr aus dem Weg zu gehen. In der letzten Zeit war sie ... unberechenbar, aber das änderte nichts an ihrem Genie. Außerdem: Ich vermisse sie.«

Diese Antwort überraschte Deanna, und sie lehnte sich ebenfalls zurück. Sie spürte Wahrheit in den Ausführungen des Entomologen, doch dann entsann sie sich daran, daß Karn Milu außerordentliche geistige Fähigkeiten besaß, die weit über ihre eigenen hinausgingen. Troi konnte sich seiner Telepathie nicht völlig entziehen, und er verstand es, subtilen Einfluß auszuüben.

»Dr. Milu ...« Die Stimme der Counselor klang höflich und gleichzeitig fest. »Wenn sich herausstellt, daß Sie lügen — dann werde ich dafür sorgen, daß Starfleet Sie zur Rechenschaft zieht.«

»Nicht nur Emil Costas Dienst in Starfleet geht bald zu Ende«, erwiderte der Betazoide. »Das ist auch bei mir der Fall. Wenn Sie keine weiteren Fragen haben ...«

Worf deutete zur Tür.

Milu drehte sich wortlos um und verließ den Kommandostand des Sicherheitsoffiziers. Selbst seine Bewegungen brachten Empörung zum Ausdruck.

Deanna lehnte sich zurück und schüttelte verwirrt den Kopf. »Ich verstehe sein Gebaren nicht, aber ich entschuldige mich dafür.«

»Eigentlich wundert mich sein Verhalten kaum«, sagte der Klingone. »Er möchte glauben, daß seine Mitarbeiter über jeden Verdacht erhaben sind. Allein aus diesem Grund steht er unseren Ermittlungen skeptisch gegenüber.«

»Halten Sie ihn für fähig, jemandem mit dem Tod zu drohen?« hauchte Deanna. »Oder zu einem Mörder zu werden?«

Worfs dunkle Augen musterten die Counselor. »Betazoiden sind keine Pazifisten«, entgegnete er. »Ihr Volk ist sogar sehr stolz auf seine ausgeprägte Emotionalität. Dr. Milu neigt zu Überheblichkeit; aber war er zornig genug, um Lynn Costa umzubringen?« Worf beantwortete seine rhetorische Frage, indem er mit den Achseln zuckte. Dann betätigte er mehrere Tasten, und auf dem Monitor vor ihm erschienen weitere Daten.

»Was meinte er damit, als er sagte, sein Dienst in Starfleet ginge bald zu Ende?« murmelte Deanna.

Doch der Sicherheitsoffizier hatte offenbar genug von unbeantwortbaren Fragen. Er ignorierte die Counselor und blickte auf den Schirm. Deanna versuchte, ihr Bewußtsein von belastenden Gedanken zu befreien, als sie sich ebenfalls den Laboraufzeichnungen zuwandte. Derzeit suchten sie nach den Namen von Personen, die mit dem ersten Experimentierbehälter gearbeitet hatten. Offenbar gab es Dutzende von Forschern und Wissenschaftlern mit Zugang zu jenem Raum, und die Liste wurde immer länger.

»Data an Worf«, erklang die vertraute Stimme des Androiden.

Der Klingone berührte einen Kom-Sensor. »Hier Worf.«

»Wir haben Kurs und Geschwindigkeit dem Asteroiden Kayran Rock angepaßt«, sagte Data. »Sie baten mich, Ihnen den voraussichtlichen Startzeitpunkt des Shuttles zu nennen. Das Rendezvousmanöver mit dem Flaggschiff der Kreel findet in etwa neunzehn Minuten statt, und anschließend ist eine kurze Besichtigungstour durch die *Enterprise* geplant. Ich schätze, die Raumfähre startet in vierzig Minuten.«

Worf und Deanna wechselten einen besorgten Blick. Niemand von ihnen wollte die Niederlage eingestehen, aber jetzt mußten sie sich dieser bitteren Erkenntnis stellen. Nur noch vierzig Minuten trennten sie vom Ende der Ermittlungen.

»Danke, Data«, brummte der Sicherheitsoffizier. »Worf Ende.«

Deanna seufzte und stand auf. »Mit Ihrer Erlaubnis ...« Sie stöhnte leise und streckte den steifen Rükken. »Ich spreche mit Guinan. Vielleicht hat sie etwas gehört.«

»Viel Glück«, knurrte Worf und starrte wieder auf die Datenflut des Monitors.

Deanna eilte durch den Korridor. Tief in ihrem Innern hoffte sie nicht einmal, daß Guinan etwas in Erfahrung gebracht hatte — es ging ihr nur darum, der kummervollen Niedergeschlagenheit im stolzen Gesicht des Klingonen zu entkommen.

Es war immer eine von Wesley Crushers Stärken gewesen, die richtigen Schlüsse zu ziehen, und nun dachte er: *Wenn sich Grastow allein in Emil Costas Kabine befindet — dann ist Emil vielleicht in Grastows Quartier.* Er bat den Computer um Auskunft und stellte fest, daß der Antarier ebenfalls auf dem Deck 32 wohnte. Als der junge Fähnrich durch stille Korridore wanderte, schüttelte er verwundert den Kopf. Warum versteckte sich Dr. Costa in einer anderen Kabine, obwohl er bald das Schiff verließ? Das ergab doch gar keinen Sinn. Es sei denn ...

Es sei denn, der alte Mikrobiologe fürchtete sich.

Diese Überlegungen veranlaßten Wesley, noch schneller zu gehen — er wollte jemandem helfen, der ihm viel bedeutete. Als er Grastows Quartier erreichte, hielt er sich nicht mit irgendwelchen Formalitäten auf, hämmerte ans Schott und rief: »Öffnen Sie die Tür, Dr. Costa! Ich weiß, daß Sie hier sind!«

Wes vertraute darauf, daß der Mikrobiologe seinen gegenwärtigen Aufenthaltsort geheimhalten wollte. Er holte tief Luft, um erneut zu rufen, als das Schott plötzlich beiseite zischte. Eine Hand streckte sich dem Jungen entgegen und zog ihn in die Kabine.

Emil Costa sank in einen Lehnsessel — er wirkte ausgezehrt, verhärmt und blaß, schien in den letzten Stunden um zwanzig Jahre gealtert zu sein. »Bist du übergeschnappt? Mußtest du unbedingt so laut schreien?«

»Was ist mit Ihnen, Sir?« erwiderte Wesley und straffte die Gestalt. Es bereitete ihm immer Unbehagen, Konfrontationen mit Personen herbeizuführen, die er sehr bewunderte. Doch er war entschlossen, seinem Freund zu helfen. »Warum verbergen Sie sich?«

Der greise Wissenschaftler ließ müde die Schultern hängen. »Es ist eine zu lange und schmerzvolle Geschichte, Wesley. Außerdem: Ich ziehe noch heute abend einen Schlußstrich unter die Sache, bevor das Shuttle startet. Ich löse das Problem, und zwar endgültig.«

»Meinen Sie damit auch den Tod Ihrer Frau?« fragte der Junge. »Wissen Sie, wer Lynn umgebracht hat?«

Emil Costa preßte die Hände an die Schläfen und schnitt eine Grimasse. Diese eine Frage schien er nicht ertragen zu können. »Nein!« kreischte er. »Dämonen! Dämonen aus der Vergangenheit, oder Dämonen aus der Zukunft — es spielt keine Rolle. Wir haben sie selbst beschworen!« Er brach in Tränen aus.

Wesley schluckte, zog einen Stuhl heran und nahm traurig Platz. Wie war es möglich, daß ein so berühmter und erfahrener Mann in derartige Schwierigkeiten geriet? *Und wie soll ich ihm helfen?* dachte Wes. Er fühlte sich überfordert und verspürte den jähen Wunsch, das Gespräch mit dem Wissenschaftler Deanna Troi zu überlassen.

»Dr. Costa ...«, begann er unsicher. »Möchten Sie mit jemandem reden? Zum Beispiel mit der Counselor?«

»Nein!« krächzte der Mikrobiologe und starrte Wesley aus tief in den Höhlen liegenden Augen an. »Wende dich nicht an deine Freunde. Wie ich schon sagte: Ich beende diese Sache, ein für allemal. Vertrau mir, Wesley. Und misch dich nicht ein.«

»Was ist mit *Ihren* Freunden, zum Beispiel Dr. Baylak?« erwiderte der jungen Fähnrich. »Ist Ihnen klar, daß Grastow sie alle belügt?«

»Ja.« Emil seufzte traurig. »Ich würde sie gern noch einmal sehen, aber die guten Zeiten sind vorbei. Und erheb keine Vorwürfe gegen Grastow — er hält sich nur an meine Anweisungen. Für mich ist er zu *allem* bereit.«

Wesley schluckte erneut, als er sich vorstellte, was damit gemeint sein mochte.

Plötzlich öffnete sich die Tür, und der riesenhafte Antarier trat ein. Wesley wäre fast aufgesprungen, aber Grastow schenkte ihm kaum Beachtung und eilte sofort zu Emil Costa.

»Ist alles in Ordnung mit Ihnen, Doktor?« fragte er schrill und besorgt.

»Ja.« Der Wissenschaftler lächelte und winkte kurz. »Sie haben mir gute Dienste geleistet — obwohl unser junger Freund ein bißchen zu clever war.«

Grastow musterte den Fähnrich und schien mindestens so verlegen zu sein, wie sich Wesley fühlte. »Tut mir leid. Hoffentlich habe ich dich nicht verletzt.«

»Nein.« Wes zuckte mit den Schultern und dachte an die Beule am Hinterkopf. »Habe ich denn überhaupt keine Möglichkeit, Ihnen zu helfen?« fragte er Dr. Costa.

»Du hast eine.« Emil erhob sich mühsam. »Versuch nicht, mir zu folgen.«

»Was beabsichtigen Sie?« fragte Wesley argwöhnisch.

»Ich muß Klarheit gewinnen«, erwiderte der Mikrobiologe grimmig. Er ging zum Kommunikator neben der Tür und aktivierte ihn mit einer zitternden Hand. »Emil Costa an Karn Milu.«

»Hier Milu«, antwortete der Betazoide. »Wollen Sie mir endlich Auskunft geben?«

»Ja.« Emil nickte entschlossen. »Wo sind Sie?«

»Wir treffen uns im Zimmer mit den Experimentierbehältern. Dort sind wir ungestört.«

»Einverstanden«, bestätigte der alte Wissenschaftler und schob das Kinn vor. »Costa Ende.«

Wesley Crusher stand auf und klatschte mit falscher Fröhlichkeit in die Hände. »Wenn Sie gehen, Doktor ...« Er lächelte nervös. »Ich begleite Sie.«

»Nein«, widersprach Emil und nickte seinem Assistenten zu. »Du bleibst hier. Grastow wird dir Gesellschaft leisten.«

Der große Antarier reagierte sofort, schlang die Arme um den jungen Fähnrich und drückte ihn auf den Stuhl. Aus einem Reflex heraus tastete Wesley nach seinem Insignienkommunikator, aber Grastow war noch schneller — und es mangelte ihm gewiß nicht an Kraft. Er riß das kleine Gerät von Crushers Uniformpulli, zusammen mit einigen Quadratzentimetern roten Stoffs.

»Nein, nein!« protestierte Wes und griff nach dem Kommunikator. »Geben Sie ihn mir zurück!«

Dann sah er aus den Augenwinkeln, wie Emil eine Schublade neben dem Bett aufzog und ihr einen kleinen Phaser entnahm. »Dr. Costa!« entfuhr es ihm. »Was haben Sie *damit* vor?«

»Ich möchte kein Risiko eingehen.« Der Mikrobiologe lächelte schief, und ein finsterer Schatten fiel auf sein hohlwangiges Gesicht. »Man kann nicht vorsichtig genug sein.« Er schob die Waffe unter den Hosenbund und drückte eine Taste — das Schott glitt auf.

»Nein!« rief Wesley, doch Grastow preßte ihm eine breite Hand auf den Mund, schloß die andere um seinen Hals und hielt ihn auf dem Stuhl fest.

KAPITEL 8

Commander Riker stand im Shuttle-Hangar und beobachtete genau, wie die Kreel ihre zerkratzte und verbeulte Raumfähre verließen. Nach menschlichen Maßstäben handelte es sich um nicht besonders attraktive Wesen. Der muskulöse Torso wurde von spindeldürren Beinen getragen, die dafür kaum geeignet erschienen. Die Kreel benutzten nur wenig Kleidung, und dichtes Haar wuchs selbst dort, wo man es nicht erwartete, während es an anderen Stellen fehlte und rissige, wie verbrannt wirkende Haut offenbarte, die keinen angenehmen Anblick bot. Die Köpfe erweckten den Eindruck, nur aus Kiefern zu bestehen und ohne Hals auf den Schultern zu sitzen. Lange sehnige Arme erfüllten die Funktion von Balancierstangen. Die Kreel *schritten* nicht, sondern *schlurften,* schwankten dabei von einer Seite zur anderen.

»Ich grüße Sie!« rief Will möglichst freundlich. »Ich bin Commander William T. Riker, Erster Offizier der *Enterprise.* Willkommen an Bord.«

Die sechs Kreel blieben stehen, ohne Haltung anzunehmen, und nur einer verzichtete darauf, sich staunend in dem großen Hangar umzusehen. Zwei von ihnen wandten sich achtlos von Riker ab und wankten zu dem Föderationsshuttle *Ericksen,* mit dem sie bald unterwegs sein würden. Ein anderer Kreel verneigte sich ungelenk.

»Ich heiße Kwalrak.« Die Stimme klang weiblich, aber verfilztes schwarzes Haar verbarg deutlichere feminine

Charakteristiken. »Ich bin die Erste Assistentin des Admirals Ulree vom Kreel-Imperium.«

Eine der beiden Gestalten am Shuttle hob den Arm — *wie der lange Ausleger eines Krans,* dachte Riker — und winkte lässig. »Ich bin Ulree«, knurrte er. »Es gibt doch keine Klingonen an Bord, oder?«

Will zögerte nachdenklich, bevor er antwortete: »Einer unserer Brückenoffiziere ist Klingone. Doch er nimmt heute andere Pflichten wahr.«

»Wahrscheinlich reinigt er die Latrinen!« grölte ein dritter Kreel, und seine Artgenossen lachten schallend.

Riker gab sich einen inneren Ruck und beschloß, die Situation unter Kontrolle zu bringen. »Leider bleibt uns nur wenig Zeit für eine Besichtigungstour durch dieses Schiff. Bitte begleiten Sie mich, wenn Sie mehr sehen möchten als nur den Hangar.«

Ungeduldig ging er los. Nach einigen Sekunden wollte er über die Schulter sehen, um festzustellen, ob ihm die Besucher folgten, doch dann vernahm er das Geräusch schlurfender Schritte.

Wesley bemühte sich, lange genug stillzusitzen, in der Hoffnung, daß der Antarier den festen Griff lockerte. Aber ihm wurde bereits schwarz vor Augen. »He ...« krächzte er und rang sich ein Lächeln ab. »Dr. Costa meinte, wir sollten hierbleiben. Er hat Sie nicht aufgefordert, mich zu erwürgen!«

»Versprichst du mir, keinen Fluchtversuch zu unternehmen?« fragte Grastow mißtrauisch. Seine Hände übten etwas weniger Druck aus.

Wesley nickte sofort. »Ja, ich verspreche es. Glauben Sie etwa, ich möchte jemanden verfolgen, der mit einem Phaser bewaffnet ist? Nein, ich bin nicht lebensmüde. Ich sitze hier ganz brav. Ehrenwort.«

Zweifel zeigte sich im kindlichen Gesicht des Antariers, aber schließlich ließ er den jungen Fähnrich los und stapfte zur Tür. Dort bezog er Aufstellung: Eine breite Schulter blockierte den Ausgang, und die andere schob sich vor den Kom-Anschluß. Grastow verschränkte die Arme und behielt Wesley im Auge.

Der Junge hustete mehrmals, rieb sich die brennenden Augen und atmete tief durch. Nach einigen Sekunden senkte er den Kopf und betrachtete die Stelle auf seiner Brust, wo ein Stück vom Uniformpulli fehlte — ohne den Insignienkommunikator fühlte er sich nackt. »Wissen Sie ...« Er sprach mit einer Festigkeit, die ihn selbst erstaunte. »Sie könnten erhebliche Probleme bekommen, wenn Sie mich hier gegen meinen Willen festhalten.«

Grastow zuckte mit den Achseln. »Was mit mir geschieht, ist nicht wichtig. Emil Costas Sicherheit kommt an erster Stelle.«

»Aber mit seiner Sicherheit scheint es nicht sehr gut bestellt zu sein«, erwiderte Wesley. »Wovor fürchtet er sich? Was hat Dr. Milu damit zu tun?«

Der Antarier schüttelte den Kopf. »Ich weiß es nicht. Und es ist auch gar nicht nötig, daß ich Bescheid weiß. Oder daß *du* die Hintergründe kennst.«

Wesley begriff, daß es keinen Sinn hatte, dem Antarier weitere Fragen zu stellen. Unruhig verlagerte er das Gewicht auf dem Stuhl und sah sich in dem Raum nach irgend etwas um, das ihm von Nutzen sein konnte. Grastows Quartier war fast unpersönlich eingerichtet: rostbraune Standard-Möbel und ein Synthetisierer. Es gab zusätzliche Lampen — offenbar brauchte der Antarier mehr Licht. Die für Beleuchtung und andere Ambientenkontrollen zuständige Sensorfläche befand sich nur einen Meter von Wesley entfernt, während ihn mindestens vier Schritte von Grastow trennten. Der große Humanoide konnte den jungen Fähnrich zwar daran hindern, den Kom-Anschluß zu erreichen, aber er war nicht imstande, ihn von allen Schaltvorrichtungen in der Kabine fernzuhalten.

Wesley schloß die Augen und gab vor, sich den steifen Hals zu reiben, als er in Gedanken alles sorgfältig plante. Wie bei einem Schachspiel berücksichtigte er dabei auch Grastows Reaktionen. Zuerst ein Sprung zu der Sensorfläche, um dafür zu sorgen, daß es im Zimmer dunkel wurde. Bestimmt verließ der Antarier seinen Posten an der Tür, und Wes mußte länger bei den Sensoren bleiben, um das Schott zu öffnen. Das bedeutete: Er benötigte etwas, um Grastow aufzuhalten. Der Stuhl, auf dem er saß: Wenn er ihn mit sich zog und kippte, so daß er im Dunkeln ein Hindernis bildete, über das der Antarier stolperte ...

Das Herz des Jungen schlug schneller und pumpte Adrenalin durch seine Adern. Er sah zu dem Mann an der Tür, um festzustellen, ob er noch immer mißtrauisch war — Grastow gähnte gerade und lehnte nun am Schott. *Jetzt oder nie,* dachte Wes.

Mit einem Satz war er auf den Beinen und trat nach dem Stuhl, der kippte und über den Boden rutschte. Einen Sekundenbruchteil später hockte er bei der Kontrollfläche, und seine Finger berührten Sensoren. Doch die Lampen reagierten nicht sofort; es wurde so langsam dunkel wie während eines Sonnenuntergangs am Strand. Wes hörte einen dumpfen Fluch, als der Antarier durchs Zimmer stapfte, und er schloß die Augen, rechnete damit, gleich zwei große Hände am Hals zu spüren ...

Dann war es plötzlich finster. Furcht pochte zwischen Wesleys Ohren, als er bei den Sensoren verharrte und einem seltsamen Geräusch lauschte — es klang wie ein Elefant, der versuchte, über Hürden hinwegzuspringen. Grastow stieß gegen den Stuhl, heulte und fiel zu Boden. Wesley fühlte eine Hand am Fuß, zog das Bein an und tastete wieder über die Kontrollfläche, wobei er darauf achtete, nicht erneut die Lampen einzuschalten. Es zischte leise, als das Schott aufglitt, und Licht vom Korridor strömte ins Zimmer. Wes sprang über den Antarier hinweg und landete zwischen seinen Beinen. Grastow trat nach ihm, und ein Fuß gab dem Jungen einen Stoß, der ihn aus dem Zimmer taumeln ließ.

Draußen im Gang begriff Wes: Ihm blieben nur wenige Sekunden, um sicherzustellen, daß er seine Mission fortsetzen konnte. Er hastete zum nächsten Interkom und schaltete das Gerät ein.

»Fähnrich Crusher an O'Brien!« Er schnappte kurz nach Luft. »Melden Sie sich, Transporterraum drei!« Er hörte leises Zischen, drehte den Kopf und sah, wie Grastow auf allen vieren durch die offene Tür kroch.

»Hier O'Brien«, erklang eine Stimme mit irischem Akzent. »Was ist los, Junge?«

»Richten Sie den Transferfokus auf meine gegenwärtigen Koordinaten und beamen Sie mich direkt in das Laboratorium mit den Experimentierbehältern«, brachte Wesley atemlos hervor. »Es gehört zum Projekt Mikrokontamination und befindet sich auf Deck 31.«

»He, immer mit der Ruhe«, erwiderte O'Brien. »Du bist nur ein Deck davon entfernt. Funktioniert der Turbolift nicht mehr?«

»Beamen Sie mich ins Laboratorium, und zwar *sofort!*« rief der Fähnrich. »Worf hat mich mit einem Sondereinsatz beauftragt — es geht um Leben und Tod!«

»Um wessen Tod?« fragte O'Brien skeptisch.

»Um *meinen!*« antwortete Wesley entsetzt, als ihm Grastow entgegenwankte. »Energie!«

Die Pranken des Antariers berührten nur das funkelnde Licht des Transportereffekts — Wes war bereits entmaterialisiert.

Der Fähnrich hielt die Augen geschlossen und glaubte, Grastows warmen Atem am Nacken zu spüren, doch dann wies ihn ein leichtes Prickeln auf den erfolgten Transfer hin. Als er die Lider hob, sah er die Konturen des gespenstischen Kapselraums auf Deck 31. Er war allein.

O'Brien stand an den Transporterkontrollen und versuchte, das ID-Signal von Wesleys Insignienkommunikator anzupeilen. Er wollte eine ausführliche Erklärung, und zwar sofort. Doch seltsamerweise befand sich das Kom-Gerät des Fähnrichs noch immer auf Deck 32, obgleich die Anzeigen den erfolgten Transfer zum Deck 31 bestätigten. O'Brien schüttelte verwirrt den Kopf. *Wenn sich der Bursche einen Scherz erlaubt hat, so wird er ihn bald bereuen,* dachte der Transporterchef.

Nun, jetzt gab es keine Möglichkeit, einen Kontakt mit ihm herzustellen. O'Brien ärgerte sich. Zunächst einmal: Er hätte Wesley nicht ohne eine volle Erklärung zum einunddreißigsten Deck beamen dürfen. Direkte Transfers dieser Art verbrauchten viel Energie, und normalerweise blieben sie für Notfälle reserviert, zum Beispiel für den Transport verletzter Besatzungsmitglieder zur Krankenstation. Hinzu kam: Er hatte Wesley in ein Labor der Sauberkeitsklasse Eins transferiert, obwohl er keine Schutzkleidung trug! Wenn Karn Milu dahinterkam, machte er sicher ein Höllenspektakel. O'Brien überlegte, ob er offiziellen Bericht erstatten oder zuerst mit dem Jungen sprechen sollte. *Vielleicht kann mir Wes wirklich einen guten Grund nennen. Er erwähnte einen Sondereinsatz im Auftrag von Worf.*

Der Transporterchef nahm eine rasche Sondierung vor, die verschiedene Bordsysteme und Decks betraf. Alles schien in bester Ordnung zu sein, trotz der inzwischen eingetroffenen Kreel-Delegation. Schließlich verdrängte Pflichtbewußtsein die Furcht vor einer Standpauke, und er beschloß, mit Worf zu reden. Wesley hatte den Namen des Sicherheitschefs genannt — sollte ihn der Klingone zur Rechenschaft ziehen.

Vielleicht geht es für ihn bald wirklich um Leben oder Tod, dachte O'Brien.

Wesley trat an ein Ausgabegerät heran, drückte Tasten, griff nach steriler, staubfreier Gaze und hielt sie sich vor

Mund und Nase — er wollte keinen Alarm auslösen, indem er einfach nur atmete. Zuerst war er überrascht gewesen, in diesem Laboratorium allein zu sein; immerhin wußte er, daß Emil Costa und Karn Milu hier ein Treffen vereinbart hatten. *Aber ich habe die schnellste Methode benutzt, um diesen Ort aufzusuchen,* dachte er. *Die beiden Wissenschaftler kommen vermutlich mit dem Turbolift hierher.* Anschließend stand ihnen die Passage durch Luftduschen und mehrere Räume mit höheren Sauberkeitsklassen bevor. Dem Jungen blieb Zeit genug, sich hinter einem der Experimentierbehälter zu verstecken, als die Tür aufglitt.

Eine Gestalt mit Schutzanzug und Helm trat ein. Es hätte irgendein Forscher sein können, aber krumme Schultern und ausgeprägte Nervosität wiesen Wesley darauf hin, daß es sich um Emil Costa handelte. Der Fähnrich schluckte und erinnerte sich daran, daß der alte Mikrobiologe mit einem Phaser bewaffnet war. Er duckte sich noch tiefer hinter die letzte der insgesamt acht Kapseln.

Emil wanderte unruhig umher, verharrte am ersten Experimentierbehälter und starrte eine Zeitlang darauf hinab.

Was dachte er jetzt? Jene Vorrichtung hatte seiner Frau das Leben gekostet. Wesleys Hände strichen über das glatte kalte Glas der achten Kapsel: Sie enthielt bläulichen Dunst, in dem hier und dort Lichter funkelten, wie von einer Stadt im Nebel. Den ID-Schirm konnte er nicht sehen, aber er vermutete die Simulation der Atmosphäre eines fremden Planeten. Vielleicht entstanden darin komplexere Verbindungen aus Aminosäuren und Enzymen. Vakuum, Schwerelosigkeit und so weiter — die Kapseln konnten alle beliebigen Umweltbedingungen nachvollziehen. Als Wes von Emil unterrichtet worden war, hatte er ihm mehrere Tage lang am Behälter sechs assistiert und beobachtet, wie der Wissenschaftler Mitose bei exotischen einzelligen Tieren bewirkte. Emil Costa schien Gefallen daran gefunden zu haben, in die Rolle von Gott zu schlüpfen.

Jetzt stand er kummervoll vor dem Experimentierbehälter eins und betrachtete jenes Objekt, das seine Frau umgebracht hatte. Wie konnte Worf oder sonst jemand annehmen, daß Emil die Verantwortung für Lynns Tod trug? Sahen die anderen denn nicht, wie sehr er litt und sich fürchtete? Er gab alles auf: seine Karriere, Freunde, das von ihm selbst geschaffene Projekt, sogar die *Enterprise.* Für ihn schien jetzt nichts mehr Bedeutung zu haben. Lynn mochte ihm gelegentlich ein Dorn im Auge gewesen sein, aber Wes wußte auch, daß Emil sie geliebt hatte. Durch ihren Tod fehlte ihm ein Teil des eigenen Lebens.

Der Fähnrich spielte mit dem Gedanken, aufzustehen und den alten Mann zu trösten — als sich erneut die Tür öffnete und eine zweite Gestalt hereinkam, die ebenfalls einen weißen Schutzanzug trug. Der Neuankömmling nahm sofort den Helm ab, offenbarte buschige Brauen und silbergraues Haar. Wesley hatte zwar mit ihm gerechnet, aber trotzdem überraschte ihn Dr. Karn Milus Präsenz. Ein heimliches Treffen dieser Art erschien dem Jungen sehr verdächtig.

»Sie können auf den Helm verzichten«, wandte sich Milu an Dr. Costa. »Hier sieht uns niemand, und ich möchte vermeiden, daß jemand unser Gespräch per Bord-Interkom mithört.«

Emil Costas Hände zitterten, als er die Befestigungsschnallen des Helms löste und ihn abnahm. »Und die automatischen Kontrollen?« fragte er.

Der Betazoide winkte ab. »Hier schnüffelten so viele Techniker herum, daß wir sie ohnehin desaktivieren mußten. Derzeit ist dies kein Labor der Sauberkeitsklasse Eins mehr.«

»Ja.« Emil nickte und warf einen kurzen Blick zur ersten Kapsel. »Haben Sie Lynn umgebracht?«

Karn Milu lachte. »Natürlich nicht«, erwiderte er verächtlich. »Es *war* ein Unfall. Ein vorhersehbarer noch dazu, wenn man Lynns geistigen Zustand berücksichtigt. Wir hätten uns mehr Mühe geben sollen, ihn zu verhindern.«

»Sie wollte nicht, daß ich Ihnen den Ursprung der Submikrobe nenne«, krächzte Emil. »Sie hielt das für falsch.«

»Aber zu Anfang erhob sie keine Einwände!« entfuhr es Milu zornig. »Sie *beide* waren einverstanden. Und Sie können das Geheimnis nicht auf Dauer wahren: ein so winziger Organismus, daß praktisch niemand in der Lage ist, ihn zu entdecken; ein Organismus, der sich von keinem bisher entwickelten Biofilter aufhalten läßt. Dafür gibt es viele mögliche Anwendungsbereiche. Denken Sie nur an den Einsatz als biologische Waffe!«

Der Entomologe sprach nun in einem freundlichen, fast väterlichen Tonfall. »Emil ...« Er seufzte. »Wir haben viele Jahre lang für die Föderation gearbeitet, ohne dabei persönliche Vorteile anzustreben. Wir bekommen keine andere Chance, uns als reiche Männer in den Ruhestand zurückzuziehen. Wollen Sie Ihren Lebensabend etwa als armer Schlucker verbringen?«

Emil strich sich über das kurze Haar und wirkte unschlüssig. »Was nützt Geld?« murmelte er.

»In der Föderation nicht viel«, räumte Milu ein. »Aber woanders könnte man damit wie ein König leben. Emil ... Stellen Sie sich vor, einen Harem aus orionischen Sklavenmädchen zu haben, die Ihnen das Gefühl geben, wieder ein junger Mann zu sein!«

Der alte Wissenschaftler schluckte. »Wem wollen Sie den Mikroorganismus verkaufen?«

»Die Ferengi haben bereits Interesse bekundet«, antwortete der Betazoide. »Und im romulanischen Reich gibt es Leute, die bereit wären, eine große Summe zu bezahlen. Wir haben diese Sache schon oft diskutiert: Angesichts ihrer Politik allgemeiner Freizügigkeit wäre die Föderation überhaupt nicht imstande, Ihre Entdekkung geheimzuhalten. Wenn wir davon profitieren wollen, so müssen wir *jetzt* handeln.«

Emil Costa gestikulierte vage. »Ich weiß nicht ...«, sagte er leise.

Karn Milu lächelte entwaffnend. »Ich verlange nicht von Ihnen, sich die Hände schmutzig zu machen. Was die Vorbereitungen betrifft ... Darum kümmere ich mich. Ich brauche nur die Antwort auf folgende Frage: Welchen Planeten umkreiste die *Enterprise,* als Sie die Mikrobe entdeckten? Vielleicht hätte ich es selbst herausgefunden, wenn Ihre Frau nicht so gründlich gewesen wäre, als sie alle Informationen aus dem Computerspeicher löschte.«

Emil hob ruckartig den Kopf. »Ich bin froh, daß Lynn dabei keine wichtigen Daten übersah! Wir sind nicht immer ehrlich gewesen, aber wir haben nie die Föderation verraten!«

Das Lächeln wich von Karn Milus Lippen. »Für dieses Geschäft riskiere ich eine Menge«, entgegnete er scharf. »Nennen Sie mir den Namen des Planeten. Anschließend sorge ich dafür, daß es Ihnen für den Rest Ihres Lebens an nichts fehlt.«

Aufregung und Empörung zitterten in Wesley, und instinktiv preßte er sich den Gazestreifen noch fester auf Mund und Nase. Er merkte nichts davon — bis er fast erstickte und jäh nach Luft schnappte.

Die beiden Wissenschaftler sahen in seine Richtung. »Wer ist da?« knurrte Karn Milu.

Wesley stand verlegen auf. »Äh, hallo. Sagen Sie es ihm nicht, Dr. Costa.«

»Wieso bist du hier?« fragte Emil verblüfft. Und dann fügte er hinzu: »Ich hätte ihm den Namen des Planeten ohnehin nicht genannt!«

Karn Milu ging kein Risiko ein. Mit langen Schritten näherte er sich dem jungen Fähnrich und packte ihn an den Schultern. Die enorme Kraft des Betazoiden überraschte Wesley so sehr, daß er gar nicht daran dachte,

Widerstand zu leisten. Bevor er verstand, was geschah, zerrte ihn der Entomologe zum ersten Experimentierbehälter. Wes klopfte an die Stelle seines Uniformpullis, wo sich normalerweise der Insignienkommunikator befand — jetzt gab es dort nur ein Loch.

»Öffnen Sie die Kapsel!« wies Milu den Mikrobiologen an.

Emil zögerte kurz, seufzte dann und tastete die entsprechende Codesequenz ein. Eine massive Luke schwang auf.

Der alte Mann senkte den Kopf und wandte sich ab.

»Nein!« rief Wesley, doch der untersetzte Betazoide schob ihn in den luftdichten Behälter. Im engen Innern stieß der Kopf des Jungen gegen ein Rohr, und er verlor fast das Bewußtsein, während Milu die Luke schloß.

Als sich der Benommenheitsnebel verflüchtigte, waren die beiden Männer fort. Wesley schrie und hämmerte an die glatten, konvexen Wände, doch außerhalb der Kapsel blieb es völlig still. Erschrocken wurde ihm klar: Die beiden Forscher hätten ihn mühelos töten können — es genügte, den Experimentierbehälter auf ein Vakuum zu programmieren. *Aus irgendeinem Grund haben sie beschlossen, mich am Leben zu lassen,* dachte er verwundert.

Bis ich hier drin aufgrund von Sauerstoffmangel sterbe ...

Wenn Deanna Troi in einer besseren Stimmung gewesen wäre, hätte sie vielleicht an der vor ihr stattfindenden Farce Gefallen gefunden. Doch jetzt sah sie darin nur eine unwillkommene Störung, die Guinan und Will Riker daran hinderte, mit ihr zu sprechen. Vermutlich bereute inzwischen auch der Erste Offizier, die sechs Kreel in den Gesellschaftsraum geführt zu haben: Schon nach kurzer Zeit fanden sie heraus, daß sie soviel Synthehol trinken konnten, wie sie wollten, und daraufhin weigerten sie sich, die Besichtigungstour fortzusetzen.

»Admiral Ulree ...«, sagte Riker mit Nachdruck. »Wenn wir jetzt nicht aufbrechen, kommen wir zu spät zum voraussichtlichen Starttermin.«

»Deshalb ist es ein *voraussichtlicher* Termin.« Ulree lachte und trank ein weiteres Glas mit Synthehol aus. »Wir haben jede Menge Zeit.« Er wischte sich den schiefen Mund ab und schob das leere Glas über die Theke. »Noch einmal.«

Guinan lächelte gutmütig und hob einen mahnenden Zeigefinger. »Ich glaube, Sie haben jetzt genug. Begleiten Sie Commander Riker. Ich verspreche Ihnen, erneut den Hahn zu öffnen, wenn Sie zur *Enterprise* zurückkehren.«

»Den Hahn öffnen?« wiederholte Ulree verwirrt.

»Dann gebe ich eine Runde aus«, sagte Guinan. »Oder auch mehrere.«

»Warum nicht jetzt sofort?« Der Admiral pochte mit dem Glas auf die Theke. »Man weiß nie, was später geschieht, und deshalb muß man die Gegenwart voll auskosten.«

Guinan warf Riker einen Blick zu, der ihn stumm um Hilfe bat. Der Erste Offizier verzog das Gesicht und bedeutete der Wirtin, die Gläser zu füllen. Ganz gleich, wieviel Synthehol die Delegierten schluckten und wie betrunken sie dadurch wurden — sie sollten in der Lage sein, die Wirkung des Getränks schnell wieder abzuschütteln. Für gewöhnlich gab es dabei keine Probleme, aber in diesem Fall handelte es sich um Kreel. *Ob sie genug Selbstbeherrschung haben?* überlegte Will.

»Warum sind Sie nicht gastfreundlicher?« fragte die Kreel-Frau namens Kwalrak. Sie schob sich näher und rieb ihre haarige Schulter an der des stellvertretenden Kommandanten.

Will wäre fast zurückgewichen, doch dann entschied er, Kwalrak als Verbündete in dem wilden Haufen zu gewinnen. »Wissen Sie ...«, begann er in einem charmanten Tonfall. »Ich habe nicht damit gerechnet, daß

Sie soviel Zeit hier im Gesellschaftsraum verbringen wollen. Dadurch bietet sich Ihnen leider keine Möglichkeit, die anderen Sektionen des Schiffes zu besuchen. Möchten Sie nicht mehr über uns herausfinden?«

Die Kreel zuckte mit den Achseln und schlang ihm einen langen ledrigen Arm um die Schulter. »Wir möchten *tatsächlich* mehr über Sie herausfinden«, erwiderte sie und sah Will aus großen, blutunterlaufenen Augen an. »Wir interessieren uns sehr für Sie und Ihre technischen Errungenschaften. Aber es gibt noch mehr, zum Beispiel persönliche Beziehungen. Was halten Sie *davon?*«

Riker fragte sich, ob er diesen dreisten Annäherungsversuch zur Kenntnis nehmen oder ihn einfach ignorieren sollte. Nach einigen Sekunden gelangte er zu dem Schluß, daß unter den gegebenen Umständen eine List angemessen war. »An Bord des Shuttles haben wir Gelegenheit, uns besser kennenzulernen«, flüsterte er und sah zur Tür, hob und senkte dabei eine Braue. »Die Raumfähren der Föderation verfügen über sehr *private* Einrichtungen. Können Sie Admiral Ulree und seine Begleiter dazu veranlassen, sich zu beeilen?«

Kwalrak senkte den dreieckigen Kopf so weit, wie es ihr rudimentärer Hals zuließ. »Mal sehen«, entgegnete sie kokett.

Sie wandte sich an Ulree und die anderen Kreel, sprach mit leiser und strenger Stimme. Wenige Augenblicke später schrien sich die Delegierten an, und dadurch entstand eine für den Gesellschaftsraum der *Enterprise* einzigartige Kakophonie. Kwalrak keifte und schrillte noch lauter als ihre Artgenossen. Riker befürchtete schon, daß eine handgreifliche Auseinandersetzung drohte, doch dann nickte die Kreel-Frau schließlich und deutete zur Tür.

Ulree leerte sein Glas und wankte zum Ausgang, gefolgt von seinen Saufkumpanen. Als der Admiral an Riker vorbeischlurfte, brummte er:

»Sie glaubt, uns Befehle erteilen zu können. Nur weil sie schön ist.«

Niedergeschlagen sah Deanna der Gruppe nach, davon überzeugt, daß sie jetzt mindestens eine weitere Stunde lang keine Möglichkeit hatte, mit Will den Fall Lynn Costa zu erörtern. Enttäuscht drehte sie sich zu Guinan um, die nach den leeren Gläsern griff.

»Emil Costa verläßt bald das Schiff, und wir können nichts beweisen«, sagte sie. »Sind wir von falschen Voraussetzungen ausgegangen? Haben wir etwas übersehen? Schlimmer noch: Hatte ich zu Anfang recht, als ich einen Selbstmord vermutete? Wenn das stimmt... Dann hätte ich mir weitaus mehr Mühe geben sollen, um Lynn Costa vor dem Tod zu bewahren.« Mit einer Verachtung, die ihr selbst galt, fügte sie hinzu: »Ich glaubte, ein Urlaub in der Starbase von Kayran Rock würde alle Probleme der Costas lösen. Wie konnte ich nur so dumm sein ...«

Guinan griff nach Trois Hand und schloß sanft die Finger darum. »Sie trifft keine Schuld, Deanna. Immerhin waren Ihnen die Hintergründe nicht bekannt. Manchmal offenbart sich uns ein Geheimnis Stück für Stück — oder es bleibt für immer rätselhaft. Sie und Worf müssen Geduld haben.«

»Ja«, murmelte die Counselor geistesabwesend, obwohl sich in ihr alles dagegen sträubte, geduldig zu sein. Sie blickte aus dem Fenster und beobachtete Sterne, die sich jetzt nicht mehr bewegten: Die *Enterprise* hielt ihre Position in bezug auf den langsam durchs All wandernden Asteroiden. *Finden wir nie heraus, welche Umstände zu Lynn Costas Tod führten?* fragte sich Deanna.

Lieutenant Worf ging noch schneller, als er sich dem fast verborgenen Schott näherte, hinter dem der Laboratoriumskomplex von Deck 31 begann. Einmal mehr schüttelte er verwirrt den Kopf, als er an die seltsame Mitteilung des Transporterchefs O'Brien dachte. Bei Khitomer: Warum hatte sich Wesley Crusher in das Zimmer mit den Experimentierbehältern beamen lassen, noch dazu ohne seinen Insignienkommunikator? *Ich habe ihn darum gebeten, Emil Costa im Auge zu behalten,* dachte der Klingone. *Glaubt er jetzt, der Kommandant dieses Schiffes zu sein?* Wenn der Mikrobiologe noch einmal die Labors des Projekts Mikrokontamination aufsuchen wollte, bevor er die *Enterprise* verließ — na und? Vielleicht war er nur sentimental.

Die Zeit wurde ohnehin knapp, und es ärgerte Worf, sie mit der Suche nach irgendwelchen jungen Fähnrichen verbringen zu müssen. Dann fiel ihm O'Briens Hinweis ein — Wesley hatte erwähnt, daß es um Leben und Tod ging. Worf hielt Beverly Crushers Sohn für unerfahren, naiv und manchmal auch zu selbstbewußt, aber er neigte nicht zu derartigen Übertreibungen.

Der Sicherheitsoffizier blieb vor der geschlossenen Tür stehen. »Worf bittet um Zugang.«

»Lieutenant Worf hat keine Zutrittsgenehmigung für diesen Bereich«, antwortete eine Sprachprozessorstimme.

Der Klingone schnaufte. »Sicherheitspriorität, Stufe eins«, knurrte er.

Daraufhin öffnete sich die Tür, und Worf setzte den Weg fort. *Vielleicht hätte ich mir ein Beispiel an Wesley nehmen und mich direkt ins Zimmer mit den Kapseln beamen lassen sollen,* dachte er, als er durch einen leeren Korridor eilte, vorbei an den Fenstern dunkler Zimmer, in denen neue Produktionsverfahren ausprobiert wurden. Er schenkte den geisterhaften Schemen von Robotern und Instrumentenbänken keine Beachtung, als er die ersten Luftduschen hinter sich brachte und weitere Laboratorien passierte, in denen ganz in Weiß gekleidete Wissenschaftler chemische Versuche durchführten. Sie ignorierten den Sicherheitsoffizier. Der Klingone lief nun, und seine Entschlossenheit wuchs.

Vor der mit TRANSITZIMMER 3, SAUBERKEITS-

KLASSE 1000 gekennzeichneten Tür verharrte er. »Worf«, brummte er. »Sicherheitspriorität. Ich verlange Zugang.«

Das Schott glitt zur Seite, und eine Sekunde später befand sich Worf im runden Transitzimmer mit den Gestellen, in denen Schutzanzüge und Helme hingen. Auf der einen Seite gab es Schließfächer und kleine Umkleidekabinen und weiter hinten erwarteten den Besucher neuerliche Luftduschen.

Worf zögerte und spürte, wie sich ihm die Nackenhaare aufrichteten. Argwohn vibrierte in ihm, und er zog den Phaser, als er sich dem mit MIKROKONTAMINATION markierten speziellen Turbolift näherte.

Es raschelte zwischen den Schutzanzügen, und der Klingone war um einen Sekundenbruchteil zu langsam, als er herumwirbelte. Ein Phaserstrahl erfaßte ihn, und die Entladung ließ Worf erzittern, tauchte seine Nervenstränge in elektrisches Feuer — er unterdrückte einen Aufschrei. Doch der Strahl traf ihn nur am Oberschenkel, und seine betäubende Wirkung dehnte sich nicht bis zum Gehirn aus. Der Sicherheitsoffizier sank zu Boden und versuchte vergeblich, sich zur Seite zu rollen.

Er richtete seine Waffe auf die Gestelle und drückte ab, als ein zweiter Blitz heranraste und ihm über die Schulter knisterte. Schmerz explodierte in Worf, und dann umhüllte ihn Schwärze.

KAPITEL 9

Captain Picard atmete erleichtert auf, als er beobachtete, wie der Erste Offizier die Kreel-Delegation in den großen Shuttlehangar führte. Er schmunzelte andeutungsweise: Riker mußte wesentlich langsamer gehen als sonst, damit seine schlurfenden Begleiter nicht den Anschluß verloren. Ein richtiges Lächeln konnte er sich kaum leisten, denn Datas Präsenz erinnerte ihn daran, daß die Raumfähre schon seit sechs Minuten unterwegs sein sollte. *Die komplizierten Kurs- und Anflugpläne des Androiden basieren auf der Voraussetzung, daß unser Shuttle pünktlich startet, was ganz offensichtlich nicht der Fall ist,* dachte Jean-Luc.

»Captain!« rief Riker mit der gleichen Erleichterung, die den Kommandanten erfüllte. Picard und Data traten ihm entgegen. »Ich möchte Ihnen die Kreel-Delegierten vorstellen«, sagte der Erste Offizier und deutete auf die einzelnen Personen. »Admiral Ulree, die Erste Assistentin Kwalrak, Botschafter Mayra, Colonel Efrek sowie die beiden Adjutanten Akree und Grifa.«

Picard nickte anerkennend — es war bestimmt nicht einfach, sich an alle Namen und Ränge zu erinnern. »Captain Jean-Luc Picard«, erwiderte er und verbeugte sich kurz. »Willkommen an Bord der *Enterprise.*« Er nickte dem bleichen Androiden zu. »Das ist Commander Data.«

Admiral Ulree beugte sich zu Data vor und schnüffelte. »Es stimmt also. Sie haben tatsächlich eine leblose Maschine hergestellt, die wie ein Mensch wirkt.«

»Wir sehen die Sache anders«, gab Picard zurück.

»Wir halten Data für ein lebendes Geschöpf. Physiologie und Intellekt sind anders beschaffen — und uns in mancher Hinsicht überlegen. Was Maschinen betrifft ... In gewisser Weise geht *unsere* Existenz doch auf eine Massenproduktion zurück, während Data einzigartig ist.«

Picard bedachte den Androiden mit einem freundlichen Lächeln, streckte dann die Hand aus und zeigte zur offenen Einstiegsluke des Shuttles *Ericksen.* »Es tut mir leid, daß wir nicht mehr Zeit haben, aber wir müssen sofort aufbrechen. Die Einweihungsfeier beginnt bald. Unterwegs finden wir bestimmt Gelegenheit, uns besser kennenzulernen.«

»Das hoffe ich«, schnurrte Kwalrak in Rikers Ohr.

Will rollte mit den Augen, als er an Picard vorbeiging und die Kreel ins Passagierabteil des Shuttles geleitete. Dort gab es vier Sitzreihen: Jede von ihnen bot zwei oder auch drei Personen Platz, ohne daß es zu eng wurde. Kwalrak griff nach Rikers Arm und zog ihn zum rückwärtigen Bereich der Fähre, während sich die übrigen Kreel Fensterplätze sicherten.

Picard stand nach wie vor im Hangar, und nun verdunkelte sich sein Gesicht. »Wo steckt Emil Costa?« flüsterte er.

»Er ist spät dran«, sagte der Androide. »Soll ich ihn suchen?«

Die Stimme einer Frau drang aus Jean-Lucs Insignienkommunikator. »Fähnrich Hamer an Captain Picard. Das Gepäck befindet sich an Bord. Alle Systeme sind überprüft worden, und der Kurs nach Kayran Rock ist programmiert. Wir können jederzeit starten.«

»Danke, Fähnrich«, erwiderte Picard. »Wir warten noch auf einen Passagier. Wie dem auch sei: Commander Data und ich kommen jetzt an Bord.« Er wandte sich an den Androiden. »Wir nehmen Platz und versuchen noch einmal, eine Kom-Verbindung mit Emil Costa herzustellen.«

»Das ist nicht nötig, Sir.« Der Androide blinzelte und sah zur Tür. »Er trifft gerade ein.«

Der Mikrobiologe betrat den Hangar und trug eine Reisetasche, die recht schwer zu sein schien; ihr Gewicht veranlaßte ihn dazu, fast so sehr zu schwanken wie ein Kreel. »Bitte entschuldigen Sie, Captain«, schnaufte er und schnappte nach Luft. Schweiß perlte auf seiner Stirn. »Die Vorbereitungen dauerten etwas länger, als ich dachte.«

»Schon gut, Doktor«, sagte Picard. »Gehen Sie jetzt an Bord.«

»Ich trage Ihre Tasche«, bot sich Data an.

»Nein, nein«, krächzte Emil. »Ich komme schon damit zurecht.« Im Passagierabteil sank er in einen freien Sessel und schob die Tasche darunter. Dann starrte er auf seine Hände hinab und vermied den Blickkontakt mit allen anderen Personen.

Picard runzelte verwundert die Stirn und setzte sich neben Admiral Ulree. Der Kreel verwickelte ihn sofort in ein Gespräch, und Jean-Luc beantwortete Fragen in bezug auf das Shuttle.

»Nicht übel«, brummte Ulree und machte kein Hehl aus seinem Neid. »Wenn es die Föderation ablehnt, uns die Transportertechnik zur Verfügung zu stellen, so sollte sie uns wenigstens einige ihrer Raumfähren geben. Falls sie uns gefallen, kaufen wir sie — vorausgesetzt, der Preis ist in Ordnung.«

Hinter Data schloß sich die Einstiegsluke, und er hatte noch immer keinen freien Platz zwischen den überall hin und her baumelnden Kreel-Gliedmaßen entdeckt. Er wollte schon die vertrautere Umgebung der Pilotenkanzel aufsuchen, als er Commander Rikers Stimme hörte.

»Kommen Sie hierher, Data!« Der Erste Offizier klang fast verzweifelt, drückte Kwalrak sanft beiseite und stemmte sich hoch. Die Kreel-Frau mit der roten Haut zog verstimmt die langen, haarigen Arme zurück, und

Riker nutzte die Gelegenheit, um sich wieder zu fassen und seinen Pulli glattzustreichen. Will seufzte leise, als er daran dachte, daß sie noch keine Galauniformen trugen — dieser rote Stoff war zum Glück recht widerstandsfähig.

»Wenn Sie allein sein möchten, wähle ich einen anderen Platz, Commander«, sagte Data.

»Ja, wir möchten allein sein!« Kwalrak schlang erneut die Arme um Riker.

»Nicht jetzt.« Will befreite sich mühsam. »Wir sollten Commander Data die Möglichkeit geben, sich ebenfalls zu setzen.«

»Ich kann in der Pilotenkanzel Platz nehmen«, schlug der Androide vor.

»Nein!« beharrte Riker. Er schloß die Hand um Datas Unterarm und zog ihn zwischen sich und Kwalrak. Die Kreel-Frau wich widerstrebend beiseite.

»Danke«, wandte sich Data höflich an die Erste Assistentin. »Ich bin nicht daran gewöhnt, Passagier an Bord eines Shuttles zu sein. Normalerweise bediene ich die Navigationskontrollen.«

Riker lehnte sich zurück und seufzte. »Heute sind Sie ein Ehrengast. Sie können im wahrsten Sinne des Wortes die Hände in den Schoß legen.«

»Auch als Ehrengast bin ich imstande, dieses Shuttle zu steuern«, betonte der Androide.

»Es ist eine Frage des Protokolls«, sagte Will freundlich. »Heute nimmt jemand anders die Pflichten des Piloten wahr. Ihre Aufgabe besteht darin, hier zu sitzen und würdevoll zu erscheinen.«

»Worauf muß man achten, wenn man einen würdevollen Eindruck erwecken möchte?« erkundigte sich Data.

»Beobachten Sie Riker«, gurrte Kwalrak. »*Er* weiß, worauf es dabei ankommt.«

Data drehte den Kopf und musterte den bärtigen Offizier an seiner Seite, doch Riker schloß die Augen und lächelte zufrieden. Er hatte es für seine schwierigste

Aufgabe an diesem Tag gehalten, die Kreel durchs Schiff zu führen, und das Ende der Besichtigungstour erleichterte ihn zutiefst — jetzt wollte er sich nur noch entspannen. Das Licht im Passagierabteil schien seinem Wunsch zu genügen und trübte sich zu einem goldenen Glühen, das alle Anwesenden veranlaßte, leiser zu sprechen. Wenige Sekunden später glitt die *Ericksen* über ihre Rampe, und es folgte ein Augenblick der Schwerelosigkeit, bevor sich das von den Bordgeneratoren geschaffene Gravitationsfeld stabilisierte. Dann glitt das Shuttle aus dem Hangar ins All.

Wesley saß noch immer in der Kapsel fest, und der Sauerstoff war inzwischen so knapp geworden, daß Benommenheit nach ihm tastete. Dennoch arbeitete er fieberhaft. Seit Lynn Costas Tod hatte niemand den Behälter benutzt, und der Junge fügte nun Standard-Komponenten zusammen: Schüttelbecher, Kulturschalen, sterile Schläuche und so weiter. Ein neues Experiment sollte beginnen ...

Die Computerkontrollen befanden sich außerhalb der Kapsel, und Wesley konnte sie nicht erreichen, weder mit der Stimme noch mit den Händen. Daß ihm ausgerechnet jetzt der Insignienkommunikator fehlte! Er versuchte, seine Probleme zu vergessen und sich ganz darauf zu konzentrieren, was er über solche Computer-Subsysteme wußte — sie waren so komplex, daß man sie als separate Einheiten konzipiert hatte, ohne direkte Verbindung zum Zentralrechner an Bord der *Enterprise.* Darüber hinaus wurden sie nie ganz abgeschaltet und so programmiert, daß sie immer gewisse Experimente überwachten. Diesen Umstand wollte der junge Fähnrich nutzen, um einen Alarm auszulösen — indem er dafür sorgte, daß der Kapsel-Computer eine Kontamination registrierte.

Wenn ihm das nicht gelang, starb er in einigen Minuten.

Wesley bereitete ein besonders einfaches Experiment vor: einen organisch-anorganischen Partikelzähler, der auf die falsche Art von Kontamination reagieren sollte. Er löste einen Schaltkreis vom Zähler und veränderte die normale Einstellung, justierte ihn auf anorganische Materie, damit die Entdeckung organischer Substanzen zum gewünschten Alarm führte. Um das notwendige Ambiente brauchte er sich nicht zu kümmern: Sein Körper und der restliche Sauerstoff genügten. Unglücklicherweise gab es keine Möglichkeit für ihn, Erfolg oder Mißerfolg seiner Bemühungen festzustellen — bis jemand den Alarm hörte und kam, um nach dem Rechten zu sehen. Wenn das nicht geschah ... Rasch verdrängte Wesley diesen Gedanken.

Er verband den gelösten Schaltkreis wieder mit dem Zähler und wartete gespannt darauf, daß die Indikatoren leuchteten. Als sie schließlich glühten, atmete er ganz flach — und das lag nicht nur an seiner Aufregung. Er wandte sich einem metallenen Arm zu, dessen Ende eine kleine, als Analyseeinheit installierte Schale trug. Vorsichtig berührte er sie, um sich zu vergewissern, daß er nichts übersehen hatte. Verschiedene Kontaminationsmethoden kamen ihm in den Sinn, und er entschied sich für eine besonders einfache: Wesley visierte die kleine Schale an — und spuckte.

Zwei Speichelsalven genügten, um sie zu füllen, und mehr wäre übertrieben gewesen. Der Junge sank auf den Boden des Experimentierbehälters und trachtete danach, auch weiterhin ganz flach zu atmen, um Sauerstoff zu sparen. Wes konnte jetzt nur noch abwarten — bis Hilfe eintraf, oder er erstickte.

Er kämpfte gegen die Müdigkeit an und blickte nach draußen, um Bewegungen außerhalb der Kapsel rechtzeitig zu bemerken. Durch das grau getönte Glas des Behälters starrte er zum Fenster des Zimmers, hinter dem sich ein Raum der Sauberkeitsklasse Hundert erstreckte. Wenn es ihm tatsächlich gelungen war, einen

Alarm auszulösen, so mußte dort bald jemand erscheinen. Etwa ... jetzt. Wesley schnippte mit den Fingern.

Plötzlich stand eine weiße Gestalt an der Kapsel und blickte durchs Visier eines Helms. Wes blinzelte verblüfft, als die vom Himmel geschickte Vision zu den Kontrollen am ID-Schirm trat. Lange Finger tasteten über Sensorflächen, und die Luke schwang zischend auf. Frische Luft strömte dem Jungen entgegen.

Der Retter hob Wesley mühelos aus dem Behälter und hielt ihn in den Armen. »Brauchst du medizinische Hilfe?« fragte er.

»Nicht jetzt sofort«, schnaufte der Fähnrich. »Die beiden Wissenschaftler ... haben mich in der Kapsel eingesperrt. Emil Costa ...«

Die Gestalt setzte Wesley sanft ab und zog den Helm vom Kopf. Darunter kam das ausdruckslose Gesicht des Vulkaniers Saduk zum Vorschein. »Emil Costa ist der Grund für meine Präsenz in diesem Raum. Er bat mich, ein Experiment für ihn zu überprüfen — andernfalls hätte ich diesen Ort nicht aufgesucht. Geht es dir wirklich gut?«

»Ja, ja«, stotterte Wesley verwirrt. »Ich weiß nicht, warum Dr. Costa Sie hierhergeschickt hat, aber wir müssen ihn unbedingt aufhalten ...«

Der Vulkanier unterbrach den Jungen. »Eins nach dem anderen, Fähnrich Crusher. In der Nähe dieses Zimmers liegt ein Mann, der entweder tot oder schwer verletzt ist.«

Wesley riß die Augen auf. »Wo?«

Saduk deutete zur Tür, und der Junge lief sofort los, obgleich ihm noch immer die Knie zitterten. In dem Raum der Sauberkeitsklasse Hundert sah er keine Leiche, sondern einen sehr lebendigen Klingonen, der neben einer weißen, pyramidenartigen Vorrichtung stand und auf den Boden starrte. Als er näher kam, bemerkte Wesley einen Stiefel, der hinter dem Pyramidenobjekt hervorragte.

Lieutenant Worf hielt einen Tricorder in der Hand und sondierte jemanden, der wie Saduk einen weißen Schutzanzug trug. Wesley beugte sich vor, um genauer hinzusehen — und bereute das sofort. Er hob die Hand zum Mund, um nicht laut zu würgen. Im Brustkasten des Mannes zeigte sich ein Krater mit schwarzen, verkohlten Rändern; Teile des Schutzanzugs waren mit den Rippen verschmolzen.

»Wir können uns Zeit damit lassen, die Krankenstation zu verständigen«, brummte Worf. »Dies ist das Ergebnis eines auf tödliche Emissionen eingestellten Phasers. Ich hatte mehr Glück — mein Angreifer benutzte einen auf Betäubung justierten Strahler.«

»Man hat auf Sie geschossen?« fragte Wesley. Er konnte es kaum fassen. »Was geht hier vor?«

Worf kniete neben der Leiche und nahm ihr den Helm ab. Wesley schnappte nach Luft, während Saduk mit steinerner Miene vertraute buschige Brauen und silbergraues Haar betrachtete. Die betazoidischen Züge waren im Tod erstarrt.

»Karn Milu!« stieß Wesley hervor. »Meine Güte!

Worf richtete einen durchdringenden Blick auf den Jungen. »Erstatten Sie Bericht, Fähnrich Crusher!« knurrte er und siezte Wes nun. »Was wissen Sie über diese Angelegenheit?«

Wesley schluckte. »Zwischen Karn Milu und Emil Costa kam es zu einer Auseinandersetzung. Dabei ging es um eine Submikrobe, die von den Costas entdeckt und geheimgehalten wurde. Dr. Milu wollte sie verkaufen. Ich habe sie im Zimmer mit den Experimentierbehältern belauscht, doch es gelang mir nicht, ihrer Aufmerksamkeit zu entgehen — sie sperrten mich in eine der Kapseln. Und noch etwas: Emil Costa war mit einem Phaser bewaffnet!«

Worf klopfte sofort auf seinen Insignienkommunikator. »Sicherheitsalarm! Dr. Emil Costa muß sofort festgenommen werden. Seien Sie vorsichtig: Er führt einen

Phaser bei sich und zögert vermutlich nicht, davon Gebrauch zu machen!«

Die Worte des Klingonen tönten aus allen Interkom-Lautsprechern in der *Enterprise* — und auch aus denen an Bord des Shuttles *Ericksen,* das sich noch immer in Kom-Reichweite befand. Die Gespräche in der Raumfähre verstummten plötzlich, und Picard sah auf, ebenso Riker und Data. Zunächst glaubten sie, ihren Ohren nicht trauen zu können, doch der klingonische Sicherheitsoffizier wiederholte: »Emil Costa muß sofort festgenommen werden. Dabei ist äußerste Vorsicht geboten!«

Der Captain drehte sich zu dem Mikrobiologen um — und starrte in die Mündung eines Phasers.

»Keine Bewegung!« rief Emil und stand auf. Seine Warnung galt sowohl Picard als auch den anderen Passagieren. »Ich kehre auf keinen Fall zur *Enterprise* zurück!«

Riker erhob sich langsam, aber Picard bedeutete ihm mit einem Wink, wieder Platz zu nehmen. Bestimmt hatte Fähnrich Hamer bereits den Kurs geändert.

»Was ist hier los?« donnerte Ulree.

Die zitternde Hand des alten Wissenschaftlers drehte den Phaser, so daß der Lauf zum Kreel-Admiral zeigte. Einer der beiden Adjutanten konnte es offenbar nicht ertragen, seinen Vorgesetzten auf diese Weise bedroht zu sehen. Er knurrte, sprang auf — und ein Entladungsblitz traf ihn an der Brust. Bewußtlos sank er in den Sessel zurück.

»Keine Bewegung!« kreischte Emil. »Ich ... ich weiß, wie man mit diesem Ding umgeht! Zwingen Sie mich nicht, auf Sie zu schießen!«

Jetzt rührte sich niemand mehr. »Doktor ...«, sagte Picard ruhig. »Sie gefährden nicht nur sich selbst, sondern auch uns. Bitte legen Sie den Phaser beiseite und lassen Sie uns über alles reden.«

»Nein, nein!« heulte Emil und näherte sich der Pilotenkanzel. »Ich kehre nicht zur *Enterprise* zurück — nie wieder! Dort hat man es auf mich abgesehen!« Er verließ das Passagierabteil, und unmittelbar darauf hörte der Captain die gedämpfte Stimme der Pilotin — Fähnrich Hamer versuchte, den Mikrobiologen zur Vernunft zu bringen.

Dann schrie Emil: »He, was soll das bedeuten? Wir fliegen nicht mehr zum Asteroiden!«

»Data«, sagte Picard — er wußte, daß der Androide Phaserstrahlen gegenüber eine viel größere Widerstandskraft hatte als organische Wesen. Der Captain nickte in Richtung Pilotenkanzel.

Data hatte den Zugang noch nicht ganz erreicht, als die Passagiere einen neuerlichen Schrei hörten — und diesmal stammte er nicht von Emil Costa. Das Shuttle kippte plötzlich nach Backbord, und der Androide verlor das Gleichgewicht, stieß gegen Picards Sessel. Riker kroch auf Händen und Knien durch den Mittelgang und erreichte das Cockpit als erster.

Dort bot sich ihm ein entsetzlicher Anblick. Fähnrich Hamer war bewußtlos, und Emil Costa schoß auf die Kontrollen. Funken stoben, und Rauch bildete dichte Wolken. Riker achtete nicht auf seine eigene Sicherheit, als er aufsprang, die Arme um den Mikrobiologen schlang und ihn zu Boden riß. Der Strahler rutschte fort, und Will griff rasch danach.

Doch jetzt bekamen sie es mit einem neuen Problem zu tun. Die Raumfähre trudelte durchs All, schleuderte die Personen an Bord von einer Seite zur anderen. Beißender Qualm wogte, und die Kreel heulten wie ängstliche Kinder.

»Data!« rief Picard in dem Chaos. »Übernehmen Sie die Navigation!«

»Die Kontrollen sind völlig hinüber!« antwortete Riker. Der unter ihm liegende Emil Costa wimmerte, und Will schob ihn voller Abscheu fort. Er steckte den Phaser ein und tastete sich an der Wand entlang, auf der Suche nach einem Feuerlöscher.

Data fand ihn zuerst — der Rauch blieb ohne Wirkung auf ihn — und sprühte weißen Schaum, der sich fast sofort verflüchtigte. Als der Androide sicher war, daß nichts mehr brannte, rückte er behutsam die bewußtlose Hamer beiseite und setzte sich ans Hauptpult. Ein Blick genügte ihm, um einen Eindruck von der Lage zu gewinnen.

Picard trat zu ihm und nahm im Sessel des Copiloten Platz. »Status?« fragte er.

»Die Stabilisatoren sind ausgefallen«, erwiderte Data. »Ebenso das Navigations- und Kommunikationssystem. Was die automatische Kursüberwachung betrifft ... Sie liefert keine genauen Werte mehr. Der Computer arbeitet mit etwa zehn Prozent seiner normalen Kapazität und versucht derzeit, den Verlust der Stabilisatoren zu kompensieren. Das Impulstriebwerk funktioniert einwandfrei — wir beschleunigen noch immer.«

Der Captain berührte seinen Insignienkommunikator. »Picard an *Enterprise.*«

»Wir sind nicht mehr in Kom-Reichweite«, erklärte Data. »Das Schiff fliegt in die entgegengesetzte Richtung — der Abstand wird immer größer.«

Jean-Luc Picard versuchte mehrmals, eine Verbindung zur *Enterprise* herzustellen, aber er bekam keine Antwort. Kurz darauf blickte Commander Riker in die Pilotenkanzel. »Einige Passagiere sind verletzt«, verkündete er. »Wie steht's mit Fähnrich Hamer?«

»Sie ist nur betäubt«, sagte Data. »Aber ihr droht nun die gleiche Gefahr wie uns allen.«

»Wie meinen Sie das?« fragte Riker.

Der Androide wölbte die Brauen. »Wir sind in Richtung des großen Asteroidengürtels in diesem Sonnensystem unterwegs. Und wir haben keine Möglichkeit, Kurs oder Geschwindigkeit zu verändern.«

Picard und Riker wandten den Blick von der immer noch rauchenden zentralen Konsole ab und sahen besorgt aus dem Fenster. In der Ferne bemerkten sie ein breites Band aus kleinen braunen Objekten, die wie reglos vor dem Hintergrund der Sterne schwebten. Angesichts der noch immer recht großen Entfernung wirkten die Asteroiden wie Staubkörner, doch dieser Eindruck täuschte natürlich. Der Captain und sein Erster Offizier wußten, daß einige jener Brocken größer waren als das Shuttle oder selbst die *Enterprise.*

Im Passagierabteil der *Ericksen* erklangen laute Stimmen. »Ich kümmere mich darum«, murmelte Riker.

Er drehte sich um — und beobachtete, wie zwei Kreel den hilflosen Emil Costa mit wütenden Fäusten bearbeiteten. »Was fällt Ihnen ein?« rief Will.

Admiral Ulree richtete seinen Zorn auf Riker. »Dieser Mann hat ganz bewußt zwei meiner Offiziere verletzt!« zischte er. »Dafür werden wir ihn zur Rechenschaft ziehen!«

»Dies ist nicht der geeignete Zeitpunkt, um jemanden zu bestrafen«, entgegnete Will. »Kehren Sie zu Ihren Plätzen zurück.« Er griff nach seinem Phaser und hoffte, daß er nicht gezwungen wurde, die Waffe einzusetzen.

Die Kreel zögerten und wechselten unschlüssige Blikke. Als Ulree widerstrebend nickte, ließen sie den alten Wissenschaftler aufs Deck sinken und wankten zu ihren Sesseln. Wenige Sekunden später erbebte das Shuttle so heftig, daß Riker fast den Halt verloren hätte. Er half Emil Costa hoch, drückte ihn auf einen Sitz und setzte sich neben ihn.

»Was ist los?« fragte Kwalrak nervös.

»Nichts weiter«, log Will. »Data repariert die Bordsysteme.«

Er sah zur Pilotenkanzel und hoffte inständig, daß seine Lüge ein Körnchen Wahrheit enthielt.

»Worf zur Brücke!« befahl Lieutenant Commander Geordi LaForge.

Der Klingone schritt zusammen mit Wesley Crusher

durch einen leeren Korridor auf Deck 31 und aktivierte seinen Insignienkommunikator. »Ich suche Emil Costa.«

»Das ist nicht nötig«, antwortete der Chefingenieur. »Ich weiß genau, wo er sich befindet. Besser gesagt: wo er sich befinden sollte.«

»Wo?« brummte Worf.

»Ich weiß nicht, wo *Sie* gesteckt haben«, fuhr Geordi mit leisem Tadel in der Stimme fort, »aber soweit es um Dr. Costa geht ... Er hat das Schiff vor mehr als einer halben Stunde verlassen, in Begleitung von Captain Picard, Commander Riker und Data. Er ist an Bord des Shuttles *Ericksen.*«

Worf blieb abrupt stehen, und seine Miene verfinsterte sich. »Ich war bewußtlos. Holen Sie die Raumfähre zurück.«

»Das versuchen wir«, stöhnte Geordi. »Aber sie scheint den Kurs geändert zu haben und reagiert nicht auf unsere Kom-Signale. Bisher sind wir in einem stationären Orbit über Kayran Rock gewesen, um der neuen Starbase logistische Unterstützung zu gewähren, doch jetzt verlassen wir die Umlaufbahn, um mit einer Suche nach dem Shuttle zu beginnen.«

»Bin unterwegs zur Brücke«, erwiderte der Klingone knapp. »Worf Ende.« Er wandte sich an Wesley. »Geh zu Counselor Troi und erstatte ihr einen vollständigen Bericht über Karn Milus Tod und alles andere. Anschließend erwarte ich dich im Kontrollraum.«

»Ich sollte die Brücke jetzt sofort aufsuchen«, sagte der Junge.

Der Sicherheitsoffizier knurrte leise. »Ich habe Ihnen einen Befehl erteilt, Fähnrich Crusher!«

»Ja, Sir.« Wesley nahm unwillkürlich Haltung an. »Ich hoffe, Sie finden die Raumfähre.«

»Daran zweifle ich nicht.« Der Klingone nickte kurz und schritt fort.

Data betrachtete die halb verbrannten Schaltkreise unter der Hauptkonsole des Shuttles und traf eine rasche Entscheidung. Normalerweise hütete er sich davor, von bestimmten Annahmen auszugehen, ohne alle Fakten zu kennen, doch eins stand fest: Wenn die Raumfähre auch weiterhin manövrierunfähig blieb, war es nur eine Frage der Zeit, bis es im Asteroidengürtel zu einer fatalen Kollision kam. Es mußte sofort etwas unternommen werden. Picard saß neben ihm und schwieg, aber Data kannte das Mienenspiel des Captains gut genug, um die Sorge in seinen Zügen zu erkennen. Das Shuttle raste den Asteroiden entgegen, die jetzt nicht mehr wie Staubkörner wirkten: Ein Blick aus dem Fenster genügte, um sie als große Felsbrocken zu erkennen, die ein Kataklysmus vor Äonen in kosmische Geschosse verwandelt hatte.

Schließlich richtete sich Data auf. »Captain, ich kann das restliche Computerpotential verwenden, um einen Teil des Navigationssystems zu reaktivieren. Dann sind wir wieder imstande, Einfluß auf Kurs und Geschwindigkeit zu nehmen, aber dadurch verlieren wir sowohl die übriggebliebene Stabilisierung als auch die künstliche Gravitation.«

»In Ordnung.« Picard nickte. »Ich fordere die anderen auf, sich anzuschnallen.«

Jean-Luc verließ seinen Platz und kehrte ins Passagierabteil zurück. Die Kreel warfen ihm verdrießliche Blicke zu, und Emil Costa — geronnenes Blut klebte an seiner Nase —, hob verlegen den Kopf.

»Es tut mir leid, Captain«, krächzte der alte Wissenschaftler.

»Ihre Reue kommt zu spät«, erwiderte Picard. Er preßte kurz die Lippen zusammen. »Die Stabilisatoren sind ausgefallen, und um das Shuttle zu steuern, müssen wir auf die künstliche Gravitation verzichten. Deshalb schlage ich vor, wir schnallen uns an.«

»Ich will wissen, was hier geschieht!« knurrte Ulree.

»Admiral ...« Jean-Luc seufzte. »Wir versuchen, unser aller Leben zu retten. Das Shuttle ist außer Kontrolle geraten, aber wir bemühen uns, dieses Problem zu lösen.«

»Und der Asteroidengürtel?« fragte Kwalrak.

»Schnallen Sie sich an«, beharrte der Captain. »Und das gilt auch für die Verletzten.«

Picard ging erneut zur Pilotenkanzel und beobachtete erleichtert, wie sich Fähnrich Hamer benommen aufsetzte. »Sir ...«, murmelte sie. »Bitte verzeihen Sie. Ich wußte nicht, wie ich ihn daran hindern sollte, auf die Kontrollen zu schießen.«

»Sie brauchen sich nicht zu entschuldigen«, erwiderte Picard und legte der jungen Frau die Hand auf die Schulter. »Commander Data kümmert sich um die Navigation. Suchen Sie das Passagierabteil auf und schnallen Sie sich dort ebenfalls an.«

Die Pilotin erhob sich und taumelte. »Ja, Captain«, bestätigte sie, bevor sie durch die Tür wankte.

Data lag noch immer unter der Konsole, in einer verdrehten Position, zu der nur ein Schlangenmensch — oder ein Androide — fähig war. »Bitte setzen Sie sich, Sir«, sagte er. »Wenn ich die letzten Verbindungen herstelle, verlieren wir auch den Rest der Stabilisierung, aber vielleicht reagieren dann die Navigationskontrollen.«

»*Vielleicht?*« wiederholte Picard.

»Leider hatte ich nicht genug Zeit, um eine genaue Analyse vorzunehmen«, entgegnete Data ernst.

»Nein.« Der Captain setzte sich erneut in den Sessel des Copiloten und legte den Sicherheitsharnisch an. »Ich wünschte, Sie wären zuversichtlicher.«

»Unsere gegenwärtige Situation ist kaum dazu geeignet, Zuversicht zu wecken.«

»Was ist mit Ihnen?« fragte Jean-Luc besorgt. »Sie sind nicht angeschnallt.«

Datas Kopf befand sich irgendwo unter dem Pult,

und deshalb blieb der Gesichtsausdruck des Androiden für den Captain verborgen. »Durch den Ausfall der künstlichen Gravitation werde ich schwerelos. Bitte halten Sie mich fest, wenn Sie glauben, daß mir Gefahr droht.«

Der Captain beugte sich zur Seite und griff nach Datas Hosenbund. »Also los«, brummte er.

Der Androide zögerte nicht, löste die Kabel zwischen den Schaltkreisen des Computers und dem Stabilisatorkomplex, schuf neue Verbindungen zum Navigationssystem. Er war bereits gewichtslos, als er den letzten Mikrostecker vorsichtig in die Einfassung drückte. Ganz plötzlich kippte das Shuttle. Captain Picard bemühte sich zwar, Data festzuhalten, aber der Kopf des Androiden prallte mehrmals an die Konsole.

Jean-Luc mobilisierte seine ganze Kraft, zog Data zum Pilotensessel und schnallte ihn dort fest. Jenseits des Fensters wirbelten Sterne und Asteroiden wie ein Kaleidoskop, und Picard ertrug diesen Anblick nur wenige Sekunden lang. Data achtete nicht darauf, ignorierte die Schwerelosigkeit und betätigte mehrere Tasten des Pults. Zuerst geschah gar nichts, doch dann zahlten sich die Bemühungen des Androiden aus: Das Shuttle änderte allmählich den Kurs und drehte langsam ab. Trotzdem — die Asteroiden waren so nahe, daß es unmöglich zu sein schien, ihnen auszuweichen.

»Wenn es mir gelingt, einen Kurs mit den Parametern null Komma drei vier zu programmieren ...«, sagte Data. »In dem Fall bleiben wir am Rand des Asteroidengürtels und fliegen darunter hinweg.«

Einige kleinere Felsbrocken sausten an der Raumfähre vorbei. »Wir verlassen uns ganz auf Sie«, antwortete Picard.

Der Androide nickte und streckte einmal mehr die Hände nach den Kontrollen aus. Jean-Luc hörte dumpfes Pochen, als winzige Asteroiden an die Außenhülle der *Ericksen* stießen. Ein Kreel schrie, und die anderen begannen mit einem leisen Gesang. *Vielleicht ein Todeslied,* dachte der Captain.

»Es klappt nicht«, meinte Data nach einer Weile. »Wir sind zu schnell, und das Navigationssystem arbeitet nur mit einem Bruchteil seines normalen Potentials.«

»Können Sie die Manövrierdüsen verwenden, um unsere Geschwindigkeit zu verringern?« fragte Picard.

Der Androide schüttelte den Kopf. »Die Manövrierdüsen nützen uns nichts, solange das Impulstriebwerk aktiviert ist.«

»He!« entfuhr es dem Captain. »Wenn wir Geschwindigkeit und Kurs den Asteroiden anpassen, treiben wir sicher zwischen ihnen.«

»Ja«, pflichtete ihm Data bei. »Aber sobald wir das Impulstriebwerk ausschalten … Vielleicht können wir es dann nicht noch einmal benutzen. Wir säßen fest.«

Ein weiterer kleiner Asteroid prallte gegen die *Ericksen,* und das kummervolle Jammern im Passagierabteil wurde lauter. Picard sah erneut aus dem Fenster und stellte fest, daß sie sich einem gewaltigen schwarzen Felsbrocken näherten, so groß wie manche Monde.

»Ich fürchte, uns bleibt keine Wahl«, sagte er grimmig.

»In der Tat, Sir.« Data leitete die notwendige Kurskorrektur ein, griff anschließend unters Pult, tastete dort umher und riß einige Kabel los. Die Konsole protestierte mit einem neuerlichen Funkenregen, und das Summen des Impulstriebwerks verklang. Durch das Trägheitsmoment behielt die Raumfähre ihre gegenwärtige Geschwindigkeit, und sie kamen dem riesigen Asteroiden nahe genug, um die vielen pockennarbigen Krater auf ihm zu zählen. Data hantierte an den manuellen Kontrollen und zündete die Manövrierdüsen, woraufhin das Shuttle langsamer wurde. Der kolossale Felsbrocken vor ihnen im All schwoll so sehr an, daß Picard unwillkürlich die Augen schloß und sich innerlich auf eine Kollision vorbereitete.

Als er die Lider wieder hob, zeigte ihm das Fenster die zerklüftete Oberfläche des Asteroiden, doch der Abstand zu ihm verringerte sich jetzt nicht mehr. Jean-Luc schluckte und lehnte sich zurück. »Gut gemacht, Data«, lobte er.

»Jetzt benötigen wir das Navigationssystem nicht mehr«, sagte der Androide. »Ich nutze die Restkapazität des Computers wieder für künstliche Gravitation und Stabilisierung.«

Der Captain nickte zustimmend. »Ich weiß, daß der Subraum-Kommunikator nicht mehr funktioniert, aber versuchen Sie irgendwie, ein Notsignal zu senden.«

»Ja, Sir«, bestätigte Data.

Der Androide wandte sich erneut der Konsole zu, und Picard wollte schon die Gurte lösen — dann fiel ihm ein, daß er noch immer gewichtslos war. »An alle!« rief er so laut, daß man ihn auch im Passagierabteil hörte. »Wir haben Kurs und Geschwindigkeit geändert. Jetzt droht uns keine unmittelbare Gefahr mehr.«

Einige Sekunden später schwebte die Erste Assistentin Kwalrak herein. Seltsam: In der Schwerelosigkeit wirkte die Kreel nicht annähernd so unbeholfen — ihre Bewegungen zeichneten sich sogar durch eine sonderbare Art von Eleganz aus. Mit langen, muskulösen Armen zog sich Kwalrak durchs Cockpit.

Betrübt starrte sie auf die teilweise zerstörten Schaltpulte hinab und atmete tief durch. »Captain ... Admiral Ulree gratuliert Ihnen dazu, daß es Ihnen gelang, die Raumfähre wieder unter Kontrolle zu bringen. Er warnt jedoch vor einem längeren Aufenthalt im Asteroidengürtel. Wir haben hier viele Schiffe verloren.«

»Ich verstehe.« Picard nickte. »Bitte teilen Sie dem Admiral und den anderen Delegierten mit, daß wir Ihre Geduld sehr zu schätzen wissen. Wir verlassen diesen Bereich so schnell wie möglich.«

Kwalrak neigte den dreieckigen Kopf und kehrte ins Passagierabteil zurück. Picard sah ihr nach und fragte sich dabei, was »so schnell wie möglich« konkret bedeutete. Data arbeitete fleißig an Schaltkreisen, die den Eindruck erweckten, nicht mehr repariert werden zu können. Das Shuttle war praktisch nur noch ein Schrotthaufen, der antriebslos im All schwebte, umgeben von zahllosen großen und kleinen Asteroiden.

KAPITEL 10

Worf stand hinter Geordi an der Operatorstation auf der Brücke und blickte dem Chefingenieur besorgt über die Schulter. Die Sensoren und Scanner der *Enterprise* orteten andere Shuttles, die eingeladene Gäste nach Kayran Rock brachten, aber von der *Ericksen* fehlte jede Spur.

»Verdammt!« fluchte LaForge und berührte eine Schaltfläche, woraufhin sich die Bildschirmdarstellung veränderte. »Sie sind viel zu spät gestartet, doch es war alles Routine — bis Sie den Sicherheitsalarm auslösten.«

»Ein Fehler«, gestand Worf finster ein.

»Rückblickend betrachtet, ja«, erwiderte Geordi. »Aber Sie konnten nicht wissen, daß die Raumfähre bereits aufgebrochen war. Wie lange sind Sie bewußtlos gewesen?«

Der Klingone zuckte mit den Schultern. »Etwa fünfzehn oder zwanzig Minuten. Doch mir war es nur wie wenige Sekunden erschienen.«

»Vielleicht sollten Sie der Krankenstation einen Besuch abstatten«, schlug LaForge vor. »Von gleich zwei Phaserstrahlen getroffen zu werden ...«

Worf knurrte nur — offenbar hielt er es nicht für erforderlich, sich untersuchen zu lassen. »Haben Sie nach Trümmern gesucht?« fragte er.

»Ja«, sagte Geordi. »Und wir sondieren auch mit den Fernbereichssensoren. Die *Ericksen* scheint einfach verschwunden zu sein. Dafür gibt es nur eine Erklärung: Sie hat den Kurs geändert und das Kommunikationssystem desaktiviert. Man könnte meinen, sie möchte nicht entdeckt werden.«

Worf nickte. »Denken Sie daran: An Bord befindet sich jemand, der mit einem Strahler bewaffnet ist und bereits zwei Personen umgebracht hat.«

»Keine sehr angenehme Vorstellung«, kommentierte Geordi. »Aber wohin soll er sich wenden? Will Emil Costa mit einem Shuttle fliehen, das nur über ein Impulstriebwerk verfügt?«

»Er ist verrückt«, sagte Worf.

»Ja.« LaForge runzelte die Stirn.

Der Sicherheitsoffizier beugte sich vor und deutete auf eine bestimmte Stelle des Schirms. »Dort.«

»Der Asteroidengürtel?« fragte der Chefingenieur erstaunt. »Ich bezweifle, ob Dr. Costa *so* verrückt ist.«

»Die Asteroiden befinden sich innerhalb der Shuttle-Reichweite«, stellte der Klingone fest.

Eine dritte Stimme erklang. »Commander LaForge ...«, meldete sich der Kommunikationsoffizier. »Das Kreel-Schiff *Tolumu* setzt sich mit uns in Verbindung.«

Geordi straffte die Schultern und seufzte leise. »Auf den Schirm«, sagte er. Er erhob sich, verließ den rückwärtigen Bereich der Brücke, trat zur Kommandosektion und bedachte Worf mit einem skeptischen Blick. »Sorgen Sie dafür, daß die visuelle Übertragung auf mich beschränkt bleibt.«

»Aye, Sir«, bestätigte der junge Kom-Offizier.

In dem großen Projektionsfeld erschien ein roter, dreieckiger Kopf, der auf breiten und nackten Schultern ruhte. Der Kreel wirkte nicht besonders glücklich. »Hier spricht Colonel Jarayn. Wir haben gerade versucht, Admiral Ulree und seine Gruppe in der Starbase zu erreichen, aber dort sind sie noch nicht eingetroffen. Niemand kennt ihren gegenwärtigen Aufenthaltsort. Ich nehme an, sie befinden sich noch immer an Bord der *Enterprise.*«

Geordi beschloß, ehrlich zu sein. »Nein. Das Shuttle

startete vor ungefähr vierzig Minuten, mit dem Admiral und den übrigen Delegierten an Bord. Unsere drei ranghöchsten Offiziere — Captain Picard, Commander Riker und Commander Data — leisteten ihnen Gesellschaft. Leider wissen wir nicht, wo sie jetzt sind. Wir versuchen derzeit, die Raumfähre ausfindig zu machen.«

Das ledrige Gesicht des Kreel verzerrte sich, und die breiten Schultern bebten. »Ist das Ihr Ernst?« fauchte er. *»Könnten Admiral Ulree und seine Begleiter tot sein?«*

»Sie werden vermißt«, betonte Geordi. »Es gibt keinen Grund, sie für tot zu halten. Ich bin ganz offen, Colonel: Wir wissen nicht, was mit dem Shuttle geschehen ist.«

Die rote Haut des Humanoiden schien nun zu glühen, und er bebte vor Zorn. »Wir geben Ihnen einen Asteroiden. Wir lassen zu, daß Sie eine Starbase in unserem Heimatsystem bauen. Wir vertrauen Ihnen unsere wichtigsten Offiziere an — *und Sie wissen nicht mehr, wo sie sind!* Ich sollte das Feuer auf Ihr Schiff eröffnen und die *Enterprise* zerstören!«

»Das halte ich nicht für ratsam«, entgegnete Geordi ruhig. »Wir kennen sowohl die letzte Position des Shuttles als auch seine Reichweite. Sie haben natürlich das Recht, eine offizielle Beschwerde einzureichen, doch es liegt in Ihrem eigenen Interesse, uns bei der Suche zu helfen.«

LaForge sah zu Worf, dessen Hände dicht über den Kontrollen der Waffenkonsole verharrten. »Colonel, wir glauben, die Raumfähre ist zu dem Asteroidengürtel geflogen.«

Dem automatischen Translator gelang es nicht, die Kraftausdrücke des Kreel zu übersetzen. »Wir hätten es besser wissen sollen«, heulte Jarayn. »Leute, die sich mit den Klingonen verbünden ...«

»Ich bitte Sie.« Geordi hob die Hände. »Zu unseren Bündnispartnern gehören Hunderte von Völkern in der ganzen Galaxis, unter ihnen auch die ehrenwerten

Kreel. Wir haben es mit einem sehr bedauerlichen Zwischenfall zu tun. Flüche und Drohungen sind kein geeignetes Mittel, um das Problem zu lösen. Sie könnten helfen, indem Sie uns möglichst genaue Karten in Hinsicht auf die Asteroiden in diesem Sektor zur Verfügung stellen. Unser Computer vergleicht sie mit den bisherigen Ortungsergebnissen — eventuelle Abweichungen gäben uns vielleicht Aufschluß über die aktuelle Position des Shuttles.«

Der Kreel schnaufte und beruhigte sich ein wenig. »Dies wäre nicht passiert, wenn Sie entschieden hätten, uns an der Transportertechnik teilhaben zu lassen!« knurrte er.

Geordi schüttelte den Kopf. »Die Diskussion darüber verschieben wir besser auf einen späteren Zeitpunkt. Schicken Sie uns die Daten. *Enterprise* Ende.«

Der Kom-Offizier unterbrach die Verbindung.

»Wir dürfen den Kreel nicht trauen«, warnte Worf.

»Ich schätze, uns bleibt keine Wahl«, murmelte der Mann mit dem VISOR. Wie selbstverständlich nahm Lieutenant Commander LaForge im Kommandosessel des Captains Platz, wandte sich dann an jene Offiziere, die vor den Navigations- und Operatorkonsolen saßen. »Bringen Sie uns bis auf fünfzigtausend Kilometer an den Asteroidengürtel heran. Volle Sensorerfassung. Analysieren Sie alles, was sich nicht sofort als Chondriten, Meteoriten, Silikat oder Nickeleisen identifizieren läßt.«

Ein mehrstimmiges »Aye, Sir« ertönte.

»Die Kreel beginnen mit der Datenübertragung«, verkündete der Kommunikationsoffizier.

Die Fluglage des Shuttles *Ericksen* hatte sich stabilisiert, und es gab wieder künstliche Schwerkraft an Bord. Die Raumfähre trudelte nicht mehr durchs All und schwebte direkt hinter dem gewaltigen schwarzen Asteroiden. Data wäre durchaus imstande gewesen, den Abstand mit Hilfe der Manövrierdüsen zu vergrößern, aber damit hätte er dem Shuttle ein neues Bewegungsmoment verliehen — ohne es mit dem Impulstriebwerk kompensieren zu können. Es erstaunte den Androiden ohnehin, daß es ihm manuell gelungen war, die *Ericksen* auf den richtigen Kurs zu steuern. Was ihnen natürlich keine absolute Sicherheit bot. Data wußte: Früher oder später standen ihnen Kollisionen bevor, in einigen Tagen oder in einer Million Jahren.

Die Asteroiden zeigten deutliche Hinweise darauf, häufig aneinandergeprallt zu sein. Ein unaufmerksamer Beobachter mochte den Eindruck gewinnen, daß alle die Sonne des Kreel-Systems mit der gleichen Geschwindigkeit umkreisten, doch in Wirklichkeit war das nicht der Fall. Die Gravitation hielt sie zusammen — und sorgte gleichzeitig für ein überaus komplexes System aus gegenseitigen Wechselwirkungen. Über Äonen hinweg hatten sich die größeren Brocken voneinander entfernt, aber die kleineren wanderten zwischen ihnen umher, wie Splitter, die an vergangene Kollisionen erinnerten. Den Asteroiden fehlte ein echter Synchronismus: Sie waren wie zahllose kleine Planeten in der gleichen Umlaufbahn.

Captain Picard hatte versucht, die Kreel zu beruhigen, und nun kehrte er in die Pilotenkanzel zurück. »Ich habe ihnen die Wahrheit gesagt«, murmelte er. »Es hat keinen Sinn zu behaupten, wir könnten den Asteroidengürtel ohne Hilfe verlassen. Es wäre selbst mit voll funktionsfähigem Navigationssystem sehr schwierig, und das ist den Kreel natürlich klar.«

»Ja«, sagte Data, ohne den Blick von einem Schaltkreis mit isolinearen Chips abzuwenden. »Ich halte es für erstaunlich genug, daß wir bisher überlebt haben.«

Picard strich sich mit der Hand über den kahlen Kopf. »Wir brauchen das Notsignal. Unbedingt.«

Der Androide beugte sich über den Schaltkreis und betrachtete die einzelnen Komponenten. »Der Codegeber scheint nicht beschädigt zu sein, doch einige Prozessoren sind verbrannt. Leider enthält die Notfall-Ausrüstung nur wenige Werkzeuge. Wie dem auch sei: Vielleicht bin ich trotzdem in der Lage, eine Reparatur vorzunehmen.«

»Fangen Sie sofort an«, sagte Picard mit mehr Nachdruck als sonst.

Riker wartete im rückwärtigen Bereich des Shuttles, und diesmal brauchte er keine aufdringliche Kwalrak abzuwehren. Die Kreel mieden ihn, weil er neben Emil Costa saß. Der alte Wissenschaftler wirkte wie die personifizierte Niedergeschlagenheit. Im Ersten Offizier regte sich Mitleid, doch dann erinnerte er sich daran, wem sie ihre gegenwärtige Lage verdankten.

»Warum?« fragte er. »Warum haben Sie die Kontrollen zerstört?«

Der Mikrobiologe starrte ihn aus tief in den Höhlen liegenden Augen an, die um Hilfe und Verständnis flehten. »Wenn ich an Bord der *Enterprise* geblieben wäre, hätte man auch mich umgebracht«, flüsterte er. »Ich konnte nicht zurückkehren, auf keinen Fall!«

Riker runzelte die Stirn. »Wer hätte Sie umgebracht?«

»Jene Leute, die Lynn ermordeten«, hauchte Dr. Costa.

»Wen meinen Sie?«

Emil schüttelte den Kopf, und in seinen Zügen manifestierte sich innerer Schmerz. »Ich weiß es nicht. Vielleicht hat Karn Milu etwas damit zu tun, aber ich bin nicht sicher.«

»Karn Milu«, wiederholte Will nachdenklich. »Warum sollte ihm an Ihrem Tod gelegen sein?«

»Die verdammte Submikrobe!« fluchte Emil. »Ich wünschte, ich hätte sie nie entdeckt. Sie kostete Lynn das Leben!« Er schlug die Hände vors Gesicht und schluchzte leise.

Riker seufzte. Es überraschte ihn, daß jemand wie Emil Costa überschnappen konnte — vermutlich lag es am Trauma aufgrund des Todes seiner Frau. So oft der alte Wissenschaftler auch behauptete, nichts mit Lynns Tod zu tun zu haben: Sein heutiges Verhalten deutete auf eine gefährliche geistige Labilität hin. Wenn es ihnen irgendwie gelang, zur *Enterprise* zurückzukehren ... Wahrscheinlich verbrachte Emil Costa den Rest seines Lebens mit medizinischen Untersuchungen und Gerichtsverhandlungen. *Warum muß seine einzigartige berufliche Laufbahn auf eine so tragische Weise enden?* dachte der Erste Offizier.

Wesley Crusher wanderte nervös durchs Beratungszimmer und konnte es gar nicht abwarten, zur Brücke zurückzukehren. Er war völlig sicher, daß es Geordi und Worf gelang, die *Ericksen* zu lokalisieren sowie ihre Besatzung an Bord zu holen — der Junge wollte zugegen sein, wenn das geschah.

»Und weiter?« fragte Deanna Troi geduldig, als sie spürte, daß Wesleys Konzentration nachließ. Sie kannte auch den Grund dafür.

»Das wär's im großen und ganzen.« Wes zuckte mit den Schultern. »Saduk ließ mich aus der Kapsel, und als wir dann den anderen Raum aufsuchten, sah ich Worf. Er untersuchte die Leiche mit einem Tricorder.« Der junge Fähnrich schauderte; sein Gesicht verriet eine Mischung aus Abscheu und Aufregung. »Sie hätten Dr. Milu sehen sollen ... Das Loch in seiner Brust war so groß wie ein Teller. Völlig verbrannt.«

Die Counselor nickte, froh darüber, keine Augenzeugin gewesen zu sein. »Ist dir sonst etwas aufgefallen?«

Wesley schüttelte den Kopf, doch dann zögerte er und hob den Zeigefinger. »Einen Augenblick ... Saduk wies mich auf etwas hin. Angeblich hat ihn Emil gebeten, das Zimmer mit den Versuchsbehältern aufzusuchen und ein Experiment zu überprüfen. Woraus folgt ... Eigentlich hat mir Dr. Costa das Leben gerettet.

Er wollte nicht, daß ich sterbe.« Der Junge runzelte die Stirn. »Im Gegensatz zu Karn Milu.«

»Erstaunlich.« Deanna teilte Wesleys Verwirrung. »Emil hat nicht nur auf Dr. Milu geschossen, sondern auch auf Worf. Beim Entomologen benutzte er eine tödliche Phaser-Justierung, doch den Sicherheitsoffizier betäubte er nur. Warum?«

Wes zuckte erneut mit den Achseln. »Dr. Costa fand uns sympathischer als Karn Milu.«

Troi blinzelte, überrascht von dem unerwarteten Scherz, doch sie hörte auch den Verdruß darin. Immer wieder kam es zu neuen Entdeckungen, aber sie trugen nicht zu einer Lösung des Rätsels bei. Selbst das Wissen um die geheimnisvolle Submikrobe blieb nutzlos. Jetzt waren auch Will Riker, der Captain und Data von den Aktionen des Mörders betroffen. Nun, der Computer hatte Wesleys Aussage aufgezeichnet, und der Counselor fielen keine weiteren Fragen ein.

»Ich schlage vor, wir gehen jetzt zur Brücke«, sagte sie.

»Einverstanden!« erwiderte Wesley sofort.

Der Fähnrich eilte zur Tür — und stieß fast gegen den riesenhaften Grastow. Wes taumelte zurück und tastete instinktiv nach seinem fehlenden Insignienkommunikator.

Deanna Troi stand einige Schritte hinter ihm, erfaßte die Situation und richtete einen durchdringenden Blick auf den Antarier. »Rühren Sie sich nicht von der Stelle«, sagte sie scharf und griff nach ihrem eigenen Kom-Gerät. »Ich kann Sie direkt in eine Arrestzelle beamen lassen.«

»Nein, nein«, entgegnete Grastow verlegen. »Es liegt mir fern, Ihnen irgendein Leid zuzufügen. Ich habe Emil geholfen, die *Enterprise* zu verlassen, und das genügt.« Zu Wesley: »Ich bin nur gekommen, um dir das hier zu geben.«

Er reichte dem Jungen einen Kommunikator, an dem

ein roter Stoffetzen klebte. Wesley nahm ihn vorsichtig aus der prankenartigen Hand.

»Es würde mich keineswegs überraschen, wenn Sie darauf bestehen, mich unter Arrest zu stellen«, fuhr der Antarier fort. »Ich habe einen Starfleet-Offizier bei der Ausübung seiner Pflicht behindert, und das leugne ich nicht. Es ist keine Rechtfertigung, aber ... Wissen Sie, ich verdanke den beiden Costas so viel, daß ich bereit wäre, alles für sie zu tun. Bestrafen Sie mich ruhig, wenn Sie das für notwendig halten.«

Deanna nickte. »Na schön, hier ist Ihre Strafe: Die Passagiere des Shuttles — Captain Picard, Data, Riker sechs Kreel und auch Emil Costa — werden vermißt. Wir wissen nicht, wo sie sind. Und Karn Milu wurde erschossen. Bleiben Sie in Ihrem Quartier und denken Sie über die Konsequenzen Ihres Verhaltens nach.«

Grastow schluckte, und Wesley rechnete fast damit, daß er in Tränen ausbrach. Deanna zupfte an seinem Ellenbogen.

Die Counselor zog den Jungen fort, doch er blickte über die Schulter und sah zu dem deprimierten Forscher. *Noch jemand, der das Projekt Mikrokontamination verläßt,* dachte er.

»Es gibt da ein Problem«, wandte sich Data an Captain Picard. Der Androide lag wieder auf dem Rücken, halb unter der Hauptkonsole, und seine Stimme klang gedämpft. »Je mehr Energie wir für das Notsignal verwenden, desto weniger steht für das Lebenserhaltungssystem zur Verfügung.«

Picard preßte die Lippen zusammen. Diesem besonderen Problem hatte er sich erst später widmen wollen. Er wußte natürlich, daß die in den Ergzellen gespeicherte Energie früher oder später zur Neige ging und auch dem Regenerationspotential Grenzen gesetzt waren, aber er wollte nicht schon jetzt daran erinnert werden. Nicht so bald. Wie dem auch sei: Data hatte dieses Thema zur Sprache gebracht, und er konnte es kaum ignorieren.

»Wieviel Zeit bleibt uns noch?« fragte der Captain so leise, daß ihn nur Data hörte.

Der Androide flüsterte ebenfalls. »Für gewöhnlich ist ein Shuttle so ausgerüstet, um das Überleben der Passagiere für mindestens zwei Wochen zu gewährleisten. Wenn man allerdings sowohl die Schäden als auch den speziellen Metabolismus einiger Personen an Bord berücksichtigt, erscheint mir eine Reduzierung dieser Zeitspanne um fünfzig Prozent angemessen. Wenn wir darüber hinaus den Notruf mit maximaler Signalstärke senden ... Es bedeutet, uns stehen noch einmal fünfzig Prozent weniger Energie zur Verfügung.«

»Drei oder vier Tage.« Picard nickte ernst. »Das entspricht meiner eigenen Schätzung. Wir reden mit niemandem darüber, abgesehen von Commander Riker.«

»Verstanden, Captain«, erwiderte Data.

Will kam durch die Tür und lächelte schief. »Hat gerade jemand meinen Namen genannt?«

»Ja, Nummer Eins«, bestätigte Picard. »Aber dazu später. Wie geht es unseren Gästen?«

»Die meisten von ihnen vertreiben sich die Zeit damit, Emil Costa anzustarren«, antwortete Riker. »Sie sind jetzt still. Der betäubte Kreel ist wieder bei Bewußtsein und soweit in Ordnung, doch der andere Adjutant hat sich bei seinem Sturz die Schulter ausgerenkt.«

»Die Kreel neigen zu fatalistischen Einstellungen«, meinte Data. »Wahrscheinlich haben sie sich bereits mit dem Tod abgefunden.«

»Ich bin fest entschlossen, am Leben zu bleiben«, betonte der Captain.

Wenige Sekunden später donnerte und krachte es ohrenbetäubend laut, als die *Ericksen* in einen Schwarm aus kleinen Asteroiden geriet. Riker und Picard duckten sich unwillkürlich. Data hingegen hob den Kopf und stellte erstaunt fest, daß im Passagierabteil keine Schreie erklangen — er vernahm nur dumpfes Stöhnen.

»Wir können von Glück sagen!« rief der Androide, um den Lärm zu übertönen. »Der große Asteroid schirmt uns ab. Andernfalls wäre das Shuttle inzwischen zerstört.«

»Unter ›Glück‹ habe ich mir immer etwas anderes vorgestellt«, entgegnete Riker.

»Wann sind Sie in der Lage, das Notsignal zu senden?« fragte Picard.

»Der Sender ist aktiviert«, gab Data zurück. »Und er verbraucht maximale Energie.«

Sie hockten auf dem Boden und hielten sich die Ohren zu, während weitere kleinere Felsbrocken an die Außenhülle des Shuttles prallten.

Fähnrich Wesley Crusher saß erst seit wenigen Minuten am Navigationspult auf der Brücke, als sich die Anzeigen der Konsole veränderten. »Notsignal!« meldete er. »Koordinaten fünf Komma acht!«

»Meine Sensoren bestätigen es«, sagte Worf. »Der Notruf wird wiederholt — vielleicht stammt er von der *Ericksen*.«

Freude erfüllte die Brückenoffiziere, aber derzeit gab es zuviel Arbeit für sie, um laut zu jubeln.

Wesley schüttelte besorgt den Kopf. »Das Signal wird schwächer.«

Geordi stand auf und sah ihm über die Schulter. »Entfernung?«

»Das läßt sich angesichts der fluktuierenden Impulse nicht genau feststellen«, erwiderte Wes. »Ich schätze die Distanz auf siebzig- bis achtzigtausend Kilometer.«

»Wir müssen näher heran, um den Transporter einsetzen zu können«, brummte Worf. Er stand an der taktischen Station im rückwärtigen Bereich des Kontrollraums.

LaForge klopfte Wesley auf die Schulter. »Bist du imstande, den Abstand um zwanzigtausend Kilometer zu verringern?«

»Um ganz ehrlich zu sein: Ich weiß es nicht«, erwiderte der Junge. »Nach den Kreel-Karten zu urteilen sind wir zweiundfünfzigtausend Kilometer vom ersten großen Asteroiden entfernt, der zweitausend Meter durchmißt. Aber bestimmt gibt es hier kleinere Objekte, die nicht in den Karten verzeichnet sind, und Kollisionen mit einigen von ihnen lassen sich vermutlich nicht vermeiden.«

»Schilde hoch«, ordnete Geordi an.

»Schilde hoch«, sagte Worf.

Der Chefingenieur beobachtete die Displays des Navigationspults. Ein Schirm zeigte den gegenwärtigen Ortungsstatus zusammen mit eingeblendeten Kreel-Daten. »Das Signal scheint von einem Asteroiden zu kommen«, murmelte LaForge verwirrt.

»Oder aus unmittelbarer Nähe«, fügte Wesley hinzu. »Der große Felsen verursacht vielleicht einige Probleme, wenn es darum geht, den Transferfokus auszurichten. Um sicher zu sein, daß wir in Transporterreichweite sind, sollte die Entfernung höchstens fünfundvierzigtausend Kilometer betragen. Ich muß auf manuelle Kontrolle umschalten — die Computernavigation bringt uns bestimmt nicht so nahe heran.«

»Wenn es notwendig ist ...« Geordi nickte. »Wir können den Transfer nur nach einer genauen Erfassung einleiten.« Etwas lauter: »LaForge an O'Brien.«

»Hier O'Brien«, antwortete der Transporterchef.

»Richten Sie den Fokus auf die Koordinaten des Notsignals«, sagte LaForge. »Ich möchte, daß die ganze Raumfähre in den Hangar gebeamt wird.«

»Davon rate ich ab.« Die Stimme des Iren klang skeptisch. »Die Interferenzen sind zu stark. Es wäre sicherer, nur die georteten Lebensformen anzupeilen. Andernfalls wissen wir nicht, was in unserem Hangar rematerialisiert.«

Geordi zögerte kurz. »Na schön. Aber beeilen Sie sich. Wenn wir die Schilde senken, um den Transfer durchzuführen ... Ich möchte nicht, daß die *Enterprise* von einigen Asteroiden durchlöchert wird.«

»Aye, Sir. Transporterraum zwei hält sich in Bereitschaft.«

»Warten Sie auf meinen Befehl. LaForge Ende.«

Der Chefingenieur überließ den jungen Fähnrich seiner Arbeit und kehrte zum Kommandosessel zurück. Geordis Unruhe wuchs, als er zum großen Wandschirm sah und zahllose dunkle Objekte beobachtete, die rasch größer wurden.

Neben ihm beugte sich Deanna nervös vor. »Ich spüre, daß sie noch leben«, hauchte die Counselor. »Aber ihnen droht Gefahr.«

»Wir müssen sie so schnell wie möglich an Bord holen«, erwiderte LaForge. »Asteroiden sind verdammt instabil — eine kleine Kollision genügt, um einen Billard-Effekt auszulösen.«

»Einen Billard-Effekt?« fragte Troi verwundert.

»Ein Spiel auf der Erde«, erklärte Geordi. »Ich meine eine Kettenreaktion.«

Es grollte irgendwo im Diskussegment der *Enterprise.*

»Schilde halten«, berichtete Worf.

»Entschuldigung«, sagte Wesley verlegen. »Dem Brocken konnte ich nicht rechtzeitig ausweichen. Hatte einen Durchmesser von fast einem Kilometer.«

»Ich weiß, wie schwierig es für dich ist«, entgegnete LaForge.

Es donnerte mehrmals. »Schilde halten auch weiterhin«, knurrte Worf.

»Der Kreel-Kommandant setzt sich mit uns in Verbindung«, meldete der Kommunikationsoffizier. »Er meint, wir gehen ein enormes Risiko ein.«

Geordi drehte den Kopf. »Danken Sie ihm. Und weisen Sie darauf hin, daß wir versuchen, die Besatzung des Shuttles zu retten.«

»Achtundvierzig ...«, zählte Wesley. »Siebenundvierzig ... sechsundvierzig ... fünfundvierzigtausend Kilometer!« Seine Finger glitten über Schaltflächen. »Passe Kurs und Geschwindigkeit an.«

»Gut gemacht, Wes«, lobte der Chefingenieur. Er stand auf. »Alle Kom-Kanäle öffnen. An das Shuttle *Ericksen:* Hören Sie mich?«

In der Raumfähre spitzten elf Personen die Ohren. Geordis Stimme klang aus vier Insignienkommunikatoren, auch aus dem Kom-Gerät, das die im Passagierabteil sitzende junge Frau namens Hamer trug. Von einem Augenblick zum anderen schnatterten und heulten die Kreel, übertönten damit fast das wiederholte Krachen.

»Hier Picard«, antwortete der Captain. »Freut mich sehr, Sie zu hören, Geordi! Wir treiben hinter einem großen Asteroiden und passieren gerade einen Schwarm aus kleineren Felsen.«

Plötzlich erbebte das Shuttle so heftig, daß Picard, Data und Riker den Halt verloren. Schrilles Jammern tönte aus dem Passagierabteil, als sich der Androide aufrichtete und durchs Fenster sah.

Er aktivierte seinen Insignienkommunikator. »Data an LaForge. Leiten Sie sofort den Transfer ein. Wir sind auf Kollisionskurs.«

Picard und Riker stemmten sich ebenfalls hoch und stellten fest, daß Data nicht übertrieb. Durch den letzten Aufprall hatte sich ihr Kurs geändert — die *Ericksen* raste nun dem großen Asteroiden entgegen. Data griff nach den Kontrollen der Manövrierdüsen und zerrte daran, doch an der Geschwindigkeit des Shuttles änderte sich nichts. Die pockennarbige Oberfläche des Himmelskörpers wölbte sich ihnen entgegen.

»Schilde senken!« befahl Worf im Kontrollraum der *Enterprise.*

»Transporterraum eins!« zischte Geordi. »Beamen Sie acht Personen an Bord. Transporterraum zwei: Transferieren Sie die übrigen Passagiere der *Ericksen.*«

»Bestätigung«, antwortete O'Brien in Transporterraum eins. »Energie.«

Man konnte es dem Transporterchef nicht verdenken, daß er den Transferfokus zuerst auf die Starfleet-Offiziere richtete — Picard, Data und Riker entmaterialisierten. Ihnen folgten Admiral Ulree, Kwalrak und drei andere Kreel. Nur Fähnrich Hamer, der verletzte Adjutant und Emil Costa blieben in der Raumfähre. Die junge Frau bedachte Emil und den Kreel-Adjutanten mit einem beruhigenden Lächeln, das folgende Botschaft vermittelte: *Wir sind nicht so wichtig, aber bestimmt rettet man uns trotzdem.*

Fähnrich Hamer behielt recht. Kurz darauf befanden sie sich ebenfalls an Bord der *Enterprise,* und wenige Sekunden später zerschellte das Shuttle an dem großen Asteroiden. Die Explosion schickte Dutzende von Trümmern in verschiedene Richtungen und fügte den uralten Felsen im Asteroidengürtel einen kurzlebigen Funkenregen hinzu.

KAPITEL 11

Das Herz klopfte Will Riker noch immer bis zum Hals empor, als er von der Transporterplattform trat und tief Luft holte.

»Das ist unerhört!« kreischte Admiral Ulree und wandte sich an Picard. Er winkte mit einem langen Arm, und seine Geste galt dem fehlenden Emil Costa. »Ich weiß nicht, wohin Sie den Irren gebracht haben, aber ich verlange, daß er sofort unter Arrest gestellt wird! Immerhin hat er versucht, uns alle umzubringen!«

»Immer mit der Ruhe«, erwiderte der Captain. »Vergewissern wir uns zunächst, daß alle Passagiere der *Ericksen* in Sicherheit sind.«

»Captain ...«, warf O'Brien ein, der hinter den Transporterkontrollen stand. »Alle Besatzungsmitglieder des Shuttles wurden transferiert. Die drei anderen Personen rematerialisierten in Transporterraum zwei.«

»Worf an Captain Picard«, ertönte eine tiefe Stimme.

Jean-Luc berührte seinen Insignienkommunikator. »Hier Picard.«

»Ich hielt es für besser, Sie nicht persönlich zu empfangen, Sir«, sagte der Klingone.

»Verstehe. Wo sind Sie?«

»Im Transporterraum zwei. Den verletzten Kreel sowie Fähnrich Hamer bringt man gerade zur Krankenstation, und ich habe Emil Costa offiziell unter Arrest gestellt.«

»Ist das Ihr Sicherheitsoffizier?« erkundigte sich Admiral Ulree.

»Ja«, bestätigte Picard.

»Darf ich mit ihm sprechen?«

Der Captain nickte. »Können Sie Admiral Ulree hören, Mister Worf?«

»Laut und deutlich«, brummte der Klingone. Seine Stimme blieb völlig ruhig und verriet dem Kreel nicht, mit wem er es zu tun hatte.

»Jener Mann darf keine Chance zur Flucht erhalten!« fauchte Ulree. »Wir beabsichtigen, ihn zur Rechenschaft zu ziehen.«

»Welche Anklage erheben Sie gegen Dr. Costa?« fragte Worf.

Der Kreel-Admiral blinzelte verwirrt und kratzte sich an der haarigen Brust. »Nun, ich bin kein Anwalt«, grummelte er. »Wie wär's mit versuchtem Mord? Hinzu kommen Entführung, Körperverletzung und so weiter. Es herrscht bestimmt kein Mangel an Anklagepunkten, und außerdem fanden die Verbrechen in unserem Sonnensystem statt!«

»Emil Costa bleibt bei uns in Haft«, sagte Worf fest. »Wir beabsichtigen, ihn wegen eines noch ernsteren Delikts vor Gericht zu stellen — Mord.«

»Wenn Sie irgendwelche Tricks versuchen ...«, begann der Kreel und richtete sich zu seiner vollen Größe auf. Er starrte Picard an, der seinen Blick gelassen erwiderte.

»So etwas liegt uns fern«, versicherte Worf. »Captain, ich bedauere, Ihnen mitteilen zu müssen, daß Dr. Karn Milu tot ist. Er wurde mit einem Phaser erschossen.«

Daraufhin wirkte Picard ebenso zornig wie Ulree. »Soll das heißen, Emil Costa hat ihn umgebracht?«

»Bevor das Shuttle startete«, antwortete der Klingone. »Diesmal besteht kein Zweifel daran, daß es sich um Mord handelt. Ein Unfall irgendeiner Art ist völlig ausgeschlossen.«

O'Brien unterbrach das Gespräch. »Captain, die *Tolumu* bittet um eine unverzügliche Unterredung mit den

Kreel-Offizieren. Wenn Sie möchten, führe ich einen direkten Transfer durch.«

»Diese Entscheidung liegt beim Admiral.« Jean-Luc nickte dem Kreel zu. »Wir verdanken die jüngsten Ereignisse dem Umstand, daß wir unsere Gäste nicht durch die Verwendung der Transportertechnik in Verlegenheit bringen wollten. Wie dem auch sei: Sie sind schon einmal transferiert worden, und wir sollten vermeiden, Sie noch länger aufzuhalten. Wünschen Sie die Rückkehr zu Ihrem Schiff, Admiral?«

»Damit hat es keine Eile«, schnaufte der Kreel. »Bringen Sie uns zu der Party — wir sind schon spät dran.«

»Beamen Sie uns in die Starbase«, gurrte Kwalrak und warf Riker einen lüsternen Blick zu.

»Wir werden eine Auslieferung des Verbrechers verlangen!« kündigte Colonel Efrek an. »Aber nicht jetzt sofort, erst später.«

Jean-Luc lächelte dünn und klopfte auf seinen Insignienkommunikator. »Captain Picard an Brücke. Ich danke Ihnen allen für unsere Rettung. Nehmen Sie Kurs auf Kayran Rock und schwenken Sie dort wie geplant in die Umlaufbahn. Nach dem unfreiwilligen Umweg sind wir es unseren Kreel-Gästen schuldig, sie so schnell wie möglich zum Ziel zu bringen. Bitte informieren Sie die *Tolumu,* daß ihre Offiziere sicher an Bord sind und von der Starbase aus einen Kontakt mit dem Flaggschiff herstellen werden. Picard Ende.«

Data hörte, wie sich Admiral Ulree an Kwalrak wandte: »An den Transportern gibt es nichts auszusetzen, doch die Shuttles der Föderation finde ich gräßlich.«

Lieutenant Worf zerrte Emil Costa am Arm durch den Sicherheitskorridor zum Arrestbereich. Der Wissenschaftler begann damit, sich zur Wehr zu setzen — daraufhin griff Worf noch fester zu und ging schneller.

»Ich bin unschuldig!« heulte Emil. »Ich habe niemanden umgebracht! Bitte hören Sie mir zu!«

Der Klingone blickte starr geradeaus. »Sie werden verhört, sobald Sie in der Arrestzelle untergebracht sind.«

»Na schön, na schön.« Dr. Costa gab den Widerstand auf. »Ich gebe zu: An Bord des Shuttles habe ich mich wie ein Wahnsinniger aufgeführt. Weil ich verzweifelt war. Weil ich auf keinen Fall zur *Enterprise* zurückkehren wollte. Den Grund kennen Sie — zwei Personen sind ermordet worden.«

Über den Brauenhöckern bildeten sich Falten in Worfs Stirn. »Ich bin nicht daran interessiert, irgendwelche Rechtfertigungen von Ihnen zu hören.«

Kurze Zeit später schob Worf den Mikrobiologen in ein komfortabel eingerichtetes Zimmer, trat zurück und betätigte eine Taste. Emil Costa begriff plötzlich, daß er sich jetzt in einer Zelle befand — er hastete zum offenen Zugang und prallte an einem unsichtbaren Kraftfeld ab.

Der Klingone sah, wie er die Hand zur Nase hob, an der noch immer Blut klebte. »Ich schicke Ihnen jemand aus der Krankenstation.«

»Nein, das ist nicht nötig.« Emil schlurfte zum Bett. »Ich kann mich hier waschen. Derzeit möchte ich niemanden empfangen.«

»Mit liegen viele Fragen auf der Zunge«, brummte Worf. »Die wichtigste lautet: Haben Sie Karn Milu erschossen?«

»Nein«, murmelte der alte Mann. »Er lebte noch, als ich ihn zum letztenmal sah.«

»Haben Sie Ihre Frau umgebracht?«

»Nein!« heulte Emil. »Lassen Sie mich allein! *Verschwinden Sie!*« Er sank auf die Liege und schluchzte.

Worf blieb vor dem Zugang stehen und musterte den berühmten Wissenschaftler. Er ärgerte sich noch immer darüber, Karn Milus Ermordung nicht verhindert zu haben, aber was hätte er unternehmen sollen? Lynns Tod schien auf einen Unfall zurückzugehen, und deshalb war dem Captain gar nichts anderes übriggeblieben, als Costa zu gestatten, das Schiff zu verlassen — eine Entscheidung, die dem betazoidischen Entomologen das Leben kostete.

Auch ich könnte tot sein, erinnerte sich der Klingone. Doch Emil hatte ihn nur betäubt, was erstaunlich genug war, wenn man an die geistige Verfassung des Mikrobiologen zu jenem Zeitpunkt dachte. Diese besondere Ereigniskette zeichnete sich durch viele Ungereimtheiten aus: ein sorgfältig geplanter Mord, ein zweiter, weitaus brutalerer, dann der Einsatz eines nur auf Betäubung justierten Phasers, schließlich die Zerstörung der Kontrollen eines Shuttles, wodurch nicht nur der Täter selbst in Lebensgefahr geriet, sondern auch die übrigen zehn Personen an Bord. Alles deutete auf ein hohes Maß an Unberechenbarkeit hin — Emil Costa war zweifellos ein sehr gefährlicher Mann.

Doch er *wirkte* nicht gefährlich: ein kleiner Greis, der auf dem Bett lag und mitleiderweckend schluchzte. Er sah keineswegs wie ein amoklaufender Irrer aus, der über Leichen ging. *Wenigstens haben wir es nur mit zwei Mordfällen zu tun,* überlegte der Klingone. *Fast wären es zwölf gewesen, ganz abgesehen vom Selbstmord des Schuldigen.*

Worf hätte es vorgezogen, aufgrund der Vorfälle an Bord des Shuttles Anklage gegen Dr. Costa zu erheben — weil es genug Zeugen gab. Aber er hatte sich in Gegenwart der Kreel dazu verpflichtet, Emil wegen der Ermordung Karn Milus vor Gericht zu bringen, und er hielt nun an seiner Entschlossenheit fest. Diese Angelegenheit fiel in den Zuständigkeitsbereich der Föderation — außerdem wollte er den Kreel nicht die Genugtuung gönnen, einen wortbrüchigen Klingonen zu verspotten.

Glücklicherweise stand ihm ein guter Augenzeuge zur Verfügung — Fähnrich Crusher —, und des weiteren existierte ein Motiv. Karn Milu hatte Lynn und Emil unter Druck gesetzt, um Informationen über eine Entdeckung zu bekommen, die entgegen der Starfleet-Vorschriften geheimgehalten worden war. In dieser Hinsicht konnte Emil wohl kaum seine Komplizenschaft leugnen. Wenn man die Dinge aus einer solchen Perspektive betrachtete, ergab die Löschung der Computerdaten durch Lynn durchaus einen Sinn. Und dann Shana Russels Aussage: Karn Milu hatte gedroht, Lynn umzubringen. *Seltsam,* fuhr es Worf durch den Sinn. *Das alles wegen einer speziellen Submikrobe.*

»Was hat Sie dazu veranlaßt?« fragte er den Mikrobiologen. »Erfuhren Sie von Karn Milu, daß *er* Ihre Frau ermordete?«

»Wahrscheinlich trug er *tatsächlich* die Verantwortung für ihren Tod«, stöhnte Emil, und sein deutscher Akzent wurde etwas deutlicher. »Aber er gab es nie zu, und ich schwöre Ihnen: Er lebte noch, als ich ihn zum letztenmal sah. Bitte glauben Sie mir, Lieutenant — ich habe niemanden umgebracht!«

Deanna Troi und Wes Crusher näherten sich, blieben hinter dem Sicherheitsoffizier stehen.

»Wesley!« entfuhr es Emil. Erneut lief er zur offenen Tür und stieß dort gegen das unsichtbare Kraftfeld. »Sag dem Lieutenant, daß ich niemanden ermordet habe! Sag ihm, daß du nur gesehen hast, wie ich mich mit Karn Milu stritt! *Ich schwöre, daß mich keine Schuld an seinem Tod trifft!*«

Der Junge setzte zu einer Antwort an, doch Worf brachte ihn mit einem finsteren Blick zum Schweigen. »Sie sind bei diesem Fall ein wichtiger Zeuge, Fähnrich«, sagte er förmlich. »Sie dürfen nicht mit dem Verdächtigen sprechen. Ich rate Ihnen, mit *niemandem* darüber zu reden. Die einzigen Ausnahmen sind der Captain, Counselor Troi und ich selbst.

Bitte glauben Sie nicht, daß ich Sie bestrafen will«, fuhr der Klingone etwas sanfter fort. »Ich bin Ihnen sehr dankbar für Ihre Hilfe, obgleich Sie meine Warnung mißachteten und sich erheblicher Gefahr aussetzten. Fähnrich Crusher, Sie werden in Ihrem Quartier bleiben, bis man Sie als Zeuge aufruft. Versuchen Sie, sich an alle Einzelheiten Ihrer Beobachtungen zu erinnern. Schenken Sie den Schilderungen anderer Personen keine Beachtung. Je weniger Sie von den Ereignissen an Bord des Shuttles wissen, desto besser. Ihre Aussage gegenüber Counselor Troi ist mir noch nicht bekannt, aber sie erfolgte unmittelbar nach dem Mord, und daher kommt ihr große Bedeutung zu.«

»Ja, Sir«, erwiderte Wesley. Er blickte zu Emil, zuckte hilflos mit den Schultern und wandte sich ab.

»Wes!« stieß der alte Wissenschaftler hervor. »Ich brauche einen Anwalt. Wenn du ein Besatzungsmitglied der *Enterprise* auswählen könntest — für wen würdest du dich entscheiden?«

Der Junge blieb stehen und sah den Klingonen fragend an. Worf nickte und erlaubte ihm damit, Emils Frage zu beantworten.

Wesley zögerte nicht. »Data«, erwiderte er sofort.

»Ich möchte mit Data sprechen«, sagte Dr. Costa zu dem Sicherheitsoffizier und ging zum Spülbecken an der Rückwand des Zimmers. »Ich gebe keine Auskunft mehr, ohne vorher seinen Rat eingeholt zu haben.«

»Der Androide befand sich an Bord des Shuttles«, knurrte Worf. »Vielleicht wird es erforderlich, daß er beim Verfahren gegen Sie als Belastungszeuge aussagt.«

»Aber nicht während eines Prozesses, der Karn Milus Ermordung betrifft«, entgegnete Emil, befeuchtete ein Tuch und wischte sich das Blut aus dem Gesicht. »Wenn Sie eine derartige Anklage gegen mich erheben, kann Data mein Verteidiger sein.«

»Das stimmt«, pflichtete ihm Deanna bei. »Data ist nicht in den Fall verwickelt — sieht man von der Sache mit dem Shuttle ab.«

Der Klingone atmete tief durch und klopfte auf seinen Insignienkommunikator. »Sicherheitsgruppe zur Arrestzelle eins«, brummte er. »Dr. Costa wird rund um die Uhr bewacht. Schichtablösung in jeweils zwei Stunden. Worf Ende.«

»Eine ganze Sicherheitsgruppe?« Emil hob die Brauen. »Vier Personen, um *mich* zu bewachen?«

Worf richtete einen durchdringenden Blick auf ihn. »Es geschieht nicht sehr häufig, daß jemand die Kontrollen einer Raumfähre mit einem Phaser zerstört und auch auf die Passagiere schießt. Wir halten Sie für sehr gefährlich.«

Erneut aktivierte der Sicherheitsoffizier seinen Insignienkommunikator. »Worf an Captain.«

»Hier Picard«, antwortete der Kommandant. »Wir verlassen jetzt das Schiff und beamen uns zur Starbase von Kayran Rock. Ich bleibe nicht lange fort und möchte nur gewährleistet wissen, daß man unsere Gäste gut behandelt.«

»Verstanden«, sagte der Klingone. »Ich wollte Ihnen folgendes mitteilen: Dr. Costa lehnt es ab, Fragen ohne die Präsenz eines Rechtsbeistands zu beantworten, und er hat den Wunsch geäußert, sich von Data vertreten zu lassen.«

»Data als Verteidiger?« murmelte Picard und überlegte. »Nun, wir befinden nach meiner Rückkehr darüber, aber ich schätze, wir sollten den Androiden fragen. Er weiß besser über die entsprechenden Starfleet-Vorschriften Bescheid als ich.«

»Captain ...«, begann Worf. »Angesichts der vielen Zeugen besteht die Möglichkeit, daß der Prozeß eine Menge Zeit in Anspruch nimmt.«

»In der Tat. Vielleicht kann ich dafür sorgen, daß Dr. Costa ein schnelles Verfahren bekommt. Doch wir sollten damit rechnen, für unbestimmte Zeit im Orbit von Kayran Rock zu bleiben.«

Der Klingone ahnte Admiral Ulree in Hörweite — die letzte Bemerkung des Captains war vermutlich für ihn bestimmt.

»Wir leiten jetzt den Transfer an«, fügte Jean-Luc hinzu. »Ich ziehe die notwendigen Erkundigungen in Hinsicht auf das Verfahren ein. Picard Ende.«

Worf versuchte freundlich zu sein, als er sich an Emil Costa wandte und zum Synthetisierer in der Zelle deutete. »Wenn Sie etwas essen möchten ... Das Terminal ist nicht mit dem Hauptcomputer verbunden, aber Sie können Zeitschriften und Unterhaltungsliteratur auf den Schirm rufen. Darüber hinaus läßt sich das Kraftfeld trüben, falls Sie Wert auf Privatsphäre legen. Ich wiederhole mein früheres Angebot: Wenn Sie möchten, schicke ich Ihnen jemanden aus der Krankenstation.«

»Danke für Ihre Anteilnahme«, erwiderte der Mikrobiologe mit unüberhörbarem Spott. Er setzte sich aufs Bett, verschränkte die Arme und wirkte nun wesentlich lebhafter als vorher. »Es lastet Schuld auf meinem Gewissen, ja, aber ich habe weder Karn Milu noch meine Frau ermordet. Darüber hinaus weigere ich mich, mit jemandem zu sprechen — bis ich Gelegenheit hatte, meinen Anwalt zu konsultieren. Ich will mit Data reden!«

»Wie Sie wünschen«, brummte Worf. »Sie bleiben in dieser Arrestzelle, bis Commander Data von Kayran Rock zurückkehrt.« Er schritt zusammen mit Wesley und Deanna fort; hinter ihnen schloß sich das massive Sicherheitsschott.

Captain Picard war allein und bedauerte diesen Umstand keineswegs, als er durch den leeren Korridor einer Starbase schritt, die sich im Innern eines Asteroiden befand. Kayran Rock durchmaß fast dreitausend Kilometer, und die Stollen der Starfleet-Basis reichten nicht sehr tief. Jean-Luc betrachtete die natürlichen Wände des Ganges, schwärzer als das schwärzeste Ebenholz. Eine spezielle Schicht aus Kunstharz glänzte an ihnen — sie verlieh dem Gestein zusätzliche Stabilität. Picard strich mit den Händen darüber und fühlte Kälte. Eigentlich handelte es sich bei Kayran Rock um einen kleinen Planeten, der sich jedoch keine Atmosphäre zugelegt hatte und dem kalten Vakuum des Alls ausgesetzt blieb.

Der Captain ging etwas schneller, als er weiter vorn einen Aufenthaltsraum sah. Das Stimmengewirr im Festsaal hinter ihm wurde leiser und verklang ganz, noch bevor er das Zimmer erreichte. Jean-Lucs Blick glitt sofort zu einem runden Fenster, eingelassen in einem zwei Meter langen und nach oben führenden Tunnel: Sterne funkelten hinter dem transparenten Aluminium.

Das Panorama unterschied sich kaum von dem an Bord der *Enterprise.* Allerdings verharrten die Sterne in diesem Fall reglos am Firmament; sie glitten nicht dahin, bildeten auch keine langen Streifen wie beim Beginn des Warptransits. *Dies ist kein Raumschiff,* dachte Picard. *Ich befinde mich hier im Innern eines natürlichen Himmelskörpers, der seit Äonen durch das Sonnensystem der Kreel wandert.*

Er nahm in einem Sessel Platz, von dem aus er weiterhin durchs Fenster sehen konnte. Stille herrschte, obgleich nur hundert Meter entfernt eine Party stattfand. Der Captain hatte so selten Gelegenheit, allein zu sein, daß er erst nach einer ganzen Weile begriff: Niemand kannte seinen derzeitigen Aufenthaltsort. Natürlich konnte man sich jederzeit durch den Insignienkommunikator mit ihm in Verbindung setzen, aber er spürte jetzt nicht die Präsenz seiner Crew. Er fühlte sie selbst dann, wenn er im Bereitschaftsraum saß oder sich in sein Quartier zurückzog. Doch hier war er wirklich allein.

Leider konnte er nicht an angenehme Dinge denken — Picards Überlegungen kehrten immer wieder zu Mord, Zerstörung und Wahnsinn zurück. Die Ereignisse der letzten Stunden konfrontierten ihn mit einer seltsamen Art von Erschöpfung. Was die Situation an Bord des manövrierunfähigen Shuttles betraf... Sie hatte den Captain nicht sonderlich beunruhigt, denn er war an Gefahr und Anspannung gewöhnt. Aber kaltblütiger Mord? Ruinierte Karrieren, gelöschte Computerdaten, Gewalt, geheimgehaltene Entdeckungen ... Es verblüffte ihn, daß so etwas in seinem Schiff stattgefunden hatte. Wieso erfuhr die relativ kleine Gemeinschaft der *Enterprise* erst jetzt davon, und auf diese Weise?

Nun, dachte Picard, *unsere Gemeinschaft mag klein sein, aber sie hat keinen festen Zusammenhalt.* Die Brückencrew bildete eine geschlossene Gruppe, und die wissenschaftliche Sektion bestand aus über einem Dutzend selbständiger Disziplinen. Dann kamen die anderen Abteilungen, zum Beispiel Maschinenraum und Krankenstation. Jede von ihnen bildete einen Teil des Ganzen, doch sie bestanden aus Besatzungsmitgliedern, die sich in erster Linie auf ihre eigene Arbeit konzentrierten. Natürlich gab es Orte, wo sich Leute aus verschiedenen Sektionen trafen — zum Beispiel der Gesellschaftsraum im zehnten Vorderdeck —, aber ihre dortigen Kontakte blieben auf ein Minimum beschränkt. *Unsere wichtigste Gemeinsamkeit ist der Wunsch, an Bord der* Enterprise *zu arbeiten und alle ihre Möglichkeiten zu nutzen.*

Viele Angehörige der Crew waren so sehr auf ihre jeweiligen Pflichten fixiert, daß sie gar nicht merkten, was um sie herum geschah. *Das gilt auch für mich,* fuhr es Picard durch den Sinn. *Ich habe Worf nicht ernst genommen, als er die Gefährlichkeit von Emil Costa betonte. Wenn ich auf ihn gehört hätte, wäre es nicht zu dem fast fatalen Zwischenfall in der Raumfähre gekommen — und dann wäre Karn Milu jetzt vielleicht noch am Leben.* Picard neigte nicht dazu, Kommandoentscheidungen in Frage zu stellen, aber seine jüngsten Erlebnisse stimmten ihn sehr nachdenklich.

»Jean-Luc!« erklang die fröhliche Stimme einer Frau hinter ihm. Er stand auf, drehte sich um und erkannte Botschafterin Grete Gaelen. Sie kam ihm mit ausgestreckten Händen entgegen.

Er umarmte die zierliche, grauhaarige Frau, und sie

schenkte ihm ein großmütterliches Lächeln. »Sie sind viel zu dünn, Jean-Luc«, behauptete sie. »Begleiten Sie mich und probieren Sie mein Gulasch. Es stammt nicht aus einem Synthetisierer, sondern aus dem Kochbuch meiner Urgroßmutter!«

»Bestimmt schmeckt es köstlich, Grete«, erwiderte Picard. Er schnitt eine Grimasse und klopfte sich auf den Bauch. »Aber ich habe schon genug gegessen.«

»Sie haben *nichts* gegessen«, hielt ihm die Botschafterin entgegen. »Bei solchen Empfängen bin ich immer sehr beschäftigt, doch ich begann meine berufliche Laufbahn als Gastronomin: Daher fällt mir sofort auf, wer ißt und wer nicht.«

Picard lachte. Grete Gaelen genoß den Ruf, die beste Organisatorin der Föderation zu sein, wenn es um offizielle Zeremonien ging. Ständig war sie zwischen den Sternen unterwegs, eine Botschafterin des Wohlwollens und der Freundlichkeit. Jean-Luc wußte nicht, wie viele Starfleet-Raumbasen Gaelen eingeweiht hatte, aber inzwischen mußten es Dutzende sein. *Vielleicht ist die Zahl sogar dreistellig,* dachte er. *Und eins steht fest: Wir beide haben mehr Sternbasen besucht als sonst jemand in der Föderation.* Sie nahm auch an planetaren Galaveranstaltungen teil, wenn neue Abkommen und Bündnisverträge gefeiert wurden.

»Was ist los mit Ihnen, Jean-Luc?« fragte die Botschafterin. »Sie tragen nicht einmal die richtige Kleidung. Warum verzichten Sie denn auf Ihre Galauniform?«

»Ah ...« Er zögerte. »Ich *habe* mich umgezogen, bevor wir mit dem Shuttle hierherfliegen wollten, aber dann ... Es ist eine lange Geschichte.«

»Ja, ich weiß.« Gaelen verzog das Gesicht. »Und der langatmige Kreel im Speisesaal erzählt sie allen Leuten. Er stellt sich selbst als Helden da, aber bestimmt übertreibt er maßlos.« Sie senkte die Stimme und fragte ungläubig: »Hat Emil Costa tatsächlich versucht, sich selbst und alle Personen an Bord des Shuttles umzubringen?«

Picard nickte ernst. »Es ist noch viel schlimmer.«

»Die Mordanklage.« Grete Gaelen nickte. »Auch darüber haben die Kreel gesprochen, aber offenbar kennt niemand Einzelheiten. Nun, eigentlich bin ich dankbar für diese faszinierenden Gerüchte. Alle bemühen sich, die Wahrheit herauszufinden, und dadurch haben Klingonen und Kreel ganz vergessen, miteinander zu streiten. Wie ich hörte, hat Emil nach der Entdeckung des Mords versucht, mit der Raumfähre zu entkommen.«

»Er zerstörte die Kontrollen, weil er nicht zur *Enterprise* zurückkehren wollte«, erklärte Picard. »Unser Sicherheitsoffizier glaubt, genügend Beweise zu haben, um offizielle Anklage wegen Mord zu erheben. Einige andere Offiziere sollen beim Prozeß als Zeugen aussagen.«

»Ich nehme an, das alles gefällt Ihnen nicht sonderlich«, sagte Gaelen voller Mitgefühl.

»Nein, nicht sehr«, gestand der Captain ein. »Vielleicht müssen wir länger als geplant hierbleiben.«

Besorgnis zeigte sich in den Zügen der Botschafterin, und sie sprach nun wieder leise. »Vermutlich beschränken sich die Kreel nicht nur darauf, einfach abzuwarten. Was könnten sie verlangen?«

Picard zuckte mit den Schultern. »Sie wollen, daß wir ihnen Emil Costa ausliefern. Um ihn selbst vor Gericht zu stellen.«

»Sobald sie herausfinden, was es mit ihm auf sich hat ... Dann haben sie es sicher auf sein Wissen bezüglich der Biofilter und Transportertechnik abgesehen. Wir müssen unsererseits für ein gründliches Verfahren sorgen — damit eine Auslieferung nicht notwendig wird.«

»Wer fungiert als Richter?« fragte Picard.

Grete Gaelen runzelte die Stirn. »Das hiesige Personal ist noch nicht komplett, aber wir haben einen großen Vorteil. Wissen Sie, wer vorübergehend mit den

Aufgaben des Starbase-Kommandanten betraut wurde?«

»Nein«, antwortete Jean-Luc.

Die Botschafterin strahlte. »Ich! Captain Nadel wird mich ablösen — wenn hier das Geschirr abgeräumt ist. Vielleicht kann ich die Sache ein wenig beschleunigen, bevor ich heute abend das Zepter abgebe.«

»Danke, Grete«, sagte Picard erleichtert und schüttelte der Frau die Hand. »Jetzt möchte ich doch Ihr Gulasch probieren.«

Will Riker biß die Zähne zusammen. Etwas Unvermeidliches geschah gerade — Tanzmusik klang aus den Lautsprechern. Das Essen war vorbei, und die verbliebenen Würdenträger widmeten sich heißen Getränken, verschiedenen Desserts und allgemeiner Plauderei. Aus den Augenwinkeln hatte Riker zwei Kreel beim Tanz beobachtet — wenn man es so nennen konnte. Außerdem war ihm Kwalrak neben dem Computer aufgefallen: Offenbar programmierte sie neue Musik, und dabei zwinkerte sie ihm bedeutungsvoll zu.

In Gedanken ließ Riker die vergangenen zwei Stunden noch einmal Revue passieren ... Sie kamen zu spät für die eigentliche Einweihungsfeier, aber noch rechtzeitig genug für die Besichtigungstour und das üppige Bankett. Admiral Ulree dominierte während der Tischgespräche und schilderte die Ereignisse an Bord des Shuttles aus einer sehr individuellen Perspektive — selbst die klingonischen Repräsentanten hörten ihm interessiert zu. Die Kreel vergnügten sich so sehr, daß sie länger blieben als ein großer Teil des Föderationspersonals, das in der Starbase wohnte. Die Menge im Saal schrumpfte von ursprünglich mehr als zweihundert Anwesenden auf etwa fünfzig.

Data erregte von Anfang an viel Aufmerksamkeit, und im Lauf des Abends schüttelten ihm alle die Hand. Seine internen Speicherbänke enthielten zahllose Gigabytes an Informationen — er ›erinnerte‹ sich auch an die Namen und persönlichen Hintergründe von Personen, die er gar nicht kannte. Als Admiral Ulree zum erstenmal von der Reise des Shuttles und den Vorfällen an Bord berichtete, wurde Data aufgefordert, seine eigene Version zu erzählen. Er wiederholte sie mindestens zehnmal, und sein knapper, sachlicher Stil schlug alle Zuhörer in den Bann.

Will versuchte, sich im Hintergrund zu halten — ein für ihn eher untypisches Verhalten bei Partys. Er gab sich damit zufrieden, Synthehol-Sekt zu trinken und zu lauschen, während man ihm vom Bau der Starbase berichtete. Die Vorträge der Diplomaten — ganz zu schweigen von Ulrees Erzählungen, die seine heldenhafte Rolle in der *Ericksen* betonten — langweilten ihn. Er interessierte sich viel mehr für die Umstände und speziellen Probleme bei der Konstruktion einer Starbase im Innern eines Planetoiden.

Die Gedanken des Ersten Offiziers kehrten in eine unangenehmer werdende Wirklichkeit zurück, als ihm Kwalrak entgegenwankte. Sie strahlte übers ganze rote Gesicht, während Walzerklänge ertönten.

»Terranische Tanzmusik«, sagte sie stolz. »Sie sehen also: Ich kenne mich mit Menschen aus. Kommen Sie.«

Riker bekam gar keine Gelegenheit, irgendwelche Einwände zu erheben: Kwalrak schlang die Arme um ihn und zog ihr Opfer zur Tanzfläche. Dort begriff Will schon nach wenigen Sekunden, daß es keinen Sinn hatte zu versuchen, die Kreel zu führen. Statt dessen konzentrierte er sich darauf, die halbnackte Humanoidin an den richtigen Stellen zu berühren.

»Mir gefällt diese Musik«, gurrte Kwalrak und drückte den Starfleet-Offizier fester an sich, wobei es ihr gleichzeitig gelang, einen gewissen Anstand zu wahren. *Sie ist nicht mehr ganz so dreist wie an Bord der Raumfähre,* dachte Riker und entspannte sich. Er hatte in einem Shuttle überlebt, das manövrierunfähig durch einen

Asteroidengürtel raste — es sollte ihm auch gelingen, einen Tanz zu überstehen. Eins mußte er den Kreel lassen: Offenbar fehlte es ihnen nicht an innerer Stärke. Sie hatten gestöhnt, ohne angesichts des drohenden Todes in Panik zu geraten. Will interpretierte ihr Jammern nicht als ein Zeichen von Furcht, sondern als einen Hinweis darauf, daß sie mit dem Leben abschlossen, das unvermeidlich scheinende Schicksal hinnahmen.

Er bemühte sich, seinen Bewegungen etwas mehr Eleganz zu verleihen, doch Kwalrak achtete gar nicht darauf. »Der Mann soll sehr berühmt sein«, sagte sie wie beiläufig.

»Wen meinen Sie?« fragte der Erste Offizier unschuldig.

»Das wissen Sie genau, Riker«, erwiderte die Kreel vorwurfsvoll. »Jener verrückte Mensch, der versucht hat, uns alle umzubringen.«

»Nun ...« Will seufzte. »Ich hoffe, Sie beurteilen nicht alle Terraner nach dem Verhalten eines offenbar geistesgestörten Individuums.«

»Die Worte eines Diplomaten«, kommentierte Kwalrak. »Mich erleichtert die Erkenntnis, daß Ihre Spezies nicht perfekt ist.«

»Wir haben auch nie behauptet, perfekt zu sein«, erwiderte Riker. »Wir geben uns Mühe — manchmal ohne Erfolg. Der moderne Mensch versucht, folgendes Prinzip zu achten: Man behandle andere so, wie man selbst behandelt werden möchte.«

»Ein guter Grundsatz.« Kwalrak zuckte mit den Achseln. »Aber unpraktisch. Um nur ein Beispiel zu nennen: Wenn Sie wirklich an so etwas glauben — warum geben Sie uns dann nicht die Transportertechnik? Inzwischen wissen Sie, wie gefährlich Shuttleflüge in unserem Sonnensystem sein können.«

»Wir haben auch noch ein anderes Kredo, dessen Wert erst nach Jahrtausenden einer kriegerischen Geschichte erkannt würde«, sagte Riker. »Wir mischen uns nicht in die inneren Angelegenheiten anderer Kulturen und Zivilisationen ein. Die Erste Direktive ist das oberste Gesetz der Föderation und unserer Forschungen. Sie bewahrt uns davor, auszubeuten und ausgebeutet zu werden.«

»Wir könnten die Transporter-Technologie von den Ferengi kaufen!« drohte Kwalrak. »Den größten Teil kennen wir bereits — es fehlt nur noch das eine oder andere.«

Riker schüttelte skeptisch den Kopf. »Muß ich Ihnen extra erklären, was dann geschehen wird? Wenn Sie die Technik nicht selbst entwickelt haben, sind Sie von den Ferengi abhängig. Sie würden Ihnen die ersten Geräte billig überlassen, damit Sie sich daran gewöhnen. Anschließend schrauben sie die Preise für Wartung und Reparatur hoch — bis ihnen praktisch Ihre Heimatwelt gehört.«

Kwalrak stöhnte leise. »Wenn die bisherigen Preise günstig sind — dann möchte ich nichts von den teuren wissen.«

Riker lächelte und stellte fest, daß die großen braunen Augen der Ersten Assistentin eigentlich recht hübsch und ausdrucksvoll waren. »Es gelang ihnen aus eigener Kraft, in den Raum vorzustoßen. Und Ihre Waffen sind eindrucksvoll. Warum arbeiten Ihre Wissenschaftler nicht intensiver daran, einen Kreel-Transporter zu konzipieren?«

Kwalrak hob und senkte die Schultern. »Weil unsere Waffensysteme absolute Priorität haben. Wir glauben noch immer, Krieg führen zu müssen — gegen die Klingonen oder sonst jemanden.«

»Alte Angewohnheiten.« Riker schüttelte den Kopf. »Ich darf Ihnen versichern: *Wir* wissen, wie leicht man die Klingonen für Feinde halten kann.«

»Sie sind nicht nur auf friedliche Missionen vorbereitet«, sagte die Kreel. »In der *Enterprise* gibt es sowohl Generatoren für Schilde als auch leistungsstarke Phaserkanonen und Photonentorpedos. Sie haben uns Ihre Waffen nicht gezeigt, aber wir kennen sie aus Berichten.«

»Ich hätte sie Ihnen gern gezeigt.« Will lachte. »Aber Sie fanden den Gesellschaftsraum so interessant ...«

»Ich finde *Sie* interessant, Riker«, schnurrte Kwalrak und schmiegte sich an ihn.

Vor einigen Jahren wäre der Starfleet-Offizier vielleicht fasziniert gewesen, aber jetzt nicht. Ihm gefiel Kwalraks Gesellschaft, doch er hielt sie für zu direkt.

»Entspannen Sie sich«, flüsterte sie, als läse sie seine Gedanken. Vermutlich deutete sie die subtilen Hinweise der Körpersprache. »Dies ist meine Art, mit Ihnen zu flirten. Ulree würde uns beide umbringen, wenn sich etwas zwischen uns abspielte. Obwohl ...« Sie schlang die Arme etwas fester um ihn. »Wenn ich Sie wirklich haben wollte, so könnte mich niemand daran hindern.«

Aus irgendeinem Grund zweifelte Will nicht daran, und er seufzte lautlos, als die Walzermusik einige Sekunden später verklang. Behutsam löste er sich aus der Umarmung und trat zurück. »Leider bekommen wir kaum Gelegenheit, uns besser kennenzulernen.«

Die Kreel berührte ihn wie zärtlich an der Wange und gurrte: »Sie sind lieb und niedlich, Riker. Und Sie bleiben noch eine ganze Weile hier, wie wir alle.«

Während Will darüber nachdachte, strich ihm Kwalrak mit einem Fingernagel durch den Bart, drehte sich dann um und schlurfte fort. Sie warf noch einen Blick über die haarige Schulter, bevor sie sich einer anderen Gruppe hinzugesellte.

Eine Zeitlang wanderte Riker ziellos zwischen fast leeren Tischen und geschmackvollen Dekorationen. Die Blumengebinde wirkten prächtig und bestanden aus Pflanzen von vielen verschiedenen Föderationswelten. Auf allen Tischen leuchteten Hologramme, die unterschiedliche Bauphasen der Starbase zeigten. Einmal mehr staunte Riker über die außerordentlichen Leistungen jener Ingenieure und Techniker, die hier tätig gewesen waren, und er bedauerte, den Aufenthalt in dieser Basis nicht auf angemessene Weise genießen zu können.

Hat Deanna erst vor drei Tagen vorgeschlagen, daß Lynn und Emil Costa hier einen Urlaub verbringen sollten? fuhr es Will durch den Sinn. Hätte das etwas genützt? Er bereute nun, Trois Anregungen nicht ernster genommen zu haben. Der Erste Offizier erinnerte sich an seine kurze Ansprache während der Bestattungszeremonie, und seine Worte bekamen noch mehr Bedeutung: Ihm fehlte Zeit. Ihm hatte Zeit gefehlt, um mit dem Captain über Lynn und Emil zu sprechen. Ihm fehlte Zeit für sich selbst, für Deanna ...

Ein automatischer Servierwagen mit Dessert-Tellern rollte vorbei, und Riker folgte ihm geistesabwesend. Der große Saal schien allmählich zu schrumpfen, als sich das Licht in den Ecken trübte. Captain Picard und Lieutenant Commander Data saßen abseits der anderen Gäste, unterhielten sich leise und ignorierten das Halbdunkel — vielleicht hießen sie es sogar willkommen.

Jean-Luc wiederholte die Information mit einfachen Worten. »Emil Costa hat gebeten, daß Sie seine Verteidigung übernehmen. Was halten Sie davon?«

Der Androide neigte verwundert den Kopf zur Seite. »Ich bin überrascht. Dr. Costa und ich kennen uns kaum. Heute hatte ich zum erstenmal Gelegenheit, mit ihm zusammenzusein, und es war keine besonders angenehme Erfahrung.«

»Ich verstehe.« Der Captain nickte. »Sie möchten also aus persönlichen Gründen ablehnen?«

»Nein«, widersprach Data. »Ich bin sehr wohl imstande, dem Zwischenfall an Bord des Shuttles keine Beachtung zu schenken und die Interessen des Angeklagten zu vertreten. Ich habe weder mit Lieutenant Worf noch mit Counselor Troi über die Ermittlungen gesprochen und glaube, neutral und unparteiisch zu sein. Ich schätze, wir bleiben bis zum Ende des Verfahrens hier, oder?«

»Das läßt sich wahrscheinlich nicht vermeiden«, sagte Picard. »Keine Sorge: Sie versäumen nichts Aufregendes im Kontrollraum der *Enterprise.*« Er zögerte ein oder zwei Sekunden lang. »Welche Gedanken und Empfindungen verbinden Sie mit der Vorstellung, nach Ihrem ersten Erlebnis vor Gericht in die Rolle eines Strafverteidigers zu schlüpfen?«

Captain Picard sprach Data nicht sehr oft auf den Prozeß in Starbase 173 an — jenes Verfahren endete mit der Entscheidung, der ›Maschine‹ den Status eines intelligenten Wesens zu gewähren. Trotz seines künstlichen Ursprungs erkannte das Urteil den Androiden als Person an und verbot, ihn einfach zu demontieren, um herauszufinden, wie er funktionierte. Es war für sie alle eine unvermeidliche Konfrontation gewesen, durch die sie reifer wurden. Aber vielleicht dachte Data nun voller Unbehagen an Gerichtssäle. *Bei mir ist das der Fall,* überlegte Jean-Luc. *Obgleich ich damals nicht auf der Anklagebank saß, sondern den Androiden verteidigt habe.*

Data dachte ernst über die Frage nach. »Ich weiß, was Sie meinen, Captain. Bei jenem Prozeß stand mein Leben auf dem Spiel, und daher verstehe ich eine solche Situation besser als andere. Wie dem auch sei: Die Aufgabe des Anwalts besteht darin, den Standpunkt seines Mandanten möglichst glaubwürdig darzustellen, nicht wahr?«

»Ja.« Picard lächelte. »Zweifellos wären Sie ein ausgezeichneter Anwalt für Emil Costa. Aber damals, als ich Sie verteidigt habe, lag ein Notfall vor, und davon kann jetzt nicht die Rede sein. Sie nähmen eine große Verantwortung auf sich, und dazu sind Sie nicht verpflichtet.«

Data musterte den Captain. »Die Starfleet-Vorschriften hindern mich nicht daran, Emil Costas Verteidiger zu sein, oder?«

»Nein«, antwortete Picard. »Wollen Sie ihm helfen?«

»Bevor ich einen Beschluß fasse, möchte ich mit ihm sprechen.«

Der Captain aktivierte seinen Insignienkommunikator. »Können wir aufbrechen, Nummer Eins?« fragte er.

»Jederzeit.«

»Dann schlage ich vor, wir verabschieden uns jetzt und kehren heim«, sagte Picard.

KAPITEL 12

Dr. Beverly Crusher hatte die gräßliche Brandwunde mehrmals gesehen, aber trotzdem zuckte sie zusammen, als das Laken von Karn Milus Leiche rutschte. Sie wechselte einen kurzen Blick mit Worf und deutete auf den Krater in der Brust des Betazoiden.

»Aus unmittelbarer Nähe«, sagte die Ärztin. »Und eine kurze Entladung. Der Mörder verwendete einen auf tödliche Emissionen justierten Phaser, und wenn er den Auslöser mehrere Sekunden lang betätigt hätte, wäre von dem Opfer gar nichts mehr übriggeblieben. Die Blutgefäße wurden sofort versiegelt.«

Der Klingone richtete sich auf und nickte. »Dr. Milu versuchte also nicht, vor dem Täter zu fliehen. Er stand ihm direkt gegenüber.«

»Ja«, pflichtete Beverly dem Sicherheitsoffizier bei. »Daran kann kein Zweifel bestehen. Ich weise im Autopsiebericht darauf hin.« Sie zog das Laken wieder über den Leichnam, um ihn nicht länger betrachten zu müssen.

»Aber *ich* bin nur betäubt worden«, murmelte Worf verwirrt und runzelte die Stirn. »Nun, zumindest scheint klar zu sein, wie alles geschehen ist. Emil Costa stritt mit Karn Milu, sperrte Ihren Sohn in dem Experimentierbehälter ein und erschoß den Betazoiden. Einer der speziellen Turbolifte brachte ihn zum Transitzimmer, und von dort aus entkam er durch irgendeinen Korridor. Offenbar erreichte er die Transitkammer kurz vor mir, hörte mich und versteckte sich zwischen den Schutzanzügen.«

»Wie bitte?« Beverly Crusher starrte den Klingonen groß an. »Haben Sie gerade meinen Sohn erwähnt? Man sperrte ihn in eine der Kapseln?«

Worf räusperte sich. »Ich habe Fähnrich Crusher befohlen, niemandem etwas zu verraten. Er bekam von mir den Auftrag, Emil Costa zu überwachen.«

Die Ärztin holte tief Luft. »Sie gaben meinem Sohn die Anweisung, einen mutmaßlichen Mörder zu beschatten?« fragte sie ungläubig. »Einen Mann, der als sehr gefährlich gilt? Lieutenant, Wes gehört nicht zu Ihrer Sicherheitsabteilung.«

»Er war früher mit Dr. Costa befreundet«, erklärte Worf. »Diesen Umstand wollte ich ausnutzen. Aber ich habe Wesley auch aufgefordert, jedes Risiko zu meiden. Niemand von uns kannte das Ausmaß von Emil Costas Geistesgestörtheit, und wir wußten auch nicht, auf welche Weise Dr. Milu in diese Angelegenheit verwickelt war. Sie handelten gemeinsam, um Wes in einem der Experimentierbehälter unterzubringen. Ihr Sohn hatte ebensoviel Glück wie ich selbst.« Der Sicherheitsoffizier blickte auf die Leiche des Entomologen hinab.

Beverlys Ärger verflüchtigte sich, als sie verstand. »Die Sache ergibt überhaupt keinen Sinn.« Sie stöhnte leise. »Denken Sie nur daran, was der Verrückte mit dem Shuttle angestellt hat! Ich habe den Kreel-Adjutanten, den wir hier behandelten, eben zu seinem Schiff zurückgeschickt — er zitterte noch immer.«

»Es hätte alles weitaus schlimmer kommen können«, brummte Worf.

Die Ärztin schnaufte verächtlich. »Und ich habe Emil Costa immer für einen der nettesten Männer an Bord gehalten. Er behandelte Wesley wie seinen Lieblingsschüler. Wenn ich mir vorstelle, daß er Karn Milu ermordet hat und außerdem noch seine eigene Frau ... Unfaßbar.«

Der Klingone strich über seinen Spitzbart. »Ich bin nicht sicher, ob Emil die Verantwortung für Lynns Tod trägt. Wenn er deshalb vor Gericht gestellt wird, ohne ein Geständnis abzulegen — das Verfahren könnte Monate dauern, und vielleicht würde man es aufgrund mangelnder Beweise einstellen.«

»Ja, ich weiß.« Beverly seufzte. »Ich bedauere, daß mein Autopsiebericht keine genaueren Angaben enthält. Aber es ließ sich nur feststellen, daß Lynn Costa starb, weil sie giftiges Gas einatmete.«

»Schon gut.« Worf zupfte nachdenklich an dem Laken, das Karn Milu bedeckte. »Können Sie den Leichnam für einige Tage konservieren?«

»Ja. Warum?«

»Ich möchte ihn vor Gericht präsentieren.«

»Jetzt sprechen Sie bereits als Ankläger«, meinte Beverly.

»Ich werde meine Pflicht erfüllen«, verkündete Worf. »Der Gerechtigkeit muß Genüge getan werden.«

Er drehte sich um und marschierte zum Ausgang der Krankenstation. Beverly erinnerte sich nicht daran, jemals mehr Entschlossenheit im dunklen Gesicht des Klingonen gesehen zu haben.

Das massive Sicherheitsschott glitt beiseite, und Data betrat die Kammer. Emil Costa sprang sofort auf und preßte sich gegen das unsichtbare Kraftfeld seiner Zelle.

»Commander Data!« rief er erleichtert und versuchte, sich wieder unter Kontrolle zu bringen. »Man hat also nicht zuviel versprochen — Sie sind tatsächlich geschickt worden, um mir zu helfen.«

Der Androide trat an die Ergbarriere heran und musterte den Wissenschaftler. »Ich muß erst noch entscheiden, ob ich diesen besonderen Auftrag übernehme«, erwiderte er. »Warum möchten Sie sich von mir vor Gericht vertreten lassen?«

»Weil Wesley Sie empfahl.« Emil begann mit einer

unruhigen Wanderung. »Außerdem: Ich stecke in ziemlichen Schwierigkeiten. Das weiß ich jetzt. Ich bin bereit, jedes von mir begangene Verbrechen zuzugeben, bis hin zu den Biofilter-Tagen, aber *ich habe nie jemanden umgebracht!*«

»Zur Klarstellung«, sagte Data. »Wollen Sie auch beim Prozeß behaupten, keine Schuld an Karn Milus Tod zu tragen — ganz gleich, welche Beweise die Anklage vorlegt?«

»Ja!« antwortete der Mikrobiologe mit Nachdruck. »Ich bin unschuldig. Ich würde selbst dann meine Unschuld beteuern, wenn man mir droht, mich mit einem Torpedokatapult ins All zu befördern.«

»Eine seltsame Metapher«, kommentierte der Androide. »Sie sollten folgendes berücksichtigen, Dr. Costa: Angesichts dieser Einstellung sind keine Vereinbarungen mit der Anklage möglich. Wenn Sie dabei bleiben, können wir nicht auf Notwehr oder fahrlässige Tötung plädieren.«

»Ich bin unschuldig«, betonte Emil Costa noch einmal. »Ich werde mich nicht schuldig bekennen, weil ich weder Lynn noch Dr. Milu ermordet habe!« Er ließ den Kopf hängen. »Es ist mir ein Rätsel, warum sie tot sind und ich noch lebe.«

»Wenn jemand anders die Verantwortung für den Tod des Entomologen trägt — wie heißt der wahre Täter?«

»Keine Ahnung!« heulte Emil und hämmerte mit den Fäusten ans Kraftfeld. »Ich dachte, Karn Milu hätte meine Frau umgebracht — weil ich es nicht für möglich hielt, daß sie einem Unfall zum Opfer fiel oder Selbstmord beging. Aber jetzt ist er ebenfalls tot ...«

Der Mikrobiologe massierte sich die Schläfen. »Ich weiß nicht, wer dahintersteckt, doch eins ist mir klar: Man hat es auch auf mich abgesehen!«

»Beruhigen Sie sich, Doktor«, sagte Data besorgt. »Ich übernehme Ihre Verteidigung, aber ich kann keinen

Freispruch garantieren. Viele Personen sind von Ihrer Schuld überzeugt.«

»Was habe ich zu verlieren?« Emil sank aufs Bett. »Ich bin ohnehin erledigt.«

Der Androide nickte langsam und wußte, daß Emil Costa in seinem Leben keine baldigen Verbesserungen erwarten durfte. Selbst wenn man ihn in Hinsicht auf die Ermordung Karn Milus nicht für schuldig befand: Er mußte damit rechnen, für seine anderen Vergehen zur Rechenschaft gezogen zu werden. Ob Freispruch oder nicht — vermutlich bestanden die Kreel auf seiner Auslieferung. Dr. Costas Situation erfüllte Data mit dem positronischen Äquivalent von Mitgefühl, aber er beabsichtigte nicht, eine neue Karriere als Anwalt zu beginnen.

»Mein Rechtsbeistand beschränkt sich auf das Verfahren, bei dem es um den Mord an Karn Milu geht«, sagte der Androide. »Wenn Sie anschließend noch immer einen Verteidiger benötigen, müssen Sie sich nach jemand anders umsehen.«

»Einverstanden«, erwiderte Emil. »Übrigens, Commander: Danke dafür, daß Sie uns an Bord des Shuttles gerettet haben. Ich bedauere mein Verhalten, bitte glauben Sie mir. Es ist nur angemessen, daß ich dafür bestraft werde. Aber ich will nicht für Verbrechen büßen, die jemand anders begangen hat.«

»Guten Tag, Doktor.« Data schritt zur Tür. »Ich kehre zurück, wenn ich ganz offiziell Ihr Anwalt geworden bin.«

»Danke.« Der alte Mann lächelte schief.

Deanna Troi lag zitternd im Bett und fand keine Ruhe. Sie zog die weiche Decke bis zum Kinn hoch, doch die Furcht in ihr blieb. Schon seit Stunden vibrierte sie in ihr. Es begann, als sie hörte, daß die *Ericksen* vermißt wurde. Nein, das stimmte nicht. Die namenlose Angst erwachte noch früher in ihrem Innern — als sie von

Lynn Costas Tod träumte. Und die jüngsten Ereignisse nährten das Grauen, ließen es wachsen.

Eigentlich sollte jetzt alles vorbei sein. Karn Milus Tod, die Rettung aus dem Asteroidengürtel, Emil Costas Verhaftung — es klang wie der Höhepunkt eines viktorianischen Dramas. Der Schurke saß hinter Gittern, und alle anderen konnten nach Hause gehen. Doch etwas fehlte, denn die Anspannung existierte nach wie vor. Die Furcht wohnte auch weiterhin in Deanna, hing über ihr wie ein Schatten, den sie nicht abstreifen konnte.

War Emil Costa so durch und durch böse, daß er selbst in seiner Arrestzelle weitere Verbrechen plante? Troi bezweifelte es. Die emotionalen Emanationen des Mikrobiologen kündeten von Niederlage, von der Bereitschaft, seine Fehler einzugestehen. Und von profunder Reue. Bei ihm spürte Deanna kein kaltblütiges Verlangen nach Rache, nicht das Bestreben, erneut zu töten.

Sie schauderte, stand auf und trat zum Kleiderschrank. Es hatte keinen Sinn, noch länger unter der Decke zu liegen und sich gestaltloser Furcht hinzugeben. Alle Personen, die von Karn Milus Ermordung wußten, dachten an Gewalt und Tod. Darüber hinaus irrte sich Deanna vielleicht in bezug auf Emil Costa — wie zuvor bei seiner Frau Lynn. Vielleicht gingen die negativen Empfindungen tatsächlich von ihm aus.

Ich brauche eine Ablenkung, dachte die Counselor. Sie wählte ein blaues, funkelndes Kleid und prüfte ihr Erscheinungsbild im Spiegel. Mit dem Haar war alles in Ordnung, und die Ästhetik des Gesichts ließ sich nur durch angenehmere Gedanken verbessern. *Guinan ist meine persönliche Informantin,* überlegte Troi. *Das bedeutet, der Abstecher zum Gesellschaftsraum hat rein beruflichen Charakter.*

Sie zögerte kurz, bevor sie ihre Kabine verließ. Jener Schatten, der auf ihren Gefühlen lastete, begleitete sie in den Korridor. Deanna begriff, daß ihr Versuch, an etwas anderes zu denken, erfolglos bleiben mußte. Sie traf eine rasche Entscheidung und aktivierte ihren Insignienkommunikator.

»Counselor Troi an Dr. Saduk«, sagte sie.

»Hier Saduk«, antwortete der Vulkanier.

»Hoffentlich störe ich Sie nicht«, fuhr Deanna fort. »Ich habe gerade an Dr. Milu und die schrecklichen Ereignisse gedacht. Was halten Sie davon, mir im zehnten Vorderdeck Gesellschaft zu leisten?«

»Gern«, erwiderte Saduk. »Ich bin in etwa zwölf Minuten dort.«

»Gut. Troi Ende.«

Seit einigen Tagen herrschte immer reger Betrieb im Gesellschaftsraum, aber gleichzeitig blieb die Stimmung gedrückt. Besatzungsmitglieder versammelten sich hier, um Lynn Costas Tod zu beklagen und über Gerüchte zu spekulieren. Jetzt wollten sie herausfinden, ob Karn Milu tatsächlich tot war. Captain Picard hatte sich noch nicht zu einer Durchsage an die Crew entschlossen, aber an Bord sprachen sich Neuigkeiten schnell herum.

Die Counselor lächelte höflich, nickte einigen Bekannten zu und schritt geradewegs zur Theke, hinter der Guinan allen Gästen als Gesprächspartnerin zur Verfügung stand. An diesem Abend hatte sie besonders viel zu tun, doch als die Wirtin Troi bemerkte, wandte sie sich ihr sofort zu.

»Hallo, Counselor«, sagte Guinan, und ihr niedergeschlagener Tonfall entsprach Deannas Gesichtsausdruck. »Bei solchen Gelegenheiten wünschte ich, wir hätten stärkere Getränke als nur Synthehol.«

»Das würde kaum helfen.« Deanna runzelte die Stirn. »Ich kann einfach an nichts anderes denken. Dauernd gehen mir die beiden Morde durch den Kopf.«

»Und dann die Sache mit dem Shuttle«, fügte Guinan hinzu. »Verrückt. Alle sind bestürzt.«

»Mein ganzes Leben lang habe ich mich mit Psychologie beschäftigt«, sagte Deanna leise. »Doch tödliche

Gewalt bleibt mir ein Rätsel. Ist es möglich, daß jemand morgens mit der Überzeugung erwacht, seine Probleme nur durch Mord lösen zu können? Handelt es sich um etwas, das ganz plötzlich geschieht?«

Die Betazoidin schüttelte den Kopf und beantwortete ihre eigene Frage. »Nein, ausgeschlossen. Wer auch immer Lynn Costas Tod plante — er hatte Zeit genug, um gründlich darüber nachzudenken. Woraus folgt: Der Mörder muß wahnsinnig sein.«

Guinan nickte langsam. »Man kann den Irrsinn nicht verhindern. Je mehr unsere Intelligenz zunimmt, desto größer wird die Gefahr, daß wir den Verstand verlieren. Wir können von Glück sagen, daß nur wenige Leute überschnappen.«

Deanna seufzte. »Nun, eigentlich bin ich hier, um auf andere Gedanken zu kommen. Wie sieht das heutige Angebot an Eiscreme aus?«

»Bananensplit!« Guinan grinste. »Heute abend wird bestimmt keine Rücksicht auf die schlanke Linie genommen.«

Deanna lächelte, doch bevor sie etwas erwidern konnte, drang eine Stimme aus den Interkom-Lautsprechern. »Hier spricht Captain Picard.« Jean-Luc klang noch ernster als sonst. »Wie viele von Ihnen bereits gehört haben, wurde Dr. Karn Milu, Leiter unserer wissenschaftlichen Abteilung, vor sechs Stunden mit einem Phaser erschossen.

Auf Dr. Milus ausdrücklichen Wunsch hin findet keine Bestattungszeremonie statt. Die Leiche bleibt in der Starbase von Kayran Rock, bis sie zum Heimatplaneten des Verstorbenen transportiert werden kann. Wir alle haben Dr. Milu sehr geschätzt, und sein Tod erfüllt uns mit tiefem Kummer.«

Der Captain zögerte kurz und fuhr dann in einem etwas lebhafteren Tonfall fort: »Auf Kayran Rock findet bald eine Gerichtsverhandlung statt, und die *Enterprise* bleibt im Orbit, bis ein Urteil gefällt wird. Das gibt der

Besatzung Gelegenheit für Landurlaub. In der Starbase steht nur eine begrenzte Anzahl von Gästequartieren zur Verfügung, und deshalb sollten Sie den Transfer so schnell wie möglich beantragen, damit der Computer einen Zeitplan erstellen kann. Picard Ende.«

Mehrere Personen im Zimmer entschuldigten sich und eilten zur Tür.

»Bestimmt wollen sie sich für den Landurlaub vormerken lassen«, meinte Guinan. »In meinem Büro befindet sich ein Terminal, Counselor. Wenn Sie es benutzen möchten …«

»Nein, danke. Ich bekomme ohnehin die Chance, den Asteroiden aufzusuchen — vermutlich sage ich beim Prozeß als Zeugin aus.«

»Na schön. Was ist mit dem Bananensplit?«

Deanna schmunzelte. »Vielleicht finde ich jemanden, der es mit mir teilt.«

Guinan nickte und ging fort. Deanna setzte sich und beobachtete die anderen Gäste im Gesellschaftsraum. Die unerwartet guten Nachrichten hatten die allgemeine Stimmung verbessert. Die Leute sprachen jetzt lauter und unterhielten sich nicht mehr nur über Mord und Gewalt. Einmal mehr staunte Troi und bewunderte die innere Unverwüstlichkeit der *Enterprise*-Crew. Sie hatten zwei erstklassige Wissenschaftler verloren — sogar drei, wenn man Emil mitzählte —, aber trotzdem waren die Besatzungsmitglieder entschlossen, das Leben wie gewohnt fortzusetzen.

»Hallo«, ertönte eine Stimme, die Troi zusammenzukken ließ.

Sie drehte sich auf dem Stuhl um und sah Saduk. Der schlanke Vulkanier schien einfach neben ihr materialisiert zu sein.

»Hallo«, erwiderte sie. »Freut mich, daß Sie gekommen sind.«

Saduk nahm neben Deanna Platz. »Wir scheinen uns immer nach einem Todesfall zu treffen.«

»Nach einem Todesfall in Ihrer Abteilung«, sagte Troi. Eine jähe Erkenntnis reifte in der Counselor heran und bereitete ihr einen Schock: Für den Vulkanier gab es gute Gründe, Karn Milu zu hassen. Der Entomologe hatte nicht ihn zum neuen Leiter des Projekts Mikrokontamination ernannt, sondern Grastow — weil Saduk die Möglichkeit einräumte, daß Lynn Costa ermordet worden war. Doch Vulkanier haßten nicht. Es sei denn ...

Es sei denn, sie sind verrückt, dachte Deanna.

»Danke, daß Sie meiner Einladung gefolgt sind«, brachte sie hervor. »Ich wünschte nur, unsere neuerliche Begegnung fände unter anderen Umständen statt.«

»Wieder ist jemand ermordet worden«, stellte Saduk fest.

Guinan kam mit dem Bananensplit. »Ich habe zwei Löffel mitgebracht«, wandte sie sich an Troi. »Weil ich wußte, daß Sie jemanden finden, der die Köstlichkeit mit Ihnen teilt.«

Saduk betrachtete den Inhalt des großen Bechers und wölbte eine Braue. »Was ist das?« erkundigte er sich. »Es sieht unnatürlich aus.«

»Übernatürlich.« Die Wirtin lächelte. »Lassen Sie es sich schmecken.« Wieder ging sie fort, um die Bestellungen anderer Gäste entgegenzunehmen.

Der Vulkanier griff nach einem der beiden Löffel und schob ihn vorsichtig in das Bananensplit hinein. »Eine solche Masse mit dieser Farbe kann unmöglich gesund sein.«

»Ein terranisches Dessert«, erklärte Deanna. Sie tauchte ihren eigenen Löffel tief in Erdbeersirup und grünes Pistazieneis. »Ich brauchte etwas, um mich aufzumuntern.«

Saduk probierte die Spezialität, und sein vulkanischer Stoizismus war dem Zucker nicht gewachsen: Er schnitt eine Grimasse und legte den Löffel beiseite.

»Man hat dabei zuviel von jenem schrecklichen Gewürz verwendet«, sagte er.

»Jetzt weiß ich, warum Sie so dünn sind«, entgegnete Deanna und aß voller Enthusiasmus.

»Wenn Sie Entspannung suchen ...«, ließ sich Saduk nach einer Weile vernehmen. »Ich habe beschlossen, mein Zölibat aufzugeben.«

Troi verschluckte sich an einem Erdbeerstück, wischte sich mit der Serviette den Mund ab und starrte ihren Begleiter groß an. »Was bedeutet das?«

»Ich habe meine Meinung geändert«, antwortete Saduk und schien nicht zu erkennen, daß er die Counselor in erhebliche Verlegenheit gebracht hatte. »Bei unserem ersten Gespräch vertrat ich folgende Ansicht: Ich wollte ungebunden bleiben, um meine ganze Kraft dem Projekt Mikrokontamination zu widmen. Die jüngsten Ereignisse haben mich jedoch davon überzeugt, daß eine derartige Selbstaufopferung sowohl unangebracht als auch unsinnig ist.«

Deanna glaubte zu verstehen und lächelte. »Man sollte das Leben genießen, nicht wahr?«

»Es gibt noch einen weiteren Faktor, der zu meiner Entscheidung beitrug«, fuhr Saduk fort. »Das Ergebnis individueller Bemühungen steht nicht immer in einem angemessenen Verhältnis zur investierten physisch-psychischen Energie.«

Er klagt nicht, dachte Troi. *Er nennt nur die Fakten.* Sie hatte ebenso empfunden, seit ihrer Unterredung mit Lynn Costa. *All die Grübeleien und Überlegungen ... Und trotzdem sind zwei Personen ermordet worden.*

»Entschuldigung«, erklang die Stimme eines anderen Mannes. Deanna hob den Kopf und sah das Lächeln Will Rikers. »Ich störe doch nicht, oder?«

»Nein«, erwiderte Saduk. »Ich habe der Counselor gerade die Entscheidung erklärt, mein Zö ...«

»Wir erörtern keine sehr wichtigen Dinge«, warf Troi hastig ein. »Setzen Sie sich, Will.«

Sie deutete auf einen leeren Stuhl. Der Erste Offizier nahm Platz und ließ seinen Blick durchs Zimmer schweifen. »Heute spüren wir alle die Vergänglichkeit des Lebens«, sagte Deanna.

»Ja.« Riker seufzte und wandte sich voller Mitgefühl an Saduk. »Es tut mir sehr leid, was mit Dr. Milu und Ihrem Projekt geschehen ist. Wenn ich Ihnen irgendwie helfen kann, wenn Sie zusätzliche Mitarbeiter brauchen ... Geben Sie mir Bescheid.«

»Ich schätze, die Forschungen des Projekts Mikrokontamination werden eingestellt«, antwortete Saduk.

»Nein!« entfuhr es Deanna. »Das wäre ja schrecklich.«

»Wenn ich mich daraus zurückziehe, bleiben nur Grastow und Shana übrig, und sie haben nicht genug Erfahrung, um die Arbeit fortzusetzen.«

»Warum wollen Sie sich aus dem Projekt zurückziehen?« fragte Riker mit der für ihn typischen Direktheit.

»Persönliche Gründe bewegen mich dazu«, sagte der Vulkanier.

Unangenehmes Schweigen folgte. Zumindest für Riker war es unangenehm — er rutschte auf seinem Stuhl hin und her. »Deanna ... Ich würde Sie gern allein sprechen.«

»Ich gehe, wenn Sie möchten«, bot sich Saduk an. »Ich bin nur hier, weil mich die Counselor darum bat, ihr Gesellschaft zu leisten.«

Riker blinzelte überrascht und sah, wie Deanna die Schultern straffte. »Das stimmt, Will. Dr. Saduk hat uns bei den Ermittlungen geholfen.«

»Dann störe ich Sie *doch.*« Will stand auf und deutete dem Vulkanier gegenüber eine Verbeugung an. »Dr. Saduk ... Bitte setzen Sie sich mit mir in Verbindung, wenn Sie den Wunsch haben, in eine andere Abteilung versetzt zu werden. Wir wollen nicht auch *Sie* verlieren.«

»Danke. Meine Pläne für die Zukunft stehen noch nicht fest.«

»Bleiben Sie hier, Will«, sagte Deanna. »Um es noch einmal zu wiederholen: Wir haben keineswegs über wichtige Dinge gesprochen.«

Der Erste Offizier lächelte erleichtert, und er wollte sich wieder setzen, als sein Insignienkommunikator auf eine Mitteilung reagierte. »Data an Commander Riker.«

»Hier Riker.«

»Captain Picard empfängt Botschafterin Grete Gaelen und die Oberste Richterin im Transporterraum drei. Er bittet Sie, bei der Besprechung im Konferenzzimmer zugegen zu sein.«

»Bestätigung«, entgegnete Will. »Ich bin hier bei Counselor Troi. Ist ihre Präsenz ebenfalls erforderlich?«

»Nein«, erwiderte der Androide. »Es geht nur um die Vorbereitung der Gerichtsverhandlung.«

»Ich bin unterwegs.« Riker zuckte mit den Achseln und warf Deanna einen entschuldigenden Blick zu. »Jetzt muß ich wirklich gehen. Irgendwann einmal möchte ich ein langes Gespräch mit Ihnen führen.«

»Irgendwann einmal«, murmelte Deanna reumütig.

»Auf Wiedersehen«, sagte Will zu Saduk und schritt zum Ausgang. Troi sah ihm nach und bemerkte nicht, daß der Vulkanier aufstand.

»Auf Wiedersehen, Deanna«, verabschiedete er sich höflich von ihr.

Die Counselor sah überrascht zu ihm auf. »Danke, daß Sie gekommen sind. Ich bedauere, daß Ihnen die Eiscreme nicht schmeckte.«

»Es hat mir gefallen, mit Ihnen zu sprechen«, sagte der Vulkanier. »Leider eignen sich die Umstände nicht für unbeschwerte Geselligkeit.«

»Auf Wiedersehen.« Zwar saßen noch immer viele Personen im Zimmer, aber Deanna fühlte sich plötzlich allein.

Zwei alte und kleine Frauen materialisierten auf der Transporterplattform. Jean-Luc Picard trat ihnen entgegen, um sie zu begrüßen, wandte sich dabei zuerst an jene Besucherin, die er kannte. »Botschafterin, Oberste Richterin ... Willkommen an Bord der *Enterprise.*«

Grete Gaelen deutete zu ihrer Begleiterin, einer eher unscheinbaren Dame mit asiatischen Zügen. »Richterin Ishe Watanabe, das ist Captain Picard.«

»Freut mich, Sie kennenzulernen.« Jean-Luc schüttelte Watanabe die Hand.

»Die Freude ist ganz meinerseits«, antwortete die Richterin. »Nun, leider haben wir nicht viel Zeit ...«

Picard zeigte zur Tür. »Gehen wir.«

Als der Turbolift sie zur Brücke trug, zog Gaelen an Picards Ärmel und flüsterte: »Ich mußte meine Beziehungen spielen lassen, um Richterin Watanabe so schnell hierherzubringen. Zum Glück kehrte sie gerade von einer Konferenz zurück und war in der Nähe.« Die Botschafterin zwinkerte. »Sie steht in dem Ruf, sehr tüchtig zu sein.«

Kurz darauf erreichten sie die Brücke und begaben sich sofort ins Konferenzzimmer, wo Commander Riker, Lieutenant Commander Data und Lieutenant Worf warteten. Die Offiziere standen auf, und Picard stellte sie den beiden Frauen vor. Anschließend nahmen alle Anwesenden am Tisch Platz, und die Richterin kam unverzüglich zur Sache.

»Danke, daß Sie uns hier an Bord empfangen haben«, begann Watanabe und ergriff damit die Initiative. »Wir hätten die Angelegenheit auch mit Hilfe von Kommunikatoren besprechen können, aber ich halte ein höheres Maß an Vertraulichkeit für angebracht. Nun, ich möchte Ihnen zuerst mitteilen, wie ich den Fall sehe, und dann bitte ich um Ihre Stellungnahmen.«

Die Richterin rückte eine altmodische Brille zurecht und fuhr fort: »Wenn ich den Vorsitz führe, wird Emil Costa ein faires Verfahren bekommen. Das möchte ich hier ausdrücklich betonen. Starfleet wünscht einen möglichst schnellen Prozeß, und vermutlich gilt das auch für Sie. Aber die Gerichtsverhandlung wird so lange dauern, wie es erforderlich ist.

Botschafterin Gaelen macht sich Sorgen in Hinsicht auf die Haltung der Kreel dem Verfahren gegenüber, und mir geht es ähnlich.«

Worf schnaufte leise, gab jedoch keinen Kommentar ab.

Die Richterin achtete nicht auf ihn. »Wie dem auch sei: Wenn ich den Fall verhandle, werden alle Entscheidungen von *mir* getroffen. Ich lasse einen Repräsentanten der Kreel als Prozeßbeobachter zu und erlaube ihm auch, Fragen zu stellen, aber *ich allein* bestimme, auf welche Weise der Prozeß geführt wird. Wir können uns eine Anhörung sparen, sofern beide Seiten die grundlegenden Fakten akzeptieren: Tatzeitpunkt, Mordwaffe, Ort des Verbrechens und so weiter. Wenn dabei keine Einsprüche erhoben werden, beginnen wir sofort mit der eigentlichen Verhandlung.«

Watanabe hob mahnend den Zeigefinger. »Damit sind wir bei unserem größten Problem. Wenn Anklage oder Verteidigung versuchen, den Prozeß in die Länge zu ziehen ... Das dürfte nicht sehr schwer sein. Wir benötigen Anwälte, die bereit sind, sich mit den Tatsachen abzufinden und auf Verzögerungstaktiken zu verzichten. Gibt es Personen, die diesen Erfordernissen genügen?«

Picard beugte sich vor. »Emil Costa hat Commander Data gebeten, ihn zu verteidigen. Ich bin sicher, daß Data keine Verzögerungstaktik benutzen wird.«

Richterin Watanabe musterte den Androiden. »Würden Sie zulassen, daß unser Wunsch nach einem schnellen Verfahren Ihrem Mandanten zum Nachteil gereicht?«

»Nein«, erwiderte Data sofort. »Ich beabsichtige, gründliche Arbeit zu leisten. Der Zeitfaktor spielt dabei eine untergeordnete Rolle.«

»Gut.« Watanabe nickte zufrieden.

Worf offenbarte deutliche Zeichen von Unruhe, und Picard sah den Klingonen an. »Lieutenant?«

Der Klingone hob leicht den Kopf. »Ich bin bereit, die Aufgaben des Anklägers wahrzunehmen«, brummte er.

Die Blicke aller Anwesenden richteten sich auf Worf, als er fortfuhr: »Die besonderen Umstände des Falles sind mir gut bekannt — ich müßte also keine Zeit damit vergeuden, jemandem die Hintergründe zu erläutern. Meine Aussage als Sicherheitsoffizier ist integraler Bestandteil der Anklage, und sie stützt sich auf die durchgeführten Ermittlungen. Ich glaube, dieser Fall wird uns keine großen Schwierigkeiten bereiten.«

»Sie klingen schon wie ein Staatsanwalt.« Dünne Unmutsfalten bildeten sich in Watanabes Stirn. »Glauben Sie mir, Lieutenant: Jeder Mordfall ist schwierig. Ich habe keine Einwände gegen Sie als Ankläger. Zumal Sie nicht nur mit den Einzelheiten des Verbrechens vertraut sind, sondern auch mit dem entsprechenden Ambiente.« Die Richterin vollführte eine Geste, die der ganzen *Enterprise* galt. »Dies ist Ihre Welt. Sie kennen sie besser als ich.«

Watanabe klopfte mit beiden Händen auf den Tisch und erhob sich. »Die Anklageerhebung erfolgt morgen früh um zehn Uhr im Versammlungsraum B der Starbase. Der Angeklagte muß dabei zugegen sein.«

»Wir stellen allen Prozeßteilnehmern Gästequartiere zur Verfügung«, sagte Grete Gaelen.

»Für Emil Costa kommt nur ein Zimmer in Frage, das höchsten Sicherheitsansprüchen gerecht wird«, knurrte Worf. »Wir beamen ihn von Zelle zu Zelle.«

Riker lächelte schief. »Sie wollen kein Risiko eingehen, oder?«

»Nein, Sir«, bestätigte der Klingone.

Die beiden Frauen verabschiedeten sich von den Offizieren der *Enterprise;* Captain Picard und Commander Riker boten sich an, sie zum Transporterraum zu begleiten. Ob Zufall oder nicht: Worf und Data blieben allein im Konferenzzimmer.

»Lieutenant ...«, begann der Androide. »Ich möchte auf folgendes hinweisen: Meiner Entscheidung, Emil Costa zu vertreten, liegt keine Rivalität Ihnen gegenüber zugrunde, einzig und allein Verständnis in bezug auf die Situation des Angeklagten.«

»Wenn Sie bereit sind, auf schuldig zu plädieren ...«, erwiderte Worf. »Dann steht uns ein Prozeß ohne irgendwelche Kontroversen bevor.«

»Dazu sehe ich mich außerstande«, sagte Data. »Emil Costa behauptet nach wie vor, unschuldig zu sein, und daher werde ich versuchen, seine Version der Ereignisse so gut wie möglich darzulegen und Ihre Schilderungen in Zweifel zu ziehen.«

Worf kniff die Augen zusammen, und seine Lippen wichen ein wenig zurück. Trotzdem gelang es ihm, ein Lächeln anzudeuten. »Ich werde eine Verurteilung durchsetzen und dafür sorgen, daß Dr. Costa nie wieder jemanden bedrohen kann. Haben Sie sein Verhalten an Bord des Shuttles vergessen?«

»Ja«, erwiderte Data. »Von jenen Erinnerungen darf ich mich nicht beeinflussen lassen.«

»Andererseits ...« Aus dem dünnen Lächeln des Klingonen wurde ein Grinsen. »Vielleicht sollte ich es Ihnen ermöglichen, einen Freispruch zu erwirken. Ich weiß, was die Kreel mit ihren Gefangenen anstellen.« Er stapfte zur Tür. »Wir sehen uns vor Gericht.«

KAPITEL 13

Wesley Crusher stöhnte, stand auf, wandte sich von seinem Schreibtisch ab und streckte die Arme über den Kopf. Er hatte die letzten Stunden damit verbracht, alle während der Überwachung von Emil Costa gewonnen Informationen aufzuzeichnen. Es langweilte ihn, nur den Computer als Gesprächspartner zu haben. Was als aufregendes Abenteuer begonnen hatte, verwandelte sich schon bald in Gefahr, Schufterei und nun den Zwangsaufenthalt in seiner Kabine. Er beschloß, nie wieder einen Agentenauftrag zu übernehmen.

Der Türmelder summte, und Wesley drehte sich sofort um, dankbar für die Ablenkung. »Wer ist da?«

»Ich bin's, Deanna«, antwortete die Counselor im Korridor.

»Ich darf mit niemandem sprechen.« Der Junge seufzte. Doch dann erhellte sich seine Miene. »Aber das gilt bestimmt nicht für Sie.«

»Ich bin nur hier, um festzustellen, ob mit dir alles in Ordnung ist«, sagte Troi. »*Darüber* dürfen wir uns unterhalten, oder?«

»Natürlich«, bestätigte Wesley erfreut. »Kommen Sie herein.«

Deanna betrat das Quartier des jungen Fähnrichs und sah, wie er eine Socke hinters Bett warf. Er deutete zum Computerschirm. »Ich zeichne alle Geschehnisse bis zum Mord auf. Zumindest jene Dinge, die ich gehört und beobachtet habe.«

»Gute Idee.« Deanna lächelte sanft. »Hast du mit deiner Mutter gesprochen?«

»Nur kurz.« Wes zögerte. »Sie ist verärgert, weil ich ihr nichts von dem Sondereinsatz erzählt habe. Aber Worf wies mich extra darauf hin, niemandem etwas zu verraten.«

»Du hast dich richtig verhalten«, meinte Troi. »Du bist Starfleet-Offizier, und Beverly muß sich damit abfinden, daß man dir auch ... unangenehme Aufträge erteilt. Worf und ich wissen deine Bemühungen sehr zu schätzen, obgleich wir Dr. Milus Ermordung nicht verhindern konnten.«

»Ja«, murmelte Wesley kummervoll. »Es erscheint mir noch immer wie ein böser Traum. Als sich die beiden Wissenschaftler stritten, erweckte Karn Milu den Eindruck, das Kommando zu führen. Emil hatte ganz offensichtlich Angst.« Er schüttelte den Kopf und fügte hinzu: »Aber er war mit einem Phaser bewaffnet.«

»Wie fühlst du dich jetzt?« fragte die Counselor. Sie wählte ihre Worte mit besonderer Sorgfalt. »Dr. Costa ist verhaftet und wird bald vor Gericht gestellt. Beruhigt dich das?«

»Nein«, entfuhr es dem Jungen. »Ich spüre noch immer tiefes Unbehagen und weiß nicht, was hier gespielt wird.«

»Mir ergeht es ebenso«, sagte Deanna voller Anteilnahme. »Vielleicht liegt es an dem Trauma, das wir alle durch diese Ereignisse erlitten.«

Wes nickte. »Es dauert eine Weile, bis ich mich wieder in die Nähe eines Experimentierbehälters wage.«

Erneut summte der Türmelder, und Deanna hob erstaunt die Brauen.

»Lieutenant Worf«, erklang die Stimme des Klingonen. »Darf ich eintreten?«

»Kommen Sie herein!« rief Wesley.

Das Schott vor dem Sicherheitsoffizier glitt beiseite, und er wirkte ein wenig überrascht, als er die Counselor bemerkte. Dann kehrte die grimmige Entschlossenheit in sein Gesicht zurück, und er rückte die Schärpe zurecht. »Die Anklageerhebung erfolgt morgen früh um zehn Uhr in der Starbase. Vielleicht ist Ihre Anwesenheit dabei nicht erforderlich, Fähnrich Crusher, aber ich möchte trotzdem, daß Sie noch heute abend mit mir den Asteroiden aufsuchen. Emil Costa wird direkt in eine Arrestzelle von Kayran Rock gebeamt.«

Nach einigen Sekunden fügte Worf ernst hinzu: »Bei der Gerichtsverhandlung vertrete ich die Anklage.«

»Ausgezeichnet!« erwiderte Wesley. »Das sollte die Sache beschleunigen.«

»Ja«, brummte der Klingone. »Allerdings: Data verteidigt den Angeklagten.«

»Donnerwetter«, murmelte Wes beeindruckt. »Er wird mich ins Kreuzverhör nehmen.«

»Die Empfehlung stammt von Ihnen, Fähnrich«, grollte Worf. Er verdrängte seinen Ärger, erlaubte sich ein Lächeln und gab das förmliche Sie auf. »Ich habe gerade jene Aussage geprüft, die du einige Minuten nach dem Mord Counselor Troi gegenüber zu Protokoll gegeben hast. Unsere Argumente sind noch besser, als ich dachte. Wir zeigen dem Gericht die Aufzeichnung deiner Aussage, und anschließend mußt du einige Fragen beantworten. Deswegen besteht kein Anlaß, nervös zu sein. Nimm genug Uniformen für einige Tage mit. Ich hole dich in einer Stunde ab.«

»Ich begleite Sie«, sagte Deanna zu Worf. Sie sah Wesley an, lächelte noch einmal aufmunternd und folgte dem Sicherheitsoffizier in den Korridor.

»Ich bin zuversichtlich«, meinte Worf, als er mit langen Schritten durch den Gang marschierte. Einmal mehr mußte sich Deanna beeilen, um nicht den Anschluß zu verlieren. »Aus Fähnrich Crushers Aussage geht deutlich hervor, daß Emil Costa einen Phaser bei sich führte, als er ein Treffen mit Karn Milu vereinbarte. Er hatte Motiv und Gelegenheit. Uns stehen sogar mehrere Motive zur Auswahl: Habgier, Erpressung und Rache. Es handelt sich nicht nur um Meinungsverschiedenheiten zwischen zwei Verschwörern: Emil Costa hielt Dr. Milu für den Mörder seiner Frau! Ich habe eine Zeugin, die bestätigen wird, daß Karn Milu drohte, Lynn Costa umzubringen.«

Deanna blinzelte verblüfft. »Kann ich sonst noch etwas für Sie tun?«

Worf verharrte und deutete eine dankbare Verbeugung an. »Counselor Troi ...«, intonierte er würdevoll, »bei den Ermittlungen haben Sie gute Arbeit geleistet, und ich verabscheue die Vorstellung, Sie weiteren Belastungen auszusetzen. Aber jemand sollte sich Karn Milus persönliche Daten ansehen. Wenn ich Zeit erübrigen kann, helfe ich Ihnen dabei.«

»Schon gut.« Deanna schmunzelte. »Manchmal benutzen Betazoiden recht seltsame Methoden für ihre Aufzeichnungen. Ich kümmere mich darum.«

»Dr. Baylak leitet jetzt die wissenschaftliche Abteilung«, brummte Worf. »Wenden Sie sich an ihn, wenn Sie irgend etwas benötigen. Ich muß mich dem Prozeß in der Starbase widmen, und vielleicht können Sie keinen Kom-Kontakt mit mir herstellen. Nun, Captain Picard bleibt an Bord der *Enterprise.* Sprechen Sie mit ihm, falls Sie etwas entdecken.«

Der Optimismus des Klingonen wich Verwirrung. »Ich verstehe nicht, warum es Dr. Costa ablehnt, seine Schuld zuzugeben. Damit könnte er sich viel ersparen. Man würde ihn nicht bestrafen, sondern psychiatrisch behandeln. Uns fehlt nur ein Augenzeuge.«

Deannas Züge verrieten plötzlich ebensoviel Besorgnis wie das Gesicht des Sicherheitsoffiziers. »Könnte jemand anders der Täter sein?«

Worf starrte sie groß an, und in seinen dunklen Augen glitzerte es vorwurfsvoll. »Counselor... Wir brauchen keine neuen Theorien, sondern Fakten, um eine Verurteilung des Verbrechers zu gewährleisten.«

»Ja, natürlich«, entgegnete Troi verlegen. »Ich erstatte Ihnen später Bericht.«

Der Klingone nickte knapp und setzte den Weg zum Turbolift fort. Ihm schwindelte fast, als er an die vielen Details dachte, die mit dem Prozeß in Verbindung standen. Das Rechtswesen der Föderation basierte auf terranischem Vorbild, aber es war wesentlich vereinfacht worden: Heute benutzte man keine juristische Sprache mehr, die für gewöhnliche Leute unverständlich blieb und dafür sorgte, daß Anwälte viel Geld verdienten. Eine Art salomonische Weisheit bildete das Fundament für die Gesetze des interstellaren Völkerbunds, und sie war selbst für Angehörige exotischer Kulturen intuitiv erfaßbar. Dennoch mußten bei einem Gerichtsverfahren viele Dinge berücksichtigt werden, und sie verlangten nun Worfs Aufmerksamkeit.

Eigentlich konnte überhaupt kein Zweifel an Emil Costas Schuld bestehen — es kam nur darauf an, den Fall richtig zu präsentieren. Data war ein Prozeßgegner, den Worf auf keinen Fall unterschätzen durfte, aber er achtete auch das Prinzip der Ehrlichkeit und griff sicher nicht zu einer unfairen Taktik. Er würde sein Versprechen einlösen, den Standpunkt seines Klienten möglichst glaubwürdig darlegen und gleichzeitig versuchen, die Schilderungen der Anklage in Zweifel zu ziehen. Woraus folgte: Wenigstens brauchte der Klingone nicht zu befürchten, von einem glattzüngigen Rhetoriker überlistet zu werden. Den Angeklagten erwartete ein gerechtes Urteil, und es konnte nur auf ›schuldig‹ lauten.

Als Worf an den einst so geschätzten und respektierten Wissenschaftler dachte, regte sich Mitleid in ihm, und sofort verdrängte er dieses Gefühl. Dr. Costa war schlicht und einfach ein Mörder, und in seinem Fall gab es keine mildernden Umstände.

»O'Brien an Worf«, erklang die Stimme des Transporterchefs.

Der Klingone berührte seinen Insignienkommunikator. »Hier Worf.«

»Uns sind die Koordinaten der Arrestzelle auf Kayran Rock übermittelt worden«, berichtete O'Brien. »In der Starbase ist alles bereit. Wir können Dr. Costa jederzeit transferieren.«

»Warten Sie auf meine Anweisung«, erwiderte der Sicherheitsoffizier. »Ich gehe jetzt zu ihm. Worf Ende.«

Er drehte sich abrupt um und kehrte zum Turbolift zurück. Im Arrestbereich sah er, daß Data an der Zellentür saß und sich durch das unsichtbare Kraftfeld mit dem Häftling unterhielt. Emil wirkte wie ein Häufchen Elend, und erneut unterdrückte Worf einen Hauch Mitleid.

Als Angeklagter und Verteidiger den Klingonen bemerkten, unterbrachen sie ihr Gespräch und standen auf.

»Hallo, Lieutenant«, sagte der Androide.

»Hallo, Commander Data«, entgegnete Worf und wandte sich an den alten Wissenschaftler. »Dr. Costa, wir beamen Sie jetzt in eine Zelle der Starbase. Ich habe Kleidung für Sie angefordert und auch eine medizinische Untersuchung erbeten.«

»Oh«, stöhnte der Mikrobiologe. »Ich benutze Transporter nur sehr ungern. Gibt es keine andere Möglichkeit, zur Starbase zu gelangen?«

Worf schnitt eine finstere Miene. »Sie hatten Ihre Chance, mit einem Shuttle zu fliegen. Bereiten Sie sich auf den Transfer vor.« Er aktivierte seinen Insignienkommunikator. »Worf an O'Brien. Richten Sie den Transporterfokus auf Dr. Costa.«

»Bestätigung.«

»Warten Sie!« heulte der alte Mann. Er bedachte Data mit einem flehentlichen Blick. »Ich habe solche Angst ... Bitte begleiten Sie mich.«

Ein Greis, der den Androiden bat, ihm beim Transfer Gesellschaft zu leisten ... *Absurd,* dachte Worf. Aber ein

Teil von ihm fand es auch rührend. Data sah den Sicherheitsoffizier an. »Haben Sie etwas dagegen?«

»Nein«, brummte Worf. Normalerweise hätte er es nicht zugelassen, aber der alte, schwächliche Dr. Costa war wohl kaum in der Lage, den Androiden zu überwältigen.

»O'Brien ...«, sagte er. »Richten Sie den Fokus auch auf Data und beamen Sie ihn ebenfalls in die Arrestzelle. Dann können sie ihr Gespräch in der Starbase fortsetzen.«

»Transferfokus ist auch auf Commander Data gerichtet«, meldete der Transporterchef.

»Danke«, sagte Emil. Es schien von Herzen zu kommen.

»Danke«, wiederholte Data.

»Energie«, knurrte der Klingone.

Emil Costa und der Androide entmaterialisierten, und daraufhin waren wieder alle Zellen im Arrestbereich der *Enterprise* leer — was Worf mit Genugtuung erfüllte. Er trat in den Korridor, und hinter ihm schloß sich das Schott.

Deanna Troi fragte sich, ob sie noch einmal versuchen sollte, ein wenig zu schlafen, doch sie entschied sich dagegen: Wahrscheinlich hätte sie auch diesmal keine Ruhe gefunden. Statt dessen beschloß sie, mit der Untersuchung von Karn Milus persönlichen Unterlagen zu beginnen. Der Turbolift trug sie zum fünften Deck, wo sich die meisten wissenschaftlichen Laboratorien und Büros befanden. Normalerweise herrschte hier immer rege Aktivität, aber jetzt erstreckte sich ein leerer Korridor vor der Counselor. *Nun,* dachte sie, *der Leiter dieser Abteilung ist ermordet werden, und der berühmteste Forscher an Bord wartet in einer Arrestzelle auf seinen Prozeß. Unter diesen Umständen hat das wissenschaftliche Fußvolk kaum Lust, in den Labors zu arbeiten.*

Sie erinnerte sich daran, Karn Milu in seinem Büro

besucht zu haben, kurz bevor Saduk ihr und Worf den Ort zeigte, an dem Lynn Costa das Leben verloren hatte. Eine Ewigkeit schien seitdem vergangen zu sein, obwohl es in Wirklichkeit nur einige Dutzend Stunden waren. Der erste ebenso unerwartete wie schockierende Tod verblaßte nun neben Karn Milus brutaler Ermordung und den Ereignissen an Bord des Shuttles *Ericksen.* Durch die allgemeine Entwicklung geriet Emil Costa immer mehr in Verdacht, und inzwischen schien der Fall ziemlich klar zu sein — dennoch spürte Troi keine Erleichterung.

Sie ging um eine Ecke und stieß gegen eine ihr entgegenkommende Person. Shana Russel wich überrascht zurück.

»Ich habe es gerade gehört!« platzte es aus der jungen Frau heraus. »Ich bin in einem Zimmer der Sauberkeitsklasse Hundert tätig gewesen, und offenbar hat das Interkom in meinem Helm nicht richtig funktioniert. Angeblich ist Karn Milu ermordet worden. Wie schrecklich! Wie konnte so etwas passieren?«

»Beruhigen Sie sich«, erwiderte Deanna. »Dr. Milus Tod hat uns alle bestürzt. Haben Sie gedacht, ihn in seinem Büro anzutreffen?«

»Ich weiß gar nicht mehr, was ich denken soll«, jammerte Shana Russel. »Jetzt ist alles noch viel schlimmer geworden. *Was geht hier vor?*«

Troi legte ihr einen tröstenden Arm um die Schulter. »Seien Sie tapfer«, riet sie der Assistentin. »Emil Costa steht in dem Verdacht, Dr. Milu ermordet zu haben, und morgen stellt man ihn vor Gericht. Vielleicht werden Sie bei dem Prozeß als Zeugin aufgerufen, so wie ich.«

»Aber ich weiß doch gar nichts«, protestierte Shana. »Welche Aussage erwartet man von mir?«

»Sprechen Sie darüber mit Worf.«

Shana lehnte sich an die Wand. »Ich habe mir die Tätigkeit an Bord dieses Schiffes ganz anders vorgestellt«, murmelte sie. »Emil und Lynn Costa, die *Enterprise* ...

Ich hielt mich für die glücklichste Studentin meiner Klasse. Und während der letzten sechs Monate habe ich viel gelernt. Ich hoffte, es ginge immer so weiter. Und jetzt ist es vorbei — bevor es richtig begann.«

Deanna lächelte mitfühlend. »Sie sind nach wie vor an Bord der *Enterprise,* und ganz offensichtlich haben Sie Arbeit genug. Verlieren Sie nicht den Mut. Derartige Zwischenfälle sind bei uns die Ausnahme, keineswegs die Regel. Glauben Sie mir.«

»Ja, ich glaube Ihnen.« Die junge Frau rang sich ein Lächeln ab. »Counselor Troi, wären Sie bereit, mich zum Gesellschaftsraum zu begleiten?«

»Das geht leider nicht. Ich komme gerade von dort, und derzeit hat Guinan viel zu tun — bestimmt finden Sie einen Gesprächspartner. Wenn Sie Captain Picards Durchsage nicht gehört haben: Er hat der Besatzung auch mitgeteilt, daß die Möglichkeit zu einem Landurlaub auf Kayran Rock besteht. Wenn Sie diese Chance nutzen wollten, sollten Sie sich vom nächsten Computerterminal aus vormerken lassen.«

»Ja, danke!« Shana Russel strahlte plötzlich. »Danke dafür, daß Sie so verständnisvoll sind.«

»Immerhin bin ich die Bordcounselor«, sagte Deanna.

Die junge Frau eilte durch den Korridor, doch nach einigen Schritten blieb sie noch einmal stehen und drehte sich um. »Bitte richten Sie Lieutenant Worf aus, daß ich jederzeit bereit bin, meine Aussage mit ihm zu erörtern.«

»In Ordnung«, bestätigte Troi.

Sie ging weiter und fragte sich, ob die Tür von Karn Milus Büro verriegelt sein mochte. Wenn das tatsächlich der Fall war, brauchte sie sich nur an Worf zu wenden — mit dem Hinweis auf Sicherheitspriorität konnte er sofort die Desaktivierung des elektronischen Schlosses veranlassen. *Das ist kein Problem,* dachte die Counselor. *Weitaus schwieriger dürfte es werden, die vielen Daten in Karn Milus Arbeitszimmer zu prüfen.* Betazoiden neigten dazu, praktisch *alles* aufzuzeichnen, und bei der Speicherung von Informationen ließen sie ihrer Phantasie freien Lauf.

Angaben in Hinsicht auf Karn Milus tägliche Anweisungen fanden sich im zentralen Computerarchiv — immerhin war er für die wissenschaftliche Sektion der *Enterprise* verantwortlich gewesen. Doch als er Grastow und nicht etwa den Vulkanier Saduk zum neuen Leiter des Projekts Mikrokontamination ernannte — hielt er die Gründe für seine Entscheidung in einem Tagebuch fest? Wahrscheinlich wußte niemand, warum er den Antarier Saduk vorgezogen hatte. *Der Einsatz des Personals fiel in Karn Milus Zuständigkeitsbereich,* überlegte Deanna. *Welche Maßstäbe hat er dabei angelegt? Intuition? Individuelle Leistungen? Oder Empfehlungen von Kollegen?*

Sie hatte den Entomologen sehr bewundert und hoffte, in den Unterlagen nichts zu finden, das seine Reputation beeinträchtigte. Doch tief in ihrem Innern rechnete sie genau damit. Ganz gleich, was sie auch entdeckte: Es würde Worf dabei helfen, die Wahrheit herauszufinden, und nur darauf kam es an. Nach Karn Milus Tod spielte seine Privatsphäre keine Rolle mehr.

Die Tür seines Büros öffnete sich sofort, als Troi darauf zutrat, was bedeutete: Entweder hatte der Betazoide sie nicht verriegelt — oder sie war so programmiert, daß sie automatisch beiseite glitt, wenn sich ihr jemand näherte. Deanna betrat den Raum und bewunderte einmal mehr die Schaukästen mit den vielen exotischen Insekten. Dann wanderte ihr Blick zu dem großen braunen Schreibtisch, in dessen Harz zahllose Larven für immer gefangen waren. Abrupt blieb sie stehen.

Der Computerschirm glühte.

Vielleicht hat Milu ihn eingeschaltet gelassen, als er sein Büro verließ, dachte die Counselor. Allerdings: Der Entomologe war ihr nie nachlässig und gedankenlos erschienen. Sie versuchte sich vorzustellen, wie er aufbrach, um sich mit Dr. Costa zu treffen — ohne den Monitor zu desaktivieren und die Tür zu verriegeln? Hatte während der vergangenen sechs oder sieben Stunden jemand anders dieses Zimmer betreten?

Das ist doch lächerlich, fuhr es Deanna durch den Sinn. *Ich sollte Worfs Rat beherzigen: Spekuliere nicht, Counselor; halte dich an die Fakten. Arbeit wartet.*

Karn Milus Dateien waren bereits geöffnet, und Troi saß bis spät in der Nacht vor dem Bildschirm. Sie las lange Texte, die Verwaltungsaufgaben betrafen, hörte sich gesprochene Logbucheintragungen an. Erstaunlicherweise wurde sie nicht mit einem völlig unübersichtlichen Datendurcheinander konfrontiert. Die privaten Aufzeichnungen des Betazoiden in Hinsicht auf Angehörige seiner Abteilung erwiesen sich als bemerkenswert knapp und unpersönlich, und das galt auch für die meisten entomologischen Dateien. Nirgends zeigten sich selbstherrliche und rechthaberische Aspekte.

Auch die Sammlung aus Notizen und Vermerken bezog sich in erster Linie auf berufliche Dinge. Wo waren Mitteilungen, die zum Geburtstag gratulierten? Oder die elektronische Kopie eines Gedichts? Oder eine rasch notierte Aufgabenliste als Gedächtnisstütze? Wo verbarg sich die *Person* hinter den sterilen Hinweisen?

Diese Daten sind allein offizieller Natur, dachte die Counselor schließlich und wandte sich von dem großen Schreibtisch ab. Sie stand auf und ließ ihren Blick durchs Zimmer schweifen. Natürlich rechnete Deanna nicht damit, vergilbte Papiere in irgendeiner Ecke zu finden, doch sie wußte: Manchmal benutzten Betazoiden recht sonderbare Methoden, um dafür zu sorgen, daß ihre privaten Angelegenheiten privat blieben. Vielleicht lag es an ihrer Fähigkeit, telepathisch miteinander zu kommunizieren — dadurch legten sie noch größeren Wert darauf, die eine oder andere Information vor Entdeckung zu schützen. Wie dem auch sei: Es war keineswegs ungewöhnlich für einen Betazoiden, ein geheimes Tagebuch zu führen.

Unglücklicherweise fiel es in diesem Büro nicht leicht, nach eigentümlichen Objekten zu suchen — davon gab es jede Menge. Die vielen Insekten an den Wänden lenkten Troi dauernd ab — immer wieder wanderte ihr Blick zu einer regulanischen Gottesanbeterin oder einer andorianischen Seidenraupe. Sie zuckte zusammen, als sich die Tür plötzlich öffnete.

Deanna hielt den Atem an und drehte sich um, doch niemand kam herein. Als nach einigen Sekunden nichts geschah, näherte sich die Counselor dem Zugang und fragte: »Ist dort jemand?«

Die Antwort bestand aus hastigen Schritten. Als Deanna die Tür erreichte, sah sie nur noch einen leeren Korridor. Auf wen auch immer der Sensor des Schotts reagiert hatte — der Unbekannte war verschwunden. Deanna überlegte, ob sie ihm folgen sollte, entschied sich dann aber dagegen. Hinter der nächsten Abzweigung führte der Gang durch ein wahres Labyrinth aus Büros, und wie sollte sie den Fremden identifizieren, wenn sie ihn nicht einmal gesehen hatte?

Es gibt nur eine Erklärung, dachte die Counselor. *Jemand kam hierher, weil er glaubte, daß sich niemand in Karn Milus Arbeitszimmer aufhielt. Und er floh, als er meine Präsenz spürte.* Das verhieß nichts Gutes. Abgesehen von Shana Russel und ihr selbst war der Unbekannte innerhalb weniger Stunden die dritte Person, die dem Büro des Betazoiden einen Besuch abstatten wollte.

Deanna aktivierte ihren Insignienkommunikator. »Counselor Troi an Lieutenant Worf.«

»Hier Worf«, antwortete der Klingone und versuchte, nicht schläfrig zu klingen.

»Bitte entschuldigen Sie die Störung«, sagte Deanna. »Ich bin in Karn Milus Büro und glaube, wir sollten es versiegeln. Wahrscheinlich haben sich hier schon andere Leute aufgehalten.«

»In Ordnung«, brummte Worf. »Ich habe mich inzwischen zum Asteroiden beamen lassen und schicke Ihnen jemanden. Können Sie in dem Büro bleiben, bis eine Sicherheitsgruppe eintrifft?«

»Ja«, sagte Deanna leise und fühlte, wie das Unbehagen in ihr zunahm. »Troi Ende.«

Es wurde still, sowohl im Zimmer als auch im Korridor. Deanna verschränkte die Arme, schritt langsam auf und ab. Aus irgendeinem Grund erschien es ihr sicherer, das Arbeitszimmer des ermordeten betazoidischen Wissenschaftlers zu verlassen und ihre unruhige Wanderung auf den Gang zu beschränken. Dadurch konnte sie sehen, wer sich näherte — ohne noch einmal überrascht zu werden.

Ich verhalte mich so, als ginge es darum, etwas zu bewachen, dachte sie. *Warum bin ich so nervös?* Viel vernünftiger wäre es gewesen, die Zeit zu nutzen, um weitere Dateien einzusehen und nach Karn Milus verborgenen Notizen Ausschau zu halten. Wenn er keine anderen Aufzeichnungen angefertigt hatte, so bot sich hier kaum Hilfe bei dem Verfahren gegen seinen Mörder. Deanna wußte, daß es Worf nicht sonderlich gefiel, den ganzen Fall auf einen einzigen Zeugen zu stützen. Wesley Crusher war sehr glaubwürdig, doch wenn es Data gelang, auch nur einen Aspekt seiner Aussage in Zweifel zu ziehen, so verlor auch der Rest an Bedeutung. *Vergiß deine Furcht, Counselor,* forderte sich Deanna auf. *Versuch stattdessen, zusätzliches Beweismaterial zu finden.*

Aber sie konnte das seltsame Gefühl einfach nicht aus sich verdrängen. Erneut gewann sie den Eindruck, daß jemand im Verborgenen auf die Gelegenheit wartete, Karn Milus Büro zu betreten. Deanna war daran gewöhnt, andere Leute zu beobachten, und das Empfinden, selbst beobachtet zu werden, beunruhigte sie. Troi vernahm ein Geräusch und verharrte. Sie lauschte, hörte näher kommende Schritte und zog sich daraufhin instinktiv ins Büro zurück.

Die Schritte wurden immer lauter, und Deanna begriff, daß sie den Neuankömmling erst sehen konnte, wenn er die Tür erreichte. Eins stand fest: Es handelte sich nur um eine Person — nicht um die von Worf versprochene Sicherheitsgruppe. Die Counselor wich vom Zugang fort, und einige Sekunden später verklang das Geräusch der Schritte plötzlich, in unmittelbarer Nähe der Tür. *Worauf wartet der Unbekannte?* rief die Angst in Deanna. *Was plant er jetzt?*

Die Konturen einer hochgewachsenen Gestalt zeichneten sich im Korridor ab, und Troi schnappte nach Luft. Dann atmete sie erleichtert auf, als sie den bärtigen Ersten Offizier erkannte.

Riker hob überrascht die Brauen, als Deanna ihn fest umarmte. »He!« entfuhr es ihm. »Warum eine so herzliche Begrüßung?«

»Der Grund heißt dumme Furcht«, erwiderte Troi und wich ein wenig zurück. »Ich habe hier Karn Milus Computeraufzeichnungen untersucht, und offenbar bin ich etwas schreckhaft geworden.«

»Worf teilte mir mit, daß hier andere Leute herumgeschnüffelt haben«, sagte Riker und starrte zu den vielen Schaukästen. »Ich war in der Nähe und beschloß daraufhin, selbst nach dem Rechten zu sehen. Die Sicherheitsgruppe ist unterwegs.«

»Danke, Will.« Deanna lächelte. Sie freute sich über Rikers Schutz und wußte auch, daß sie ihn normalerweise für selbstverständlich hielt.

»Während wir allein sind ...«, flüsterte der Erste Offizier. »Ich habe Landurlaub beantragt und wollte ihn mit dir abstimmen. Bevor dies alles begann, hast du darauf hingewiesen, wie wichtig es für zwei Personen sei, sich Zeit zu nehmen und über alles zu reden. Vielleicht sollten wir's ausprobieren.«

»Das ist sehr nett von dir.« Troi lächelte erneut und berührte Riker am Arm. »Ich weiß nicht, wie lange ich hier zu tun habe und wann ich vor Gericht aussagen muß. Aber wenn sich eine Gelegenheit bietet ...«

Vier Sicherheitswächter erreichten das Büro und nahmen Haltung an, als sie den Ersten Offizier sahen. »Sicherheitsgruppe meldet sich zur Stelle«, sagte einer von ihnen.

»Genau zum richtigen Zeitpunkt«, entgegnete Will, und nur die Counselor hörte den leisen Sarkasmus in seiner Stimme. Er nickte ihr zu. »Was jene Angelegenheit betrifft ... Bitte denken Sie daran.«

»Ja, Commander«, bestätigte Deanna.

KAPITEL 14

Für seine erste offizielle Verwendung hatte man den Versammlungsraum B der Starbase in einen Gerichtssaal verwandelt. *Vermutlich haben die Replikatoren stundenlang gearbeitet,* dachte Worf, als er die Richterbank und einfache Stühle aus Holz betrachtete. Der Zeugenstand wies sogar ein hüfthohes Geländer mit einem darin eingelassenen Tor auf. Den einzigen Hinweis auf moderne Technik boten stabförmige Kraftfeldgeneratoren, die jenen Stuhl umgaben, auf dem der Angeklagte sitzen würde. Ihre Aktivierung hinderte Emil Costa daran, seinen Platz zu verlassen, und gleichzeitig gewährte ihm die Ergbarriere Schutz — für den unwahrscheinlichen Fall, daß jemand im Saal auf den Gedanken kam, ihn anzugreifen. Natürlich konnte er sich trotz des energetischen Schilds mit seinem Anwalt beraten und alles hören.

Derzeit befand sich nur Worf in dem großen Raum. Der Klingone war immer früh auf den Beinen — und an diesem Morgen noch früher als sonst. Um den Verhafteten brauchte er sich nicht mehr zu kümmern: Die Sicherheitsabteilung der Starbase trug nun die Verantwortung für ihn. Er trat an den Kraftfeldmodulen vorbei, nahm am Tisch der Anklage Platz und schaltete seinen Tricorder ein. Es gab bessere Instrumente, um Notizen zu speichern, doch Worf fühlte sich mit diesem kleinen Gerät vertraut. Vor einer knappen Stunde hatte er Dr. Crushers Autopsiebericht, Wesleys Aussage und andere wichtige Informationen in den Speicher des Tricorders kopiert und die gleichen Daten ins Archiv des Starbase-Computers transferiert. Anschließend vergewisserte er sich, daß sowohl Karn Milus Leiche als auch Emils Costas Phaser zur hiesigen Sicherheitssektion gebeamt worden waren. Zwar war er mit seinen Vorbereitungen noch immer nicht ganz zufrieden, aber er schien nichts vernachlässigt zu haben.

Andere Personen trafen ein, als der Beginn der Verhandlung näher rückte. Zuerst kamen die Gerichtsdiener: Sie überprüften das Aufzeichnungssystem und sorgten dafür, daß alle Prozeßteilnehmer zu trinken hatten. Einer von ihnen legte einen Hammer auf die Richterbank. Dann trafen Sicherheitswächter ein und kontrollierten die Funktion der kleinen Kraftfeldgeneratoren. Sie nickten Worf zu, sprachen ihn jedoch nicht an. Der Klingone glaubte sich auf eine sonderbare Weise abseits des allgemeinen Geschehens: Er hatte das Gefühl, der Star eines Theaterstücks zu sein, den die Bühnenarbeiter nicht stören durften.

Nach einer Weile trat Data in den Saal. Der Androide benötigte natürlich keinen Tricorder — er trug das Äquivalent Tausender solcher Geräte in seinem Kopf. »Guten Tag, Staatsanwalt«, sagte er zum Klingonen. Das letzte Wort klang nicht ironisch.

Worf lächelte unwillkürlich. »Wir könnten die ganze Sache erheblich schneller hinter uns bringen, wenn Emil Costa bereit wäre, ein Geständnis abzulegen.«

»Das stimmt«, pflichtete ihm Data bei. »Allerdings beharrt Dr. Costa auf dem Standpunkt, unschuldig zu sein.«

»Was ich sehr bedauere«, seufzte Worf.

Zwei Sicherheitswächter führten den Angeklagten herein. Das Erscheinungsbild des Mikrobiologen hatte inzwischen eine wesentliche Verbesserung erfahren: Er trug nun einen zivilen Anzug, und die Schwellungen und blauen Flecke waren aus seinem Gesicht verschwunden. Er saß gerade auf seinem Stuhl, und das kurze weiße Haar schien zu glänzen. Ein zuversichtliches Lächeln umspielte die Lippen des alten Wissenschaftlers. *Er muß wirklich verrückt sein,* dachte Worf. *Wenn dies alles vorbei ist, braucht er dringend psychiatrische Behandlung.*

Zwei Kreel schlurften in den Versammlungsraum, und der Ankläger wandte sofort den Blick von ihnen ab — er fand sie abscheulich, und außerdem starrten sie bestimmt in seine Richtung. Kreel waren gewiß nicht an einen Klingonen gewöhnt, der ein hohes Amt bekleidete.

Einer der Gerichtsdiener rief: »Bitte erheben Sie sich vor der Obersten Richterin Watanabe und dem Prozeßbeobachter Admiral Ulree.«

Die Anwesenden standen auf und sahen, wie eine kleine Asiatin hereinkam, gefolgt von einem haarigen Kreel. Worf hätte es vorgezogen, dem Admiral keine Beachtung zu schenken, doch Ulree stellte sofort einen Blickkontakt her.

»Was macht der *Klingone* hier?« kreischte er und streckte einen langen Arm aus. »Ich dachte, hier soll ein *zivilisiertes* Verfahren stattfinden!«

Richterin Watanabe mochte klein sein, aber sie sah Ulree so an, als sei sie fähig, ihn zu erwürgen. »Das genügt!« sagte sie scharf. »Lieutenant Worf leitet die Sicherheitsabteilung der *Enterprise* und vertritt bei diesem Fall die Anklage.«

Der Admiral schob das Kinn vor und schwankte auf spindeldürren Beinen. »Dann kann dieser Prozeß kaum der Gerechtigkeit dienen!«

Worf knirschte wütend mit den Zähnen und widerstand der Versuchung, eine passende Antwort zu geben. Wenn er auf die Provokation reagierte, gefährdete er seine Position dem Gericht gegenüber. Er verzichtete jedoch nicht darauf, eine finstere Miene zu schneiden.

»Mit dieser Farce will ich nichts zu tun haben!« keifte Ulree.

»Wie Sie meinen«, erwiderte Richterin Watanabe. »Ich fordere Sie hiermit auf, den Saal zu verlassen.«

Der Kreel blinzelte verblüfft. »Dazu haben Sie kein Recht«, brachte er hervor.

»Da irren Sie sich«, sagte Watanabe. »Die Vereinbarung sieht einen Kreel als Prozeßbeobachter vor, aber dafür kommen nicht nur Sie in Frage. Die betreffende Person sollte wissen, wie man sich benimmt.«

»Meinen Sie jemanden, der die Präsenz eines Klingonen ertragen kann?« zischte Ulree.

»Wenn Sie es so ausdrücken wollen ...« Watanabe winkte. »Verschwinden Sie. Ich untersage Ihnen den Aufenthalt in der Starbase, solange dieser Fall verhandelt wird.« Sie gab den Sicherheitswächtern ein Zeichen.

Jetzt dachte Worf nicht mehr daran, den Blick abzuwenden. Ganz im Gegenteil: Er genoß es, den Admiral zu beobachten. Ulree schnaufte und knurrte, torkelte dann zur Tür und rief: »Kwalrak wird mich vertreten.«

Einer der beiden Kreel-Zuschauer stand verwirrt auf. »Ich?« fragte die Erste Assistentin.

Richterin Watanabe sah zu Data und Worf. »Irgendwelche Einwände?«

»Nein«, antworteten die beiden Anwälte. Als Admiral Ulree den Saal verlassen hatte, nahm Watanabe hinter der eindrucksvollen Richterbank Platz, und ein Gerichtsdiener führte Kwalrak zu einem Stuhl daneben. Worf brachte der Kreel-Frau fast so etwas wie Mitgefühl entgegen — sie erweckte den Eindruck, gerade von einem Phaser betäubt worden zu sein.

»Ich werde mir alle Mühe geben«, versprach sie der Richterin.

Watanabe nickte. »Als offizieller Prozeßbeobachter dürfen Sie die Kreel-Meinung bezüglich des Verfahrens zum Ausdruck bringen, aber denken Sie bitte daran, daß *ich* den Vorsitz führe. Sie können auch einem Zeugen Fragen stellen, wenn ich das für angebracht halte.«

Watanabe klopfte mit dem Hammer. »Die Verhandlung beginnt jetzt. Wir haben uns hier versammelt, um über die Anklageerhebung gegen Dr. Emil Costa zu befinden, dem ein Mord zur Last gelegt wird. Sowohl der Angeklagte als auch das Opfer sind Bürger der Föderation, und das mutmaßliche Verbrechen fand an Bord des Föderationsschiffes *Enterprise* statt. Woraus folgt: Alle Welten des interstellaren Völkerbunds und auch solche Planeten, die durch Verträge und Abkommen an die Föderation gebunden sind, müssen das hier gefällte Urteil respektieren. Das gilt auch für Kayran Rock.«

Watanabe rückte ihre Brille auf die Mitte des Nasenrückens. »Mord ist ein sehr schlimmes Verbrechen«, fuhr sie fort. »In manchen Kulturen wird es mit dem Tod bestraft, doch in unserer Gesellschaft legen wir größeren Wert auf Verständnis und Rehabilitation. Ich betone das, weil ich eins klarstellen möchte: Bei diesem Verfahren geht es nicht um Strafe, sondern um die Feststellung von Schuld oder Unschuld. Wenn der Angeklagte für schuldig befunden wird, so finden psychologische und psychiatrische Untersuchungen statt. Über die Strafe entscheidet ein anderes Gericht.«

»Entschuldigen Sie bitte«, sagte Kwalrak zaghaft. »Was geschieht, wenn wir Kreel wegen anderer Verbrechen einen Prozeß gegen den Angeklagten führen möchten?«

»Dann müssen Sie Starfleet einen Auslieferungsantrag übermitteln«, antwortete die Richterin. »Die entsprechenden Bedingungen stehen alle im Bündnisvertrag.«

Kwalrak nickte und schien sich mit dieser Auskunft zufriedenzugeben.

»Was die Anklage betrifft ...« Watanabe zögerte kurz. »Ich habe das von Lieutenant Worf zur Verfügung gestellte Material sorgfältig geprüft, und es kann kein Zweifel daran bestehen, daß Karn Milu mit einem auf tödliche Emissionen justierten Phaser erschossen wurde, und zwar aus unmittelbarer Nähe. Erheben Sie Einspruch dagegen, Commander Data?«

»Nein, Euer Ehren«, erwiderte der Androide. »Es handelt sich um eine Tatsache.«

»Als ungefährer Todeszeitpunkt wird Sternzeit 44263.9 genannt. Erheben Sie Einspruch dagegen?«

»Nein, Euer Ehren.«

»Erheben Sie Einspruch gegen den genannten Todesort, nämlich das Raumschiff *Enterprise,* Deck 31, ein Laboratorium der Sauberkeitsklasse Hundert, in dem Experimente des Projekts Mikrokontamination stattfanden?«

»Nein, Euer Ehren.«

Die Richterin nickte und wandte sich an Worf. »Möchten Sie offiziell Anklage erheben, Lieutenant?«

»Ja, Euer Ehren«, antwortete der Klingone ernst. »Ich bezichtige Emil Costa des Mordes an Karn Milu.«

»Sind Sie bereit, den Fall jetzt zu verhandeln?«

»Ja, das bin ich.«

Watanabe nickte erneut, sah kurz zu Dr. Costa und richtete den Blick dann auf Data. »Wie plädieren Sie?«

»Nicht schuldig«, sagte der Androide. Er schenkte seinem Mandanten ein beruhigendes Lächeln.

»Sind Sie bereit, den Fall jetzt zu verhandeln?«

»Ja, Euer Ehren.«

Die Richterin klopfte mit dem Hammer und verkündete: »Wir nehmen zu Protokoll, daß Emil Costa bezüglich des Mordes an Karn Milu auf nicht schuldig plädiert. Der Fall wird sofort verhandelt. Das Gericht versammelt sich in einer Stunde für die Eröffnungsplädoyers.«

Counselor Troi rieb sich die schmerzenden Schläfen und wünschte sich fast, der Computer wäre nie erfunden worden. Eine Zeitlang betrachtete sie die in Karn Milus Schreibtisch erstarrten Larven — wenigstens krochen sie nicht über den Bildschirm, so wie jene Informationen, die Deanna zu verstehen versuchte. Die Aufzeichnungen der Costas, Dr. Milus Dateien und zahllose Berichte aus den wissenschaftlichen Subsektionen — in den letzten drei Tagen hatte Troi vermutlich mehr elektronische Akten gelesen als während der vergangenen drei Jahre. Trotzdem fand sie nichts, um Wesley Crushers Aussage zu untermauern.

Troi wußte um die heimlichtuerischen Neigungen vieler Betazoiden, aber bei Karn Milu schienen sie zu einer Besessenheit geworden zu sein. Sie hatte den Eindruck, daß diese Dateien von einem einfallslosen Angestellten stammten, nicht vom berühmtesten Entomologen der ganzen Föderation. Deanna fand sich bereits mit der Tatsache ab, Worf nicht noch mehr Beweismaterial liefern zu können, als ein Sicherheitswächter zur Tür hereinsah.

»Commander LaForge möchte mit Ihnen sprechen«, sagte er.

»Lassen Sie ihn passieren«, erwiderte die Counselor.

Sie stand auf und trat dem Chefingenieur entgegen. »Danke, daß Sie gekommen sind, Geordi.«

»Schon gut.« Das Gesicht unter dem VISOR zeigte ein typisches Lächeln. »Um ganz ehrlich zu sein: Derzeit gibt es für mich nicht viel zu tun. Ich habe an einem Experiment gearbeitet, um die Turbolifte während eines Notfalls zu beschleunigen. Aber solange die *Enterprise* im Orbit von Kayran Rock bleibt, können wir im Maschinenraum nur Däumchen drehen.«

Troi schmunzelte. »Ich möchte Sie trotzdem nicht lange aufhalten. Und ich weiß Ihre Hilfe sehr zu schätzen.«

»Was liegt an?« fragte Geordi.

Die Counselor deutete durch das elegant eingerichtete Büro mit den vielen reglosen Insekten. »Vermutlich ist hier irgendwo ein Speichermedium versteckt. Zusammen mit den Sicherheitswächtern habe ich überall danach gesucht, ohne etwas zu entdecken. Mit Ihrer besonderen Wahrnehmung ...«

»Ich verstehe.« LaForge schlenderte durchs Zimmer und richtete den VISOR-Blick auf einen Schaukasten, der orangefarbene und blaue Käfer enthielt. »Das mit Dr. Milu tut mir sehr leid«, sagte er sanft. »Ihnen geht sein Tod sicher noch näher als uns.«

»Wir waren kaum miteinander bekannt«, antwortete Deanna und erinnerte sich an ihren Minderwertigkeitskomplex in der Präsenz jenes Mannes.

Geordi wandte sich einer anderen Vitrine zu und schüttelte den Kopf. »Lieber Himmel ...«, murmelte er. »Sehen diese Biester für Sie genauso schrecklich aus wie für mich?«

»Ja«, gestand die Counselor.

Der Chefingenieur drehte sich um und schritt zur gegenüberliegenden Wand. »Tote Insekten emittieren keine elektromagnetischen Impulse, oder?«

»Nicht daß ich wüßte.«

LaForge verharrte vor einem der vielen Schaukästen und öffnete ihn. Als sich Deanna näherte, griff Geordi nach einem besonders häßlichen, phosphoreszierenden Tausendfüßler. Er schluckte. »Wenn Sie das übernehmen möchten ... Ich überlasse Ihnen sehr gern den Vortritt.«

»Nein, danke«, erwiderte die Counselor rasch.

Der Chefingenieur ging nicht vorsichtig genug zu Werke: Als er das exotische Insekt berührte, zerfiel es zu Staub. Doch darunter kam ein isolinearer optischer Chip zum Vorschein.

»Bingo!« freute er sich und löste das Speichermodul von seiner Halterung.

Troi ließ den angehaltenen Atem entweichen. »Na endlich! Mal sehen, was der Chip enthält.«

Geordi schob ihn in den Scanner-Schlitz des Terminals auf Karn Milus Schreibtisch, und Deannas Finger huschten über Tasten. Ihre Aufregung verwandelte sich in Enttäuschung, als sinnlose Zeichen über den Bildschirm glitten.

»Schade«, murmelte LaForge. »Offenbar ist das Ding beschädigt.«

»Nein«, widersprach die Counselor und begriff plötzlich. Sie lehnte sich im Sessel zurück und wirkte noch niedergeschlagener als der Chefingenieur. »Ich habe davon gehört, aber nun sehe ich es zum erstenmal: ein subliminaler Code.«

»Ein Code?« Geordi zuckte mit den Schultern. »Wir lassen ihn vom Computer analysieren.«

»Sie verstehen nicht«, entgegnete Troi. »Es ist kein Code, der auf mathematischen oder relationalen Gleichungen basiert. Die Grundlage dafür bilden unterschwellige betazoidische Gedankenmuster. Nicht einmal Karn Milu selbst kannte den Code, als er diese Aufzeichnungen anfertigte.«

»Wie bitte?« Verwirrungsfalten entstanden auf Geordis Stirn.

Deanna schüttelte kummervoll den Kopf. »Ich weiß nicht genau, wie so etwas funktioniert. Stellen Sie sich eine verschlüsselte Kopie des Unbewußten vor. Dr. Milu schrieb seine Notizen in Trance und wußte, daß sie ihm später unsinnig erscheinen würden, wenn er sie auf dem Schirm betrachtete. Andererseits war ihm klar: Er konnte sie jederzeit decodieren, indem er sich konzentrierte.«

»Hmm. Ich glaube, ich verstehe jetzt. In der terranischen Vergangenheit gab es Religionen, deren Adepten in fremden Zungen redeten und sogenannte göttliche Botschaften mit sonderbaren Schriftzeichen festhielten, die ihnen selbst ein Rätsel blieben.«

»Weil sie keine Betazoiden waren«, sagte Deanna. »Sie besaßen nicht den vollständigen Schlüssel.«

Der Chefingenieur wanderte nachdenklich auf und ab. Schließlich blieb er stehen und schnippte mit den Fingern. »Data könnte bestimmt ...« Er unterbrach sich. »Ich fürchte, wir müssen auf die Hilfe des Androiden verzichten, oder?«

»Spielt keine Rolle.« Troi desaktivierte den Computerschirm. »Nur jene Person, die solche Aufzeichnungen anfertigt, hat Zugang zu ihnen. Es gibt keinen besseren Code.«

»Und wenn Sie sich in Trance versetzen?« schlug Geordi vor.

Deanna schüttelte erneut den Kopf und rang sich ein Lächeln ab. »In meinen Adern fließt nicht nur betazoidisches Blut.«

LaForge legte ihr eine ermutigende Hand auf die Schulter. »Versuchen Sie's trotzdem. Schaden kann's bestimmt nicht.«

Troi nickte. »In Ordnung.« Sie zog den Chip aus dem Scanner und schloß die Finger darum. »Irgend etwas hat man die ganze Zeit über vor uns geheimgehalten — ich fühle es. Vielleicht enthält dieses Speichermodul die Antworten auf alle unsere Fragen.«

»Setzen Sie sich mit mir in Verbindung, wenn Sie Hilfe brauchen«, sagte LaForge.

Die Counselor gähnte herzhaft und hob die Hand eine halbe Sekunde zu spät vor den Mund. »Ich sollte mich jetzt hinlegen und schlafen — sonst bin ich nicht einmal imstande, meinen eigenen Namen zu entziffern. Nochmals vielen Dank, Geordi. In einigen Stunden hören Sie von mir.«

Worf sah keinen Grund, bei seinem Eröffnungsplädoyer viele Worte zu verlieren. Er richtete sich auf, straffte die Schultern und sah zur Richterin, die seinen Blick erwiderte.

»Niemand bestreitet die Tatsache, daß Karn Milu an Bord der *Enterprise* umgebracht wurde, und zwar mit einem auf tödliche Emissionen justierten Phaser. Die Belastungszeugen werden folgendes bestätigen: Der Mord fand unmittelbar nach einer heftigen Auseinandersetzung zwischen Karn Milu und dem Angeklagten Emil Costa statt. Ein Zeuge wird aussagen, daß sich Dr. Costa mit Karn Milu traf, während jener *einen Phaser bei sich führte;* die gleiche Waffe benutzte er später, um die Navigationskontrollen des Shuttles *Ericksen* zu zerstören. Darüber hinaus hatte Emil Costa ein ausreichendes Motiv: Er hielt Dr. Milu für den Mörder seiner Frau, und man setzte ihn unter Druck, um eine geheimgehaltene wissenschaftliche Entdeckung preiszugeben. Mit Karn Milus Hilfe wollten die Costas eine spezielle Submikrobe verkaufen, und zwar an Interessenten außerhalb der Föderation. Es muß wohl nicht extra betont werden, daß so etwas gegen die Starfleet-Vorschriften verstößt.«

Worf verschränkte die Arme, und sein Gesichtsausdruck ließ keinen Zweifel daran, was er von derartigen Bestrebungen hielt. »Wenn dieses Gericht das Beweismaterial geprüft und die Zeugenaussagen gehört hat, wird es zu dem Schluß gelangen, daß Emil Costa des Mordes an Karn Milu schuldig ist.«

Worf setzte sich, und die Richterin dankte ihm. Die Blicke aller Anwesenden im Saal glitten zu Commander Data, der gerade auf seinem Stuhl saß, in die für ihn charakteristische Aura der Aufmerksamkeit gehüllt. Er nickte und erhob sich.

»Euer Ehren ...« Er deutete eine Verbeugung an. »Emil Costa plädiert auf nicht schuldig, sofern es die Ermordung Karn Milus betrifft. Ja, es kam zu einem Streit zwischen ihm und dem Entomologen, aber ein Streit muß nicht unbedingt einen Mord nach sich ziehen. Die Wahrheit ist: Alle Besatzungsmitglieder der *Enterprise,* die über einen Phaser verfügten, hätten Dr. Milu umbringen können. Ich behaupte nicht, mein Mandant sei über jeden Verdacht erhaben, doch es liegen keine schlüssigen Beweise gegen ihn vor. Die Anklage stützt ihren Fall einzig und allein auf ein Gespräch, das jemand hörte. Niemand hat den Mord beobachtet. Niemand hat gesehen, wie Emil Costa seinen Vorgesetzten mit einem Phaser bedrohte.«

Völlige Stille herrschte im Gerichtssaal, und nach einer kurzen Pause fuhr Data fort: »Emil Costa gibt zu, daß er sich bei der einen oder anderen Gelegenheit falsch verhalten hat, was er sehr bedauert. Doch das macht ihn nicht zu einem Mörder. Die Frage bei diesem Verfahren lautet: Genügt ein zufällig mit angehörtes Gespräch, um ihn des Mordes für schuldig zu befinden?«

Wesley Crusher wanderte unruhig durch ein sehr luxuriös eingerichtetes Zimmer — offenbar diente dieses Gästequartier zur Unterbringung von wichtigen Würdenträgern. Der Junge achtete nicht auf seine Umgebung und blieb einmal mehr an dem Tunnelfenster stehen, durch das er wenigstens einen Teil des Alls beobachten konnte. Er glaubte, die *Enterprise* zu sehen — aber vielleicht handelte es sich bei dem hellen Fleck am schwarzen Himmel um ein Kreel-Schiff. Wie dem auch sei: Weder der Weltraum noch die Bibliothek der Starbase lenkten Wes von seiner bevorstehenden Aussage beim Prozeß ab.

Worf hatte ihn aufgefordert, jederzeit bereit zu sein, und Wesleys Unruhe wuchs. In Gedanken wiederholte er die Fakten immer wieder, bis sie zu einer Art Litanei wurden, die sich ihm unauslöschlich ins Gedächtnis einprägte. Trotzdem nahm seine Nervosität zu. Als er den Auftrag des Sicherheitsoffiziers übernahm, hatte er nicht geahnt, als Kronzeuge bei einem Mordprozeß benannt zu werden. Er war stolz auf seine guten Leistungen als Ermittler, doch jetzt bereute er sie fast.

Er dachte an Dr. Milu und fragte sich, ob er in der Lage gewesen wäre, den Tod des Entomologen zu verhindern. *Aber wie?* überlegte er. *Niemand konnte voraussehen, daß sich Emil dazu hinreißen lassen würde, Karn Milu zu erschießen. Meine Arbeit hat wenigstens dafür gesorgt, daß wir die Hintergründe kennen.* Wesley fluchte halblaut. Emil verhielt sich nicht wie ein Mörder, und dadurch verblieb ein Rest von Zweifel in dem Jungen.

Er zuckte zusammen, als der Türmelder summte.

»Herein«, sagte Wes und rechnete damit, einen Sicherheitswächter zu sehen.

Das Schott glitt beiseite, und Wesleys Blick fiel auf eine recht hübsche junge Frau. Sie wirkte sehr ernst. »Kommen Sie, Fähnrich. Sie müssen jetzt vor Gericht aussagen.«

Wesley atmete tief durch, trat in den Korridor — und hatte dort ein jähes Déjà-vu-Erlebnis. Nur einen Meter entfernt ragte die riesenhafte Gestalt Grastows auf. Aus einem Reflex heraus wich er zurück, doch dann bemerkte er die beiden Sicherheitswächter rechts und links neben dem Antarier.

»Ich bin nur ein Zeuge«, erklärte Grastow. »Und bitte glaub mir: Ich beabsichtige nicht, dir irgendein Leid zuzufügen. Mein Verhalten dir gegenüber beschämt mich sehr, und ich kann gut verstehen, daß du böse auf mich bist.«

»Böse?« wiederholte Wesley. »Ich halte Sie für verrückt!«

Der große Humanoide mit dem kindlichen Gesicht nickte betrübt. »Vielleicht hast du recht damit.«

»Gehen wir«, drängte die junge Frau und führte Wesley durch den Korridor. Die beiden anderen Sicherheitswächter schoben Grastow zurück, als sie an ihm vorbeigingen.

Worf wurde immer zuversichtlicher, als er die Video-Aufzeichnung ansah, die Deanna Troi angefertigt hatte, als Fähnrich Crusher unmittelbar nach dem Mord seine Aussage zu Protokoll gab. Wesleys Angaben genügten völlig, und der Klingone entschied sich dagegen, auch die Counselor in den Zeugenstand zu rufen. In dem holographischen Film stellte Deanna dem Jungen alle wichtigen Fragen und verhinderte, daß er die Fakten interpretierte. Sie ließen ohnehin nur einen Schluß zu: Emil Costa hatte Karn Milu ermordet, auf eine brutale Weise. Er *mußte* verurteilt werden.

Nach der aufgezeichneten Aussage wandte sich Worf an den jungen Fähnrich im Zeugenstand. »Halten Sie es für notwendig, irgendeinen Aspekt jener Ausführungen zu korrigieren?« fragte er.

»Nein, Sir«, antwortete Wes. »Aber wenn Sie gestatten: Ich möchte ihnen etwas hinzufügen.«

»Was denn?«

»Nun ...«, begann Wesley, »ich habe nicht ausdrücklich genug darauf hingewiesen, welche Angst Emil Costa hatte — sowohl vor der Bestattung seiner Frau als auch nachher, während er sich in Grastows Quartier versteckte. Als er den Phaser hervorholte, dachte ich, daß die Waffe zu seinem Schutz diente.«

Worf musterte den Jungen einige Sekunden lang und wandte sich dann von ihm ab. »Wollen Sie dem Gericht mitteilen, daß Emil Costa Gewalt erwartete?«

»Einspruch, Euer Ehren«, sagte Data. »Diese Frage bezieht sich auf die Überlegungen einer anderen Person.«

»Stattgegeben.« Richterin Watanabe nickte und sah zu Wesley. »Geben Sie keine Antwort.«

»Ja, Euer Ehren.« Wesley schluckte.

Worf kehrte zum Tisch zurück, stützte die Hände darauf und beugte sich vor. »Würden Sie Emil Costas Gebaren während des Treffens mit Karn Milu als erregt bezeichnen?«

»Ja.«

»Und Sie sind ganz sicher, daß Emil Costa dem Entomologen vorwarf, seine Frau ermordet zu haben?«

Der Fähnrich nickte. »Ja. Aber Dr. Milu betonte, Lynn Costa sei einem Unfall zum Opfer gefallen. Er wollte nur über die spezielle Submikrobe reden.«

Worf richtete sich wieder auf. »Haben sich die beiden Männer gegenseitig bedroht?«

»Ja«, bestätigte Wesley. »Es war kein besonders freundliches Gespräch.«

Worf nickte zufrieden. »Später, nach Ihrer Befreiung

aus dem Experimentierbehälter... Welche Gedanken gingen Ihnen durch den Kopf, als Sie Karn Milus Leiche im anderen Raum sahen?«

Wesley mied den Blick des Angeklagten. »Ich dachte: Bestimmt hat Dr. Costa ihn umgebracht«, hauchte er.

»Bitte wiederholen Sie das und sprechen Sie lauter«, verlangte Worf.

»Ich dachte: Bestimmt hat Dr. Costa ihn umgebracht!« sagte Wes zu laut und schien auf seinem Stuhl zu schrumpfen.

Worf nickte erneut, diesmal triumphierend. Er drehte sich zur Richterbank um. »Derzeit habe ich keine weiteren Fragen. Kann ich mir das Recht vorbehalten, diesen Zeugen noch einmal aufzurufen, wenn es erforderlich werden sollte?«

»Ja.« Watanabe sah zur Ersten Assistentin Kwalrak, und als die Kreel schwieg: »Vielleicht möchte ich den Zeugen später selbst befragen. Commander Data, beginnen Sie mit dem Kreuzverhör.«

Der Androide erhob sich und schritt zum Zeugenstand. »Guten Tag, Fähnrich Crusher«, sagte er schlicht. Wesley entspannte sich und sah lächelnd zu Data auf. »Zur Klarstellung: Als Sie Karn Milu und Emil Costa zum letztenmal zusammen gesehen haben, halfen sich die beiden Wissenschaftler gegenseitig, um Sie in einem Experimentierbehälter einzusperren. Stimmt das?«

Neuerliche Nervosität erwachte in Wes, und er rutschte nervös auf dem Stuhl hin und her. »Ja, das ist richtig.«

»Sie stritten sich nicht?« fragte Data.

»Nein.«

»Sie handelten gemeinsam gegen die von Ihnen repräsentierte Gefahr«, stellte der Androide fest. »Zu jenem Zeitpunkt war der Streit vorbei, nicht wahr?«

»Ja«, räumte Wesley ein. »Aber vielleicht haben sie ihn später fortgesetzt.«

»Aus welchem Grund?« erwiderte Data. »In Ihrer

Aussage wiesen Sie deutlich darauf hin, daß Emil Costas sehnlichster Wunsch in Erfüllung ging — er wollte die *Enterprise* verlassen. Es dauerte nur noch wenige Minuten, bis er Karn Milu nie wieder begegnen mußte, und durch die Löschung der im Computer gespeicherten Daten war sein Geheimnis absolut sicher. Warum sollte er durch die Ermordung des Entomologen alles aufs Spiel setzen?«

Wesley öffnete den Mund, brachte jedoch keinen Ton hervor. Benommen schüttelte er den Kopf und ließ die Schultern hängen.

Worf sprang auf. »Einspruch, Euer Ehren«, knurrte er. »Diese Frage bezieht sich auf die Überlegungen einer anderen Person!«

»Abgelehnt«, sagte Watanabe. »Was jene Ereignisse betrifft, sind wir auch auf Fähnrich Crushers Interpretationen angewiesen.« Die Richterin wandte sich an den nervösen Jungen. »Bitte antworten Sie.«

»Nun …« Wes suchte nach den richtigen Worten. »Emil glaubte, Karn Milu sei für den Tod seiner Frau verantwortlich.«

»Aber Dr. Milu hat sowohl Emil Costa gegenüber als auch während der von Sicherheitsoffizier Worf geleiteten Ermittlungen darauf bestanden, daß Lynn Costa durch ein tragisches Unglück starb. Er lehnte die Mord-Theorie ab, nicht wahr?«

»Ja.«

»War Emil Costa vollkommen davon überzeugt, daß seine Frau ermordet wurde?«

»Nein«, erwiderte Wesley. »Er wußte nicht, unter welchen Umständen sie starb. Er blieb auf Spekulationen und Mutmaßungen angewiesen, wie wir alle.«

Data stand reglos vor dem Zeugenstand und musterte den Jungen aus goldenen Augen. »Fähnrich Crusher, Emil Costa ist fast drei Jahre lang Ihr Lehrer und Freund gewesen. Stimmt das?«

»Ja.« Wesley lächelte stolz.

»Halten Sie ihn für fähig, jemanden zu ermorden?«

Wieder öffnete Wesley den Mund, ohne etwas zu sagen. Verlegen sah er erst zur Richterin und dann zu Worf, schüttelte schließlich den Kopf. »Nein«, krächzte er. »Nein, ich glaube nicht, daß er fähig ist, jemanden umzubringen.«

Worf versuchte, seine Enttäuschung zu verbergen.

Dunkelheit umgab Deanna Troi, und ihre Gedanken verloren sich im Halbschlaf. Karn Milus Geist suchte ihre Träume heim. Das Gesicht des Betazoiden, seine Stimme, Gedanken und codierten Notizen — mit gespenstischem Flüstern kroch alles durch das Unbewußte der Counselor. Sie verglich den Code mit subtilen Liebesbriefen, mit dem Versuch, Geheimnisse zu vermitteln. Natürlich handelte es sich um Liebesbriefe, die Milu selbst galten, und Deannas Gewissen mahnte: *Lies sie nicht.* Doch jene verborgenen Botschaften faszinierten sie.

Troi zwang ihr Ich in die Realität zurück, als sie begriff, daß Träume keinen Ausweg boten. Ihr blieb nichts anderes übrig, als Erschöpfung und Furcht vor neuerlichen Mißerfolgen zu vergessen und den Versuch zu unternehmen, Karn Milus Aufzeichnungen irgendwie zu entschlüsseln.

Es geschah nicht oft, daß sich Deanna ein stimulierendes Getränk wünschte, doch jetzt dachte sie an einen ordentlichen englischen Tee. Sie griff nach dem isolinearen optischen Chip — nur deshalb, weil ihr das Speichermodul Trost spendete — und ging zum Synthetisierer.

Die Counselor betätigte eine Taste und sagte: »Eine kleine Kanne mit englischem Tee.«

Einige Sekunden verstrichen, ohne daß etwas geschah — es erklang nicht einmal die gewohnte Sprachprozessorstimme. Deanna drückte die Taste erneut. »Computer, ich möchte ein Glas Wasser.«

Der komplexe Apparat hing einfach nur an der Wand und reagierte nicht.

»Computer?« fragte Troi. »Ist der Synthetisierer defekt?«

Keine Antwort. Die Counselor zuckte mit den Achseln und wandte sich von dem Apparat ab. Wenn sie etwas trinken wollte, mußte sie ihre Kabine verlassen. Und wenn sie ihre Kabine verließ ... Dann konnte sie die Gelegenheit nutzen, um Geordi zu bitten, ihr bei der Analyse des Codes zu helfen. Das nützte sicher mehr, als den Chip nur zu betrachten und auf eine Eingebung zu hoffen.

Sie streifte einen Overall über und berührte ihren Insignienkommunikator. »Troi an LaForge. Haben Sie zu tun, Geordi?«

»Ich zähle Asteroiden«, lautete die Antwort. »Wissen Sie, daß der hiesige Asteroidengürtel aus über vier Millionen Felsbrocken besteht? Die genaue Anzahl kenne ich nicht, weil ich bei vier Millionen die Lust am Zählen verloren habe.«

»Vielleicht ist das Bemühen, Dr. Milus Code zu entschlüsseln, noch sinnloser«, sagte Deanna. »Aber ich möchte es zumindest versuchen. Helfen Sie mir dabei, die Daten in den Computer zu übertragen?«

»Natürlich«, erwiderte LaForge sofort. »Ich warte hier im Maschinenraum auf Sie — die Hälfte meiner Abteilung hat Landurlaub.«

»Ich bin gleich bei Ihnen. Troi Ende.«

Deanna brauchte nur einen Gegenstand mitzunehmen: den isolinearen Chip des Entomologen. Sie schloß die Finger fester darum, verließ die Kabine und dachte nicht mehr an den defekten Synthetisierer.

KAPITEL 15

»Vagra II«, sagte Emil Costa, und alle Anwesenden im Gerichtssaal hörten ihm aufmerksam zu. »So heißt der Planet, von dem die Submikrobe stammt. Ich habe sie isoliert und die ersten Untersuchungen vorgenommen, während sich die *Enterprise* in der Umlaufbahn befand.«

Data war überrascht, als Watanabe Emil Costa in den Zeugenstand rief, bevor die Verteidigung Gelegenheit hatte, ihren Fall darzulegen, aber er erhob keine Einwände. Er verstand den Wunsch der Richterin, über die geheimen Absprachen zwischen Dr. Costa und Karn Milu Aufschluß zu gewinnen. Sie mißbrauchte ihren Ermessensspielraum nicht — es ging ihr nur darum, die Wahrheit herauszufinden.

Watanabe beugte sich vor und bedachte den Angeklagten mit einem durchdringenden Blick. »Wann beschlossen Sie, Ihre Entdeckungen vor Kollegen und Vorgesetzten zu verbergen?«

Die Nervosität des alten Wissenschaftlers war unübersehbar, aber es gelang ihm, so etwas wie Stolz zum Ausdruck zu bringen. »Ich wußte sofort, daß es sich um etwas Besonderes handelte. Als ich die Mikrobe an Lynns neuesten Filtern ausprobierte, erwies sie sich als unbesiegbar — ein Organismus, durch den unsere bis dahin geleistete Arbeit völlig nutzlos wurde. Meine Frau und ich ... Wir transferierten die Testdaten unverzüglich in unsere privaten Dateien und wählten bei entsprechenden Hinweisen möglichst vage Formulierungen. Wir wollten alles unter Kontrolle behalten, bis sich ein Verwendungszweck herausstellte. Uns entsetzte die Vorstellung, etwas gefunden zu haben, das als Entwicklungsgrundlage von Biowaffen dienen mochte.«

Der alte Forscher trank einen Schluck Wasser. Als er fortfuhr, sprach er mit leiser, gedämpfter Stimme, doch angesichts der Stille im Gerichtssaal fiel es niemandem schwer, ihn zu verstehen. »Um eine Entdeckung zu vermeiden, überließ ich unsere einzige Probe dem All. Nur Lynn und ich wußten, wo wir uns weitere Submikroben jener Art beschaffen konnten. Anschließend baten wir Karn Milu um Rat — und das war unser erster Fehler. Er schlug vor, den Organismus an den Meistbietenden zu verkaufen. Er unterstrich die Notwendigkeit, alles geheimzuhalten, und darin sahen wir durchaus einen Sinn. Wenn die Sache bekannt geworden wäre, hätten sich ganze Heerscharen von Wissenschaftlern auf den Weg nach Vagra II gemacht, um eigene Proben zu sammeln. Angesichts der Freizügigkeit innerhalb der Föderation durften wir nicht hoffen, daß die Existenz der speziellen Mikrobe geheim bleibt. Nun, Karn Milu bot sich an, die Einzelheiten des Verkaufs zu regeln, für einen Anteil von fünfundzwanzig Prozent. Wir erklärten uns damit einverstanden, ohne ihm wichtige Informationen zu geben.

Doch dann bekam Lynn kalte Füße.« Emils Stimme vibrierte, und seine Augen glänzten feucht. »Die möglichen Konsequenzen beunruhigten sie sehr. Sie löschte alle Computerdaten, die in irgendeinem Zusammenhang mit der Submikrobe standen — ohne ihre Entscheidung vorher mit mir zu besprechen. Meine erste Reaktion bestand aus Zorn, doch dann wurde mir klar, daß Lynns Maßnahme einen noch besseren Schutz für unser Geheimnis darstellte. Milu glaubte sich betrogen, und er bedrohte meine Frau. Inzwischen teilte ich ihre Einstellung ohne irgendwelche Vorbehalte — ich wollte die ganze Angelegenheit nur noch vergessen.

Diesen Wunsch konnte ich mir leider nicht erfüllen«,

fügte Emil heiser hinzu. »Lynn fühlte sich in Gefahr, aber ich nahm sie nicht ernst — bis zu ihrem Tod. Jetzt weiß ich, daß sie recht hatte. Wir hatten uns auf etwas Schreckliches eingelassen und mußten einen hohen Preis dafür bezahlen ...« Emil schluchzte leise und versuchte, sich wieder zu fassen.

Die Richterin sah auf ihn hinab. »Möchten Sie, daß ich die Verhandlung unterbreche, Dr. Costa?«

Der greise Mikrobiologe saß vornübergebeugt und rührte sich nicht, wirkte wie ein lebloses Hologramm. Watanabe räusperte sich und verkündete: »Ich glaube, weitere Aussagen dieses Zeugen sind nicht nötig, bis er von der Verteidigung aufgerufen wird. Lieutenant Worf, bitte fahren Sie fort.«

»Ja, Euer Ehren.« Der Klingone erhob sich langsam und wartete, bis Emil Costa den Zeugenstand verlassen hatte. *Durch seine Schilderungen hat er sich noch mehr belastet*, dachte Worf. *Ganz gleich, was hier geschieht: Er wird nie wieder ein freier Mann sein.*

»Ich möchte jetzt konkrete Beweise vorlegen«, sagte er laut und nickte einem Sicherheitswächter zu; der Uniformierte trat vor und legte ein handtellergroßes Objekt auf die Richterbank. Die Erste Assistentin Kwalrak griff neugierig danach. »Diesen Phaser habe ich Dr. Costa eine halbe Stunde nach Karn Milus Ermordung abgenommen. Es ist ein Strahler vom Typ I. Die gleiche Waffe benutzte der Angeklagte, um das Navigationssystem des Shuttles *Ericksen* zu zerstören.«

»Einspruch«, protestierte Data. »Was an Bord des Shuttles geschah, steht hier nicht zur Debatte.«

»Mag sein«, erwiderte der Klingone. »Aber die entsprechenden Ereignisse beweisen eindeutig, daß Emil Costa einen Phaser vom bereits erwähnten Typ bei sich führte, und einen solchen Strahler benutzte der Mörder, um Karn Milu zu erschießen. Er hatte nicht nur Gelegenheit und Motiv, sondern auch die notwendige Waffe.«

»Einen Augenblick, Lieutenant Worf.« Ein Schatten von Verwirrung zeigte sich im würdevollen Gesicht der Richterin. »Bitte entschuldigen Sie, aber mit Phasern kenne ich mich nicht sehr gut aus. Läßt sich feststellen, ob *dies* die Tatwaffe ist?«

»Nein«, antwortete der Klingone. »Kleine Strahler solcher Art werden mit Hilfe von Replikatoren hergestellt. Alle sind identisch und haben die gleiche Emissionsstruktur — es gibt nur geringfügige Variationen bei sinkendem Energieniveau. Diese Waffe wurde mehrmals an Bord des Shuttles abgefeuert, bevor man sie Emil Costa abnahm. Seine Fingerabdrücke sind darauf, und die Blutflecken stammen ebenfalls von ihm.«

Kwalrak legte den Phaser ruckartig beiseite, sah zu Emil und zischte: »Warum schossen Sie auf Kreel? Wir haben Ihnen nie etwas zuleide getan!«

Watanabe klopfte mit dem Hammer und bedachte die Erste Assistentin mit einem tadelnden Blick. »Wir befinden hier über Schuld oder Unschuld bei einem Mordfall. Zweifellos sind auch andere Anklagen gerechtfertigt, doch wir befassen uns zuerst mit dem wichtigsten Verbrechen.«

Kwalrak schnitt eine Grimasse, lehnte sich zurück und verschränkte die langen Arme. »Wir warten«, grollte sie. »Solange dies kein Trick ist, um eine Auslieferung zu verhindern. Ich schlage vor, wir rufen den Zeugen noch einmal auf, um mehr über die Waffe herauszufinden.«

Die Richterin nickte zustimmend und wandte sich an Data. »Wenn sich Ihr Mandant erholt hat und Sie keine Einwände erheben — ich möchte ihm noch einige Fragen stellen.«

Data musterte Emil Costa, der nun wieder gefaßt wirkte; es war bestimmt nicht einfach für ihn gewesen, von jenen Geschehnissen zu berichten, die zum Tod seiner Frau führten. Der alte Wissenschaftler nickte tapfer.

»Keine Einwände«, sagte der Androide.

Als Emil zum Zeugenstand ging und dort Platz nahm, wanderte Kwalraks Blick zu Worf, und in den Zügen der Kreel fehlte Verachtung dem Klingonen gegenüber. »Ist es normal für Föderationsbürger, mit Phasern bewaffnet zu sein?«

»Ganz und gar nicht«, erwiderte der Sicherheitsoffizier. »Auch damit hat der Angeklagte gegen Gesetze verstoßen.«

Watanabes Aufmerksamkeit galt nun wieder dem Mikrobiologen. »Dann lautet die erste Frage: Wie haben Sie sich die Waffe beschafft?«

Emil ließ so schuldig den Kopf hängen, daß Worf unwillkürlich lächelte. »Ich habe sie repliziert — während ich mich mit einer Gruppe beriet, die Untersuchungen in Hinsicht auf Replikator-Wartung anstellte«, sagte er verlegen. »Ja, ich weiß, es handelt sich um ein weiteres Verbrechen. Aber Lynn hatte solche Angst, daß sie darauf bestand, sich irgendwie zu schützen. Ich besorgte uns zwei Strahler.«

Daraufhin wölbten sich mehrere Brauen. »Und wo ist der zweite?« fragte Worf.

»Keine Ahnung.« Emil Costa zuckte mit den Schultern. »Lynn hat ihn verlegt. Oder er wurde gestohlen. Ich weiß es nicht.«

Worf trat mit langen Schritten zum Zeugenstand und donnerte: »Sie haben Phaser ohne Genehmigung repliziert — und sie dann einfach herumliegen lassen, so daß sich irgend jemand damit bewaffnen konnte?«

»Beruhigen Sie sich, Lieutenant Worf«, mahnte die Richterin. »Es ist eine ernste Angelegenheit, aber hier geht es um etwas anderes. Um es klarzustellen, Dr. Costa: Geben Sie zu, einen Strahler bei sich geführt zu haben, als Sie Dr. Grastows Kabine verließen und sich mit Dr. Milu trafen? Und von der gleichen Waffe machten Sie an Bord des Shuttles Gebrauch, das Sie hierher nach Kayran Rock bringen sollte?«

Der alte Mann starrte zu Boden. »Ja, ich gebe es zu.

Aber ich habe den Phaser zum erstenmal an Bord der *Ericksen* abgefeuert, als die Pilotin den Kurs änderte. Das schwöre ich! Ich war völlig außer mir und konnte die Vorstellung nicht ertragen, zur *Enterprise* zurückzukehren!«

Worf entspannte sich noch mehr. Wesleys Aussage mochte nicht ganz so eindrucksvoll gewesen sein, wie er es sich erhofft hatte, aber Emil Costa legte sich mit seiner eigenen Offenheit die metaphorische Schlinge um den Hals. Das Gericht sah einen unberechenbaren, geistesgestörten Mann, der nicht zögerte, mit einem Phaser auf andere Personen zu schießen.

»Dr. Costa ...«, knurrte die Kreel neben der Richterin. »In der holographischen Aufzeichnung zitierte der Junge eine Ihrer Bemerkungen, und sie lautete: ›Ich beende diese Sache, ein für allemal.‹ Als Sie zu Karn Milu gingen: Warum nahmen Sie einen Phaser mit, wenn Sie ihn gar nicht erschießen wollten?«

Alle Anwesenden blickten wieder zu dem greisenhaften Mann mit dem kurzen weißen Haar. Emils Hände zitterten, doch er hob nun den Kopf und sah zu Kwalrak. »Ich fürchtete mich«, sagte er. »Ich fürchtete mich mehr als jemals zuvor in meinem Leben. Meine Frau war tot, meine Karriere ruiniert. Und vielleicht stand mir das Schlimmste erst noch bevor. Ich wußte nicht, wer Lynn umgebracht hatte oder ob sie Selbstmord beging. Nur eins stand für mich fest: Das Unheil ging auf meine Entdeckung zurück.«

Dr. Costa lachte humorlos. »Auf *meine* Entdeckung! Die Submikrobe verspottete unser ganzes Lebenswerk, alle unsere Pläne. Lynn hatte unsere Dummheit bereits mit dem Leben bezahlt, und ich beschloß, zumindest unseren guten Ruf zu retten — indem ich das Geheimnis in mein Grab mitnahm. Glauben Sie vielleicht, daß es für Wissenschaftler wie uns am Ende ihrer langen beruflichen Laufbahn nichts mehr zu bewahren gibt? Nun, Sie irren sich, wenn Sie eine solche Ansicht vertreten — wir müssen *alles* schützen. Uns graut bei dem Gedanken, unseren Platz jüngeren Leuten zu überlassen und nutzlos zu werden. Wir fürchten, daß man uns auf die Schliche kommt.«

Emil blickte mit trüben Augen ins Leere und ballte die Fäuste. »Doch unsere größte Angst ... Voller Entsetzen stellen wir uns vor, wie jemand herausfindet, daß unser Ruhm auf den Leistungen anderer Personen beruht.«

Kwalrak verzog das Gesicht und beugte sich vor. »Mit anderen Worten: Sie wollten Karn Milu töten, um Ihr Geheimnis zu wahren?«

»Ich weiß nicht, was ich dachte, als ich das Treffen mit dem Entomologen vereinbarte«, entgegnete Emil Costa. »Ich mußte natürlich mit seinem Zorn rechnen, wenn ich ablehnte, die Submikrobe zu verkaufen — aber was konnte er gegen mich unternehmen? Ich hatte bereits meine geliebte Frau verloren, meine Karriere, die Selbstachtung. Womit wäre es ihm möglich gewesen, mich auch weiterhin unter Druck zu setzen?

Ich habe mein Gewissen mit schrecklichen Dingen belastet«, fuhr Emil fort, »aber Mord gehört nicht dazu. Jemand anders brachte Karn Milu um.«

»Wer?« fragte die Kreel.

Dr. Costa faltete die Hände und schüttelte den Kopf. »Ich weiß es nicht.« Er schluckte. »Aber wer auch immer der Täter sein mag — er befindet sich nach wie vor an Bord der *Enterprise.*«

Im Maschinenraum arbeiteten nur noch wenige Techniker — die meisten hatten Landurlaub und befanden sich auf Kayran Rock. *Als der Computer die Urlaubslisten zusammenstellte, hat er nicht nur Logik walten lassen, sondern auch die emotionalen Beziehungen des Personals berücksichtigt,* dachte Geordi LaForge. *Er sorgte dafür, daß möglichst viele Angehörige der gleichen Abteilung zusammen aufbrechen konnten.* Nur selten bekamen die Ingenieure des Maschinenraums Gelegenheit, auch Freunde und Familien der Kollegen kennenzulernen. Der Chefingenieur fragte sich, wie viele von ihnen beim Mordprozeß zugegen waren.

Worf und Data als Gegner — eine solche Konfrontation *mußte* interessant sein. Aber LaForge bekam oft genug die Chance, das Schiff zu verlassen, und deshalb machte es ihm nichts aus, hier die Stellung zu halten. Trotzdem beunruhigte es ihn ein wenig, sich mit seinem VISOR in der saalartigen Kammer umzusehen und nur wenige infrarote Eindrücke von warmen Körpern zu empfangen.

»Wie lange dauert es noch?« fragte Deanna ungeduldig.

Geordi blickte wieder auf den Bildschirm. Troi hatte ihn aus seinen Träumereien geweckt, und nun merkte er, daß sich der Rechner tatsächlich viel Zeit ließ. »Computer«, sagte er. »Was ist mit dem Code?«

»Der Wiederholungsfaktor bei diesen Daten genügt nicht für die Bezeichnung ›Code‹«, antwortete die freundliche und körperlose Stimme einer Frau, moduliert von einem Sprachprozessor. »Es lassen sich keine kohärenten Strukturen aus Symbolen, Zahlen, Buchstaben, Worten, Sätzen oder Signalen feststellen. Offenbar handelt es sich um ein Zufallsmuster.«

Geordi wandte sich an die Counselor und lächelte. »Computer sind immer lausige Gedankenleser gewesen.«

Deanna klopfte dem Chefingenieur auf den Rücken. »Wir haben es wenigstens versucht. Eigentlich bin ich kaum überrascht — ich habe nicht erwartet, daß es so einfach sein würde.«

»Dieser Code hat's echt in sich«, meinte Geordi und schüttelte den Kopf. »Unbewußte Kreativität. So wie bei Beatnik-Poesie.«

»Beatnik-Poesie?« wiederholte Deanna verwirrt.

»Eine Subkultur der irdischen Gesellschaft, etwa gegen Mitte des zwanzigsten Jahrhunderts«, erklärte La-

Forge. »Die Beatniks rezitierten rhythmisch klingende Gedichte, begleitet von Bongotrommeln oder Saxophonen. Der Text hatte nur für den Dichter Bedeutung.«

»Ich verstehe.« Troi nickte, und der Gedanke an Poesie faszinierte sie. Die Counselor wußte nicht, ob es sinnvoll war, aber sie verspürte den plötzlichen Wunsch, dem Holodeck einen Besuch abzustatten und sich dort auf betazoidische Gedichte zu konzentrieren. »Danke, Geordi.« Sie schüttelte ihm die Hand und eilte zur Tür.

»Gern geschehen!« rief ihr der Chefingenieur erstaunt nach.

Als Deanna den Turbolift erreichte, drang die höfliche Stimme eines Mannes aus ihrem Insignienkommunikator. »Sicherheitswächter Queryl an Counselor Troi.«

Sie öffnete einen Kom-Kanal. »Hier Troi.«

»Ein Ambiententechniker bittet, Ihr Quartier betreten zu dürfen, um den Synthetisierer zu reparieren.«

»Den Synthetisierer?« erwiderte Deanna überrascht. Dann erinnerte sie sich. »Lassen Sie ihn eintreten. Und danken Sie ihm dafür, daß er sich schon nach so kurzer Zeit um den defekten Apparat kümmert.«

»Er kann mit der Reparatur warten, bis Sie anwesend sind.«

»Das ist nicht nötig«, sagte Deanna. »Vielleicht dauert es noch eine Weile, bis ich zu meiner Kabine zurückkehre. Troi Ende.« Sie dachte an die besonderen Metren betazoidischer Poesie und nannte dem Turbolift-Computer ihr Ziel: Deck 11.

Dr. Grastow neigte sich hin und her, doch der Stuhl bot dem großen Antarier nicht genug Platz. Lieutenant Worf gab ihm keine Chance, eine einigermaßen bequeme Haltung zu finden. Er stapfte zum Zeugenstand und fragte scharf: »In welcher Beziehung stehen Sie zu Dr. Costa?«

Grastow blickte melancholisch zu dem alten Wissenschaftler, der hinter den stabförmigen Kraftfeldgeneratoren saß. »Ich verehre ihn«, antwortete er mit schriller Stimme. »Und ich existiere nur, um ihm zu dienen.«

»Haben Sie Dr. Costas Wünschen entsprochen, als Sie nach Lynn Costas Bestattung seine Freunde belogen und behaupteten, er ruhe aus — während er sich in Ihrer Kabine verbarg?«

»Ja«, antwortete Grastow. »Das entsprach seinem Wunsch.«

»Und später?« zischte Worf. »Als Sie Fähnrich Crusher daran hinderten, Ihr Quartier zu verlassen?«

Der Antarier nickte ernst. »Ich wußte, daß es falsch war. Aber Emil wollte allein sein. Und er vertraute nur mir.«

»Warum?« fragte Worf. »Weshalb fühlen Sie sich ihm so sehr verpflichtet?«

»Emil und Lynn Costa retteten meinen Heimatplaneten«, erklärte Grastow. »Ohne ihre Hilfe wäre ich tot, ebenso meine Eltern und alle anderen. Ich existiere nur, um Emil Costa zu dienen.«

Worf schüttelte unwirsch den Kopf. »Der Charakter des Angeklagten spielt keine Rolle.«

»Da bin ich anderer Meinung«, widersprach Grastow. »Er wäre überhaupt nicht imstande, jemanden umzubringen.«

Der Klingone wanderte umher, blieb abrupt stehen und richtete den Zeigefinger auf Emil. »Dr. Grastow, bevor der Angeklagte Ihr Quartier verließ, um sich mit Karn Milu zu treffen … Haben Sie beobachtet, wie er einen Phaser nahm?«

Der Antarier zögerte und starrte auf seine großen, fleischigen Hände. »Ja«, murmelte er.

»Aus welchem Grund bewaffnete er sich?«

»Das hat er nicht gesagt«, erwiderte Grastow.

»Erschien es Ihnen nicht seltsam, daß er einen Strahler einsteckte, bevor er aufbrach, um mit seinem Vorgesetzten zu sprechen — einem Mann, mit dem er jahrelang zusammengearbeitet hat?«

»Äh, ja«, sagte der Antarier unsicher. »Aber er war erregt und verzweifelt.«

»Trotzdem unterwarfen Sie sich bereitwillig seinem Willen. Sie wurden gegen einen Starfleet-Offizier tätlich und unternahmen nichts dagegen, daß sich Dr. Costa mit einem illegalen Phaser bewaffnete — obwohl Sie von seiner Unzurechnungsfähigkeit wußten?«

Data stand auf. »Einspruch, Euer Ehren. Der Zeuge ist kein ausgebildeter Psychologe.«

»Ich ziehe die Frage zurück«, brummte Worf. »Lassen Sie uns folgendes feststellen, Dr. Grastow: Sie waren bereit, die Starfleet-Vorschriften zu verletzen, um Dr. Costa zu helfen. Stimmt das?«

Der Antarer nickte. »Ja.«

»Was wußten Sie von den geheimen Absprachen zwischen Karn Milu und dem Angeklagten?«

»Nichts«, antwortete der Zeuge sofort. »Davon hatte ich keine Ahnung.«

Worf schüttelte grimmig den Kopf. »Sie haben einfach so Ihre berufliche Zukunft aufs Spiel gesetzt — ohne den *Grund* dafür zu kennen?«

Die breiten, massigen Schultern des Antariers sanken nach unten.

»Nun, vielleicht gibt es noch eine Möglichkeit für Sie, Ihre Karriere bei Starfleet zu retten«, fuhr Worf fort. »Bitte berichten Sie uns von den Verhandlungen zwischen den Costas und Karn Milu.«

»Ich weiß nichts davon«, wiederholte Grastow niedergeschlagen.

»Haben Sie jemals gehört, wie sie über eine geheimgehaltene Entdeckung sprachen, eine Submikrobe, bei der alle bisher entwickelten Biofilter versagen?«

Der Antarier warf dem Klingonen einen verwunderten Blick zu. »Nein«, sagte er fest.

»Keine weiteren Fragen.« Worf kehrte zum Tisch der Anklage zurück.

Die Richterin sah zu Data. »Sie können mit dem Kreuzverhör beginnen.«

Der Androide schritt zum Zeugenstand und nickte freundlich. »Guten Tag. Dr. Grastow.«

»Guten Tag.« Die Miene des Antariers erhellte sich.

»Wie lange haben Sie zusammen mit den Costas am Projekt Mikrokontamination gearbeitet?« erkundigte sich Data.

»Ich kam mit ihnen zur *Enterprise*«, verkündete Grastow stolz. »Vor etwa drei Jahren. Nur Saduk ist noch länger beim Projekt.«

»Sie, Saduk sowie Lynn und Emil Costa haben sich also zum gleichen Zeitpunkt der *Enterprise*-Crew hinzugesellt?«

»Ja«, bestätigte der Antarier. Die Unsicherheit fiel von ihm ab, und er wurde redseliger. »Wir sind immer eine intakte Gruppe gewesen, und deshalb kann ich kaum glauben, was in der letzten Zeit geschehen ist.«

»Vorhin haben Sie darauf hingewiesen, wie sehr Sie sich Dr. Costa verpflichtet fühlen. Für ihn sind Sie sogar bereit, die Starfleet-Vorschriften zu mißachten.«

Das Lächeln verschwand von Grastows Lippen. »Ja.«

»Schließt Ihre Loyalität auch Mord ein?«

»Einspruch!« rief Worf. »Es wird keine Anklage gegen den Zeugen erhoben.«

»Ich möchte dem Gericht nur zeigen, daß andere Personen an Bord der *Enterprise* ebenfalls Motiv und Gelegenheit hatten, Karn Milu zu ermorden«, erklärte Data.

»Einspruch abgelehnt«, entschied Watanabe nachdenklich. »Der Zeuge soll die Frage beantworten.«

Grastow wand sich auf dem für ihn zu kleinen Stuhl hin und her. »Von Mord weiß ich nichts«, sagte er nervös. »Darüber haben wir nie gesprochen.«

»Gehen wir von einer Theorie aus, Dr. Grastow«, sagte Data. »Nehmen wir an, Sie besaßen den zweiten illegal replizierten Phaser und folgten Dr. Costa zum Laboratorium auf Deck 31. Dort beobachteten Sie, wie sich Emil und Karn Milu stritten, *nachdem* sie Fähnrich Crusher in einem Experimentierbehälter einsperrten. Vielleicht warteten Sie, bis Emil Costa den Raum verließ, um anschließend dem Entomologen gegenüberzutreten. Wären Sie imstande, jemanden zu ermorden, um Dr. Costas Ruf zu retten?«

Der Angeklagte sprang abrupt auf und hob die Faust. »Belasten Sie sich nicht, Grastow!« heulte er. »Sie waren nicht dabei — Sie trifft überhaupt keine Schuld.« In seiner Aufregung trat Emil Costa zu weit vor und berührte das Kraftfeld — eine knisternde Entladung schleuderte ihn zurück und zu Boden.

Die Sicherheitswächter schalteten den Ergschild sofort aus, und Worf erreichte den zitternden alten Mann als erster. Behutsam half er dem Mikrobiologen auf die Beine und führte ihn zu seinem Stuhl.

»Ich bitte um eine Sitzungspause«, sagte er.

Die Richterin beugte sich vor. »Ist alles in Ordnung mit Ihnen, Dr. Costa?«

»Ich glaube schon.« Er strich sich den Anzug glatt und sah Worf an. »Vielen Dank.«

Watanabe nahm ihre Brille ab und rieb sich die müden Augen. »Es ist spät«, meinte sie. »Hiermit vertage ich die Verhandlung auf morgen zehn Uhr. Dann setzen wir die Vernehmung des Zeugen Dr. Grastow fort.«

Während die anderen aufstanden und zum Ausgang schritten, griff Emil nach Worfs dunkler Hand. »Ich habe Karn Milu nicht ermordet«, brachte er hervor. »Ich bin ruiniert — was könnte ich durch Lügen gewinnen? Bitte setzen Sie Ihre Ermittlungen fort. Der wahre Mörder befindet sich noch immer an Bord der *Enterprise*.«

Worf trat zurück und überließ Emil Costa den übrigen Sicherheitswächtern. Er stand völlig reglos, als er beobachtete, wie der Gerichtssaal allmählich leer wurde, dachte dabei an das komplexe Gespinst aus persönlichen Beziehungen innerhalb des Projekts Mikrokontamination. Hier die opportunistischen Costas und Karn Milu — dort die loyalen Assistenten Grastow, Saduk und Shana. Die junge Frau gehörte erst seit kurzer Zeit zur Gruppe, aber sie zögerte nicht, auf Karn Milus Verwicklung beim Tod von Lynn Costa hinzuweisen. Wußten die anderen noch mehr?

Der Klingone schüttelte den Kopf und ahnte, daß ihm eine weitere schlaflose Nacht bevorstand. Irgend etwas veranlaßte ihn dazu, den Rat des alten Wissenschaftlers zu beherzigen und noch weitere Ermittlungen anzustellen.

Der Himmel war bewölkt, und ein böiger Wind wehte — an solche Tage erinnerte sich Deanna aus ihrer Jugend. Auf der Wiese wuchsen orangefarbene Col-Blumen, nur wenige Zentimeter groß. Hohes Mela-Schilf neigte sich in der steifen Brise hin und her, und die Kolben gaben Samenstaub frei. Unter den Stiefeln der Counselor seufzten weiche Moosfladen. Regentropfen berührten ihre Wangen, und sie neigte den Kopf nach hinten, wandte das Gesicht der Nässe zu.

Nach einer Weile zog sie den Schal enger um Schultern und Hals, entsann sich daran, daß er von einem Freund ihrer Mutter gestrickt worden war. Sie wollte sich wieder wie ein kleines Mädchen fühlen und noch einmal die einfachen Emotionen der Kindheit genießen: Romantik, Leichtfertigkeit, Freude an einem Spaziergang, durch unfreundliche Worte verletzter Stolz. Das waren die Schlüssel, die einem Betazoiden jenen Teil des Selbst öffneten, der den Angehörigen der meisten Spezies verschlossen blieb. Das Rätsel ließ sich nur mit lustiger Verspieltheit lösen.

Troi ging weiter, bewunderte die Echtheit des Holodeck-Ambiente und überlegte, was sich hinter dem nächsten Hügel befinden mochte. Warum unternahm sie diesen Versuch erst jetzt? *Weil es bisher nie notwendig geworden ist, direkt zu meinen Wurzeln zurückzukehren,* dachte sie. Betazoiden nahmen nicht nur Gefühle wahr — sie hielten es auch für ihre Pflicht, ihnen mit Ehrlichkeit zu begegnen. Sie sahen in den Empfindungen keine Schwäche, die versteckt oder ausgenutzt werden mußte, sondern gemeinsame Bande der Erfahrung und Empathie. Wie sollte man in anderen Personen Emotionen identifizieren, ohne sie vorher selbst zu erfahren? Während ihrer Tätigkeit an Bord der *Enterprise* achtete Deanna immer darauf, ihre Gefühle zu kontrollieren, doch nun mußte sie ihr Bewußtsein ganz öffnen.

Wenn sie feststellte, wie Karn Milu empfunden hatte ... Dann konnte sie die Bedeutung der unbewußten Aufzeichnungen erfassen. Sie brauchte nicht alles zu entschlüsseln, nur jene Daten, die Emil und Lynn Costa sowie das Projekt Mikrokontamination betrafen. Troi war ganz sicher, daß sich irgendwo entsprechende Notizen verbargen. Andernfalls hätte sich der Entomologe bestimmt nicht die Mühe gemacht, einen isolinearen Chip zu tarnen.

Nur ein Wort, dachte Deanna, als sie über den Hang des Hügels wanderte und der Wind an ihrem Haar zupfte. *Nur ein Wort oder ein Name. Dann habe ich einen Ansatzpunkt.* Und: *Lynn. Damit begann alles. Ich muß nach dem Namen Lynn Costa Ausschau halten.* Plötzlich war sie sicher, ihn selbst in der codierten Form zu erkennen.

Troi drehte sich um die eigene Achse, und ihr Schal flatterte, als sie die unsinnigen Silben eines betazoidischen Kinderreims sang. Ein strahlendes Lächeln und die innere Wärme angenehmer Reminiszenzen erhellten ihre Miene. Schließlich verharrte sie und rief in den Wind: »Ende des Programms!« Die Umgebung veränderte sich schlagartig, und das Moos unter den Füßen der Counselor verwandelte sich in die Gitterstruktur des nackten Holodecks.

Sie verließ den Raum, fühlte sich frisch und geistig erneuert. Bevor sie ihr Quartier betrat, zögerte sie an der Tür und schickte Karn Milu eine empathische Botschaft, mit der sie ihn um Hilfe bat. Das war natürlich unsinnig, aber Gedanken und Gefühle konnten auch nach dem Tod verweilen. Deanna betrat die Kabine, nahm am Computerterminal Platz, schob den optischen Chip in die Abtastöffnung des Scanners und begann mit der Arbeit.

Eine seltsame Mischung aus Zeichen und Symbolen erschien auf dem Bildschirm. Troi betrachtete die verwirrende Darstellung und wartete darauf, daß sich ihr irgend etwas offenbarte. Vor ihrem inneren Auge sah sie Lynn Costa, und sie hielt an der Überzeugung fest, daß der Name von Emils Frau irgendwo in dem codierten Manuskript erschien.

Zwei Stunden lang starrte sie auf den Schirm, ohne ein einziges Mal an ihren telepathischen Fähigkeiten zu zweifeln. Verspielt begann sie damit, wie ein glückliches Kind zu singen und sich dabei gleichzeitig auf eine Bedeutungsanalyse zu konzentrieren. Das innere Abbild Lynn Costas wuchs, bis es ihr ganzes Denken und Empfinden füllte. Welche Gefühle hatte ihr Karn Milu entgegengebracht?

»Eine Hexe«, sagte Deanna. Sie zwinkerte und stellte fest, daß sie dieses Wort auf dem Monitor gelesen hatte.

Plötzlich ergaben mehrere Symbolfolgen einen Sinn. Namen und Bezeichnungen sprangen der Counselor entgegen. Aufgeregt blätterte sie durch die elektronischen Seiten und suchte nach einer anderen Stelle, an der noch einmal von Lynn Costa die Rede war. Sie fand auch die Namen der übrigen Mitarbeiter des Projekts Mikrokontamination.

»Königin und Hexe«, flüsterte sie und öffnete ein Bildschirmfenster, um dort die Begriffe zu übersetzen.

»Lynn, Königin und Hexe«, wiederholte sie laut.

»Emil, der freche Spaßvogel. Saduk, offensichtlicher Erbe. Grastow, der Lakai. Und Shana ist Jasmin.«

Troi hielt inne, starrte auf Symbole und die daneben notierten Worte. Was hatte es mit den Begriffen Lakai, Jasmin und Spaßvogel auf sich?

Nachdenklich lehnte sich die Counselor zurück. Sie hatte den Präkognitionscode entschlüsselt, doch darunter kam ein weiterer zum Vorschein — er erinnerte sie an psychologische Assoziationstests. Deanna spürte das Bedürfnis, ihre Entdeckung einer anderen Person zu zeigen, mit jemandem über Theorien und Möglichkeiten zu sprechen. Die logische Wahl hieß Worf, und sie fragte sich, ob der erste Verhandlungstag auf — beziehungsweise *in* — dem Asteroiden inzwischen zu Ende gegangen war. Nach einigen Sekunden beschloß sie zu versuchen, einen Kontakt mit ihm herzustellen. Das konnte bestimmt nicht schaden — wenn er sich noch im Gerichtssaal befand, ignorierte sein Kommunikator das Rufsignal.

Der Klingone hielt sich in einem Gästequartier der Starbase auf, in einem Zimmer, das seiner Ansicht nach viel zu luxuriös eingerichtet war. Wohin er auch blickte: Überall sah er erlesenes Holz und bunte Farben. Er befaßte sich gerade mit weiteren Indizien und überlegte, ob er sie dem Gericht vorlegen sollte. Langsam hob er eine blaue Phiole und hielt sie mit großer Vorsicht zwischen den Fingern, obwohl sie nicht so leicht zerbrechen konnte. *Selbst wenn sich Emil wegen des Mordes an seiner Frau verantworten müßte ...*, dachte er verdrießlich. *Dieses Fläschchen und Guinans Aussage beweisen nur, daß er Alkohol getrunken und die Kammer mit den Experimentierbehältern aufgesucht hat.*

Er erinnerte sich daran, daß die Phiole den ersten deutlichen Hinweis auf Emils Schuld geboten hatte. Ihre Entdeckung schien geplant gewesen zu sein — damit der Mikrobiologe in Verdacht geriet. Worf versteifte sich plötzlich, als ihm ein erschreckender Gedanke durch den Kopf ging. *Und wenn Karn Milu nur deshalb ermordet wurde, um Emil Costa noch mehr zu belasten?* Er schlug mit der Faust so heftig auf den Tisch, daß exotisches Holz splitterte.

Das leise Zirpen des Insignienkommunikators unterbrach den Zorn des Sicherheitsoffiziers. »Troi an Worf«, erklang die aufgeregte Stimme der Counselor.

»Hier Worf«, knurrte der Klingone. »Ich muß mit Ihnen reden.«

»Dann sind wir offenbar auf der gleichen Wellenlänge«, erwiderte Deanna. »Wir haben in Karn Milus Büro einen verstecken isolinearen Chip gefunden. Er enthält codierte Aufzeichnungen, und es ist mir gelungen, einige davon zu entschlüsseln.«

»Ich kehre zur *Enterprise* zurück«, entschied Worf und erhob sich ruckartig. »Wo sind Sie jetzt?«

»In meinem Quartier«, sagte Deanna. »Ich warte auf Sie. Troi Ende.«

Lieutenant Worf eilte zur Tür, während Deanna an Bord des Schiffes aufstand und sich streckte. Erstaunlicherweise hatten sie die Anstrengungen der letzten Stunden nicht erschöpft. Ganz im Gegenteil: Der Umstand, daß sie jetzt den Schlüssel zu Karn Milus Aufzeichnungen besaß, erfüllte sie mit neuer Kraft. Sie erinnerte sich daran, wie oft der Betazoide sie aufgefordert hatte, ihre telepathischen Fähigkeiten weiterzuentwickeln. *Er wäre sicher stolz auf mich gewesen,* fuhr es ihr durch den Sinn.

Jetzt möchte ich eine Tasse Tee. Die Counselor drehte sich zum einige Meter entfernten Synthetisierer um — und sie verdankte es allein ihrem Wunsch nach Tee, daß sie den Rauch bemerkte, der aus dem Ausgabefach des Geräts kräuselte. *Das Ding ist doch repariert worden ...*

Deanna trat einen Schritt darauf zu, und plötzlich gaben die Beine unter ihr nach. Sie taumelte, verlor das Gleichgewicht und fiel auf den Teppich. Glücklicherweise blieb sie lange genug bei Bewußtsein, um ihren Insignienkommunikator zu aktivieren. »Troi an Krankenstation! Notfall! Notf …«

Weiter kam sie nicht. Schwärze wogte heran und verschlang ihre Gedanken. Deanna lag reglos auf dem Boden, ohne zu atmen — das Herz in ihrer Brust klopfte nicht mehr …

KAPITEL 16

Als Worf den nächsten Transporterraum in der Starbase erreichte, stellte er überrascht fest, daß Data dort zusammen mit einigen anderen Besatzungsmitgliedern darauf wartete, zur *Enterprise* zurückzukehren. Unbeschwertes Lachen und allgemeine Heiterkeit teilten dem Klingonen mit, daß diese Männer und Frauen Landurlaub auf Kayran Rock verbracht hatten. Es wurden jeweils vier Personen transferiert — die Schlange vor der Transporterplattform schrumpfte rasch. Worf blieb hinter dem Androiden stehen.

»Wir könnten die Privilegien unseres Rangs nutzen und verlangen, sofort zum Schiff gebeamt zu werden«, schlug der Sicherheitsoffizier vor.

»Ja, das könnten wir«, pflichtete ihm Data bei und nickte knapp. »Aber es wäre nicht fair. Für diese Leute beginnt nun wieder die Arbeit, während ich an Bord des Schiffes derzeit keine besonderen Pflichten wahrnehmen muß.«

Worf lächelte. »Mit dem bisherigen Verlauf des Prozesses sind Sie nicht sehr zufrieden, oder?«

»Nein«, antwortete der Androide. »Meiner Meinung nach haben Sie noch keinen Beweis für eine hinreichende Schuld Emil Costas erbracht. Wie dem auch sei ... Meine Besorgnis gilt einem anderen Umstand. Ich fürchte, der wahre Mörder ist noch immer auf freiem Fuß.«

Worf ballte die Fäuste, und sein Gesicht verfinsterte sich. »Manchmal denke ich ebenfalls daran. Und ich frage mich, ob wir jemals die ganze Wahrheit herausfinden.«

»Lieutenant Worf«, ertönte die vertraute Stimme der Bordärztin Beverly Crusher. »Bitte melden Sie sich sofort in der Krankenstation.«

Der Klingone aktivierte seinen Insignienkommunikator. »Ich bin unterwegs, Doktor. Was ist geschehen?«

Beverly wählte ihre Worte mit großer Sorgfalt. »Deanna Troi wäre fast gestorben. Eigentlich braucht die Counselor jetzt Ruhe, aber sie besteht darauf, mit Ihnen zu sprechen.«

»Bestätigung«, knurrte Worf. Er sprang auf die Transporterplattform und winkte andere Personen beiseite. Data folgte ihm sofort.

Als sie die Krankenstation erreichten, begegneten sie dort einer ernsten Dr. Crusher, die mit verschränkten Armen vor dem Zugang stand. »Ich möchte, daß Deanna schläft«, sagte sie. »Doch sie beharrt noch immer darauf, mit Worf zu reden. Ihren Namen hat sie nicht genannt, Data.«

»Wie geht es ihr?« fragte der Androide.

»Sie ist nur knapp dem Tod entronnen«, antwortete die Ärztin. »Inzwischen hat sich ihr Zustand stabilisiert, und sie wird sich erholen — *wenn sie ausruht.* Data, bitte gehen Sie zur Brücke und informieren Sie Captain Picard und Commander Riker. Sagen Sie ihnen, daß mit Deanna soweit alles in Ordnung ist. Ich erstatte später Bericht. Bis auf weiteres darf die Counselor keine Besucher empfangen — Worf bildet die einzige Ausnahme.«

»Ja, Doktor.« Der Androide nickte und eilte fort.

Beverly sah den ungeduldig wartenden Klingonen an. »Ich würde Sie am liebsten fortschicken, aber meine Patientin will sich einfach nicht beruhigen, bevor sie mit Ihnen gesprochen hat.«

Sie winkte und führte den Klingonen ins Untersuchungszimmer. »Deanna liegt in der Intensivstation«, erklärte sie. »Obgleich keine unmittelbare Gefahr mehr droht.«

»Was ist passiert?« fragte Worf.

Dr. Crusher schnaufte leise. »Ich weiß es nicht genau. Als Deanna eingeliefert wurde, atmete sie nicht mehr. Irgend etwas lähmte ihre Hirnfunktionen, sowohl die willkürlichen als auch unwillkürlichen Reflexe. Es gelang uns, sie ins Leben zurückzurufen. Wenn sich Troi erholt hat, nehmen wir genauere Untersuchungen vor, und vermutlich finden wir dabei Spuren von Gift.«

»Wer brachte sie hierher?«

Beverly zuckte mit den Achseln. »Deanna hat die Krankenstation selbst verständigt. Der Computer analysierte ihre Verbalstruktur und registrierte eine Abweichung von der Norm, durch ein erhebliches Trauma hervorgerufen. Daraufhin veranlaßte er einen direkten Transfer.« Die Ärztin zögerte kurz. »Andernfalls wäre Troi jetzt nicht mehr bei uns.«

Der Klingone knurrte kehlig, und seine Nackenhaare richteten sich auf. Er folgte Dr. Crusher in die Intensivstation.

Deanna lag in einem Bett, und ihr Gesicht wirkte sehr blaß. Sie sah zu Worf auf und rang sich ein Lächeln ab. Er bemerkte ihre Reglosigkeit — als seien selbst geringfügige Bewegungen viel zu anstrengend.

»Zwei Minuten«, sagte Beverly und schloß die Tür.

Worf ging neben dem Bett in die Hocke. »Ich bedauere sehr, Sie in Gefahr gebracht zu haben.«

»Unsinn«, hauchte Deanna. »Wir kommen der Wahrheit näher, Worf — und dadurch fühlt sich der Täter bedroht. In meiner Kabine ...«, flüsterte die Counselor. »Holen Sie den isolinearen Chip. Aber seien Sie vorsichtig. Vielleicht stellt das Gas noch immer eine Gefahr dar. Finden Sie heraus, was Karn Milu mit ›Königin und Hexe‹ meinte.«

»Wie bitte?« Worf blinzelte verwirrt.

»Vielleicht steckt nichts dahinter.« Troi seufzte, und ihr Kopf sank aufs Kissen zurück. Nach einigen Sekunden hob sie ihn erneut und fand genug Kraft, um dem Klingonen mitzuteilen: »In seinen geheimen Aufzeichnungen schrieb der Entomologe: ›Lynn, Königin und Hexe. Emil, der freche Spaßvogel. Saduk, offensichtlicher Erbe. Grastow, der Lakai. Und Shana ist Jasmin.‹ Dabei handelt es sich nur um einen kleinen Teil seiner Notizen, und wir brauchen den Chip, um auch die anderen zu entschlüsseln.«

»Ruhen Sie sich aus«, sagte der Sicherheitsoffizier. »Ich kümmere mich um alles.« Er richtete sich auf und aktivierte seinen Insignienkommunikator. »Worf an La-Forge.«

»Hier Geordi«, antwortete der Chefingenieur. »Was haben Sie auf dem Herzen?«

»Wir treffen uns vor Deanna Trois Kabine. Und bringen Sie zwei Tricorder mit.«

»In Ordnung«, bestätigte LaForge.

Worf klopfte erneut auf das kleine Kom-Gerät. »Hier spricht Lieutenant Worf. Eine Sicherheitsgruppe zur Krankenstation. Von jetzt an wird Counselor Troi rund um die Uhr bewacht. Ohne Dr. Crushers Erlaubnis darf niemand zu ihr. Worf Ende.«

Er wollte sich von Deanna verabschieden, aber sie war bereits eingeschlafen.

Captain Picard stand auf, wandte sich vom Kommandosessel ab und begann mit einer unruhigen Wanderung durch den Kontrollraum der *Enterprise.* Commander Riker folgte ihm stumm. Nach einer Weile blieb Jean-Luc stehen und fragte: »Wie kam es dazu?«

Data schüttelte den Kopf. »Ich weiß es nicht genau, und offenbar gilt das auch für Dr. Crusher. Nur in einem Punkt scheint sie sicher zu sein: Counselor Troi wird sich erholen.«

Riker strich über seinen Bart und ballte dann die

Faust. Ungeduldig wandte er sich an Picard. »Bitte um Erlaubnis, die Brücke verlassen zu dürfen, Sir.«

»Nein, Nummer Eins«, erwiderte der Captain voller Mitgefühl. »Wir müssen Dr. Crushers Anweisungen respektieren.« Er holte tief Luft und fügte entschlossen hinzu: »Aber wir werden herausfinden, was geschehen ist.«

»Es besteht die Möglichkeit eines Zusammenhangs zwischen Counselor Trois plötzlicher Erkrankung und den Mordfall-Ermittlungen«, meinte Data.

Der Erste Offizier schüttelte fassungslos den Kopf. »Möchten Sie sich mit Worf in Verbindung setzen, Captain? Oder soll ich das übernehmen?«

»Ich überlasse es Ihnen«, entgegnete Picard. »Und denken Sie bitte daran: Unser Sicherheitsoffizier hat in bezug auf viele Aspekte dieser seltsamen Situation recht behalten. Wenn ich seine Hinweise ernst genug genommen hätte, wäre es vielleicht nicht zu dem Zwischenfall an Bord des Shuttles gekommen.«

Riker wölbte erstaunt die Brauen — nur sehr selten kritisierte Picard seine eigenen Entscheidungen. Darüber hinaus wurde dem Ersten Offizier klar, daß der Captain kaum über die Hintergründe jener Ereignisse Bescheid wußte. »Riker an Worf«, sagte er ruhig.

Sofort erklang die tiefe Stimme des Klingonen. »Hier Worf.«

»Wir haben gerade erfahren, wie es um Deanna Troi steht. Ist alles unter Kontrolle?«

»Ja, Sir«, antwortete der Sicherheitsoffizier. »Die Counselor schlief, als ich sie verließ. Wir haben miteinander gesprochen, und Dr. Crusher versicherte mir, daß sie sich erholen wird. Ich bin jetzt auf dem Weg zu ihrem Quartier, um dort Nachforschungen anzustellen.«

»Was könnte passiert sein?« fragte Will.

»Deanna erwähnte Gas. Geordi und ich sehen uns in ihrer Kabine um. Wenn dort keine Gefahr mehr droht, rufen wir einige Techniker.«

»Seien Sie vorsichtig«, mahnte Picard. »Und falls Sie etwas brauchen ... Sie wissen, wo Sie mich erreichen können.«

»Danke, Captain«, sagte Worf. »Vielleicht müssen wir das Gericht um eine längere Vertagung bitten. Morgen, nach Grastows Vernehmung, wollte ich Counselor Troi in den Zeugenstand rufen.«

»Ich verständige die Richterin«, erwiderte der Captain. »Gehen Sie der Sache auf den Grund. Picard Ende.«

Worf verließ den Turbolift und erreichte ein vertrautes Deck, auf dem die meisten Brückenoffiziere wohnten. Geordi trat aus einer Transportkapsel auf der anderen Seite des Korridors, und er hatte zwei Tricorder mitgebracht. Einen davon warf er dem Klingonen zu. Worf fing ihn auf und marschierte durch den Gang.

»Was ist los?« erkundigte sich LaForge und folgte Worf. »Ich dachte, Sie hätten alles geregelt.«

»Ich habe mich geirrt«, brummte der Sicherheitsoffizier und ging mit noch längeren Schritten.

Worf eilte um eine Ecke, blieb einige Meter vor der offenen Tür von Trois Quartier stehen, schaltete den Tricorder ein und sah auf die Anzeigen.

Geordi starrte auf das Display seines eigenen Ortungsinstruments. »Wonach suchen wir?« fragte er.

Worfs Blick blieb auf den Scanner gerichtet. »Nach einem Gas, das jemanden innerhalb weniger Sekunden umbringen kann.«

»Ich registriere einige sonderbare Spurenelemente«, sagte der Chefingenieur. »Aber nicht in einer gefährlichen Menge. Allem Anschein nach war jemand so freundlich, das Zimmer für uns zu lüften.«

»Freundlichkeit hat damit nichts zu tun«, knurrte Worf und näherte sich der Tür. Als der Tricorder keinen Alarm auslöste, betrat er das Zimmer.

Geordi verharrte nicht im Korridor, und die beiden Männer nahmen sich verschiedene Bereiche der Kabine vor: Worf ging zum Computerschirm, und LaForge wandte sich dem Synthetisierer zu — der mit einem Phaser in Schrott verwandelt worden war.

»Sehen Sie sich das an!« Geordi deutete auf das schwarze Loch in der Wand, gesäumt von zerfetztem Metall. Im Innern klebte eine grüne, gallertartige Masse an halb verbrannten Kabelsträngen. »Ein direkter Schuß.«

Worf öffnete die Schubladen von Deannas Schreibtisch, hielt jedoch vergeblich nach einem isolinearen Chip Ausschau. Die beiden Abtaster des Terminals waren leer. *»Do'Ha'!«* fluchte er.

»Stimmt was nicht?« fragte Geordi.

»Der Chip ist weg!« brummte Worf. Er wirbelte um die eigene Achse und blickte durchs Zimmer, als hoffte er, den unbekannten Täter irgendwo zu entdecken. »Als die Counselor das Bewußtsein verlor, kam jemand herein und stahl das Speichermodul. Und er schoß auf den Synthetisierer, um die Spuren des Mordversuchs zu verwischen.« Mit finsterer Miene blickte er zum Loch in der Wand.

»Ich beauftrage einige meiner Techniker, die Reste des Synthetisierers gründlich zu untersuchen.« Geordi wischte sich Ruß von den Händen.

»Wir sind zu spät gekommen«, grollte Worf. Niedergeschlagen ließ er den Kopf hängen und stapfte zur Tür. »Ich sehe mich noch einmal in Karn Milus Büro um. Vielleicht hat er dort einen zweiten Chip oder andere Aufzeichnungen versteckt.«

»Warten Sie!« rief Geordi, und daraufhin blieb der Klingone stehen. »Ich weiß, daß dies nicht der geeignete Zeitpunkt ist, aber ... Nun, ich habe dafür gesorgt, daß die Turbolifte während eines Notfalls schneller sind. Wenn Sie feststellen möchten, wie sich eine um fünfzehn Prozent höhere Geschwindigkeit auswirkt — geben Sie Ihr Ziel einfach als ›Geschwindigkeitstest‹ an. Dann geht's mit Volldampf zum Maschinenraum.«

»Danke.« Worf nickte und schritt durch die Tür.

LaForge fügte hinzu: »Erteilen Sie dem Computer diese Anweisung, *bevor* sich die Transportkapsel in Bewegung setzt. Sonst erleben Sie eine ziemlich unangenehme Überraschung.«

Worf achtete kaum auf die letzten Worte des Chefingenieurs, als er zornig durch den Korridor ging, fort von Deanna Trois Kabine. Erneut war ihnen der Mörder zuvorgekommen! Bisher hatte Worf fest an Emil Costas Schuld geglaubt, und das erwies sich nun als Fehler. Oder arbeitete der alte Wissenschaftler mit jemandem zusammen? *Hat er vielleicht einen Komplizen an Bord?* Aber wer fühlte sich so sehr bedroht, daß er zwei Personen umbrachte und nun versuchte, eine dritte — Deanna Troi — zu ermorden?

Die Counselor hat etwas entdeckt, dachte der Klingone. *Ein wichtiges Beweisstück.* Gerade dieser Umstand belastete ihn: Er war der offensichtlichen Spur gefolgt, und vielleicht hatte er sich dadurch wie eine Marionette des wahren Mörders verhalten. Während er im Gerichtssaal von Kayran Rock die Anklage vertrat, um angebliche Gerechtigkeit durchzusetzen, stellte Deanna Troi weitere Ermittlungen an und spürte den Täter auf. Worf glaubte, seine Pflicht vernachlässigt zu haben. Er war für die Sicherheit der *Enterprise*-Crew zuständig, doch als die Counselor seinen Schutz benötigte, hatte er Zeit damit verschwendet, Reden zu halten.

Der Klingone knurrte wütend, als er um die Ecke marschierte und sich dem Turbolift näherte. Er wußte nicht einmal, wohin er ging. Er hatte Geordi mitgeteilt, sich noch einmal in Karn Milus Büro umsehen zu wollen, aber bestimmt gab es dort keine weiteren Hinweise. *Wir haben unsere Chance nicht genutzt.*

Das Schott der Transportkapsel schloß sich hinter ihm, und Worf zischte: »Deck fünf.«

»Bestätigung«, antwortete die Sprachprozessorstimme.

Nur ein Deck trennte ihn von seinem Ziel, und wenige Sekunden später trat der Klingone in einen von dunklen Büros und Besprechungszimmern gesäumten Korridor. *Entweder sind die Angehörigen der wissenschaftlichen Abteilung zu erschüttert, um ihre Arbeit fortzusetzen, oder sie genießen noch immer den Landurlaub,* überlegte Worf.

Als der Sicherheitsoffizier durch den Gang schritt, dachte er daran, was ihm nun bevorstand. Er mußte vor Gericht einen Fall verhandeln, obwohl er nicht mehr von der Schuld des Angeklagten überzeugt war. Oder er überließ Emil Costa den Kreel. Beide Möglichkeiten erfüllten ihn mit tiefem Unbehagen. Er wußte, daß es den Kreel in erster Linie um das Wissen des Mikrobiologen ging, doch wenn Dr. Costa wirklich keine Verantwortung in Hinsicht auf die beiden Morde trug, so hatte er genug gelitten. Dann verdiente er es nicht, ein Gefangener der Kreel zu werden — für immer.

Worf hatte mit der Präsenz einer Sicherheitsgruppe vor Karn Milus Büro gerechnet, aber es erstaunte ihn, dort auch Dr. Saduk anzutreffen, der sich mit den Wächtern unterhielt. Die beiden Uniformierten salutierten, als sie ihren Vorgesetzten sahen.

»Rühren«, sagte der Klingone. »Hallo, Dr. Saduk.«

»Lieutenant ...« Der Vulkanier nickte. »Ich bin froh, daß Sie gekommen sind. Bitte erlauben Sie mir, Dr. Milus Büro zu betreten.«

»Warum?« fragte Worf knapp.

»Vielleicht hat der Entomologe Anweisungen in Hinsicht auf die Zukunft des Projekts Mikrokontamination hinterlassen. Sie wissen vermutlich, daß unsere Arbeit seit einigen Tagen ruht. Uns ist nicht bekannt, ob wir die Experimente fortsetzen sollen und wer sie leitet. Außerdem benötigen wir neue Mitarbeiter.«

Der Lieutenant deutete zur Tür, und einer der beiden Sicherheitswächter drückte eine Taste, entriegelte damit das elektronische Schloß. Worf setzte sich in Bewegung, und der Vulkanier folgte ihm in das luxuriös-exotisch eingerichtete Zimmer. »Wer war für das Personal des Projekts Mikrokontamination zuständig?« fragte der Klingone und betrachtete die vielen Schaukästen an den Wänden.

Saduk ging sofort zum großen bernsteinfarbenen Schreibtisch. »Die Costas wählten alle Assistenten aus, bevor sie hierher zur *Enterprise* kamen«, erwiderte Saduk. »Shana Russel bildet die einzige Ausnahme. Sie ist seit sechs Monaten bei uns und könnte nun zum Senior-Mitglied des Teams werden.«

»Wollen Sie das Projekt verlassen?« erkundigte sich Worf.

»Ja.« Der Vulkanier schaltete Karn Milus Computerschirm ein. »Sowohl Emil als auch Grastow könnten verurteilt werden — es würde bedeuten, daß wir auf ihre Mitarbeit verzichten müssen. Wenn Grastow nicht verurteilt wird und Dr. Milu ihn vor seinem Tod zum Nachfolger ernannt hat, übernimmt er die Leitung des Projekts. In dem Fall hätte ich nicht das geringste Interesse daran, die Forschungsarbeiten mit eigenen Beiträgen zu unterstützen.«

»Sie sind wenigstens ehrlich«, meinte Worf. »Sie möchten der neue Projektleiter werden und lehnen jeden Kompromiß ab.«

»Niemand hat bessere Qualifikationen als ich«, sagte Saduk in einem sachlichen Tonfall. Er nahm im Sessel des Betazoiden Platz und betrachtete die Daten auf dem Bildschirm. »Darf ich mir Dr. Milus offizielles Logbuch ansehen?«

»Nur zu«, brummte Worf und ließ sich in einen anderen Sessel sinken. »Ich könnte dem Captain vorschlagen, Ihnen den Posten zu geben. Nach Dr. Milus Tod hat der Kommandant dieses Schiffes das Recht, eine entsprechende Entscheidung zu treffen.«

»Dafür wäre ich Ihnen und dem Captain sehr dankbar.« Saduk wandte den Blick nicht vom Terminal ab.

»Allerdings: Wenn Grastow bereits zum neuen Leiter ernannt worden ist, so ergibt sich daraus ein kaum lösbares Problem. Außerdem beschließt der Captain vielleicht, das Projekt einzustellen. Immerhin hat es sich als verhängnisvoll erwiesen.«

Dieser Bemerkung widersprach der Klingone nicht. Er beneidete den Vulkanier fast um die Möglichkeit, einfach alles hinter sich zu lassen. Worf dachte an Dutzende von besorgniserregenden Dingen und fragte sich, in welche Richtung weitere Ermittlungen führen sollten. Gesprächsfetzen, Eindrücke und Vermutungen glitten durch den Fokus seiner inneren Aufmerksamkeit, doch alles blieb vage, ohne ihm etwas Konkretes zu vermitteln. Was hatte Deanna Troi in der Krankenstation gesagt? Worte, die in irgendeinem Zusammenhang mit dem gestohlenen optischen Chip standen ... Worf war stolz auf sein gutes Gedächtnis, und der Versuch, sich auf jene rätselhaften Bemerkungen zu konzentrieren, lenkte ihn von der Sorge ab.

Unterdessen blätterte Saduk durchs elektronische Logbuch. »Ich finde hier keine relevanten Hinweise«, sagte der Vulkanier schließlich und lehnte sich zurück. »Woraus folgt: Die Entscheidung steht dem Captain zu.«

»Lynn, Königin und Hexe«, wiederholte Worf laut. »Emil, der freche Spaßvogel. Saduk, offensichtlicher Erbe. Grastow, der Lakai. Und Shana ist Jasmin.«

Saduk blinzelte, und dünne Falten bildeten sich in seiner Stirn. »Interessant«, kommentierte er. »Haben Sie eine solche Meinung von uns gewonnen?«

»Nein.« Der Klingone zuckte mit den Schultern. »Die Worte stammen von Karn Milu. Erkennen Sie irgendeinen Sinn darin?«

»Nun, in individueller Hinsicht sind sie nicht völlig bedeutungslos«, räumte Saduk ein. »Man könnte Lynn durchaus als eine Art Königin bezeichnen, obwohl ›Hexe‹ etwas Negatives zum Ausdruck bringt. Emil hat häufiger gelacht als alle anderen — in ihm war die menschliche Eigenschaft des Humors besser ausgeprägt. In gewisser Weise neigte er auch zu ›Frechheit‹, wenn ich diesen Begriff richtig verstehe. Was mich betrifft: Ich *bin* der offensichtliche Erbe, wobei ›offensichtlich‹ einer Einschränkung gleichkommt. ›Lakai‹ ist ein Synonym für Diener — ich überlasse Ihnen die Feststellung, ob dieses Wort Grastow auf angemessene Weise beschreibt. Und Shana ... Ich habe gehört, wie Dr. Milu sie Jasmin nannte.«

Worf beugte sich abrupt vor. »Wollen Sie damit sagen, ›Jasmin‹ ist ein *Name?*«

»Möglicherweise«, erwiderte Saduk. »Dr. Milu sprach Shana einmal damit an. Vielleicht erinnerte sie ihn an eine Frau namens Jasmin.«

»Vielleicht.« Worf runzelte die Stirn und stand langsam auf. »Als wir uns zum erstenmal in seinem Büro unterhielten, schien er sich nicht an Shana Russels Namen zu erinnern.«

»Ja, und das hielt ich für seltsam«, entgegnete der Vulkanier. »Schließlich hat *er* die junge Frau zur *Enterprise* geholt und sie dem Projekt zugeteilt.«

Der Klingone trat hinter Saduk und blickte ihm über die Schulter. »Öffnen Sie Shanas Personaldatei. Ich bin neugierig, welche Daten Karn Milu über sie gespeichert hat.«

Saduks Finger huschten über die Tasten, und das Ergebnis erstaunte sie beide. Es gab fast keine Informationen über die junge Assistenten — sie beschränkten sich auf den Zeitraum unmittelbar nach ihrer Ankunft an Bord des Schiffes.

»Computer«, sagte Worf. »Wir benötigen alle Angaben in Hinsicht auf den Lebenslauf der genannten Person.«

»Datei unvollständig«, antwortete die Sprachprozessorstimme. »Die Daten wurden aufgrund einer Anweisung von Dr. Karn Milu gelöscht.«

»Was?« entfuhr es dem Klingonen verblüfft.

»Datei unvollständig«, wiederholte der Computer. »Soll ich die Informationen aus dem Archiv der Starbase kopieren?«

»Wie lange dauert das?«

»Etwa sechs Komma sieben Minuten.«

»Transferiere die Daten zu meinem Kommandostand«, knurrte Worf. Er schritt zur Tür, blieb dort noch einmal stehen und sah zu Saduk. »Danke. Ich bin der Ansicht, daß Sie den Job verdient haben. Und ich werde dem Captain empfehlen, Sie zum neuen Projektleiter zu ernennen.«

Der Vulkanier nickte würdevoll, ohne daß sich sein ernster Gesichtsausdruck veränderte.

Worf eilte durch den Korridor, und einmal mehr fiel ihm die Stille in diesem Teil des Schiffes auf. Er hoffte, daß die anderen Besatzungsmitglieder mehr Spaß am Aufenthalt in der Starbase hatten, als es bei ihm der Fall gewesen war. Der Klingone erwog einen Abstecher zur Brücke, entschied sich jedoch dagegen — er wollte nicht Dutzende von Fragen nach Counselor Troi und ihrem gegenwärtigen Zustand beantworten müssen. Seine Kollegen konnten von Dr. Crusher die Auskunft erhalten, daß sich Deanna ausruhte und erholte. Ihm lag auch nichts daran, die Gerichtsverhandlung zu erörtern. In dieser Hinsicht war Data ein weitaus besserer Berichterstatter. Worf begriff, daß er den Prozeß vergessen und noch einmal von vorn beginnen mußte. Es mochte kaum etwas bedeuten, daß in Shana Russels elektronischer Personalakte viele Informationen fehlten — offenbar geschah es bei diesem Fall recht häufig, daß Computerdateien gelöscht wurden —, aber dadurch bot sich dem Sicherheitsoffizier ein neuer Ausgangspunkt.

Er erreichte seinen Kommandostand, ohne unterwegs jemandem begegnet zu sein, und angesichts seiner derzeitigen Stimmung war er dankbar dafür. Worf betrat die Kammer und trat an den Synthetisierer heran, um sich ein Glas Wasser zu bestellen. Er entsann sich an Deanna Trois Erfahrungen und zögerte kurz, bevor er das Gerät aktivierte. Mit angehaltenem Atem wartete er, bis das Glas im Ausgabefach erschien.

Anschließend nahm er im Sessel an der Hauptkonsole Platz und rief jene Daten auf den Schirm, die er zusammen mit der Counselor vor wenigen Tagen geprüft hatte. *Wir haben dabei vor allem auf die Costas geachtet,* dachte er. Emil und Lynn, die beiden wissenschaftlichen Stars — doch inzwischen hatte sich der Glanz ihres Ruhms getrübt, und er würde nie wieder so hell erstrahlen wie vorher.

Worf befaßte sich noch einmal mit ihrer beruflichen Laufbahn: die früheren Experimente und Bemühungen, altruistisches Engagement, schließlich der Höhepunkt einer steilen Karriere: die Verlegung des Projekts Mikrokontamination an Bord der *Enterprise.* Der Klingone bewunderte die von den Costas erzielten Erfolge; in den Annalen der Föderationswissenschaft waren sie zu einer Legende geworden. Aber welchen Preis hatten sie dafür bezahlt? Ehrgeiz verwandelte sich in Habgier und Verrat.

Die Computerstimme unterbrach Worfs Überlegungen. »Datentransfer ist komplett. Die *Enterprise*-Dateien sind jetzt wieder vollständig. Wünschen Sie visuelle oder akustische Ausgabe?«

Worf wollte die Informationen auf dem Bildschirm nicht löschen und erwiderte: »Ich höre.«

»Shana Russel«, ertönte es. »Geboren als Jasmin Terry auf der Erde, Kalkutta. Alter: fünfundzwanzig Standardjahre. Errang den Magister in Naturwissenschaften ...«

»Einen Augenblick.« Der Klingone beugte sich vor. »Wann änderte die junge Frau ihren Namen?«

»Vor acht Komma fünf Monaten.«

»Jasmin Terry«, wiederholte Wort und betonte jede

Silbe. Auch der Nachname klang vertraut. »Korrelation des Namens Terry«, wies er den Computer an. »Erscheint er auch in den Aufzeichnungen, die Lynn und Emil Costa betreffen?«

»Korrelation erfolgt.« Und nach ein oder zwei Sekunden: »Suchbegriff gefunden. Megan Terry hat vor etwa sechsundzwanzig Jahren mit den Costas zusammengearbeitet, bei Experimenten bezüglich des Dayton-Biofilters. Sie bezichtigte die beiden des wissenschaftlichen Plagiats bei der Filterversion 8975-G, die schließlich als Föderationsstandard akzeptiert wurde. Man stellte das Verfahren wegen mangelnder Beweise ein.«

»In welcher Beziehung stehen Megan und Jasmin Terry?« fragte Worf.

»Sie sind Mutter und Tochter«, antwortete der Computer.

»Das reicht«, ertönte eine Stimme hinter dem Sicherheitsoffizier. »Hände hoch.«

Worf kam der Aufforderung nach, weil er wußte, daß ein Phaser auf ihn zielte. Er drehte den Kopf und sah, wie Shana Russel aus der Hygienezelle kam. Sie trug dunkle, unauffällige Kleidung und einen Rucksack. Ihre rechte Hand hielt einen Strahler, dessen Mündung auf den Kopf des Klingonen wies.

»Ich hätte Sie nicht betäuben, sondern den Phaser auf tödliche Emissionen justieren sollen«, sagte Megan Terrys Tochter.

»Warum haben Sie darauf verzichtet, mich ebenfalls zu erschießen?« brummte Worf.

Die junge Frau lächelte unschuldig. »Sie gefielen mir. Selbst *ich* mache Fehler. Stehen Sie jetzt langsam und mit erhobenen Händen auf. Treten Sie von der Konsole fort. Übrigens: *Diesmal* ist der Phaser nicht auf Betäubung eingestellt.«

Worf gehorchte. Er hatte es mit vielen gefährlichen und unberechenbaren Wesen aus allen Teilen der Galaxis zu tun bekommen, doch nur wenige von ihnen waren so kaltblütig und erbarmungslos gewesen wie Shana Russel alias Jasmin Terry.

»Ihre Mutter hat den Biofilter perfektioniert, stimmt's?« fragte der Klingone, als er zur Wand zurückwich.

Zorn verzerrte das Gesicht der jungen Frau. »Das ist noch nicht alles!« fauchte sie. »Sie arbeiteten als gleichberechtigte Partner bei dem Projekt, doch Emil hatte ein Verhältnis mit meiner Mutter. Er versprach ihr, seine Frau zu verlassen, wenn sie ihm die Ergebnisse ihrer Arbeit zur Verfügung stellte — *Megan* erzielte die wichtigsten Fortschritte. Dummerweise glaubte sie ihm. Die Costas stahlen ihren Erfolg, heimsten den Ruhm ein und sorgten dafür, daß meine Mutter nur noch zweitrangige Aufträge erhielt. Außerdem lehnte es Emil ab, *mich* anzuerkennen.«

»Er weiß von Ihnen?« fragte Worf.

»Wie man's nimmt.« Shana schnitt eine neuerliche Grimasse. »Er ist mein Vater — obwohl er es nie zugegeben hat.«

Der Klingone stand völlig reglos und erkannte die Symptome pathologischen Wahnsinns. *Wahrscheinlich hat sie immer wieder von ihrer Mutter gehört, daß die Costas ihr Leben ruinierten,* dachte er. Worf war durch den Krieg zur Waise geworden und wußte daher, wie stark das Verlangen nach Rache werden konnte — und welchen Tribut es forderte.

»Es ist Ihnen gelungen, Vergeltung zu üben«, sagte er.

Shana lächelte. »Ja. Es bereitete mir große Genugtuung, Lynn umzubringen — weil es so schwierig war. Und zu beobachten, wie Emil litt ... Ich habe es genossen. Er hatte keine Ahnung, wem er sein Elend verdankte und was mit ihm geschah.«

»Aber Karn Milu kannte Ihre wahre Identität.«

Shana Russel nickte. »Natürlich. Er wußte von meiner Mutter und ihren Erfahrungen mit den Costas. Als er jemanden brauchte, der sie wegen der Sache mit dem Mikroorganismus im Auge behielt, kam er zu mir. Wir beschlossen, meinen Namen zu ändern, damit niemand Verdacht schöpfte. Außerdem weihte er mich in die Geheimnisse der betazoidischen Empathie und Telepathie ein, um Deanna Troi zu täuschen.« Die junge Frau schmunzelte. »Ich bin immer eine gute Schülerin gewesen.«

»Warum haben Sie den Entomologen erschossen?« fragte Worf ruhig.

Jasmin zuckte mit den Schultern. »Nur er wußte, wer ich wirklich bin. Außerdem: Sein Tod brachte Emil in noch größere Schwierigkeiten. Einer solchen Versuchung konnte ich nicht widerstehen.«

»Und die Counselor?«

»Nur Deanna Troi war imstande, mich zu entlarven«, erklärte die Mörderin. »Ich habe nicht nur eine Giftgaskapsel im Synthetisierer untergebracht, sondern auch einen winzigen Sender in der Kabine versteckt, um über Trois Entdeckungen auf dem laufenden zu bleiben.« Shana Russel schüttelte bedauernd den Kopf. »Schade, daß sie nicht wie geplant gestorben ist. Wenn Sie nichts von dem isolinearen Chip erfahren hätten, wäre diese Begegnung kaum erforderlich gewesen.«

Sie berührte eine Schaltfläche an Worfs Konsole, und die Tür öffnete sich — der Gang dahinter war leer. Die junge Frau winkte mit der Waffe. »Ich folge Ihnen zum Turbolift. Versuchen Sie keine Tricks, wenn Sie vermeiden wollen, daß ich Ihnen den Kopf von den Schultern brenne.«

Worf schritt in den Korridor. »Wohin sind wir unterwegs?«

»Zu einem Shuttle«, antwortete die Blondine. »Ich verlasse die *Enterprise*. Und Sie ebenfalls.«

Worf widersprach nicht. Er ging geradewegs zum nächsten Lift und fühlte den Strahler etwa einen Meter hinter sich. Der Klingone betrat die Transportkapsel als erster und wich an die Rückwand zurück, ließ der bewaffneten jungen Frau genug Platz.

»Es freut mich, daß Sie keinen Widerstand leisten.« Shana beziehungsweise Jasmin lächelte erneut. »Mit ein wenig Glück können wir einen Kreel-Planeten erreichen, und vielleicht ist man dort bereit, mir Asyl zu gewähren — als Gegenleistung für meine Kenntnisse. Sie setzen mich ab, und anschließend sind Sie frei.«

»Wie Sie meinen«, erwiderte Worf, obwohl er wußte, daß die Frau log. »Deck vier.«

Die Transportkapsel glitt durch eine Transferröhre im Innern der *Enterprise,* und Shana lehnte sich lässig an die Wand. »Es ist klug von Ihnen, sich mir zu fügen«, sagte sie. »Was halten Sie davon, mir auch weiterhin Gesellschaft zu leisten?«

»Neues Ziel«, sagte der Klingone plötzlich. »Geschwindigkeitstest.«

Ihm blieb Zeit genug, sich vorzubereiten, aber die junge Frau lehnte noch immer an der Wand, als sie plötzlich den Boden unter den Füßen verloren. Das künstliche Schwerkraftfeld reagierte zu langsam, und Jasmin Terry wurde an die Decke geschleudert. Sie schrie, prallte ab und flog zur gegenüberliegenden Wand. Worf rollte sich rechtzeitig zusammen, und das Trägheitsmoment warf ihn ebenfalls hin und her. Aber er erlitt nur geringfügige Verletzungen. Die Transportkapsel raste durchs große Raumschiff, und schließlich stabilisierte sich das Gravitationsfeld, deponierte Shana und Worf auf dem Boden.

Die junge Frau ächzte und tastete nach dem Phaser, doch der Klingone gab ihr keine Gelegenheit, ihn erneut mit dem Strahler zu bedrohen — ein kurzer Fausthieb schickte Shana Russel ins Reich der Träume. Er versuchte aufzustehen, als sich die Tür des Turbolifts im Maschinenraum öffnete.

Ein verblüffter Geordi LaForge starrte ihn an. »Worf!« entfuhr es ihm. »Was ist passiert?«

»Ich glaube, wir bleiben besser bei der üblichen Geschwindigkeit für die Transportkapseln«, brummte der Klingone, bevor er zusammenbrach.

Der Chefingenieur klopfte auf seinen Insignienkommunikator. »LaForge an Krankenstation. Ich brauche Dr. Crusher im Maschinenraum.«

KAPITEL 17

»Legen Sie sich hin«, sagte Beverly Crusher zu Worf und drückte ihn auf die Diagnoseliege zurück. Selbst in seinem gegenwärtigen Zustand war der Sicherheitsoffizier wesentlich kräftiger als die Ärztin, aber angesichts der sehr energisch klingenden Stimme hielt er es für besser, ihrer Aufforderung Folge zu leisten.

Er drehte den Kopf von einer Seite zur anderen. »Was ist mit Shana Russel?« fragte er.

»Noch immer ohnmächtig.« Dr. Crusher seufzte und blickte auf die Anzeigen des Indikator-Displays. »Wir könnten dafür sorgen, daß sie das Bewußtsein wiedererlangt, aber sie hat innere Verletzungen erlitten und braucht Ruhe.«

»Ich bin nicht verletzt«, behauptete der Klingone und setzte sich auf, bevor ihn die Ärztin daran hindern konnte. »Abgesehen von der einen oder anderen Beule am Kopf.«

»Offenbar hat die wissenschaftliche Assistentin keinen so dicken Schädel wie Sie«, sagte Beverly scharf und drückte den Patienten erneut aufs Polster. »Doch im Gegensatz zu Ihnen bleibt sie ruhig liegen.«

Worf sah einen Sicherheitswächter an der Tür und donnerte: »Fähnrich Cavay!«

Der junge Mann eilte herbei und nahm Haltung an. »Zur Stelle, Sir.«

»Sie bewachen Shana Russel, bis ich Ihnen einen neuen Einsatzbefehl gebe. Sorgen Sie dafür, daß die junge Frau den Raum nicht verläßt.«

»Sie bleibt ohnehin hier«, meinte Dr. Crusher.

»Nein«, widersprach Worf. »Sobald sie sich einigermaßen erholt hat, wird sie in einer Arrestzelle untergebracht.«

Beverly sah auf den Klingonen hinab und hob einen Injektor. »Beruhigen Sie sich jetzt endlich, damit ich Sie untersuchen kann — oder muß ich das hier benutzen?«

Worfs Kopf sank auf die Liege, und er versuchte, sich von der Anspannung zu befreien. *Ich habe gewonnen,* dachte er zufrieden. *Jasmin Terry bekommt nie wieder Gelegenheit, jemanden zu ermorden.* Er berührte seinen Insignienkommunikator. »Worf an Captain Picard«, sagte er heiser.

»Hier Picard.« Besorgnis vibrierte in der Stimme des Kommandanten. »Geordi hat uns alles erzählt. Wie geht es Ihnen und der jungen Frau?«

»Der Mörder heißt Shana Russel, Captain«, krächzte Worf. »Sie hat Lynn Costa und Karn Milu umgebracht, um Emil zu ruinieren. Shana Russel alias Jasmin Terry, Megan Terrys Tochter. Sehen Sie in ihrer Personalakte nach ...«

»Entspannen Sie sich, Lieutenant«, erwiderte der Captain. »Ich veranlasse, daß man die junge Dame zur Starbase transferiert. Erstatten Sie Bericht, sobald Sie dazu in der Lage sind.«

»Ja, Sir«, bestätigte Worf und seufzte erleichtert. Ein triumphierendes Lächeln umspielte seine Lippen. »Diesmal gibt es keinen Zweifel daran, daß wir den wahren Täter gefunden haben.«

Emil Costa wanderte durch seine kleine, wenn auch komfortabel eingerichtete Zelle auf Kayran Rock und fragte sich, was jenseits des Ergschilds geschah. Sechzehn Stunden waren vergangen, ohne daß man ihn zum Gerichtssaal führte, ohne daß ihn Data oder sonst jemand besuchte. Nur Mahlzeiten und Lesematerial aus der Computerbibliothek brachten etwas Abwechslung in seine Existenz; er gewann nun eine Vorstellung davon, was längere Haft bedeutete. Der alte Wissenschaftler war so sehr darauf konzentriert gewesen, angesichts der lächerlichen Mordanklage seine Unschuld zu beteuern, daß er überhaupt nicht an sein Leben nach den anderen Prozessen gedacht hatte. Jetzt nahm die Besorgnis in ihm immer mehr zu.

Er blieb stehen, als er ein leises Zischen hörte — das Sicherheitsschott außerhalb der Zelle öffnete sich. Captain Picard, Commander Data und die Kreel-Frau passierten den Zugang.

»Captain!« Emil trat ans Kraftfeld heran. »Was für eine Überraschung. Hallo, Commander Data, Erste Assistentin Kwalrak.«

Picards Lächeln erleichterte ihn. Selbst der normalerweise recht reservierte Androide schmunzelte. »Dr. Costa ...«, begann Jean-Luc. »Bestimmt freut es Sie zu hören, daß man Ihnen keinen Mord mehr zur Last legt. Shana Russel hat gestanden, sowohl Ihre Frau als auch Karn Milu umgebracht zu haben.«

»Shana Russel!« Emil schnappte nach Luft und setzte sich aufs schmale Bett.

»Eigentlich heißt sie Jasmin Terry«, erklärte Data. »Sie ist Megan Terrys Tochter und behauptet, Sie seien ihr Vater.«

»Megan ...«, raunte der Mikrobiologe, und sein Blick reichte in die Vergangenheit. Kummer trübte die Augen des alten Mannes.

»Wir stellen Ihnen später eine Kopie des Geständnisses zur Verfügung«, sagte Picard mitfühlend. »Derzeit müssen wir uns um etwas anderes kümmern: Es geht dabei um die Anklagen in Hinsicht auf den Zwischenfall an Bord des Shuttles. Die Erste Assistentin Kwalrak hat mit ihren Vorgesetzten gesprochen, und vielleicht können wir eine Vereinbarung treffen. Wenn Sie sich der Körperverletzung und gefährlichen Sabotage schuldig bekennen, so sind die Kreel damit einverstanden, daß

Sie die nächsten fünf Jahre hier in der Starbase verbringen, unter Hausarrest. Vorausgesetzt, Sie sind bereit, Kreel-Studenten zu unterrichten, ihnen die Entwicklung und Verwendung von Biofiltern zu erläutern.«

»Wissen Sie ...« Kwalrak lächelte schief. »Wenn wir die Transportertechnik kaufen, ohne imstande zu sein, die entsprechenden Geräte auf angemessene Weise zu warten — in dem Fall müßten wir damit rechnen, vom Verkäufer abhängig zu werden. Wir möchten selbst die Grundlagen für jene Technologie schaffen. Und Sie, Dr. Costa, kennen sich gut mit den Funktionsprinzipien des Transporters aus.«

Picard musterte den Wissenschaftler. »Sie werden nicht für die Kreel arbeiten — Ihre Tätigkeit beschränkt sich auf die des Lehrers. Deshalb bleiben Sie hier in der Starbase. Wenn Sie diesen Bedingungen zustimmen, verzichtet die Föderation darauf, wegen des versuchten Verkaufs einer geheimgehaltenen wissenschaftlichen Entdeckung Anklage gegen Sie zu erheben.«

Emil richtete einen fragenden Blick auf Data. »Sie sind mein Anwalt — raten Sie mir, den Vorschlag anzunehmen?«

»Wenn Sie ablehnen, werden Sie an die Kreel ausgeliefert, um auf ihrem Heimatplaneten vor Gericht gestellt zu werden«, entgegnete der Androide. »Dann könnte Ihnen die Föderation nicht mehr helfen. Wenn Sie sich für fähig halten, fünf Jahre lang im Innern eines Asteroiden zu leben, sollten Sie dem genannten Kompromiß zustimmen.«

»Ich habe viel Zeit an weitaus schlimmeren Orten verbracht.« Emil stand auf. »Also gut, ich bin einverstanden.«

Picard nickte dem Sicherheitswächter am Ergschild zu. »Lassen Sie den Gefangenen frei.«

Ein glockenartiges Signal ertönte, und der Mikrobiologe streckte vorsichtig die Hand aus — das Kraftfeld existierte nicht mehr. Er verließ die Zelle und schüttelte

Datas Hand. »Danke«, sagte er und strahlte. »Sie sind ein wundervoller Anwalt.«

»Danken Sie nicht mir, sondern Lieutenant Worf und Counselor Troi«, erwiderte der Androide.

Deanna schlenderte durch den Korridor und fühlte sich zum erstenmal seit dem Mordanschlag auf sie wieder herrlich gesund. Hinzu kam Erleichterung darüber, daß die Ermittlungen zu Ende waren. *Die liebe, nette Shana Russel — eine kaltblütige Mörderin,* dachte sie. In gewisser Weise schmeichelte es der Counselor, daß Karn Milu die junge Frau mehrere Wochen lang unterrichtet hatte, um zu verhindern, daß Troi ihr auf die Schliche kam.

Eine kräftige Hand schloß sich um ihren Arm, und als sich Deanna umdrehte, sah sie Commander Riker. »Es freut mich sehr, daß du dich erholt hast.« Er schmunzelte. »Wohin gehst du?«

Sie zögerte kurz. »Zur Brücke«, sagte Deanna, obwohl es eigentlich gar keinen Grund für sie gab, den Kontrollraum aufzusuchen.

»Irrtum.« Riker führte sie zum nächsten Turbolift. »Du begleitest mich nach Kayran Rock. Wir haben Landurlaub.«

»Tatsächlich?« Troi runzelte verwirrt die Stirn. »Ich habe überhaupt keinen Urlaub beantragt.«

»Ich hab's für dich erledigt.« Der Erste Offizier zwinkerte. »Damit du in der Starbase ausspannen kannst — zusammen mit mir.«

Ein überraschtes Lächeln huschte über Deannas Gesicht, und sie hakte sich bei Will ein. »Wieviel Zeit bleibt uns?« flüsterte sie in einem verschwörerischen Tonfall.

»Wir müssen erst in zehn Stunden zurückkehren!« antwortete Riker begeistert. »Das ist eine halbe Ewigkeit!«

Deanna lachte leise, als sich die Tür des Turbolifts hinter ihnen schloß.

Lieutenant Worf nahm Haltung an, als Captain Picard und Commander Data die Brücke betraten. Der Androide nahm vor dem Operatorpult Platz und lächelte Fähnrich Crusher zu, der wie üblich die Navigationskontrollen bediente. Zum erstenmal seit Tagen war die Brükkencrew vollständig — abgesehen vom Ersten Offizier Riker.

»Status, Lieutenant?« wandte sich Picard an Worf.

»Wir befinden uns in einem stationären Orbit über Kayran Rock«, meldete der Klingone. »Der letzte genehmigte Landurlaub geht in zehn Stunden zu Ende. Dann können wir den Warptransfer einleiten.«

»Es freut mich, daß Sie wieder auf der Brücke sind, Lieutenant«, sagte Picard.

»Danke, Captain.« Worf nickte. »Ich bin froh, wieder hier zu sein.«

»Was Ihre Ermittlungen betrifft ...«, fuhr Jean-Luc fort. »Erlauben Sie mir einen Kommentar.«

»Wie lautet er, Sir?« fragte der Sicherheitsoffizier.

»Gut gemacht.«

STAR TREK™

in der Reihe
HEYNE SCIENCE FICTION & FANTASY

Vonda N. McIntyre, Star Trek II: Der Zorn des Khan · 06/3971
Vonda N. McIntyre, Der Entropie-Effekt · 06/3988
Robert E. Vardeman, Das Klingonen-Gambit · 06/4035
Lee Correy, Hort des Lebens · 06/4083
Vonda N. McIntyre, Star Trek III: Auf der Suche nach Mr. Spock · 06/4181
S. M. Murdock, Das Netz der Romulaner · 06/4209
Sonni Cooper, Schwarzes Feuer · 06/4270
Robert E. Vardeman, Meuterei auf der Enterprise · 06/4285
Howard Weinstein, Die Macht der Krone · 06/4342
Sondra Marshak & Myrna Culbreath, Das Prometheus-Projekt · 06/4379
Sondra Marshak & Myrna Culbreath, Tödliches Dreieck · 06/4411
A. C. Crispin, Sohn der Vergangenheit · 06/4431
Diane Duane, Der verwundete Himmel · 06/4458
David Dvorkin, Die Trellisane-Konfrontation · 06/4474
Vonda N. McIntyre, Star Trek IV: Zurück in die Gegenwart · 06/4486
Greg Bear, Corona · 06/4499
John M. Ford, Der letzte Schachzug · 06/4528
Diane Duane, Der Feind — mein Verbündeter · 06/4535
Melinda Snodgrass, Die Tränen der Sänger · 06/4551
Jean Lorrah, Mord an der Vulkan Akademie · 06/4568
Janet Kagan, Uhuras Lied · 06/4605
Laurence Yep, Herr der Schatten · 06/4627
Barbara Hambly, Ishmael · 06/4662
J. M. Dillard, Star Trek V: Am Rande des Universums · 06/4682
Della van Hise, Zeit zu töten · 06/4698
Margaret Wander Bonanno, Geiseln für den Frieden · 06/4724
Majliss Larson, Das Faustpfand der Klingonen · 06/4741
J. M. Dillard, Bewußtseinsschatten · 06/4762
Brad Ferguson, Krise auf Centaurus · 06/4776
Diane Carey, Das Schlachtschiff · 06/4804
J. M. Dillard, Dämonen · 06/4819
Diane Duane, Spocks Welt · 06/4830
Diane Carey, Der Verräter · 06/4848
Gene DeWeese, Zwischen den Fronten · 06/4862
J. M. Dillard, Die verlorenen Jahre · 06/4869
Howard Weinstein, Akkalla · 06/4879
Carmen Carter, McCoys Träume · 06/4898
Diane Duane & Peter Norwood, Die Romulaner · 06/4907
John M. Ford, Was kostet dieser Planet? · 06/4922
J. M. Dillard, Blutdurst · 06/4929
Gene Roddenberry, Star Trek (I): Der Film · 06/4942
J. M. Dillard, Star Trek VI: Das unentdeckte Land · 06/4943

STAR TREK™

in der Reihe
HEYNE SCIENCE FICTION & FANTASY

Jean Lorrah, Die UMUK-Seuche · 06/4949
A. C. Crispin, Zeit für gestern · 06/4969
David Dvorkin, Die Zeitfalle · 06/4996 (in Vorb.)
Barbara Paul, Das Drei-Minuten-Universum · 06/5005 (in Vorb.)
Judith & Garfield Reeves-Stevens, Das Zentralgehirn · 06/5015 (in Vorb.)
Gene DeWeese, Nexus · 06/5019 (in Vorb.)

STAR TREK: DIE NÄCHSTE GENERATION:

David Gerrold, Mission Farpoint · 06/4589
Gene DeWeese, Die Friedenswächter · 06/4646
Carmen Carter, Die Kinder von Hamlin · 06/4685
Jean Lorrah, Überlebende · 06/4705
Peter David, Planet der Waffen · 06/4733
Diane Carey, Gespensterschiff · 06/4757
Howard Weinstein, Macht Hunger · 06/4771
John Vornholt, Masken · 06/4787
David & Daniel Dvorkin, Die Ehre des Captain · 06/4793
Michael Jan Friedman, Ein Ruf in die Dunkelheit · 06/4814
Peter David, Eine Hölle namens Paradies · 06/4837
Jean Lorrah, Metamorphose · 06/4856
Keith Sharee, Gullivers Flüchtlinge · 06/4889
Carmen Carter u. a., Planet des Untergangs · 06/4899
A. C. Crispin, Die Augen der Betrachter · 06/4914
Howard Weinstein, Im Exil · 06/4937
Michael Jan Friedman, Das verschwundene Juwel · 06/4958
John Vornholt, Kontamination · 06/4986
Mel Gilden, Baldwins Erinnerungen · 06/5024 (in Vorb.)
Peter David, Vendetta · 06/5057 (in Vorb.)

STAR TREK: DIE ANFÄNGE:

Vonda N. McIntyre, Die erste Mission · 06/4619
Margaret Wander Bonanno, Fremde vom Himmel · 06/4669
Diane Carey, Die letzte Grenze · 06/4714

DAS STAR TREK-HANDBUCH:

überarbeitete und aktualisierte Neuausgabe!
von *Ralph Sander* · 06/4900

Diese Liste ist eine Bibliographie erschienener Titel
KEIN VERZEICHNIS LIEFERBARER BÜCHER!

HEYNE FANTASY

Romane und Erzählungen internationaler Fantasy-Autoren im Heyne-Taschenbuch.

06/4796

06/4797

06/4831

06/4591

06/4823

06/4788

06/4755

06/4649